나의 문화유산답사기

5

나의 문화유산답사기

5

다시 금강을 예찬하다

유홍준 지음

창비

답사기를 다시 매만지며

그리고 세월이 많이 흘렀다. 『나의 문화유산답사기』첫 책이 간행된 것은 1993년 5월이었다. 두번째 책은 94년에, 세번째 책은 97년에 연이어 펴냈다. 집필을 시작한 1991년 3월부터 셈하면 20년 전, 15년 전에 쓴 글인데 지금도 독자들이 찾고 있다는 것이 한편으로는 고맙고 신기하게 생각되지만 저자로서는 좀 미안한 감이 없지 않다.

지금 읽어보면 답사처의 환경과 가는 길이 크게 바뀌어 글 내용과 맞지 않는 것도 있고, 새로 발견되어 유물 설명이 누락된 부분도 많으며, 유적지 관리가 부실하다고 비판한 데가 면모일신하여 말끔히 고쳐진 곳도 있다. 글 쓸 당시의 세태를 빗대어 은유적으로 말한 것은 왜 그 시점에 그 얘기가 나오는지 새 독자들은 잘 이해하기 힘들 것 같다. 어떤 독자는 태어나기 전에 씌어진 글을 읽는 셈이니, 심하게 말하면 내가 육당 최남선의 『심춘순례』를 읽는 것 같은 거리감이 있을 성싶다.

이 점은 『나의 북한 문화유산답사기』에서 더 심하다. 내가 처음 방북한 것은 1997년 9월이었다. 당시 나의 방북은 하나의 사건이었다. 분단 50여년 만에 남북 양측이 처음으로 공식적인 허가를 내준 것이다. 그 때문에 많은 제약도 있었다. 당시 독자들은 북한의 문화유산보다도 그들이 사는 방식에 더 많은 관심을 갖고 있었다. 그래서 남한의 답사기와는 전혀 다른 맥락에서 썼다. 기회가 있을 때마다 답사기 행간에 그네들의 일상생활, 그네들의 유머감각, 그네들이 생각하는 태도를 본 대로 느낀 대로 중계방송하듯 기술했다. 그래서 남한의 독자들이 반세기 동안 닫혀 있던 북한사회를 편견 없이 볼 수 있는 계기가 되기를 희망했다.

그러나 나의 방북 이후 북한의 문이 점점 열려 정상회담도 두차례나 있었고 지금은 북한에 다녀온 사람도 적지 않아, 내가 신기한 듯 전한 사실들이 이제는 모두가 알고 있는 평범한 이야기가 되었고 지금이라면 더 생생히 말할 수 있겠다는 생각도 갖게 되었다.

북한답사기 두번째 책인 '다시 금강을 예찬하다'의 경우는 나의 방북 이듬해에 금강산 관광길이 열리게 됨으로써 방북 직후 집필한 것을 폐기하고 2년간 현대금강호를 타고 철따라 다섯차례를 답사한 뒤에 다시 쓴 것이어서 그나마 생명을 지닐 수 있었다. 그러나 나중엔 육로 관광길이 열려 뱃길로 다니던 현대금강호는 다시 떠나지 않게 되었고 지금은 다시 금강산 답삿길이 끊겼다.

나는 이 다섯 권의 답사기를 그냥 세월의 흐름 속에 맡길 생각이었다. 언젠가 수명을 다하면 그것으로 끝낼 생각이었다. 그래서 이미 북한답사기 두 권은 어느 시점에선가 절판시켰다. 그러나 『나의 문화유산답사기』 국내편에는 미결로 남겨둔 것이 있었다. 남한의 답사기를 세 권이나 펴내도록 충청북도, 경기도, 서울, 그리고 제주도와 다도해의 문화유산은 언급조차 못했다. 어쩌다 이 지역 독자들로부터 항의성 부탁을 들을 때면 언젠가는 이를 보완하겠다고 그들과 약속했고 나 스스로도 사명감 같은 것을 갖고 있었다. 북한편도 개성, 백두산, 함흥을 남겨두었다.

그러나 답사기에만 매달릴 수 없었다. 사실 답사기는 원래 내 인생 스케줄에 없던 일이었다. 나는 오랫동안 업으로 삼아온 미술평론집도 펴냈고, 한국미술사 연구논문집도 출간했다. 또 답사기보다 먼저 연재를 시작했던 '조선시대 화인열전'도 마무리해야 했다. 그리고 바야흐로 다시 답사기를 시작하려는 시점엔 공직에 불려나가 4년간 근무하고 돌아오는 바람에 10년의 공백이 생기고 말았다.

이렇게 미루어만 오다가 재작년 가을부터 '씨즌 2'를 시작한다는 자세로 답사기 집필에 들어가 마침내 여섯번째 책을 출간하게 되었다. 그러고 보니 앞서 나온 다섯 권의 책에 대해 저자로서 책임질 부분이 생긴 것이다.

어떻게 할 것인가? 나는 많은 사람들에게 자문을 구했다. 굳이 고쳐 쓸 이유가 없다는 견해, 가는 길이 뒤바뀐 것을 다 손본다는 것은 거의 불가능할 것이라는 조언, 글 사이에 들어 있는 언중유골의 에피소드는 신세대 독자들을 위해 상황 설명을 덧붙이라는 권유 등 내가 미처 생각지 못한 것을 많이 지적해주었다.

이럴 경우 저자가 의지할 가장 좋은 조언자는 역시 편집자다. 편집자는 '제일의 독자'이자 '독자의 대변인'이기 때문에 그들이 이상하게 느끼면 독자도 이상하게 느끼고, 그들이 괜찮다면 독자들에게도 괜찮은 것이다. 편집자는 내게 이렇게 권유하였다.

1) 반드시 개정증보판을 낼 것. 2) 처음 씌어진 글도 그 나름의 역사성과 의미를 갖고 있으므로 되도록 원문을 살리고 각 글 끝에 최초의 집필일자를 명기할 것. 3) 수정 보완이 필요한 부분은 첨삭을 한 다음 최

초 집필일자와 수정 집필일자를 병기할 것. 4) 행정구역 개편으로 달라진 지명은 글 쓴 시점과 관계없이 현재의 지명에 따를 것. 5) 답사처로 가는 길은 변화된 도로 상황만 알려두고 옛길로 갔던 여정을 그대로 살릴 것. 6) 사진은 흑백에서 컬러로 바꿀 것.

나는 편집자의 이런 요구에 응하기로 했다. 이 원칙에 입각해 다섯 권의 책을 오늘의 독자 입장에서 다시 읽어보며 마치 메스를 손에 쥔 성형외과 의사처럼 원문을 수술하는 개정작업에 들어갔다. 그 결과, 그동안 부기로 밝혀놓았던 오류들은 모두 본문에서 정정하였고, 강진 만덕사의 혜장스님 일대기, 감은사탑에서 새로 발견된 사리장엄구, 에밀레종의 음통과 울림통에 대한 과학적 분석결과, 무령왕릉 전시관과 공주박물관 부분은 새로 보완하였다. 또 북한답사기에서는 누락되었던 조선중앙력사박물관과 조선미술박물관 순례기도 써넣었다. 그리고 화재로 인해 새로 복원한 낙산사는 거의 새로 집필하였다.

개정판 작업에서도 답사회 총무인 김효형(도서출판 눌와 대표)님의 큰 도움을 받았다. 특히 답사일정표와 새 지도를 직접 제작해준 것에 대해 깊이 감사드린다. 흑백사진을 컬러로 바꾸거나 낡은 사진을 더 좋은 사진으로 교체하면서 많은 분들의 도움이 있었다. 사진자료 수집을 맡아준 김혜정 조교, 사진작가 김복영, 김성철, 김형수, 안장헌, 이정수, 故 김대벽 선생님, 그리고 낙산사와 운문사에 감사의 인사를 전한다.

이리하여 다섯 권의 개정판을 세상에 내놓게 되니 밀렸던 숙제를 다 하고 난 개운함이 없는 것은 아니지만, 마음에 걸리는 일이 따로 생겼다. 하나는 북한답사기를 진작에 절판시켜놓고 이제 와 창비에서 개정판으로 다시 펴내게 되었으니 중앙M&B에 미안한 마음이 일어난다. 고맙게도 『나의 문화유산답사기』를 전집 형태로 마무리하고 싶다는 저자의 마음을 넓은 마음으로 이해해주셨다.

　그러나 어디에 대고 양해조차 구할 수 없는 미안함이 따로 남아 있다. 그것은 기왕에 다섯 권을 구독한 독자들이다. 이는 모든 개정판 저자들이 갖는 고민인데 나로서도 출판사로서도 어쩔 도리가 없다. 책이 수명을 연장해가는 하나의 생리라고 이해해주십사 독자 여러분의 너그러움에 호소할 따름이다.

　내가 지난날의 독자분들에게 따로 보답할 수 있는 길은 이제 막 시작한 답사기 '씨즌 2'를 열심히 잘 써서 다시 즐거운 글읽기와 행복한 답삿길이 되게 하는 것밖에 없는 것 같다. 그리고 언젠가 『나의 문화유산답사기』가 전집으로 완간되면 그때 독자 여러분께서는 저자가 이 씨리즈를 완성하는 데 세월을 같이했다고 보람을 나눌 수 있기를 바라는 마음이다. 넓은 마음으로 이해해주시고 기왕의 따뜻한 격려를 다시 한번 부탁드린다.

2011. 4. 10.

유홍준

다시 금강예찬을 시작하면서

세상 일은 대중이 없고 사람 일은 맘같이 안되는 법인 줄 익히 알고 있지만 내가 이렇게 금강산 답사기만으로 『나의 북한 문화유산답사기』 두 번째 권을 펴낼 줄은 꿈에도 몰랐다. 본래 이 책은 앞권에 이어 지난 1998년 7월에 있었던 보름간의 나의 두번째 방북답사기로 엮어낼 계획이었다. 그 내용은 이미 『중앙일보』 1998년 8월 15일자부터 1999년 2월 27일자까지 총 28회에 걸쳐 연재되었다. 그러나 이 글을 다듬고 보완하는 과정에서 나는 금강산 답사기를 새로 집필하지 않을 수 없게 되었다.

애초에 내가 금강산 답사기를 신문에 연재할 때는 아직 금강산이 공개되기 전이어서 지난 반세기 동안 갈 수 없던 금강산을 먼저 보고 다녀온 입장에서 마치 안부를 전하듯 써내려갔던 것이다. 그런데 나의 금강산 답사기 연재가 끝나갈 무렵 홀연히 현대금강호의 역사적 출항을 보게 되었다.

그 바람에 내가 쓴 글들은 졸지에 현실상황에 맞지 않는 묵은 글이 되고 말았다. 세상에 이렇게 수명이 짧은 글도 있을까 싶을 정도로 허망했다. 그러나 나는 이미 쓴 글을 미련없이 버리고 새로운 상황에 걸맞은 새로운 금강산 답사기를 쓰기로 결심한 것이다.

나는 새 글을 위해 지난 1년간 현대금강호를 타고 여느 탐승객들과 같은 조건에서 금강산을 다시 네차례 답사하면서 봄·여름·가을·겨울 사계절의 금강산을 다녀왔다. 그때마다 나는 '금강산의 역사와 문화유산'이라는 제목으로 선상(船上) 강의를 하면서 탐승객들의 길라잡이 역할을 하기도 했다.

천하의 금강산도 역시 "아는 만큼 보인다"는 법칙에서는 예외가 아니었다. 특히 금강산에 대한 예비지식이 없는 분들은 지금 우리에게 열린 금강산 탐승길이 금강산의 22개 명승구역 중 3, 4코스에 불과하고, 옛사람들의 금강산 탐승 자취는 아직 공개되지 않은 내금강 만폭동(萬瀑洞)에 집중되어 있다는 사실을 잘 모른다. 그것은 그분들을 위해서도 금강산의 명예를 위해서도 안타까운 일이었다.

글을 쓰는 과정에서 새삼 깨닫게 된 것은 지난 반세기 동안 끊어진 금강산 기행문을 내가 다시 시작하고 있다는 사실이었다. 최소한 나는 그런 사명감에서 이 책을 썼다.

그러나 예부터 금강산은 "서부진 화부득(書不盡 畵不得)"이라고 해서 "글로써 다할 수 없고 그림으로도 얻을 수 없다"고 했으니 걱정이 앞선다. 하지만 바로 그 이유로 나는 적이 안심도 된다.

이 책의 부제는 고심, 고심 끝에 '금강예찬'으로 하였다. 금강예찬은 육당을 비롯해 이미 옛 문사들이 즐겨 사용해온 제목이지만 이보다 내 심정과 글의 내용을 상징해주는 더 좋은 제목을 찾지 못했다. 정말로 나는 그렇게 지극한 마음으로 예를 갖추고서 금강을 찬미하고자 했다.

아울러 금강산을 보다 깊이있게 이해하고 싶은 분을 위해 「금강산의 역사와 문화유산」이라는 논문을 부록으로 실었다.

이로써 나는 지난 4년간 매달려왔던 『나의 북한 문화유산답사기』를 두 권으로 마무리하게 되었다. 그런데 일을 마무리하고도 뒤끝이 개운치 못한 짙은 아쉬움이 남는다. 그것은 아직도 수많은 답사처를 북한에 남겨둔 것에 대한 미련 때문이다. 개성과 백두산의 답사도 마쳤으니 그것도 쓰자면 미상불(未嘗不) 못 쓸 이유도 없는 것이다. 하지만 나는 여기서 일단 마무리하는 것이 낫다고 생각했다.

어차피 『나의 문화유산답사기』는 남한이고 북한이고 전 지역을 다룰 수는 없는 미완의 프로젝트였다. 더욱이 백두산과 개성의 답사기는 함께 다녀온 고은, 김주영, 최창조 선생이 이미 멋지게 소개했고, 그사이 남북관계에 변화가 많아 북한에 대한 궁금증이나 긴장감도 떨어져 나로서는 어떤 의무나 흥을 느끼지 못하고 있다. 그리고 무엇보다도 나는 지난 4년 동안 피치 못하게 얽매여 있던 북한에 대한 상념을 이제 그만 벗어나고 싶은 것이다.

이렇게 『나의 북한 문화유산답사기』두 권을 모두 끝내고 보니 나도 모르게 은은히 일어나는 감회가 있다. 이 남다른 보람과 영광을 내게 준 것은 말할 것도 없이 중앙일보사 방북취재단이었다. 그 고마움이란 평생 나의 이력서에 붙어 있을 것이다. 홍석현 회장, 권영빈 논설주간, 김형수 차장, 유영구 팀장께 재삼 감사의 말씀을 올린다. 또 방북취재단과 함께 갔을 때 성심으로 안내해준 조선 아세아태평양 평화위원회 조광주 참사, 조선중앙력사박물관의 리정남 학예실장, 외금강의 엄영실, 내금강의 김광옥 안내원께 그 고마움의 뜻을 여기에 기록해두고 싶다. 그리고 우리에게 금강산 탐승길을 열어준 정주영 현대 명예회장께 깊은 존경과 감사의 뜻을 올린다.

부디 이 책이 독자 여러분들의 장려한 금강산 탐승길에 밝은 길눈이 되기를 빌며, 금강산을 통하여 우리들의 가슴속에 국토에 대한 자랑과 사랑을 더욱 드높이는 계기가 되기를 바라는 마음 간절하다. 그리고 나처럼 금강을 예찬하는 사람이 많이 나왔으면 정말 좋겠다.

2001. 1. 10.

유 홍 준

차례

제2부 외금강

제3부 내금강

제1부

금강 입문

민족의 명산에서 통일의 영산으로

금강산의 의미 / 금강을 노래한 글과 그림 / 옛 문인들의 금강행 /
방북답사 때의 금강산 / 금강산의 사계절

금강산은 '조선심(朝鮮心)'의 상징

꿈에나 가본다는 것조차 꿈같이 생각되던 금강산에 우리가 정말로 가고 있다. 이런 것을 일러 꿈같은 현실이라고 하는 것인가.

분단 50년간 막혀 있던 금강산이 우리에게 이렇게 갑자기 열릴 것이라고 예상했던 사람이 몇이나 될까? 또 이런 방식으로 남북이 협력·교류하면서 북녘 땅의 일부분이 남한사람의 일상 속으로 돌아올 수 있으리라 상상이라도 했던 사람이 과연 있기나 할까? 모든 것이 얼마전만 해도 꿈도 꾸지 못한 꿈같은 현실인 것이다.

이렇게 열린 금강산이 우리나라 분단의 현대사에서 갖는 의미는 정녕 크고도 큰 것이다. 비정한 분단의 장벽 한쪽이 이렇게 금강산 탐승을 계기로 무너져버린 것이니 언젠가 먼 훗날 통일이 되었을 때, 그 만남의 단

| 만물상 | 기암괴석으로 병풍을 치듯 둘러 있는 만물상은 금강산이 이 세상 어느 산과도 다른 아름다움을 지녔음을 남김없이 말해준다.

초는 금강산에서 시작되었음을 사람들은 결코 잊지 않을 것이다. 그리하여 민족의 명산(名山)으로 불리던 금강산은 마침내 통일의 영산(靈山)으로 기록될 것이다.

나는 무엇이, 무엇이 이런 민족사적 대전환을 가능케 하였는가를 곰곰이 생각해본다. 그것은 무엇보다도 자본의 논리에서 시작되었다. 북한은 북한대로 남한은 남한대로 금강산을 남쪽에 개방하여 얻어낼 직접, 간접의 경제적 이득에서 시작했다. 그러나 그것은 필요조건일 뿐 충분조건은 아니었다. 그것을 가능케 한 충분조건은 금강산의 전설적인 아름다움이었다. 금강산이 아니라면 이 프로젝트는 애당초 발상조차 나올 수 없었

던 것이다.

금강산! 그것은 한민족으로 태어난 자의 가슴속에 거의 유전적으로 전래된 동경의 대상이다. 금강산의 아름다움이란 그저 미답(未踏)의 세계에 대한 그리움이 아니라 민족의 역사와 함께 조상들의 끊임없는 순례와 예찬이 거듭되면서 마침내는 생래적으로 간직하게 된 한민족의 가장 큰 사랑이고 자랑인 것이다. 그래서 육당(六堂) 최남선(崔南善, 1890~1957)은 금강산의 이런 모습을 「조선정신의 표치(標幟)」에서 이렇게 말했다.

금강산은 조선인에게 있어서는 풍경가려(風景佳麗)한 지문적(地文

的)인 현상일 뿐이 아닙니다. 실상 조선심(朝鮮心)의 물적 표상(表象), 조선정신의 구체적 표상으로 조선인의 생활·문화 내지 역사의 장구(長久)코 긴밀한 관계를 가지는 성적(聖的)인 존재입니다.

그런 금강산이었기에 이 모든 것이 가능했던 것이다. 이렇게 말하면 누군가 내게 '당신은 어이하여 금강을 이토록 예찬하고 있는가, 분단된 이후에 태어난 당신이 금강에 대해 무엇을 안다고 이렇게 찬미하는가'라고 물을 것만 같다. 이에 대답하자면 나 역시 금강산을 그리워하는 본능적인 '조선심' 때문이라고 당당히 말할 것이다.

금강을 노래한 글과 그림

내가 금강산의 아름다움을 처음 전해들은 것은 어린시절 내 또래 누구나와 마찬가지로 누나가 동무들과 고무줄놀이를 하면서 부른 "금강산 찾아가자 일만 이천 봉"이었다. 그리고 금강산에 대한 글을 처음 읽은 것은 초등학교 3학년 국어교과서에 실려 있던 「나무꾼과 선녀」였고, 이 글은 어린시절부터 금강산은 선녀들이 내려오는 신비로운 전설 속의 무대로 우리의 가슴속에 남게 해주었다.

그러다 금강산에 대한 동경심을 더욱 키운 것은 정비석(鄭飛石, 1911~91)의 「산정무한(山情無限)」에서였다. 대학입시 국어시험 공부를 위해 반 강제로 읽히던 이 낭만의 기행문은 아주 어려운 한자들로 수험생들을 어지간히 골탕먹였지만 딱딱한 교과서체 문장에 지쳐 있던 젊은이들에게 청신한 바람으로 느껴지기도 했다.

미문(美文)은 독자로 하여금 그 글이 노래한 대상을 더욱 사랑스럽게 느끼게 만드는 미덕을 갖고 있다. 그런데 이 글에서 내 기억에 강하게 남은 구절은 이상하게도 금강의 아름다움을 노래한 것보다도 그 아름다움을 보지 못하는 안타까움을 말한 것이니, 역시 금강에 대한 그리움이란 볼 수 없는 대상에 대한 동경 때문인지도 모른다.

고단한 마련해선 일찌거니 눈이 떠진 것은 몸에 지닌 기쁨이 하도 컸던 탓이었을까. 안타깝게도 간밤에 볼 수 없던 영봉(靈峰)들을 대면하려고 새댁같이 수줍은 생각으로 밖에 나섰으나, 계곡은 여태 짙은 안개 속에서, 준봉(峻峰)은 상기 깊은 구름 속에서 용이하게 자태를 엿보일 성싶지 않았고 (…)

일상생활 속에서도 금강산은 여러 방식으로 내 곁에 항시 같이 있어왔다. 최영섭(崔永燮)의 「그리운 금강산」 같은 아름다운 가곡이나 "금강산도 식후경"이라는 걸쭉한 속담은 이 신비의 산을 더욱 그립게 만들어왔던 것이다.

그러다가 나는 대학에 들어간 뒤 금강산과 불가분의 인연을 맺게 되었다. 한국미술사, 그중에서도 조선시대 회화사를 전공하면서 18세기 진경산수화(眞景山水畫)의 모체였던 금강산은 바로 내 연구의 한 부분이 되었던 것이다.

진경산수를 창시한 겸재(謙齋) 정선(鄭敾, 1676~1759)이 웅혼한 필치와 장대한 구도로 그려낸 「금강전도(金剛全圖)」 「만폭동」 「정양사(正陽寺)」 같은 한국미술사의 고전적 작품들, 단원(檀園) 김홍도(金弘道, 1745~?)가 정조대왕의 명을 받고 그려 바친 『금강사군첩(金剛四郡帖)』, 그리고 그의 원숙한 필치가 구사된 「총석정(叢石亭)」 「묘길상(妙吉祥)」 「구룡폭(九龍瀑)」 같은 불후의 명작들, 근대미술사에서 소정(小亭) 변관식(卞寬植, 1899~1976)이 패기에 찬 붓놀림으로 담아낸 「외금강 옥류천(玉流泉)」 「외금강 삼선암(三仙巖) 추색(秋色)」 같은 감동적인 대작들…… 이런 대가들의 그림을 통해 나는 일찍부터 금강산의 명소들을 머릿속에 익히게 되었다.

그 점에서 그림은 시나 음악보다 유리한 예술이라고 할 수 있다. 사진기가 없던 시절 사진의 몫까지 대신했으며 더 나아가서는 사진과는 달리 과장과 상징을 통해 더 실감나고 감동있게 표현할 수 있다는 장르상의 특성이 있다. 결국 나는 그림을 통해 실경을 기억하고 나중에 그 실경이

| 정선의 「금강전도」 | 종이에 수묵담채, 130.7×94.1cm, 1734년(59세), 삼성미술관 Leeum 소장. 마치 헬리콥터를 타고 항공촬영하듯 금강산 1만 2천 봉을 한 화폭에 포착한 이 그림은 그림이 사진보다 더 감동적인 예술일 수 있음을 웅변으로 말해준다.

萬二千峯皆骨山何人用
意寫真顏衆香浮
勇扶天外
積氣雄蟠
世界
間
衆香
芙蓉八万
衆半林松
相倚玄闉级今脚
蟠頂今遍爭似枕邊者不惺

甲寅
冬至

金剛全圖
謙齋

그림에 맞나 안 맞나를 맞추어보는 기묘한 경험을 하게 되었다.

나는 대가들의 금강산 그림을 보면서 자연미가 예술미로 승화되는 미적 작용에서 예술가의 눈과 손이 갖는 의미를 더욱 깊이 새겨보게 되었다. 그런 가운데 그림이란 기본적으로 대상에 대한 면밀한 관찰과 뜨거운 애정 없이는 제대로 이뤄지지 않는다는 사실이 아주 절실하게 다가왔다. 결국 진경산수는 국토에 대한 사랑 없이는 나올 수 없다는 결론에 도달하게 되었고 겸재와 단원의 금강산 그림은 "아! 아름다워라, 조국 강산이여!"라는 조국애의 다른 표현이라는 사실도 알았다. 그래서 조선후기 금강산 그림들이 보여준 사실주의는 곧 '민족적 사실주의'였다고 말할 수 있는 것이다.

옛 문인들의 금강행

나는 또 전공과 취미에 따라 금강산의 옛 답사기들을 두루 훑어보아 왔다. 갈 수 없는 그곳의 기행문을 제대로 읽기 위해 통문관(通文館)의 이겸로(李謙魯) 노인께 부탁해 벌써 20여년 전 일제강점기 때 간행된 금강산 탐승안내책과 사진첩을 다섯 권 구해 곁에 놓고 손가락점을 찍으면서 지리를 익혀가며 읽었다.

금강산을 그린 그림을 모으면 미술관이 되고 금강산에 관한 글을 모으면 도서관이 된다는 말이 있을 정도로 금강산을 읊은 시와 기행문은 많고도 많다. 통일신라의 최치원(崔致遠) 이래 내로라하는 시인과 묵객, 그리고 명인(名人), 명현(名賢), 명사(名士)치고 금강산을 다녀가지 않은 이가 없고, 금강을 노래하지 않은 이가 없다고 할 정도다.

고려시대 김극기(金克己), 이인로(李仁老), 이곡(李穀), 이제현(李齊賢), 나옹화상(懶翁和尚)……

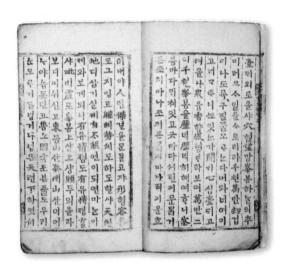

| **정철의 「관동별곡(關東別曲)」** | 금강산 기행문을 모으면 도서관이 될 수 있다는 금강산 문학에서 최초로 한글로 씌어진 국문학상 기념비적 작품이다.

　　조선전기의 권근(權近), 서거정(徐居正), 허균(許筠), 김시습(金時習), 양사언, 서경덕(徐敬德), 이황(李滉), 이이(李珥), 정철(鄭澈), 서산대사(西山大師)……

　　조선후기의 송시열(宋時烈), 김창협(金昌協), 김창흡(金昌翕), 이병연(李秉淵), 강세황(姜世晃), 신광하(申光河), 박지원(朴趾源), 김정희(金正喜), 이상수(李象秀), 김삿갓(金笠)……

　　근대에 들어와 최남선, 이광수(李光洙), 문일평(文一平), 이은상(李殷相), 정비석……

　　이들이 노래하고 탄미한 시문(詩文)들은 그대로 금강산의 무형의 문화유산이 되어 우리들의 금강산 탐승길에 인문적 가치를 더해주었다. 특히 어당(嶧堂) 이상수의 「동행산수기(東行山水記)」와 육당 최남선의 『금강예찬』은 기행문학의 고전이고 백미라 할 천하의 명작이다. 이러한 글들은 앞으로 내가 써내려갈 금강산 답사기에 수없이 인용될 것이다.

원생고려국 일견금강산

금강산의 아름다움에 대한 예찬은 조선사람들에만 국한된 것이 아니었다. 중국의 사신들이 조선에 오기만 하면 "금강산에 가고 싶다" "금강산 그림 하나 다오"라는 주문이 끊이지 않자 태종대왕이 신하들에게 어찌해서 이런 일이 있는가를 물었을 때 재상 하륜(河崙)이 대답한 내용이 『조선왕조실록』에 이렇게 씌어 있다.

일찍이 송나라 시인이 노래하기를 '원컨대 고려국에 태어나 한번만이라도 금강산을 보았으면'이라고 했답니다.

그것이 금강예찬의 백미라는 그 유명한 '원생고려국(願生高麗國) 일견금강산(一見金剛山)'이다. 여기서 일견(一見)이 『조선왕조실록』에는 친견(親見, 직접 보았으면)이라고 씌어 있었는데, 훗날 어느 문사가 이렇게 멋지게 바꾸어놓은 것이며, 이 문구를 소동파(蘇東坡)의 글로 말하는 것은 잘못이다.

금강산의 신비한 아름다움은 벽안(碧眼)의 서양인에게도 예외가 아니었다. 일찍이 조선을 방문하여 『한국과 그 이웃나라들』(1898, 살림 1994)이라는 저서를 펴낸 이자벨라 버드 비숍(Isabella Bird Bishop, 1832~1904) 여사는 이렇게 말했다.

금강산의 아름다움은 세계 어느 명산의 아름다움도 초월하고 있다. 이에 대하여 쓴 글은 한갓 목록에 지나지 않는다. 미(美)의 모든 요소

| **해금강 입석** | 금강산이 땅속으로 숨었다가 그 여맥을 바다에서 다시 솟구친 것이라는 칭송을 듣는 해상의 절경이다.

로 가득 찬 이 대규모의 협곡은 너무도 황홀하여 사람을 마비시킬 지경이다.

1926년 당시 스웨덴의 황태자인 구스타프(Gustav VI Adolf, 1882~1973)가 신혼여행으로 일본을 거쳐 한국에 왔을 때 고고학에 관심이 많은 그는 경주의 서봉총(瑞鳳塚) 발굴에 참여하여 왕관을 직접 꺼내는 영광과 행운을 얻었다. 뿐만 아니라 그는 금강산의 비경을 탐승하고는 감격하여 "하나님이 천지창조를 하신 엿새 중 마지막 하루는 오직 금강산을 만드는 데 보냈을 것 같다"고 찬미했다. 이를 능가하는 찬사가 또 있을까?

그리고 육당은 아마도 이제까지 씌어진 모든 금강산 기행문 중 최고의 명문이라 할 『금강예찬』의 머리글에 하늘나라 수미산상(須彌山上)의 제석궁 앞마당에서 산 중의 왕을 뽑는 꽁트를 쓰면서 중국의 쿤룬산, 인도의 히말라야산, 미국의 로키산, 유럽의 알프스산 등을 제치고 금강산이 산왕(山王)으로 추대되는 과정을 묘사하고는 결론 삼아 이렇게 말했다.

금강산은 보고 느끼기나 할 것이요, 형언하거나 본떠낼 것은 못됩니다. 하느님의 의장(意匠, 디자인)에서도 지극히 공교한 것이어늘 사람의 변변치 아니한 재주를 어디에 시험한다고 하겠습니까.

방북답사 때의 금강산

이처럼 금강산에 대한 예찬은 이 세상 모든 찬사의 극을 달하는 것이었다. 그런 금강산이 일찍부터 나의 머릿속에 박혀 있었던 것이다.

이런 남다른 그리움이 있었기 때문일까. 나는 정말로 영광스럽고도 운 좋게 그 누구보다 먼저 금강산에 가게 되었다. 내가 금강산을 처음 답사한 것은 현대금강호가 첫 출항하기 다섯달 전인 1998년 7월 중앙일보사 방북취재단에 합류하여 나로서는 두번째로 방북길에 올랐을 때였다. 이때 시인 고은(高銀) 선생과 소설가 김주영(金周榮) 선생이 함께했다.

때는 한여름, 바야흐로 장마철 비안개가 유난히 무상한 변화를 일으키는 계절이었다. 우리는 5박6일간 금강산려관에 머물며 금강산 안팎을 두루 오르내리면서 정말로 원없이 금강을 답사했다. 훗날 현대금강호를 타고 안내조장의 인솔하에 탐승객으로 외금강 세 코스를 답사한 것과는 완전히 다른 그야말로 자유로운 답삿길이었다. 그때 나는 금강에 대한 모든 찬사가 결코 허사(虛辭)가 아님을 알았다. 오히려 어떤 시도, 그림도, 노래도 금강산의 아름다움을 따라잡지 못했다는 느낌이었다. 묘사된 예술보다 대상 그 자체가 더 위대하게 다가오는 것이었다.

그것은 내 눈에만 그렇게 비친 것이 아니었다. 함께한 시인과 소설가의 눈에도 똑같이 비쳤다. 육담(肉談)에는 능해도 감정표현에는 좀처럼 곁을 주지 않는 소설가 김주영 선배는 옥류동계곡에 들어서서는 자신도 모르게 탄성을 터뜨리며 "나는 산을 좋아하여 우리나라 산이란 산은 다 가보았지만 이렇게 아름다운 산이 있으리란 상상을 못했다"고 혀를 내둘렀다.

사실주의, 민족주의, 낭만주의가 하나로 육화되어 내던지는 말 한마디가 곧 시가 되는 신묘한 경지의 시인 고은 선생도 만물상(萬物相)의 기기묘묘한 영봉을 치켜 올려다보고는 이렇게 영탄조로 말했다.

"아! 미치겠구나! 이런 절경을 보고도 실성하지 않는 놈이 있다면 그놈이 실성한 놈이다."

그러나 나는 그런 즉발적인 감탄의 말 한마디조차 남기지 못한 채, 옛사람들이 "글로써 다할 수 없고 그림으로도 얻을 수 없다"고 했던 말만을 절감하며 금강산을 떠나고 말았다. 아무래도 나는 냉랭한 한 사람의 미학도, 숙맥이 '학뼈리'로서 별수없이 "금강산은 보고 느끼기나 할 것이지 감히 형언할 수 없다"는 것만 고수한 셈이다. 그때 나는 속으로 이런 엉뚱한 소리는 했다.

"세상의 좋은 말, 멋있는 말은 먼저 태어난 사람들이 다 해버렸으니 늦게 태어난 사람이 항상 손해야!"

그런데 보름간의 답사를 마치고 돌아와 작곡가 강준일(姜駿一) 선생의 음악캠프에 가 있는 작은아들을 보러 갔다가 강선생이 안부 삼아 금강산이 정말 멋있더냐고 묻는 말에 나도 모르게 조건반사로 튀어나온 말이 있었다.

"진짜로 완벽한 아름다움이에요. 모짜르트, 모짜르트도 그런 완벽한 기교의 모짜르트는 있을 수 없을 것 같아요."

금강산을 폄하한 사람들

그러나 세상사람의 눈은 다 같은 것이 아니어서 금강산을 다녀오고는 실망했다는 사람도 없지 않다. 왜 그들은 실망했을까? 아마도 금강산에 대한 기대가 너무도 컸기 때문에 그의 기대치에 미치지 못했던 것인지도 모른다. 이를테면 신선이 있는 줄 알고 갔는데 신선이 없었던 모양이다. 사실 금강산은 그냥 산일 뿐인데……

그래서 그랬는지 금강산 안내조장들 하는 얘기를 들어보면 탐승객들에게 구룡폭과 만물상 코스 중 어느 쪽이 더 멋있더냐고 물어보면 대부분 나중에 본 것이 더 좋았다고 대답한다는 것이다. 첫째날 구룡폭을 본 사람은 둘째날 본 만물상이 좋다고 하고, 첫째날 만물상을 본 사람은 다음날 본 구룡폭이 더 멋있다고 한다는 것이다. 아마도 그것은 첫째날은 어떤 기대감으로 산을 대하지만 둘째날은 들뜬 감정을 가라앉히고 산수를 제대로 감상할 수 있었음을 말함이리라.

그러나 세상에는 그도 저도 아니고 그냥 금강산은 별것 아니더라고 말하고 싶어하는 사람도 있기 마련이다. 그런 이야 낸들 어쩔 수 있겠는가. 그런 사람은 요새만 있는 것이 아니라 옛날부터 죽 있어온 모양이다. 조선말기의 문인 이상수는 「동행산수기」라는 제목의 금강산 기행문에서 격분하며 이렇게 말했다.

하나의 산천이 아름답다고 이름 얻는 것은 산천이 뽐내고 자랑해서 이루어진 것이 아니라 세상사람들이 다 그렇게 생각하며 찬미를 거듭해서 얻은 결과인 것이다. (…) 그런데 근세에 금강산은 산이 되다 말았다고 악평한 미친 작자도 있었다. 그 작자는 대부분의 사람들이야 무슨 말을 하든 말든 터무니없는 말로 중상(中傷)이나 하면서 세상사람을 반대하기에만 힘쓴 셈이다. 그런 자는 응당 혀를 뽑아 지옥에 넣어야 할 것이다.

이렇게 과격한 언사를 서슴지 않은 이상수는 이내 마음을 가라앉히곤 "지나침은 모자람과 같다"라고 하면서 사리를 따지며 금강산을 옹호하는데 그 상징하는 바가 자못 웅대했다.

명산(名山)이란 명사(名士)와 같아서 스스로 객관적인 징평(定評)이 있는 법이니 쓸데없는 말로 그것을 허물 수 없는 일이다.

"명산은 명사와 같다!" 바꾸어 말하면 "명사는 명산과 같아서 몇몇이 흠집을 낸다고 상처받지 않는다"는 말 아닌가. 그런 금강산이다.

금강산의 사계절

옛사람들의 글에는 이처럼 독한 면이 있다. 또 홍한주(洪翰周, 1798~1868)의 「지수념필(智水拈筆)」을 보면 이런 얘기가 나온다.

무릇 산수와 누대로 세상에서 크게 이름을 얻은 곳은 반드시 그것을 깎아내리려고 드는 자가 있게 마련인데 그는 좋은 사람이 아니다. 정자로는 대동강변의 연광정(練光亭), 산으로는 금강산이 우리나라에서 제일간다는 것은 세상사람들의 눈이 모두 일치하는 것이다. 그런데 영조 때 최익남(崔益男, 1724~70)이라는 사람이 연광정과 금강산을 깎아내린 시를 보니 그 젖비린내나는 치기가 결코 길(吉)한 사람이 아님을 알게 했다. 그러더니 훗날 그는 과연 죄를 짓고는 참수당해 죽었다.

1998년 11월 18일 현대금강호의 첫 출항 때 나는 황감하게도 선상 강사로 초대받았다. 그것이 나의 두번째 금강행이었다. 선상에서 '금강산의 역사와 문화유산'을 강의하며 그 역사적 첫 탐승길에 동참했다. 때는 바야흐로 나뭇잎을 모두 떨군 초겨울이었다. 먼젓번 한여름에 본 금강산이 풍운조화(風雲造化)를 동반한 신비의 봉래산(蓬萊山)이었다면, 겨울 금강산은 벌거벗은 채로 속살을 남김없이 드러낸 문자 그대로 개골산(皆骨山)이었다. 그때 나는 금강산의 피부가 '너무너무' 환상적으로 아름답다는 사실을 비로소 알았다. 특히 매끄러운 화강암 준봉에 줄지어 있는 조선 소나무의 아리땁고 늠름한 자태는 일찍이 겸재와 단원의 금강산 그림에서 본 그대로의 아름다움이었기에 더욱 반갑고 눈길이 오래 갔다.

그리고 1999년 봄, 나는 다시 금강산에 올랐다. 이것이 나의 세번째 금강행이었다. 때는 봄, 진달래는 지고 철쭉이 한창이며 연둣빛 신록에 간간이 산벚꽃이 고개를 내민 그런 우아한 금강산이었다. 금강산은 그렇게 철 따라 아름다움이 달랐고 볼수록 장관이었다. 그래서 금강산은 한번 본 사람이 또 간다는 말이 있나보다.

볼수록 아름다운 금강산은 마침내 나의 금강산 답사기를 중단시키고 말았다. 풍악(楓嶽)과 설봉(雪峰)의 금강을 보지 않고 금강산을 말한다는 것은 금강산에 대한 모욕일 수 있다는 생각이 든 것이다. 그리하여 나는 다시 네번째로 금강에 올라 단풍이 장관으로 물든 풍악의 금강을 다녀왔고, 이듬해 1월엔 흰 눈에 덮인 금강산을 답사했다. 그리하여 금강의 사계절, 금강·봉래·풍악·개골에 설봉까지 경험하고 이제야 비로소 나의 금강예찬을 시작하게 된 것이다.

나의 네번째 금강행은 집사람이 함께했다. 집과 애들일랑 처제에게 맡기고 3박4일간의 황홀한 휴가를 가졌다. 본래 우리 집사람은 산에 가는 것을 좋아하지 않았다. 강원도 평창 산골에서 태어나 그곳에서 어린시절을 보내고 여학교까지 다녔기 때문에 앞을 봐도 산, 뒤를 봐도 산, 옆을 봐도 산, 산만 보고 자랐다며 산이라면 신물이 난다는 것이었다. 그래도 한번은 달래서 어느 산 단풍구경을 시켜주었더니 돌아와서 처제한테 전화 걸어 하는 얘기가 가관이었다.

"애, 애, 늬 형부가 멋진 산을 보여준다고 해서 따라갔더니, 글쎄 우리 고향집 뒷산만도 못하더라. 너는 아예 그런 데 가지도 마라."

그것은 설악산사람들이 다른 지방의 산을 보면 감동은커녕 대수롭지 않게 여기고, 경주사람들이 다른 지방 석탑을 시큰둥하게 보는 격이었다. 그런데 예상 외로 아내는 금강산 유람만은 선선히 따라나섰다. 하도 금강이 위대하다고들 해서였을까, 공짜로 초대받았는데 안 가면 손해니까 그랬을까, 아니면 육당의 말대로 그녀의 가슴속에 금강이 하나의 조선심으로 남아 있었기 때문일까.

집사람은 금강산에 와서도 땀을 뻘뻘 흘리면서 상팔담(上八潭)에서 망양대(望洋臺)까지 빠짐없이 구경했다. 그렇게 3박4일간 금강산 탐승을 잘 마치고 돌아와서는 처제한테 집 봐주어 고맙다는 치하와 함께 그 감상을 한마디 던지는데 그건 더 가관이었다.

"얘, 얘, 이제까지 우리가 본 산은 그저 돌덩이 흙덩이였더라, 너도 여름에 늬 신랑하고 가봐라."

집사람이 이렇게 무심코 던진 이 말은 용케도 300년 전에 농암(農巖) 김창협(金昌協, 1651~1708)이 「동유기(東遊記)」에서 금강산 답사를 마무리하면서 한 말과 똑같았다. 300년 전의 문사나 이 시대의 평범한 한 아낙이나 금강을 탄미함은 그렇게 같았던 것이다. 나는 집사람의 이 말을 듣는 순간, 금강산의 아름다움을 한마디로 표현할 수 있는 나의 문구를 비로소 찾을 수 있었다.

"금강산의 아름다움은 꿈이 아니라 현실이다."

2001. 1.

칠순 나이에 부르는 어머니 소리

실향민을 실은 배 / 북한사람을 만나는 반가움 /
칠순 노인이 부르는 어머니

금강산은 통일산, 동해항은 통일항

금강산 관광선의 역사적 첫 출항을 기다리는 동해시 곳곳에는 "금강산은 통일산, 동해항은 통일항"이라는 표어가 붙어 있었다. 그리고 현대금강호의 첫 출항은 북녘 하늘, 북녘 땅에 갈 수 있는 날만을 기다려온 '실향민의 배'였다. 50년 만의 금강행이란 단순한 관광이 아니라 분단으로 인해 넘어갈 수 없던 땅에 내딛는 첫걸음이라는 엄청난 역사적 의미를 담고 있으며, 그것을 몸으로 실감케 하는 것은 실향민의 마음이었다. 첫 출항의 승객을 보면 실제로 취재, 글, 그림, 사업정보차 온 승객을 제외하면 대부분이 실향민이었고, 모든 이의 관심 또한 금강산 못지않게 실향민들에게 있었다.

그래서 승선부터 이들을 취재하는 기자들의 물음과 이에 대답하는 실향민들의 이북 사투리가 곳곳에 가득했다. 나도 그 속에 끼여 있었다. 승객들은 누구나 이름표를 목에 걸고 있었는데, 이름표에는 사진과 함께 이름, 생년월일, 직장, 직위, 주소 등이 씌어 있었다.

객실에 짐을 풀고 나서 탐승객들의 표정이나 살피고자 갑판으로 나왔다가 난간에 몸을 가만히 기댄 채 무언가를 회상하고 있는 듯한 칠순은 되어 보이는 건장한 노인과 눈인사를 나누게 되었다. 노인과 나는 인사와 동시에 서로의 이름표를 읽으면서 자연스레 상대방이 누구인지 확인할 수 있었다. 후덕한 인상을 갖고 있는 이 노인은 1928년생, 강원도 횡성에 사는 화성운수 대표 김택기씨였다. 노인께서 먼저 말을 걸어왔다.

"유교수시군요. 신문에 연재하는 북한답사기 잘 읽고 있습니다."
"감사합니다. 고향이 그쪽이세요?"
"온정리(溫井里)가 내 고향이랍니다."
"아! 그러세요. 저는 지난번 방북 때 온정리 금강산려관에 닷새간 묵었답니다. 온정리 어디께세요?"
"금강산온천 다리 너머 바로 오른쪽인데, 그 집이 아직 있을는지……"

나는 그 다리 너머엔 민가가 하나도 없음을 알고 있었다. 그러나 차마 이 사실을 그 자리에서 미리 알려드릴 수 없었다.

실향민을 실은 배

고적대의 팡파르와 함께 오색풍선이 하늘을 덮고, 현대금강호는 역사적 출항을 알리는 긴 뱃고동소리와 함께 서서히 동해항을 빠져나갔다.

얼마 안돼 선내 방송이 반별 식사시간을 알려주었다. 식사 뒤에는 춤과 노래와 재담으로 엮어진 쇼를 구경하기도 하면서 승객들의 선상생활은 시작되었다.

밤이 깊어지자 선내는 이내 조용해졌고 갑판에 매서운 늦가을 바닷바람이 몰아치고 있었지만 누구나 쉽게 잠들 생각이 없는 것 같았다. 밤 11시에 제공된 야식코너에 많은 사람들이 나왔고 일없이 서성이는 승객, 갑판과 연회장을 분주히 오가는 승객, 술판에 길게 둘러앉은 승객, 이를 취재하는 기자 들로 금강호의 밤은 여전히 대낮 같았다. 멀리서는 해양경찰청 소속 제민호(濟民號)가 우리의 안전을 지켜주기 위해 계속 호위하고 있었으며, 먼바다에 이르렀을 때는 무수한 갈매기가 영문도 모른 채 현대금강호를 계속 따라오고 있었다.

나는 갈매기떼가 행여 길이나 잃지 않을까 하는 공연한 걱정거리가 생겼다. 천지공사를 알 턱 없는 갈매기가 금강산 여객선을 고깃배인 줄 알고 따라붙었다가 나중에 지치면 혹시 돌아갈 힘조차 잃는 게 아닌가 하는 생각이 든 것이다. 나는 이 궁금증을 못 이겨 기어이 승무원을 찾아 저 갈매기가 저러다 어떻게 될 것 같으냐고 물으니, 그는 잠시 당황하는 빛을 보이다가 억지로 친절하게 대답하는데 자존심이 약간 상했다는 기미가 역력했다.

"그건 고깃배에 물어봐야죠. 금강호는 고깃배가 아니라 호텔입니다."

나는 침대에 누워 잠을 청했다. 가볍게 흔들리는 요동을 느끼면서 한참 잔 줄 알고 깨었을 때는 겨우 새벽 2시였다. 도망간 잠을 좁은 객실에서 달래기 갑갑하여 갑판에나 나가보려고 긴 복도를 지나는데 어느 방에선가 한 여인의 흐느끼는 소리가 새어나왔다. 듣자 하니 할머니의 목소리 같았다. 나는 잠시 멈춰 그 흐느낌에 귀기울이며 멍하니 서 있었다. 그러던 순간 여인은 진저리를 치는 듯한 호흡과 함께 긴 외마디소리로 "어머니—"를 외쳤다. 그런데 그 '어머니' 소리는 이제까지의 흐느낌과는 달리 젊은 처녀의 목소리 같았다. 그래서 나는 이 여인이 할머니인지 젊은 여인인지 알지 못했다.

금강산 탐승객은 누구든 조별로 편성되어 4박5일 동안 배에서든 금강산에서든 함께 행동하도록 되어 있었다. 내가 속해 있는 '가반 11조'에는 일반 탐승객도 몇몇 있었지만 대부분이 취재기자와 실향민이었다. 기자 중에는 MBC 뉴스의 이보경 기자가 면식이 있었고, 실향민 중에는 우성해운의 홍용찬(55세) 부사장이 평소 알고 지내는 사이여서 나는 조금도 서먹할 것이 없었다. 홍용찬씨는 고향이 고성 중에서도 해금강 입석리였기에 바로 고향집 앞까지 가는 셈이었다. 그는 사촌형 익찬(57세)씨와 외사촌인 이창식(68세), 영식(66세) 형제를 모시고 50년 만에 고향을 찾아가는 부푼 마음으로 현대금강호에 올랐던 것이다. 그들의 가슴이 얼마나 설레었을까. 이중 제일 연장자인 이창식씨에게 고향 가는 소감을 물었는데 그는 뜻밖에도 차분하게 대답했다.

"담담할 뿐입니다. 10년 전만 해도 남쪽 고성 통일전망대에 서서 고향 쪽을 바라보며 통곡을 했고, 통곡을 할지언정 고향을 바라보고 오면 그래도 맘이 좀 편했는데 칠순이 가까워온 지금은 그런 울음도 사라지고 모든 게 덤덤합니다."

설레는 탐승을 시작하며

계절로는 늦가을이었지만 금강산은 이미 겨울로 접어들어 있었다. 금

| **장전항에서 바라보는 비로봉** | 늦가을 어느날 아침 비로봉에만 흰 눈이 내렸다. 그럴 때면 금강산은 더욱 산세를 명확히 드러내면서 신비감을 더해준다. 비로봉 아랫자락 검푸른 산줄기가 관음연봉이다.

강호 갑판상에선 복주머니처럼 둥글게 말린 장전(長箭)항구와 그 너머로 수반(水盤) 위의 수석인 양 금강산 남북 60킬로미터하고도 그 여맥이 통째로 보였다. 혹은 톱니처럼, 혹은 예리한 도끼날처럼 날카로운 선을 그리는 산세가 겹겹이 싸여 있고 가장 높게 보이는 비로봉(毘盧峰) 정상에는 눈이 하얗게 쌓여 있었다. 특히 둘째날은 밤새 눈이 더 내렸는지 신비로울 정도로 눈부시게 반짝이고 있어 갑판에서고 부두에서고 사람마다 "저 흰 산이 무슨 봉이지?" "비로봉이라는군!" 하는 소리가 끊이지 않았다. 사실 그 이름은 알아 무엇하리오마는 신비에 조금이라도 다가가고픈 마음에 이름을 찾는 것이리라.

내가 지난여름에 본 금강산과 이번에 보는 초겨울 금강산은 너무도 달랐다. 여름 봉래산이 진초록 나들이복에 하얀 비단사라(紗羅)를 걸친 모습이라면 개골산은 실오라기 하나 걸치지 않은 나신(裸身)이라고나 할까. 그런데 금강산의 속살이 그처럼 환상적인 아름다움을 갖고 있을 줄은 몰랐다. 밝은 햇살에 반짝이는 바위는 너무도 윤기있고 매끄럽게 느껴졌다.

이번 금강호에는 김영재, 박광진, 정명희, 김병종 등 내가 얼굴과 이름을 잘 알고 있는 화가만도 10여명이 동승했다. 그들은 옥류동, 구룡폭, 만물상 등지에서 탐승객들이 보는 앞에 스케치하면서 이렇게 소묘하기 좋은 산은 처음이라며 흡족한 표정을 짓고 있었다.

금강호의 첫 승객들이 반한 것은 바위산의 오묘한 모습만이 아니었다. 금강산엔 10대미(十大美)가 있어 산악미, 계곡미, 수림미…… 하고 꼽더니 창터솔밭과 온정리의 장려한 미인송(美人松) 솔밭을 지날 때는 모두들 그 아름다운 수림 속을 걷지 못함을 억울해했다.

계곡미는 또 어떠했는가! 어떻게 물색이 저렇게 옥빛, 비췻빛을 발할 수 있을까. 서울에서 먹는 생수보다 더 맑다니! 얼마나 맑으면 계곡 안쪽엔 미생물조차 없어 물고기가 살지 못할까. 어떻게 휴지 하나, 비닐조각 하나 없는 이런 청정지역이 있을 수 있단 말인가.

탐승객들은 모두 세개 반으로 편성되어 있어서 가나다 반이 구룡폭, 만물상, 삼일포(三日浦) 코스를 순번대로 돌아가며 탐승했다. 그래서 저녁식사 때와 갑판에서 휴식할 때면 서로 그쪽 코스는 아름답더냐, 힘들더냐 하고 물으며 금강산에 대한 자랑과 기대를 교감하곤 했다.

북한사람을 만나는 반가움

탐승객들의 관심은 또한 금강산 못지않게 북한주민에게도 있었다. 동해를 떠나기 전에 안보교육을 받으면서 북한주민에게 말을 걸면 벌금 80

달러라는 소리를 듣고 이게 무슨 황당한 얘기인가 하면서도 액면 그대로 받아들였는데, 막상 버스를 타고 마을 앞을 지날 때면 너나없이 북한주민들을 향해 힘껏 손을 흔들었다.

장전항에서 온정리까지 금강산 탐승객을 실어나르는 버스가 오가는 길은 참으로 비정한 분단의 아픔을 다시 보여주었다. 버스길 양옆에는 높이 둘러쳐진 철조망이 있었다. 그리고 철조망에는 500미터 간격으로 어린 군인들이 자기 키만큼 큰 총을 어깨에 걸쳐메고 눈동자 하나 까닥하지 않고 부동의 차려자세로 인형처럼 서 있었다.

그러나 밭에서, 혹은 공사장에서 일하던 주민들이 짬짬이 손을 흔들어 답하면 버스 안 사람들은 모두 그쪽 창으로 몰려 힘껏 손을 흔들며 "반갑습니다"라는 소리를 지르곤 했다.

금강산 탐승길에 올라서자 이번에는 군인 대신 환경관리원들이 2인 1조로 역시 500미터 간격으로 배치되어 탐승객들의 탐승질서를 관찰하며 길청소를 하고 있었다. 우리 조가 첫날 옥류동계곡 앙지대(仰止臺)에 다다랐을 때는 남녀 한쌍의 환경관리원이 대빗자루를 들고 낙엽을 치우고 있었다. 사람들은 그들을 멀찍이서 따뜻한 인간애로 바라만 볼 뿐 교육받은 대로 말 한마디 걸지 못하고 있다가 누가 먼저 했는지 거의 본능적으로 눈인사를 보내자 그들 역시 끈끈한 동포애가 느껴지는 눈인사를 보내왔다.

그러자 이보경 기자는 이때다 싶어 나를 지난번에 다녀간 '교수 선생'이라고 소개했고, 그들은 내 이름표를 뚫어지게 바라보고는 다시 내 얼굴과 이름표를 반반으로 갈라보며 확인하는 것이었다. 그래서 내가 지난번에 엄영실 동무의 안내를 받았는데 혹시 여기에 나왔느냐고 물었더니, 환경관리원은 그것을 물증으로 인정한 듯 비로소 입을 열며 자기는 장영애(張英愛, 28세)라고 이름까지 밝혀주었다.

| 금강산 안내원과 관광객 | 현대금강호 첫 출항 때 관광객들이 금강산보다 더 보고 싶어한 것은 북한동포의 모습이었다. 관광객들은 금강산 안내원을 만나면 이렇게 모여들어 한 핏줄의 정을 나눴다.

　이리하여 이 환경관리원은 남한 탐승객에 둘러싸여 질문공세를 받게 되었다. 그런데 이 여성 환경관리원은 뜻밖에도 말을 멋지게 되받아쳐 사람들을 놀라게 했고, 또 그것은 더없는 반가움으로 느껴졌다. 실없이 말 걸 때면 으레 그렇듯이 누군가가 결혼했냐고 묻자 "나는 아직 사랑해본 력사가 없어요"라고 대답했을 때, 젊은이들은 그 표현을 재미있어했지만 나이든 분들은 '~해본 역사가 없다'는 표현이 1950년대의 말투임을 상기하며 그런 유행어가 아직도 그대로 남아 있다는 사실을 아주 신기해했다.

　대화의 진도가 갑자기 빨라져 사람들이 짓궂게 노래를 시키자 근무중이라서 안된다며 빗자루를 들고 젊은 남성기자들을 향해 소리쳤다.

　"지금 저 위쪽 옥류동에선 처녀들이 홀딱 벗고 목욕하고 있는데 그

걸 못 보고 가면 얼마나 억울하겠습니까. 빨리 가십시오."

북한사람들은 농담을 이처럼 아주 잘했다. 나는 이것을 사회주의체제에서 나온 문화행태라고는 생각지 않았다. 왜냐하면 아무리 생각해도 자본주의사회가 사회주의사회보다 훨씬 자유롭고 여유있다고 생각하기 때문이다. 그리고 이는 서울에 사는 이북사람들이 능청스럽게 농을 잘 걸고 또 능숙하게 받을 줄 아는 점을 생각할 때 어쩌면 풍토적 특성이라고 보는 것이 옳을 성싶다. 그들의 성격이 밝고, 단선적이며, 천진해 보이는 것은 아마도 야박한 도회지 때가 묻지 않은 시골사람들의 천진성 같은 것이라고 이해했다. 그런데 나중에 금강산에서 돌아와 어느 술자리에서 내가 북한사람들의 이런 유머감각에 대해 이야기하자 경북대 불문과 임진수 교수는 생각을 달리한다며 이렇게 말했다.

"어쩌면 사회주의체제가 낳은 문화현상인지도 모릅니다. 왜냐하면 고대 그리스의 유머라는 것을 보면 아테네가 아니라 오히려 스파르타에서 많이 나왔답니다. 질서가 꽉 짜여 있을수록 카타르시스를 위한 농담과 유머가 발달하는 법이니까요."

동생을 찾는 형의 목소리

둘째날이 되었을 때 사람들은 그새 금강산의 산세와 환경관리원들에 익숙해져서 첫날처럼 낯가리는 일 없이 적극적으로 달려들었다. 관광객들은 벌금 80달러라는 말을 잊었고 북측 환경관리원들 역시 말을 걸어주었으면 하는 듯한 따뜻한 눈길이 역력했다. 그리고 그들은 여전히 농담으로 잘도 받아넘겼다.

삼일포에서 만난 환경관리원 정길화(24세)씨에게 누군가가 "남남북녀가 노래 하나씩 합시다"라고 제안하자 그녀는 이렇게 받아넘겼다.

"남남북녀가 뭡니까. 북녀남남이지."

그리고 장군대(將軍臺)에서 만난 환경관리원 리상옥(22세)씨를 끌어내어 끝내 「휘파람」 「심장에 남는 사람」이라는 유행가를 들었을 때는 모두들 그 아련하고 고운 가사와 창법에 취했다. 노래란 이처럼 사람의 마음을 흔들고 동화시키는 데 매우 유리한 장르다. 그래서 마지막날 만물상 오르는 길의 망장천(忘杖泉) 샘물가에서는 이문구(李文求), 이문열(李文烈), 김성우(金聖佑), 박범신(朴範信) 등 문필가들이 관리원 류정금(柳正金, 24세)씨에게 「심장에 남는 사람」을 지정곡으로 신청하고는 글쟁이답게 그 노랫말을 받아쓰고 있었다.

그런데 북한 관리원들이 마냥 천진스러운 것만은 아니었다. 그들의 농담 중에는 아주 단호한 면도 있었다. 또 언중유골(言中有骨)로 뼈있는 말을 잘 집어넣었다.

삼일포에서의 일이다. 단풍각에서 점심을 먹고 내려오다가 사람들은 미남형으로 미끈하게 잘생긴 김철호(30세)씨를 만났을 때 역시 인간적인 대화와 농담을 주고받았다. 그는 국제관광종합사의 지도원이라고 자기 소개까지 했다. 그때 누군가가 관광지도원으로서 남한사람들이 금강산에 오게 된 것을 어떻게 생각하느냐고 묻자 그가 거칠 것 없이 단호하게 대답하는데 모두들 잠시 입을 다물고 숙연해졌다.

"금강산을 맘껏 즐기십시오. 그러나 우리는 금강산이 남쪽의 설악산처럼 되지 않기를 바랍니다."

사람들은 그렇게 금강산과 금강산사람들에게 익숙해지며 아름다운 산과 그리운 사람들을 만나고 있었다. 남과 북은 그렇게 만남을 시작한 것이었다. 순간순간마다 눈물겨운 감격이 일어나는 진한 만남이었다.

더욱이 실향민들에게 있어서 금강산은 아름다운 탐승의 대상이 아니었다. 그저 나무 하나, 돌덩이 하나에서도 고향에 찾아온 정을 실어보는 감격의 땅이었다. 특히 고성, 장전, 온정리 사람들은 잃어버린 고향에 다시 돌아온 반가움과 슬픔이 동시에 일어나고 있었다.

셋째날 만물상 답사를 마치고 도시락을 먹기 위해 일행들과 함께 온정리 금강산려관 옆에 있는 금강원식당으로 가는 길에 나는 첫날 배에서 만난 김택기 노인을 다시 만났다. 구면이라 반갑게 인사를 드렸는데 그분은 내가 인사하는 것을 못 보았는지 딴 쪽만 계속 살피며 아무 반응이 없었다. 그는 무엇을 잃어버린 사람처럼 계속 주위를 두리번거리고만 있었다. 그러더니 갑자기 혼잣소리를 하며 저쪽으로 가는 것이었다.

"아냐! 여기야! 여기쯤야! 온정리가 다 없어졌어! 하나도 남은 것이 없어……"

그러더니 노인은 갑자기 먼 숲을 향해, 어찌 보면 실성한 사람처럼 어찌 보면 연극배우 같은 큰 몸짓으로 이곳저곳을 향해 큰 소리를 던졌다.

"택수야! 형 왔다! 나 택기야! 내가 왔어!"

나는 이 가슴 저미는 소리를 옆에서 눈물 없이 들을 수가 없었다. 그런데 이 노인의 동생 찾는 소리는 이제 스무살 된 우리집 큰아이가 작은아

이를 부르는 소리보다도 더 어리게 들려왔다. 순간 저 노인은 어린시절, 헤어질 때 부르던 그 감정으로 동생을 부르고 있는지도 모른다는 생각이 들었다.

북한주민에게 금강산은 무엇인가

김택기 노인만이 온정리의 실향민이 아니었다. 그렇게 말하는 나 또한 말할 수 없는 실향민의 심정에 휘감겨 그날 점심을 거의 먹지 못했다. 금강산려관으로 말할 것 같으면 지난여름, 내가 5박6일간 묵어간 곳으로 수위원, 판매원, 출납원, 의례원 등 10여명의 얼굴과 이름을 아직도 생생히 기억하는 곳이다. 또 금강원식당은 매일 저녁을 거기서 먹으며 주인 아주머니가 따다준 털복숭아를 맛있게 벗겨먹고, 유성숙(24세) 접대원의 상냥한 친절과 가성 섞인 고음의 노랫소리를 아직도 잊지 못하는 추억의 식당이다.

그런데 금강산려관은 접근도 못하는 구역으로 수위원은커녕 인기척도 없었다. 금강원식당에 들어서니 주인 아주머니 이하 모든 접대원들이 어디론가 소개(疏開)되고, 불도 쓰지 않은 복도는 을씨년스럽게 어두침침했다. 텅 빈 집, 텅 빈 방에 텅 빈 식탁만 놓여 있어 탐승객들은 거기에 삼삼오오 둘러앉아 지급받은 까만 도시락통을 열어 식사를 했다.

아! 그들은 어디로 갔을까? 그런 생각에 나는 밥이 넘어가지 않았다. 금강원식당에서 나와 솔밭 저편 금강산려관 쪽을 망연히 바라보며 내가 묵었던 403호 베란다에 오랫동안 눈길을 두고서 지난여름 꿈같이 보냈던 그때와 그 그리운 얼굴들을 다시 그려보았다.

그날 버스로 돌아가는 길에 창밖에 보이는 철조망과 500미터 간격으로 서 있는 인민군 보초들을 보면서 나는 불현듯 이런 질문이 들었다.

'저기 철조망이 둘러쳐져 있고 보초가 지키고 있는 것은 과연 남한 관광객이 북한지역으로 넘어가는 것을 금지하기 위함인가? 아니면 반대로 북한주민들이 이 안으로 들어오지 못하게 막은 것인가? 앞으로 당분간 북한주민들은 금강산을 관광할 수 없게 된 것 아닌가? 그렇다면 북한사람들에게 금강산은 무엇인가?'

나는 그때 이후 이 의문을 줄곧 지울 수 없었고, 스스로의 물음에 답을 찾으려고 무던히 애썼다. 그래서 어떤 자리에 초대받아 '금강산의 역사와 문화유산'에 대해 강의할 때면 이런 말을 오해없이 알아들을 수 있는 사람들에게 질문으로 던져도 보았고, 또 그럴 수 있을 만한 사람들 앞에서는 내 나름의 잠정적 대답도 해보았다.

한번은 민사판례연구회라는 법관, 변호사, 법학교수 모임의 망년회에서 이 이야기를 꺼내고서 "결국 현대그룹이 북한정부에게 금강산을 몇 십년간 전세낸 셈 아닐까요"라며 스스로의 소견을 되묻듯이 말했다. 그러고 나서 강의 끝에 차를 마시며 담소하는 자리가 있었는데 한 변호사가 내게 웃으며 이렇게 말해주었다.

"그럴 때는 전세권이라고 말하지 않고 지상권(地上權)을 설정했다고 한답니다."

칠순 노인이 부르는 어머니

우리 조가 해금강 코스를 탐승하는 날이었다. 그날따라 홍용찬, 익찬 형제와 이창식, 영식 형제분들은 남달리 상기된 모습이었다. 알고 보니 오늘 그들은 고향 입석리 앞을 지나는 것이었다. 버스가 삼일포를 곁에 두고 멀리 폐허나 다름없는 고성 구읍이 바라보이는 곳을 지날 때 형제들은 버스창에 바짝 다가가 어린애처럼 날뛰며 소리쳤다.

"고성역 건물이 남아 있다!"
"저기 물탱크가 보인다!"
"여기가 너배기고개고 저기는 말머치다!"

그들은 스치는 장면마다 중계방송 아나운서처럼 말을 옮겼다. 그것은 거의 본능에 가까운 반응이었다. 이윽고 버스가 주차장에 도착했다. 낮은 언덕 한 자락을 돌아서자 푸르디푸른 동해바다가 우리를 맞이하는 바닷가였다. 바윗돌이 널려 있는 해변가에서 모처럼 자유시간이 주어졌을 때 이들 형제는 서둘러 넓은 바위를 찾아 제상을 진설했다. 제수는 약과, 깨강정, 밤, 대추, 육포, 사탕, 초콜릿에 술은 약주로 모두 서울에서 정성껏 마련해왔다.

그리고 이들은 함께 고향을 향해 큰절을 올렸다. 그렇게 하고도 뭔가 미진했는지 내외종 사형제는 한 사람씩 잔을 다시 올리는데, 그중 가장 나이 많은 이창식 노인은 절하기 앞서 고향을 향해 울먹이며 이렇게 말했다.

"어머니, 저희가 왔습니다. 지금 살아계십니까, 돌아가셨습니까? 살아계시면 살아계신 대로, 돌아가셨으면 돌아가신 대로 절 받으십시오."

그러고는 넙죽 큰절을 올리며 엎드렸는데 좀처럼 일어날 줄 몰랐다. 이제는 흐를 눈물도 없어 담담할 뿐이라던 노인은 그예 주먹만한 눈물을

| **실향민의 제사** | 고향 쪽을 향하여 큰절을 올리고 있는 이들 형제는 가족과 고향에 대한 그리움과 사무침으로 좀처럼 일어설 줄 몰랐다.

흘리더니 끝내는 오열을 터뜨리고 말았다. 그러고는 고향을 바라보며 외마디로 질렀다.

"어머니─"

그런데 "어머니" 하고 부르는 소리만은 이상하게도 노인이 아닌 10대 소년의 목소리처럼 들렸다. 주위에 있던 사람들의 눈에는 모두 눈물이 맺혀 있었다. 심지어는 그 냉혈한 기자들조차 코끝이 시려옴을 느끼는 듯 고개를 돌리곤 했다.

나는 순간 그 이유를 알아챌 수 있었다. 이창식 노인은 50년 전 어머니 품을 떠나던 열여섯살 소년시절에 마지막으로 어머니를 불러보았던 바로 그 목소리 그대로인 것이었다. 그때의 감정이 50년을 두고 털끝만큼도 변하지 않은 것이었다. 인간에게 어머니는 그런 것이다. 그래서 첫날 유람선 객실에서 흘러나온 그 '어머니' 소리가 할머니 목소리인지 처녀 목소리인지 몰랐던 것이다. 나이 칠순이 되어도 어머니는 어머니인 것이다.

모든 일정을 무사히 마치고 금강호가 장전항을 떠나 뱃머리를 동해 먼 바다로 향했을 때 배 뒤편 갑판에는 몇 사람이 찬바람을 마다하지 않고 멀어지는 항구의 희미한 불빛을 하염없이 바라보고 있었다. 나도 난간 가까이 다가가 그들과 열을 나란히하고서 장전항 너머로 검게 드러나는 금강산 자락에 그리움의 정으로 눈길을 오래도록 두고 있는데, 내 곁에 있던 노란 파카를 입은 할머니가 갑자기 흐느끼는 목소리로 무언가에 속 엣말하듯 말하고 있었다.

"어머니, 저 갑니다. 어머니, 이제는 오고 싶으면 또 올 수 있게 되 었습니다. 명년 봄엔 손주도 데리고 오겠습니다."

그러고는 하늘이 꺼져라 "어머니—"를 부르며 내 발아래로 주저앉았 다. 그것은 내가 현대금강호에서 마지막으로 들은 '어머니' 소리였으며 또 첫날 복도에서 들은 어머니 소리와 같은 것이었다.

그러니까 이 칠순 실향노인들이 50년 만에 어려서 뛰놀던 빈 고향에 돌아와 말할 수 있는 유일한 언어는 오직 '어머니' 한마디뿐이었다.

나는 할머니를 부축하여 모시고 갑판을 돌아 선실로 들어왔다. 이윽고 장전항 밤바다에는 아무것도 보이는 것이 없었다.

2001. 1.

외금강 관문의 어제와 오늘

장전항과 금강산 / 외금강 탐승의 방사점, 온정리 /
온정리의 아름다운 경관

동해시는 묵호와 북평

옛말에 "금강산 가듯 한다"는 속담이 있다. 벼르고 벼르면서 정작 시행하지 못하는 모습을 이르는 말이다. 그 속담조차 분단 50년간 우리의 뇌리에서 사라질 수밖에 없었는데 모르면 몰라도 지금 '금강산 가듯' 좀처럼 금강산에 가지 못하고 있는 사람이 한둘이 아닐 것이다.

나의 부모님 역시 현대금강호 출항 1년이 다 되도록 금강산 가듯 금강산을 가지 못하셨다. 아버님은 팔순을 바라보는 고령이신데다 건강도 좋은 편이 아니어서 기회만 엿보아오셨는데 "삼수갑산(三水甲山)을 가더라도 끊고 본다"는 식으로 금강행 표를 예약해드리니, 처음에는 마다하시다가 나중에는 중턱까지만 가도 금강산 정기를 쐬는 것이니 그 어디냐고 하며 받아들이셨다. 그러나 정작 떠날 무렵엔 어린시절 소풍 준비하듯 탐승장비를 차리시는데 그것만으로도 혈색이 벌써 좋아지시는 것만 같았다. 확실히 노인들은 일상을 벗어나는 신나는 일만으로도 보약이 되는가보다.

게다가 아버님은 시간이 많아 금강산 안내책들을 샅샅이 뒤지며 사전 조사를 하시는 것이 새로운 일과가 되었다. 그러던 어느날 분당으로 부모님을 찾아뵈니 자식이라고 가뭄에 콩 나듯 얼굴을 비치는 나를 보자마자 옳다구나 싶은 표정으로 앉기도 전에 묻는 것이 있었다.

"애야, 금강산 관광선이 남쪽 동해항에서 떠나 북쪽 장전항에 닿는다는데 동해항은 어디고, 장전항은 어디냐?"
"동해항은 옛날 북평(北平)항이에요. 북평하고 묵호(墨湖)하고 합쳐서 동해시가 됐거든요."

우리나라의 옛 지명이 도시화·산업화되는 과정에서 '동해시'처럼 족보에 없는 싱거운 이름이 생긴 것은 큰 실수였다. 도시의 연륜과 인문적 가치가 이렇게 손상받은 것이다. 이제 동해시가 금강산 유람선 출항지로 다시 세상에 이름을 얻게 된 것은 그나마 다행이라 하겠지만 아무래도 이름의 생소함 때문에 역사적 지명인 북평과 묵호가 쌓아온 이미지는 큰 손해를 입는 것 같다.

"북평이라면 나도 알지. 저 쌍용 시멘트공장이 있는 곳 아니냐."
"맞아요. 그런데 아버지는 어떻게 시멘트공장이 먼저 생각나세요. 두타산(頭陀山) 무릉계(武陵溪)가 좀 좋아요."

평생을 설비기술자로 사셨던 아버님이 북평의 쌍용 시멘트공장을 먼저 떠올리신 것은 당연한 일이다. 아닌게 아니라 두타산 시멘트공장에서 북평항구까지 장장 10여 킬로미터를 치달리는 시멘트 송수시설에 놀라지 않을 이가 어디 있겠는가. 게다가 북평의 무릉계는 사실상 금강산의 어느 계곡 못지않은 수려한 경관을 갖고 있다. 다만 금강산엔 무릉계 같은 계곡이 수십군데 있을 따름이다.

장전항은 북한의 고성

이에 반해 북한은 도시화·산업화 과정을 심하게 겪지 않아 옛 이름을 그대로 간직하고 있으니, 이는 차라리 새옹지마(塞翁之馬)의 복인지도 모른다. 아버님은 이어 물으셨다.

"그러면 북쪽의 장전항은 어디냐? 원산, 통천, 고성이라는 항구는 들어봤어도 장전항이라는 지명은 처음 듣는다."
"북한의 고성(高城)이 곧 장전이에요."
"그게 무슨 말이냐?"

이건 좀 긴 설명을 필요로 한다. 고성이 곧 장전이 되는 과정에는 분단의 아픔이 서려 있다. 본래 강원도 고성군은 그 영역이 굉장히 길었다. 동해안의 '칠레'라 할 만큼 길어서 금강산의 남북 60킬로미터가 통째로 고성군 안에 들어와 있었다. 위로는 통천군, 아래로는 양양군과 접해 있는데 그 뻗어 있는 길이가 웬만한 동해안변 시, 군의 두세배나 된다. 해안선을 따라가면 아름다운 포구와 호수가 연이어 있어서 삼일포, 해산정(海山亭), 해금강(海金剛), 감호(鑑湖), 비래정(飛來亭), 영랑호(永郎湖), 화진포(花津浦), 송지호(松池湖), 청간정(淸澗亭)까지 쉼없이 펼쳐진다. 그리고 큰 고을도 많아서 장전, 고성, 거진(巨津), 간성(杆城)까지 읍만도 네 곳이었다.

그런데 한국전쟁 때 고성은 엄청난 격전지였다. 361고지와 월비산(月飛山)을 놓고 피아간에 치열한 공방전을 펼쳤던 고성전투, 일명 금강산전투는 남북 양쪽에 영웅적인 전사(戰史)를 기록게 했다. 그 결과 금강산 4대 사찰 중 큰 절 세곳이 잿더미로 변했고 고성읍내엔 성한 건물이 하나도 남지 못한 채 휴전선이 그어지게 되었다. 그런데 남북 4킬로미터의 비무장지대라는 것이 비정하게도 고성군의 정가운데를 가로지르게 되었다. 그래서 양사언의 전설이 깃든 감호와 비래정은 남북 어느 쪽도 들어갈 수 없는 곳이 되었고 고성읍은 구읍리(舊邑里)라는 폐허의 이름으로 남게 되었다.

그러나 고성군은 워낙에 구역이 넓고 길었기 때문에 가운데토막을 잘리고도 남북으로 남은 영역이 좁지 않아서 남한은 남한대로 북한은 북한대로 고성군이 따로 건재하게 되었다. 이리하여 남쪽 고성군의 군청은 간성에, 북쪽 고성군의 군청은 장전에 두게 되었으니, 이후 북한에서 고성이라고 하면 곧 장전을 가리키는 것이 되었다(북한은 나중에 군청 소재지 제도를 없앴다).

장전항과 금강산

그렇다고 장전이 아주 이름없는 허름한 항구였던 것은 아니다. 옛날부터 장전 앞바다는 황금어장으로 이름높았다. 대구, 명태, 정어리, 청어, 연어 등 동해의 대표적인 고기들이 모두 잡혔다. 뿐만 아니라 고래도 많아서 일제의 동양포경회사 사업 근거지가 여기였다고 한다.

장전항은 여러모로 나무랄 데 없는 천연의 항구다. 동해바다를 내다보

| **수정봉에서 바라본 장전항** | 동해바다를 내다보며 복주머니 형태로 감싸여 있는 장전항은 여러모로 나무랄 데 없는 천연의 항구다.

며 복주머니 형태로 감싸여 있을 뿐만 아니라 수심이 깊고 폭이 넓어 예부터 연안항로의 기항지이자 겨울철 피난항으로 유명했다. 일제강점기에는 항시 군함이 정박하고 있어서 '군함항'이라는 별명이 있었다고 한다. 그렇기 때문에 2만 톤이 넘는 금강산 관광선들이 장전 앞바다까지 들어가 뭍으로 직접 내릴 수 있는 것이다.

장전항이 동해안의 한 어항(漁港) 또는 군항(軍港)에서 전국적인 지명도를 얻게 된 것은 1910년대 이른바 '금강산 열(熱, 붐)'이 일어나면서부터였다.

'금강산 열'을 주도한 것은 경원선 철도였다. 경원선이 개통된 것은 1914년 8월이었다. 이로 인해 서울에서 일단 철원까지는 쉽게 갈 수 있게 되어 금강산으로 들어가는 일정을 많이 단축할 수 있었다. 그러나 철원에서 내금강까지 연결하는 금강산철도가 개설된 1931년 이전까지는 오히려 원산이 금강산 탐승의 거점도시였다. 1916년 최초의 금강산 사진첩인 『조선 금강산 사진첩』이 출간된 곳은 원산의 덕전사진관이었다. 그것은 원산에서 외금강 초입의 장전항까지 기선이 개통되었기 때문이다.

이 기선은 네 시간 반 걸렸다고 하는데, 아직 신작로도 제대로 놓지 않은 시절을 생각할 때 획기적인 시간단축이었다. 게다가 값도 싸서 당시의 증언에 의하면 "여비 관계로 금강산 탐승에 해왕해귀(海往海歸)의 로(路)를 취하는 경우"가 많아 1930년대 중반, 그러니까 내외 금강산에 모두 철도가 부설되기까지는 가장 편리하고 저렴한 탐승길이었다.

이리하여 조그마한 어항이던 장전항은 날로 번창하여 1931년도 한 통계에 따르면 장전에는 신북면사무소·순사주재소(巡査駐在所, 파출소)·우체국·소학교·보통학교·학교조합 등이 있었고, 여관·음식점·잡화점 등으로 시가를 형성한 인구가 약 2,500명이라고 했다(이중 조선인이 약 2,000명, 일본인이 450명, 중국인이 30명이었다). 그리고 장전이 읍으로 승격된 것은 1937년이었다.

바로 그 장전항구가 이제 현대 금강산 관광선들의 선착장으로 우리 앞에 다시 나타난 것이다. 이쯤 되면 장전항의 팔자는 금강산 유람과 함께 일어났다고 할 만하다. 옛날이나 지금이나 외금강의 관문으로서 항구 역할을 하며 발전한 것이다. 지난날과 오늘의 차이가 있다면 출발지가 북쪽의 원산항에서 남쪽의 동해항으로 바뀐 것이고, 통통거리는 증기선에서 2만 톤급의 호화여객선으로 변한 것이다.

동해북부선의 복원을 그리며

그러나 장전항의 사주팔자를 보면 금강산 관문의 변화로 그것이 오래가지 못하게 되어 있으니, 지금 장전항의 영광이 또 얼마나 지속될지는 의문이다. 외금강의 관문으로서 장전항의 발전이 1930년대에 와서 딱 그치게 된 것은 동해북부선 철도가 개통된 때부터였다.

동해북부선이라고 하면 남한에서는 영동선의 일부인 북평-경포대간 철도를 지칭하는 것이지만, 해방 전 원래 동해북부선이라고 하면 경원선의 안변역에서 한 갈래 꺾여 동해안을 타고 내려와 양양까지 이르는 총 192.6킬로미터의 철길을 말한다. 이 철로는 1929년 안변-흡곡간 첫 개통을 시작으로 1932년엔 통천→장전→외금강까지 연장되었고, 1937년에는 다시 고성→간성→양양까지 완공을 보게 되었다. 이리하여 1932년 이후에는 금강산 유람길이 본격적으로 기차여행 시대로 접어들게 되었으며, 장전항은 외금강 관문의 자리를 외금강 기차역에 내주고 다시 동해의 어항, 군항으로 돌아갔다.

그러니 앞으로 육로로 금강산 여행길이 다시 열려 남쪽 고성(간성)에서 북쪽 고성(장전)을 잇는 철로가 이어진다면 지금 장전항의 영광과 임무는 끝을 맺게 될 것임은 불을 보듯 뻔하다.

지금 남쪽의 고성군 간성에는 옛날 동해북부선이 달리던 시멘트교각이 폐허처럼 늘어서 있다. 그리고 북쪽의 고성군 장전에서 구읍리 쪽으로도 철로교각이 남쪽을 향해 뻗어 있다. 만약 이 두 교각에 철로가 다시 놓여 기차가 다닌다면 간성에서 장전까지는 불과 15분밖에 안 걸린다 (남한정부는 이미 동해북부선의 복구계획을 발표했다).

장전항에 대한 나의 긴 얘기를 다 듣고 난 뒤 아버님은 내게 지나가는 말로 한말씀 하셨다.

　"그런 사연이 있는 항구를 왜 금강산 책들에는 소개된 것이 하나도 없니? 너도 『금강산』(학고재 1998)이라는 책을 엮어냈더라마는 장전항에 대한 설명은 아주 빈약하더라. 지금 우리가 금강산 가는 것은 내장산으로 설악산으로 단풍 보러 가는 것과는 다르지 않니."

외금강 탐승의 방사점, 온정리

지금 우리는 갈 수 없고, 또 옛날과는 모습이 많이 달라졌지만 예부터 외금강 탐승의 베이스캠프 역할을 해온 곳은 장전항에서 불과 6킬로미터 떨어진 온정리다. 모든 외금강 탐승길은 온정리에서 뻗어나갔고 또 내금강과 해금강을 연결하는 거점도 바로 여기다. 그래서 옛날 금강산 안내책자를 보면 온정리가 '외금강 탐승의 방사점(放射點)'이라는 표현까지 쓰고 있다.

온정리에서 만물상까지가 20리, 구룡폭까지가 35리, 해금강까지가 40리, 온정령 너머 내금강으로 들어가는 것도 여기서 출발하며, 백천교(百川橋) 지나 유점사(楡岾寺)로 들어가는 길도 여기서 열린다.

그리하여 옛 금강산 유람객들은 너나없이 온정리 신세를 지게 되었고, '금강산 열'이 일어나면서 1920년대가 되면 온정리는 완전히 관광촌으로 변하여 여관과 식당이 즐비했다고 한다. 이렇게 새로 생긴 장사 잘되는 여관(관광)사업에 먼저 뛰어든 것은 역시 일본인들이었다. 그들은 앞질러 시설투자를 했다. 그중 일본인이 경영하는 국본수정당(國本水晶堂), 영양관(嶺陽館), 만룡각(萬龍閣) 등이 유명했고, 한국인이 경영하는 여관으로는 금강여관이 하나 있었다고 한다.

당시 금강산 안내책자에 실린 이 여관들의 광고를 보면 국본수정당은 "수정(水晶)양갱과 미륵만두의 제조원"이라는 캐치프레이즈를 내걸었고, 영양관은 "라듐온천 내탕(內湯)"이 있다고 자랑했고, 만룡각은 "증축 낙성, 가족탕 신설"을 크게 내세웠다. 일본인 여관들은 이렇게 새 시설을

집선봉　채하봉　세존봉　비로봉　옥녀봉

| **1930년대 온정리** | 원산·장전 연락선이 개설되면서 금강산 탐승의 붐이 일어나자 온정리는 외금강의 관문으로서 여관이 즐비했다고 한다. 그러나 지금 우리의 눈에는 조용한 산마을 같기만 하다.

자랑하고 있는 데 반해, 한국인의 금강여관은 그런 설비투자가 없었던 모양이다. 그러나 이에 그냥 뒤질 수는 없는 일이었는지 "누관(陋館)은 수정봉 하(下) 한하계 상(上)에 임하여 전망이 아주 좋음(眼界極佳)"이라는 설명과 함께 "객실 청신, 친절 제일"이라고 써붙였다.

　온정리 관광촌은 날로 번성하여 1930년대에는 철도국에서 직영하는 호텔, 온천장, 스키장 등이 들어설 정도였다. 그리하여 1932년도 통계에 따르면 온정리에는 133가구에 519명이 살고 있었는데 그중 일본인이 36가구에 91명이었다고 한다. 이런 변화를 보고서 육당은 『금강예찬』에서 그 놀라움을 이렇게 말했다.

　철도국 설치의 호텔을 좌로 보고 온정리로 들어서면 첫째 금강산

하나를 인하여 이미 이만한 큰 시가의 생겼음을 놀라며, 다음 아무리 금강산 하나를 파는 곳이기로 시가의 대부분이 거의 여관집뿐임에 놀라게 됩니다.

관광촌에서 휴양촌으로

온정리 관광촌의 이런 성시(盛市)는 한국전쟁으로 완전히 박살나버리고 만다. 금강산전투의 치열한 격전으로 마을 모두가 불타버리고, 전후 북한정부는 사회주의체제에 걸맞게 온정리를 개편했다. 마을은 아래쪽으로 이동시키고 이른바 외금강 휴양소 구역을 설정하여 정연한 기본 설계에 의해 여관과 휴양소가 재배치되었다. 북한에서 나온 금강산 안내책자에는 이에 대해 다음과 같이 설명하고 있다.

온정리는 동쪽으로는 조선 동해바다, 서·남·북으로는 중중첩첩한 기암준봉들로 둘러싸여 있고, 한가운데로는 온정천이 흘러내리면서 곳곳에 푸른 소(沼)들을 이루었으며, 시냇가에는 소나무, 잣나무 들이 무성하게 자라고 있어 다른 명승구역과는 차이나는 특색있는 아름다운 풍경을 펼치고 있다.

더욱이 금강산혁명사적관, 김정숙노동자휴양소를 비롯한 근로자들의 휴양소, 여관, 유원지 관리소, 유원지 상점, 편의봉사시설, 재일본인 관광려관, 금강산려관(호텔) 등이 금강산의 자연풍광에 맞게 곳곳에 건설되어 이곳 풍치를 한껏 돋우고 있다.

1998년 7월, 권영빈(權寧彬) 단장이 이끄는 『중앙일보』 방북취재단 제3차 방북 때 고은, 김주영 선생과 함께 금강산을 답사하게 되었을 때 이곳 온정리 금강산려관에서 5박6일간 머물며 외금강·내금강·해금강을 두루 유람했다. 그때 온정리에 당도하여 내가 느낀 첫 소감은 천하명승 금강산의 초입이 어떻게 이렇게 조용하고 차분하며 인적조차 드물 수 있을까라는 당혹감이었다. 남한의 설악산·지리산 초입에 익숙한 들뜸이 전혀 없을 뿐만 아니라 유흥시설·위락시설조차도 정연히 관리하는 사회주의체제적 삶의 방식에 대한 문화적 충격이었다고나 할까.

북한사람들이 가장 싫어하는, 아니 가장 죄악시하는 행위는 '망탕'이다. 망탕으로 뛰노는 것, 망탕으로 걷는 것, 망탕으로 말하는 것을 싫어하듯 건물의 생김새와 배치에서도 망탕을 허용하지 않는다. 그들은 그 망탕을 '자유주의'라고 불렀고, 방종이라는 뜻의 이 자유주의는 어떤 식으로든 허락하지 않는다. 심지어 금강산온천에서 우리들이 각자 독탕으로 들어갈 때도 순서대로 줄지어 고은 선생 1호탕, 김주영 선생 2호탕, 나 3호탕 하는 식으로 들어가야 했다. 그러니 그 정적이 감도는 정연함을 가히 알 만하지 않은가.

남쪽에서 유람 온 사람으로서는 참으로 갑갑한 일이었다. 그러나 이런 통제는 그 나름의 강점도 있었다. 금강산을 다녀온 사람들이 너나없이 어떻게 금강산이 그렇게 깨끗이 보존될 수 있었는지 모르겠다고 말하는 이구동성의 표현을 들을 때마다 내가 대답할 수 있는 말은 유람의 낭만과 서정을 맘껏 즐기는 우리와 '탐승질서 위반'을 처벌규정으로 만들어 관리해온 그네들의 삶의 방식 자체에 너무도 큰 차이가 있다는 사실이다.

온정리의 아름다운 경관

지금 관광선을 타고 온 탐승객들은 불행하게도 외금강 탐승의 방사점이라는 온정리의 풍광을 제대로 즐기지 못함이 유감이다. 온정리는 북한에서 금강산 명승구역 11개 중 하나로 지정한 '수정봉(水晶峰, 773미터) 구역'의 하나임을 알아둘 필요가 있다. 내가 방북취재단의 일원으로 북한에 들어와 평양에서 출발하여 외금강으로 들어간 길은 전통적인 탐승 행로에 따라 일단 원산까지 간 다음 거기에서 동해안을 따라 통천과 장전을 거쳐 온정리로 들어간 것이었다. 온정리 외금강 초입에는 마치 금강산의 수문장인 양 지나는 사람 누구에게나 이정표 역할을 하는 매바위와 닭알바위라는 두개의 큰 바위가 있다고 들었던바 바로 그 수문장에게 금강산에 왔음을 신고하고 수문장의 호위를 받으며 금강에 들어섰다.

장전마을을 지나 우람한 바위산 자락을 끼고 돌자니 둥근 바위 한쪽에 여유있게 앉아 있는 한 마리 매처럼 보이는 큰 바위가 보인다. 그것이 이름도 높은 매바위봉(鷹峰, 255미터)이다. 이것은 금강산 관광객들도 버스로 금강산을 오가며 볼 수 있다. 매바위봉은 어디서 보아도 날개 접은 매한 마리가 가슴을 내밀고 곧추서서 먼 데를 응시하는 것 같으니 금강의 수문장이라 말해도 틀림이 없다.

그런데 사람의 눈이란 관념과 경험에 길들여지는 법, 요즘 젊은 세대들에게는 매바위봉이 더이상 매로 보이지 않는가보다. 안내조장들 하는 얘기가 창밖으로 보이는 매바위를 가리키며 무슨 새 같으냐고 물으면 '쉰세대'는 "매"라고 대답하지만 '신세대'는 "펭귄이요"라고 답한단다.

매바위봉을 비껴 지나 금강산 안쪽을 향하면 이번에는 왼쪽 산기슭의 둥근 바위산에 커다란 달걀이 하나 굴러떨어질 듯 걸려 있는 것이 보인다. 이것이 금강산의 또다른 수문장 역할을 하고 있는데 안내조장들이 이 바위를 가리켜 무슨 바위 같으냐고 물으면 쉰세대고 신세대고 모두 "달걀바위"라고 답하지만 북한에선 이 바위를 '닭알바위(鷄卵岩, 213미터)'라고 부른다.

이렇게 오른쪽에 매바위, 왼쪽에 닭알바위를 두고서 동해바다를 등지

| **매바위봉** | 장전항에서 온정리로 들어가자면 마치 한 마리 매가 앉아 있는 듯한 매바위봉이 금강산의 수문장인 양 늠름하게 서 있다. 산자락 중턱에 길게 생긴 바위가 매바위다.

고 앞을 바라보면 수려하고도 장중한 산이 우리 앞에 다가온다. 바로 그 정면에 보이는 검푸른 연봉(連峰)이 금강산, 그 아랫마을이 온정리다.

지금 금강산 관광객들의 휴게소로 지어진 온정각이 바로 온정리의 문턱이 된다. 온정각 앞에 있는 5층 건물이 김정숙노동자휴양소인데 여기에서부터 안쪽으로 휴양소, 여관, 판매소가 배치되어 있다. 이 마을의 풍수를 보자면 매바위가 좌청룡, 닭알바위가 우백호, 관음봉(觀音峰)이 주산, 비로봉이 조산으로 되는 것이다.

온정리는 이렇게 금강산 자락에 폭 싸여 있다. 온정각에서는 비로봉이 바로 조망되지 않지만 관광선에서 내려 통관절차를 받고 버스에 오를 때 보면 흐린 날도 멀리 하늘과 맞닿은 비로봉의 굽은 등이 보인다. 현대금강호 첫 출항 둘째날이었다. 밤사이 먼 산에 눈이 내려 비로봉 정상만이 흰 눈에 덮여 있는 것을 보았을 때, 사람들은 모두 이 아름다운 영산(靈

山)을 넋 잃고 바라보았다.

온정리 뒷산, 수정봉

내가 묵은 금강산려관은 12층 건물에 객실 240개를 갖춘 금강산 유일의 관광호텔이었다. 금강산려관에 당도해 차에서 내려 사위를 둘러보니 여관 앞쪽에 버티듯 서 있는 준수한 산봉우리가 장하게 다가왔다. 일행모두는 짐을 내리다 말고 넋 놓고 시선 이끌리는 대로 바라보며 산세에취해버렸다. 좀처럼 말이 없는 김주영 선생이 "세상에, 이렇게 수려한 전망을 갖고 있는 호텔이 있다니!" 하며 먼저 감탄을 발했다. 그러자 고은선생은 "이것은 사치다!"라며 응수했다. 나는 제복을 입고 서 있는 수위원에게 물었다.

"수위원 동무, 저 산이 무슨 산입니까?"
"수정봉입니다. 그 아래쪽에 사발을 엎어놓은 것같이 둥글너부레한 봉우리는 바리때 닮았다고 바리봉(鉢峰, 448미터)이라고 하는데 동네사람들은 치마바위라고도 합니다."

수정봉이라! 내가 공부해 아는 바로는 외금강의 11개 명승구역 중 하나로 손꼽히는 명산이다. 수정봉은 자연수정이 널려 있어 아침 햇살에빛날 때면 산 전체가 수정처럼 반짝인다고 했고, 여기서 장전항을 내다보는 전망과 동해 일출은 비로봉 일출에 버금간다고 했다.
노을에 비친 수정봉 왼쪽으로는 깊은 산세가 장엄하게 드러나 있는데노적가리 모양의 산자락들이 ㅅ자를 계속 써나가듯 기세좋게 겹겹이 뻗어간다. 일껏 지도를 보고 지리를 익혔건만 방향을 틀고 돌아앉으니 모

| 안개 속의 수정봉 | 여름에는 한달에 40일 비가 온다는 금강산이기에 외금강 초입의 수정봉은 언제나 이처럼 흰 사라로 얼굴을 가리곤 한다.

든 산세가 낯설었다. 산은 언제나 이렇게 표정이 많아야 더욱 신비하고 아름다운 법이다. 다시 수위원에게 먼 산의 이름을 물으니 그는 손가락 으로 봉우리마다 짚어가며 쉽게 알려준다.

"수정봉 너머는 문주봉(文珠峰), 문주봉 너머는 세지봉(勢至峰), 세 지봉 너머는 만물상으로 이어집니다. 왼쪽 줄기는 상관음·중관음·하 관음의 관음련봉(觀音連峰)입니다. 아래쪽 하관음봉 산마루 바위는 늙은이가 짐을 지고 가는 모습이라고 해서 로장바위라고 부릅니다. 그리고 저 멀리 움푹 들어간 곳이 내금강으로 넘어가는 온정령 고갯 마루입니다."

그렇다면 알겠다. 여기가 외금강의 방사점이라고 불린 바로 그 자리인 것이다. 나는 금강산려관 403호에 방을 배정받아 얼른 짐을 던져두고 다시 여관 앞마당으로 달려나왔다. 그리운 금강산의 정기를 깊이 들이켜고 싶은 마음에서였다. 그런데 갑자기 빗방울이 떨어지기 시작하더니 관음봉 아래 산골짜기에서부터 뿌얀 안개가 일어나 삽시간에 수정봉까지 덮어버렸다. 순식간의 일이었다. 그러고는 눈앞에 보이는 것은 비안개뿐이었다.

사실 그때만 해도 나는 비안개가 곧 걷혀 내일이나 모레쯤이면 다시 수정봉의 빛나는 자태를 볼 수 있을 줄 알았다. 그러나 거기에 엿새 동안 머물도록 수정봉은 끝내 온전한 모습을 드러내지 않았다.

2001. 1.

온정이 오가던 온정리가 그립습니다

금강원식당의 명태국 / 온정리온천 / 세조의 온천 행차 /
리은숙 접대원의 노래

금강원식당의 명태국

모든 유람과 등산과 답사에는 설레는 초입(初入)의 서정이 있는 법이다. 외설악 천불동 입구의 설악동, 지리산 뱀사골의 달궁, 가야산의 해인사 입구…… 우리는 거기에 여장을 풀고 그곳의 향토음식과 그 고장 사람들의 진한 사투리를 들으면서 탐승의 대상과 하나가 되어볼 마음의 채비를 갖춘다. 밤이면 하늘의 별을 헤아려보기도 하고 계곡물 소리, 솔바람 소리에 귀기울이며 아침이면 철 맞춰 우는 새소리와 함께 일어나 여유로운 산책을 즐기며 명승지의 서정을 한껏 북돋운다.

그러나 금강산 탐승에서는 그런 정취있는 밤과 아침을 맞이하지 못한다. 유람선에서 세끼 밥, 사흘 밤을 보내야 하는 제한된 유람을 할 수밖에 없다. 그것은 참으로 유감이지만 어쩔 수 없이 감내해야만 하는 것이 안

| **금강산려관** | 금강산에 있는 유일한 관광호텔로 객실이 240여개 있다. 그러나 내가 5박6일을 머무는 동안 이곳에 묵어간 손님은 거의 없었다.

타까운 현실이다.

그런데 유람선이 아니라 방북답사 때 나는 그런 초입의 서정과 낭만을 만끽할 수 있었다. 사실 따지고 보면 금강산려관에 머무는 동안 우리는 별다른 여흥거리가 없었다. 남한의 관광촌이 아니라 북한의 휴양촌인만큼 흥청댈 거리도, 계기도 별로 없었다. 일본 조총련의 재일동포 방문객을 상대로 열었다는 노래방도 그때는 휴업중이었다. 그 큰 호텔에 우리이외의 투숙객은 몇 없어 보였고, 5박6일을 머무는 동안 버스 한 대로 다녀간 재일동포 이외에 다른 관광객을 만나지 못했다.

그럼에도 금강산려관에서의 닷새 밤은 항시 즐거웠고 밤으로 낮으로 금강산의 체취를 느끼며 지낼 수 있었다. 무엇보다도 식사시간이 즐거웠다. 나는 워낙 먹성이 좋아서 음식을 잘 가리지 않을 뿐만 아니라 조선팔도의 향토음식을 나름대로 시식해온 답사의 전력이 있기 때문에 금강산에서의 삼시 세끼는 그 자체가 즐거움이고 답사였다. 그렇다고 해서 내가 값비싼 일품요리를 즐겼다는 것이 아니다. 내가 따지는 것은 대개 밑반찬과 토속음식이었다.

내가 금강산에 와서 가장 맛있게 먹은 것은 명태국이었다. 명태의 원산지는 함북 명천으로 본래 함경도 요리의 자랑인데 그 솜씨가 원산을 거쳐 강원도 금강산까지 내려왔다. 같은 동해바다에서 사는 명태라도 꼭 명천에서 잡힌 것이 맛있는 이유는 서해바다 조기가 법성포 칠산 앞바다에서부터 연평도 사이에서 잡힌 것이 맛있는 것과 같다. 어떤 사람은 신토불이를 인정하지만 같은 서해바다 조기인데 왜 중국 배가 잡은 조기는 중국산으로 값이 싸고, 한국 배가 잡은 조기는 비싸냐며 신토불이론을 부정하는 것인지 지지하는 것인지 의구심을 표명한다.

그러나 그것은 신토불이의 문제가 아니라 나이의 문제다. 모든 고기떼는 회로를 따라 무리지어 움직인다. 조기떼가 칠산 앞바다에 올 때쯤이면 젊고 싱싱한 상태에서 천수만에 알을 낳으러 오는 시점인데 사람 나이로 치면 스무살 안팎이다. 그리고 연평도를 돌아 서해바다 중국 쪽으로 나아갈 때는 이미 세상 살 만큼 산 환갑쯤 되는 시점이다. 그래서 맛도 값도 다른 것이다. 명태로 말할 것 같으면 명천과 함흥 사이에서 잡힌 것이 사람 나이로 치면 스무살 안쪽으로 가장 싱싱하고 맛있는 때다.

우리는 저녁식사 후엔 언제나 털복숭아를 후식으로 즐겼다. 한창 복숭아철인지라 얼마든지 먹을 수 있었는데, 그렇게 당도 높고 육질 좋고 수분 많은 복숭아는 그 이전에도 먹어보지 못했고, 그 이후에도 찾지 못했다. 특히 금강산 복숭아는 껍질이 홀랑 벗겨졌다. 김주영 선생은 그것이 신기하고 재미있었는지 복숭아를 집으면 마치 여자들이 스타킹 벗듯이 살살 말아내리고는 한입에 넣곤 했다. 그런데 셋째날인가는 저녁밥상에 복숭아가 나오지 않았다. 웬일이냐고 물었더니 비가 와서 따오지 못했다는 것이다. 그래서 모두들 얼마나 서운해했는지 모른다. 그때 나는 금강산 복숭아맛이 황홀했던 것은 종자가 좋아서가 아니라 나무에서 푹 익은 것을 갓 따온 천연의 맛임을 알았다.

사실 금강산 탐승길에 이런 향토음식을 맛본다는 것은 그 맛도 맛이지만, 그런 향토의 맛을 통해 내 나라, 내 강토에 대한 자랑과 사랑을 더해가는 면이 적지 않다. 나는 어서 빨리 금강산 탐승길이 이런 토속의 맛과 함께할 수 있기를 간절히 빈다.

온정리온천은 무색·무미·무취

금강산 탐승에서 내게 또 하나의 즐거움은 온천이었다. 온천을 싫어할 사람도 없겠지만 하루 예닐곱 시간씩 등산을 마치고 나면 목욕이 그리운 판에 온천까지 있다니 얼마나 고마운 일인가. 그러니 온정리의 금강산온천은 금강산의 자랑이자 복이다.

온정리의 온천은 역사가 꽤 오래다. 오죽하면 동네 이름이 온정리이겠는가. 우리나라 지명 중 더울 온(溫)자 들어가는 곳은 모두 온천이 나오거나 개발된 곳이다. 대표적인 예가 온양온천의 온양(溫陽), 퇴계(退溪) 선생 고향인 안동의 온혜리(溫惠里), 그리고 무수히 많은 온수리(溫水里)와 더운골……

온천마다 지역 특성을 갖고 있는데, 온정리온천은 약한 방사능을 띤 약(弱)알칼리성 라듐온천으로 온도는 37~45도로 약간 낮은 편이다. 비중은 1.002로 보통 물보다 약간 무겁다. 온정리온천 성분은 일제강점기에 이미 미세하게 분석해놓은 것이 있다. 그러나 그런 복잡한 얘기는 문과 출신인 나로서는 알아듣기 힘들고 다만 비누가 잘 풀린다는 것과 무색(無色)·무미(無味)·무취(無臭), 즉 투명하고 아무 맛도 아무 냄새도 없

| **온정리온천** | 그 유명한 온정리온천이 겨우 100여평 남짓한 이렇게 작은 규모일 줄은 몰랐다. 그만큼 북한은 유동 인구가 적다는 얘기가 된다.

고 맑아 얼마든지 마실 수 있다는 것이 큰 자랑인 것만은 쉽게 알아들을 수 있었다.

온정리온천은 일찍부터 개발된 모양이다. 그 연원은 잘 알 수 없지만 세조대왕이 한차례 이곳을 다녀간 이후로는 전국적으로 명성이 높아지게 되었다. 왕의 한번 행차로 뭐 그리 유명해지랴 싶을지 모르지만 엘리자베스(Elizabeth) 여왕 방문 이후 안동 하회마을이 더욱 유명해진 것만 보아도 짐작이 갈 일이다. 더욱이 세조의 온정리 행차는 두달간에 걸친 엄청난 거국적 행사였다.

세조대왕의 온정리온천 행차

세조대왕의 금강산 행차는 실로 장대했다. 1466년, 세조 12년 3월 16일부터 윤3월 25일까지 40일간에 걸친 이 행차에는 왕비와 왕세자는 물론이고 영의정 신숙주(申叔舟), 좌의정 구치관(具致寬), 중추부 동지사 김국광(金國光), 김수온(金守溫), 이조판서 한계희(韓繼禧), 호조판서 노사신(盧思愼), 병조판서 박중선(朴仲善) 등 정승·판서와 영응대군(永膺大君), 밀성군(密城君), 양양군(襄陽君), 영가군(永嘉君) 등 왕자와 종친부 인사들이 대거 동행했으니 가히 조정의 대이동이었다. 이들의 행차에는 내금위장(內禁衛將, 경호실장) 이윤손(李允孫), 사자위장(獅子衛將, 행군대장) 정식(鄭軾)이 이끄는 호위대와 엄청난 수의 관리와 시녀, 노비가 뒤따랐다. 이들이 40여일간 먹고 자는 문제부터가 보통 일이 아니었다. 조정에서는 출발 한달 전부터 거국적으로 이 행차를 준비했다. 그 전 과정이 『세조실록(世祖實錄)』에 날짜별로 자세히 나와 있다.

출발 한달 전인 2월 20일에는 왕자 구성군(龜城君)과 중추부 지사인 김개(金愷)가 먼저 금강산 고성에 가서 온정리 임시궁실인 온정행궁(溫井行宮)을 수리하는 일부터 시작했다. 그리고 동시에 승정원(承政院, 임금 비서실)에서는 강원도 관찰사에게 "도로와 다리는 당분간 수리하지 말고, 군사들의 말먹이풀(馬草)을 위해 산과 들의 풀을 태우지 말라"고 지시하였다.

또 함길도(함경도) 관찰사에게는 "다음달 16일에 임금 행차가 있으니 서울로 올라오는 사람 중 이미 떠난 자는 노정을 계산해서 임금이 도착한 다음에 지나가게 하고, 아직 떠나지 않은 자들은 출발하지 못하게 하여" 길을 말끔히 비워놓았다. 그리고 호조(戶曹, 행정자치부)에서는 임금의 금강산 행차 때 쓰일 식량이 강원도 각 고을의 비축식량으로는 감당하기 어려우니, 함길도에서 쌀 200섬을 회양으로 옮기고, 경상도에서 쌀 200섬과 찹쌀 20섬, 참깨 40섬을 강릉에 갖다놓도록 지시했다.

세조가 이렇게 장대히 금강산에 행차한 것에는 여러 목적이 있었다.

명색은 "백성의 고통을 알고자 지방을 순행하는 것"이었지만 속내용은 꼭 그런 것만은 아니었다. 그중 가장 큰 목적은 그가 평생 고생한 피부병을 치료하기 위해 온정리온천에 가기 위함이었다. 그리고 가는 길에 금강산도 구경하는 것으로 되어 있었다.

한편 이에 따른 부차적인 목적은 대단히 정치적인 것으로 사대부 신하들에게 왕권을 과시하기 위함도 있었다. 그는 조카를 죽이고 왕이 된만큼 쿠데타 독재자들이 갖고 있는 불안과 횡포를 버릴 수 없었다. 그래서 자신의 위용으로 왕권의 정통성을 수시로 확인시킬 필요가 있었으니, 행차 도중 많은 신하들이 본보기로 걸려 곤욕과 수모를 당하여 기가 꺾였다. 또다른 목적은 불교의 중흥을 몸소 실천함에 있었다. 그는 행차 도중 여러 방식으로 불교를 지원했다. 세조는 이런 제반의 개인적·정치적 목적을 품고 온정리온천을 향하여 금강산으로 떠났던 것이다.

금강산에 들어간 세조

1466년 3월 16일 세조는 마침내 서울을 출발하여 양주, 철원, 김화를 거쳐 나흘 뒤인 20일에 금강산 어귀에 도착했다. 오는 길에 세조는 내시 여덟명이 시녀들이 늘어선 곳을 난잡하게 드나들었다고 엄하게 국문(鞫問)했고, "길가의 논밭 곡식을 밟아 못 쓰게 한 자는 곤장 80대를 때리라"며 행차의 기강을 잡았다.

3월 21일 세조는 장안사(長安寺), 정양사에 행차하며 내금강을 두루 유람했다. 표훈사(表訓寺)에서 돌아와서는 간경도감(刊經都監, 불경을 번역하기 위해 세조 때 설치한 기관)에 명하여 땅과 바다의 여러 귀신을 위한 수륙회(水陸會, 또는 수륙재水陸齋)를 베풀게 했으며, 이 행사는 서울의 효령대군(孝寧大君)이 와서 주재케 했다. 그리고 금강산 각 절에 쌀 300섬, 찹쌀 10

섬, 참깨 20섬을 시주했다. 세조는 22일 하루 더 내금강을 유람하고 이튿날 떠났다.

그런데 23일 행차 때 하나의 사건이 생겼다. 길을 가던 중 왕세자가 갑자기 말에서 내렸다. 똥이 마려워 풀숲으로 들어간 것이었다. 영문을 알수 없는 선전관(宣傳官, 호위대) 권필(權佖)과 남이(南怡)장군은 말에서 따라 내려 서성거렸다. 세조는 이 사실을 알고 이들을 의금부(義禁府, 양반특별수사대)에 가두라며 다음과 같이 화를 냈다.

"왕세자가 똥을 누려고 골짜기로 들어갔는데 (마땅히 기다려야 하는 일이지) 그 앞으로 호위대가 지나가다니, 이런 일은 이전에 들은 적도 없고 이후에 본 적도 없다. 어찌 풍속이 이렇게 되었느냐!"

그리하여 이들은 수사대원에게 끌려다니며 걸어야 했고 이틀 뒤에야 풀려났다. 장군으로서 이런 수모가 어디 있겠는가. 잘못이야 풀숲에 똥을 눈 왕자에게 있지 않은가. 세조는 이런 식으로 신하들의 기를 꺾었다.

3월 25일 임금은 드디어 온정행궁에 도착했고, 이튿날(26일) 마침내 온천에서 목욕했다. 이때 일을 『세조실록』은 무슨 큰일이나 했다는 듯 다음과 같이 장하게 기록했다.

3월 26일. 임금이 목욕탕에 들어갔다.

27일 임금은 하루 쉬면서 또 온천을 했고, 28일에는 왕세자를 시켜 매사냥을 하게 했다. 그렇게 온천을 즐기며 피부병을 치료하는데 30일, 효령대군한테 보고가 올라왔다. 표훈사에서 수륙재를 올리는데 상서로운 구름과 꽃비가 내렸다는 것이다. 이에 세조는 대대적인 특사를 내렸다.

"살인과 강도, 형벌을 잘못 적용한 관리를 제외한 귀양살이 죄인을 모두 석방하라. 농가 부채 중 대출 5년이 된 곡식은 전부 탕감해주고 3, 4년 된 것은 절반을 깎아주되 강원도는 전부 탕감해주라. (…) 이번 행사에 참여한 관리와 군사는 모두 품계를 한 등급 올려주되 당하관 (堂下官, 3품 이하 하급관리)으로 더이상 올라갈 품계가 없는 사람은 아들, 사위, 동생, 조카 중에서 대신 올려주어라."

이런 식으로 세조는 신하에게 덕을 베풀며 당근과 채찍을 함께 사용하였다. 세조는 온정행궁에 머물며 온천을 즐긴 지 열흘째 되는 날에는 유점사도 다녀왔다.

불경을 읽지 않은 '불경죄'

1466년에는 윤달이 3월에 들어 있었다. 그래서 3월이 다 가자 윤3월이 시작되었는데 세조가 온정리에 온 지 열하루째 되는 날은 윤3월 7일이었다. 세조는 신하들과 공부를 했다. 이때 세조는 어세공(魚世恭), 유진(兪鎭) 등에게 『능엄경(楞嚴經)』 읽은 것을 강론해보라고 했다. 평소 세조가 신하들에게 불경을 읽게 한 것에 대한 시험이었다.

세조가 불교에 이렇게 열을 올린 것은 독실한 불교 신도였기 때문이라고 하지만 정치적으로 보면 사대부 신하들을 길들이기 위한 하나의 방편이기도 했다. 즉 숭유억불(崇儒抑佛)을 모토로 하는 사대부 신하들에게 숭유숭불을 강요하면서 자신의 위상을 효과적으로 과시할 수 있었던 것이다. 마치 영화 「쇼생크 탈출」에서 교도소장이 죄수들에게 성경을 읽게 하는 것과 같은 강압이었다. 그러나 불교를 사갈(蛇蝎)시하던 사대부들의 입장에서는 이것이 죽을 맛이었을 것이다. 지명받은 어세공과 유진은 『능엄경』을 읽지 않아 강론을 할 수 없었다. 이에 세조는 이들에게 곤장 30대씩을 때리게 하고 국문했다.

"왜 내가 읽으라는 불경을 읽지 않았느냐?"
"신이 아직 과거에 급제하지 못했을 때는 시험공부에 바빠 시험과목 외에는 신경쓸 겨를이 없었고, 과거에 급제한 다음에는 업무가 바빠 읽지 못했을 뿐 다른 생각은 없었습니다."

세조는 이 말을 곧이듣지 않았다. 신하들이 자신의 불교진흥책을 마지 못해 따르고 있음을 잘 알고 있었다. 그래서 다음과 같은 명을 내렸다.

"너희들은 내가 『능엄경』을 읽으라고 한 것을 대수롭지 않게 생각하고 서로 말없이 쳐다보기만 했다. 너희들이 만약 내가 불교를 좋아함이 옳지 않다고 여겼다면 응당 신하로서 나의 옳지 않은 생각을 바로잡았어야 했다. 그런데 너희들은 어째서 겉으로는 복종하고 속으로는 옳지 않게 여기느냐? 이를 법으로 따지자면 죄를 용서할 수 없지만 특별히 봐준다."

그러고는 기껏 봐준다는 것이 파직이었다. 세조는 이런 식으로 또 신하를 굴복시켰다. 참으로 군주제에서나 있을 수 있는 어처구니없는 독재와 전횡이었다. 그리고 자신의 불교진흥책을 다시 한번 강조하듯 금강산에 오니 상서로운 일이 많이 일어난다며 금강산의 여러 절에 해마다 쌀 100섬과 소금 50섬을 주라고 명하였다.

세조가 임금으로서의 권위를 과시하고 행사한 것은 여기에 머물지 않왔다. 『세조실록』 윤3월 8일자를 보면 세조는 생미역이 먹고 싶었는지 이것을 가져오라고 했다. 이에 사옹원(司饔院, 궁중의 부엌)이 강원도에서 미역을 공납하지 않아 없다고 하자 세조는 이렇게 투덜거렸다.

"옛날에 공자도 번육(膰肉, 제사에 쓰는 잘 익힌 고기)이 자기에게 차례가 오지 않아 당장 떠났다고 한다. 미역이 대단찮은 물건이지만 신하로서 임금을 섬기는 마음이 어떻게 이럴 수 있느냐?"

세조는 자신의 음식투정을 공자님을 끌어들여 정당화했다. 이렇게 금강산 온정리에서 목욕과 사냥, 유람과 음식을 한껏 즐긴 세조는 윤3월 11일 마침내 온정행궁을 떠나 서울로 향했다. 이것이 세조대왕의 보름간의 온정리온천 행차였다.

세조는 서울로 돌아올 때 동해안을 따라 남쪽으로 내려가 대관령을 넘어가는 길을 택했다. 양양 낙산사, 강릉, 대관령, 오대산 상원사, 원주, 양근과 지평(양평)을 거쳐 윤3월 25일 서울에 돌아왔다. 이것이 세조의 40일간의 금강산 행차였다.

그런데 세조의 피부병이 나았는지에 대해서는 전해지는 것이 없다. 세조는 금강산에서 서울로 돌아오는 길에 오대산 상원사에 들렀을 때 문수동자(文殊童子)를 만나 피부병을 고친 것으로 알려져 있다. 세조는 이에 대한 보답으로 문수동자상을 봉안했는데 지금도 상원사에 남아 있다. 그때 세조는 그 효험이 불심의 덕이라고 생각했던 것 같다. 그러나 어쩌면 보름간의 온정리온천 효험이 7일 뒤에 상원사 골짜기에서 나타난 것인지도 모를 일이다. 그렇다면 온정리온천 효험을 단단히 본 셈이다.

세조가 그때 묵은 온정행궁의 온천 자리가 어디인지는 지금 확인되지 않고 있다. 다만 조선시대 신낙전(申樂全)이라는 분의 글에 의하면 "세조

| 금강산려관의 돌난간 | 금강산려관 현관으로 들어가는 입구에 있는 이 돌난간은 그 형식이 고려말 조선초 건축에서 보이는 것이다. 그렇다면 세조의 온정리온천 행차 때의 행궁지가 아닌가 생각된다.

가 목욕 행궁했던 옛 터가 아직도 남아 있다(舊址尙在)"고 했으니 후대에도 계속 알려져온 모양이다. 언젠가 때가 되어 온정리 발굴단이 조직되어 지표조사를 철저히 하게 되면 못 찾을 것도 없으리라 생각한다.

그러던 중 내게 짚이는 게 하나 있다. 그것은 금강산려관의 출입구 캐노피(canopy)로 유도하는 길목에는 옛날 돌난간 기둥이 한쌍 있는데 그것이 꼭 춘천 청평사에 있는 것과 흡사한 고식(古式)이어서 혹시 이것이 행궁지(行宮址) 유물이 아닌가 하는 인상을 받았다. 그렇다면 바로 지금 금강산려관 자리 근방일 것이라는 판단을 내리게 된다.

금강산온천의 자랑

방북답사 때 우리는 매일 저녁 온정리온천에서 몸을 풀었다. 이때도 나는 여러가지로 남북한의 문화적 격차를 느끼지 않을 수 없었다. 첫째는 규모였다. 지도책에, 안내책자에 온천마크가 붙어 있는 금강산온천이 겨우 100평 남짓한 단층집일 줄은 꿈에도 몰랐다. 창녕의 부곡하와이, 울진의 백암온천은 아니어도 경산 상대온천 정도는 될 줄 알았다. 그만큼 금강산 유람객이 적다는 얘기이며 북한엔 유동인구가 드물다는 반증일 것이다.

또 하나 기이한 것은 탕의 구조였다. 당시 우리 답사팀 여섯명은 대중탕에 들어가 뜨끈하게 몸을 푹 담갔다 나올 것으로 기대했다. 그런데 대중탕엔 물을 넣지 않았다며 각자 독탕으로 안내되었다. 가만히 생각해보니 사용자도 없는데 대중탕에 물을 넣을 일이 없었던 것이다. 독탕에 들어가서 또 한번 놀랐다. 욕실의 직사각형 욕조가 타일바닥 아래로 파여 있는 것이었다. 처음에는 왜 탕이 바닥에 파여 있는지 몰랐다. 한데 가만히 생각해보니 옛날 온천은 천연으로 샘솟는 물을 이용하기 때문에 탕이 지하에 있어야 보온성에서 유리했던 것이다. 요즘처럼 모터가 발달하지 않은 시절로서는 당연한 일 아닌가. 이처럼 금강산온천의 구조와 시설은 복잡한 기계에 신세지거나 조작되는 일 없는 천연의 순진함이 서려 있었다.

그 천진함은 온천의 효과를 설명한 것에도 나타나 있다. 남한의 온천은 이른바 특효(特效)를 자랑하는 약효에서 대개 누구나 갖고 있는 병, 이를테면 고혈압, 당뇨병, 신경통에 좋다고 떠들어댄다. 그래야 사용자 범위가 넓기 때문이다. 그리고 생활수준과 환경이 좋아지면 이 약효는 병에 좋은 것이 아니라 보신과 예방에 좋다고 우겨댄다. 예를 들어 정력에 좋고 혈액순환에 좋다고 한다. 한층 먹고사는 것이 더 좋아지면 무조건 피부에 좋다고 늘어놓는다. 그래서 요즘 남한의 온천에 가보면 한결같이 피부에 어떻게 좋은지가 제법 과학적으로 이과(理科) 출신 문장으로 씌어져 있다.

그런데 온정리 금강산온천은 온천에나 안내책자에나 또는 『금강산의 력사와 문화』(북한 사회과학원 력사연구소 1984)라는 공식적인 책에나 모두 다음과 같이 씌어 있다.

이 온천은 각종 신경계통 질환, 고혈압증, 류머티스성 관절염, 척추 질환, 만성 염증질환 등을 비롯하여 여러 질환에 효력있다.

"피부에 좋다"는 말을 한 구절 넣어도 그만인데 그런 것이 없다. 피부가 아니라 피부병에 좋다고 한 것은 있었다. 이 얼마나 순진한 태도인가!

나는 이 구식온천에서 목욕하면서 그래도 이것이 세조대왕 시절 온천보다는 신식이리라는 생각을 하며 유감없이 즐겼다. 바닥에 동글동글한 강자갈을 깔아 상쾌함과 자연스런 맛은 별격이었다. 시설이 이렇다보니 휴게소가 제대로 있을 리 없다. 탁자 몇개 놓인 것이 어떤 허름한 건물 구내식당에 들어온 것 같았다. 그래도 남한의 관광지에 준하는 휴양소 온천인지라 스탠드바 하나는 격식대로 갖추어져 있었다. 높은 탁자 주위에는 걸터앉게 되어 있는 돌아가는 호떡의자가 있고, 바에서는 접대원이 차와 음료와 술을 봉사하고 있었다.

리은숙 접대원의 아련한 노래

목욕 후 우리들은 으레 스탠드바에 둘러앉아 한잔씩 했다. 술을 즐기는 고은 선생은 들쭉술 한잔, 커피와 담배를 즐기는 김주영 선생은 무조건 커피, 그리고 나는 당시 병중이어서 오미자단물을 마셨다. 북한에서는 주스를 단물이라고 하는데 배단물, 사과단물은 별로였지만 오미자단물은 그 맛과 향, 적당한 접력이 황홀했다. 그래서 꼭 두번씩 시켜 마셨다.

| 금강산온천의 접대원 | 리은숙 동무는 우리들에게 북한의 노래와 함께 「아침이슬」
도 불러주어 가슴을 뭉클하게 하였다. 왼쪽부터 필자, 고은 선생, 권영빈 단장, 김주영
선생.

 우리들이 스탠드바에 둘러앉은 것은 단지 음료만을 위해서가 아니었
다. 오히려 접대원 리은숙 동무와의 만남을 위해서였다. 말할 때마다 "이
야—" 소리를 애교있게 집어넣는 리은숙 동무는 젊고 복스럽고 피부도
하얀 전형적인 북녘 미인이었다. 그렇다고 해서 이 늙은 궁상들이 단지
북녀의 얼굴에 흘려 모인 것만은 아니었다.

 그것은 사람에 대한 그리움, 북한사람과의 만남에 대한 갈증 때문이었
다. 우리가 북한을 답사하면서 가장 편하게 인간적으로 만날 수 있는 사
람은 식당의 접대원과 의례원, 매점의 판매원, 관광지의 안내원뿐이었다.
특히 온정리온천 스탠드바에서는 우리끼리만의 시간이 허용되었다. 우
리는 그녀에게 무엇이든 물어볼 수 있었다. 대답하든 말든, 진담으로든
농담으로든 대화를 던질 수 있었다. 그게 어디인가!

 금강산 관광객들에게 북쪽의 관리원에게 함부로 말 걸지 말라고 그렇
게 주의를 주어도 기어이 말을 걸고 사단까지 내는 행위가 끊임없이 일
어나는 것은 기본적으로 인간에 대한 그리움이 있기 때문이다. 50년간

막혀 있던 북녘 땅 사람들에 대한 동포애와 인간애를 표현하는 것은 거의 본능에 가까운 일이다.

나는 리은숙 동무가 원산고등중학교를 나왔고 특기로 음악을 했다는 사실을 알아냈다. 그리고 기어이 수작을 걸어 노래 한 곡을 시키기에 이르렀다.

"은숙 동무, 노래 한 곡 부탁합시다."
"안됩니다. 지금 근무중입니다."
"손님이 부탁한 노래를 부르는 것은 근무 아니겠습니까?"
"그래도 안됩니다."
"50년 만에 찾아온 동포를 이렇게 서운하게 대하깁니까?"
"이야— 이거 어떡하나…… 그러면 교수 선생도 한 곡 해야 합니다."
"은숙 동무가 선창을 내기만 하면."

물론 내가 노래를 부를 보장이 없다. 일단은 이렇게 천연덕스럽게 대답한 것이다. 순진한 북녀는 남쪽 남자의 악의없는 거짓말에 그렇게 넘어가는 것이다. 은숙 동무는 뺨에 손을 올리고 고민하듯 말했다.

"이야— 이거 무얼 부르지…… 그러면 모처럼 남쪽에서 오셨으니 환영의 뜻으로 남쪽 노래를 하나 부르겠습니다."
"좋습니다."

나는 그녀가 부를 남쪽 노래란 임수경(林秀卿)씨가 유행시켜놓았다는 「우리의 소원은 통일」아니면 「고향의 봄」일 줄로 알았다. 그런데 놀랍게도 그녀가 부른 노래는 김민기(金敏基)의 「아침이슬」이었다. 금강산에 와서 북한여성이 부르는 「아침이슬」, 상상만 해도 코끝이 시려오는 얘기다.

그런데 북녀가 부르는 「아침이슬」은 특이했다. 비장한 감정이 아니라 씩씩하고 멋들어지게 부르는 것이었다. 그리고 가사 중 "서러움 모두 버리고"를 "두려움 모두 버리고"로 바꿔 불렀다. 순간 나는 이 노래의 예사롭지 않은 팔자를 생각했다. 한때는 금지곡이 되었다가 양희은(楊姬銀)이 부를 때는 "태양은 묘지 위에"를 "태양은 대지 위에"로 바꿔 부르더니, 이젠 휴전선 너머 북녘 땅에 와서는 서러움이 두려움으로 바뀐 것이다. 우리는 북녘의 「아침이슬」 노래에 만감이 교차하는 박수와 함께 재창을 요구했다. 그래서 그녀와 나 사이의 대거리가 또 시작되었다.

"은숙 동무, 이제 북조선 노래도 한 곡 불러주십시오."

"아닙니다. 약속대로 교수 선생이 부를 차례입니다."

"누가 남쪽 노래 하라고 했습니까? 북쪽 노래를 부르라고 했지요."

"이야— 뭘 부르지. 그러면…… 「김정일 장군의 노래」를 부르겠습니다."

"잠깐, 은숙 동무. 그 노래는 너무 많이 들었으니 다른 것을 불러주십시오."

"다른 노래라? 이야— 무얼 부르나?"

"아무래도 사랑노래가 좋지."

"사랑? 그러면…… 「심장에 남는 사람」을 부르겠습니다."

「심장에 남는 사람」. 남한말로 옮기면 '내 가슴속에 남은 그대'쯤 되는 노래였다.

인생의 길에 상봉과 리별

그 얼마나 많으랴.

(…)

잠깐 만나도 잠깐 만나도
심장 속에 남는 이 있네.

(…)

아, 아! 그런 사람,
나는 못 잊어.

이 간단한 가사의 애수어린 노래는 정말로 아련한 느낌이 일어나는 사랑스런 곡이었다. 특히 북한 특유의 가성 섞인 창법에 아주 잘 어울렸다. 내용은 노동자와 지도자 사이의 얘기라지만 마치 만해(萬海) 한용운(韓龍雲)의 시에서 '님'이 갖는 뉘앙스 같아서 그냥 사랑으로 통할 노래였다. 요즘 북한사람들이 가장 좋아하는 남쪽 노래가 「사랑의 미로」라고 하는데, 만약 이런 식으로 남쪽에 금방 퍼질 북쪽 유행가가 있다면 단연코 「심장에 남는 사람」이라고 생각한다.

나는 이날 끝까지 리은숙 동무와 약속한 나의 노래를 부르지 못했다. 노래를 잘 부를 줄 몰라서가 아니었다. 그녀가 남쪽에서 왔다고 남쪽 노래 「아침이슬」을 불러줌에 화답할 북쪽 노래 하나 아는 게 없다는 사실이 내 가슴을 무겁게 짓누르며 만감이 교차하는 것이었다.

나는 잔 끝에 남아 있는 오미자단물을 마저 들이마시고는 금강산온천을 나와 여관으로 발길을 옮겼다. 밖에는 벌써 땅거미가 내려앉았다. 우리는 걸음걸이마다 북녀의 노래에 감탄하고 또 감탄했다. 쓸쓸하게만 다가오던 온정리 휴양촌 산책길에서 갑자기 인간의 살내음이 풍기는 온정(溫情)이 진하게 느껴지는 것이었다. 나는 옮기는 발자국마다 박자를 넣어가며 북녀가 부른 「심장에 남는 사람」을 서툰 솜씨로 따라 불러보았다.

오랜 세월을 같이 있어도
기억 속에 없는 이 있고
잠깐 만나도 잠깐 만나도
심장 속에 남는 이 있네.
아, 아! 그런 사람,
나는 귀중해.

2001. 1.

제2부

외금강

아름다운 금강송과 신계사의 스님들

금강산 미인송 / 신계사터 삼층석탑 / 진표율사의 발연사 /
신계사의 중창불사 / 효봉스님과 일초 고은 선생

아, 아름다워라, 금강송이여

외금강 탐승의 양대 코스, 만물상과 구룡폭 어느 쪽을 먼저 가든 우리
가 금강산 초입에서 가장 먼저 만나는 놀라움과 기쁨은 아름다운 솔밭
이다.

금강송(金剛松), 흔히 금강산 미인송으로 칭송되는 이 소나무는 이제까
지 우리가 보아온 소나무와 너무도 다른 아름다움을 갖고 있다. 하늘을
찌를 듯 곧게 뻗어올라간 줄기는 붉은 기를 머금은 채 짙은 나뭇빛을 발
한다. 곁가지도 없이 족히 20미터를 치솟은 미인송은 하늘가에서만 연둣
빛 솔잎으로 얼굴을 가리고 있을 뿐이다. 한여름 습기를 잔뜩 머금어 붉
은 줄기에 윤기가 흐를 때면 늘씬한 각선미를 자랑하는 미인이 알몸으로
부끄럼을 빛내고 있는 것처럼 느껴지는데, 그 고고한 귀티엔 한 점 속기

(俗氣)도 없으니 청신하다고는 할지언정 요염하다는 말은 나오지 않는다.

조선 소나무의 종류

금강산에서 처음 금강송을 본 사람들은 이것이 금강산에만 있는 줄로 안다. 그러나 금강송은 우리나라에 자생하는 소나무의 한 종자다.

일제강점기에 한 일본인 식물학자가 우리나라의 소나무를 동북형(함경도)·금강형(강원도)·안강형(경주 일대)·중남부형(남한 일대) 등으로 분류했는데 지금도 대체로 이 개념으로 파악하고 있다. 그중 우리가 항시 대하는 소나무는 중남부형으로 대개 줄기가 굽고 가지가 넓게 퍼져 있다.

동북형은 아래쪽 가지는 넓고 위로 올라갈수록 좁아들며 줄기는 곧은 우산 모양의 소나무다. 이에 반해 안강형은 줄기가 심하게 굽고 뒤틀린 별 쓸모없는 소나무다. 안강형 소나무가 심하게 굽은 것은 역사적 산물이다. 경주 일대의 소나무 중 줄기가 곧고 좋은 것은 목재로 다 베어 쓰고 가꾸지 않음으로 해서 결국 신라 역사 1천년이 남긴 경주 일대의 소나무들은 이처럼 참혹하게 뒤틀린 채 마침내 하나의 종을 이루게 된 것이다.

금강송은 백두대간의 원산에서 울진 사이에 퍼져 있는 소나무로 줄기는 곧고 곁가지는 짧아 목재로서 가장 높이 평가되며 흔히 춘양목(春陽木)이라고 부른다. 울진 통고산 자연휴양림과 소광리의 소나무숲, 쉽게는 불영사(佛影寺) 계곡에서 많이 볼 수 있으며, 그중엔 500년 수령의 금강송도 있다.

금강송이 줄기가 곧고 가지가 짧은 것은 눈의 압력으로 가지가 부러지

| **금강산 미인송** | 외금강 초입에는 이처럼 아름다운 금강산 미인송이 길게 도열하며 탐승객을 맞아준다.

는 설해목(雪害木) 현상을 오랜 세월 겪으면서 도태되었기 때문이다. 따라서 금강송은 눈이 많은 이 지역 이외에 역시 눈이 많은 전라북도 덕유산 무주지역에 분포되어 있다.

특히 울진의 금강송은 조선시대에 국가에서 필요로 하는 관재(棺材)를 충당하기 위하여 봉산(封山, 나라에서 나무 베는 것을 금지한 산) 조치를 취했기 때문에 오늘날까지 잘 보존되어 있다. 목재로서 금강송은 굵게 자라면서 안쪽의 심재가 황적색을 띠어 황장목(黃腸木)이라고 부르며, 이것이 서울로 올라올 때는 대개 경상북도 춘양에 집결하여 보내졌기 때문에 춘양목이라 하는 것이다.

조선 소나무는 이렇게 지역에 따라 자연조건에 맞추어 자기 모습을 가꾸어왔다. 경주처럼 인간이 보호하지 않고 마구 베어냄으로써 나쁜 종자만 살아남는 경우가 있는가 하면, 반대로 인간의 보살핌을 받은 금강송은 이렇게 아름답고 훌륭한 종으로 발전하였으니, 우리가 자연을 어떻게 대해야 하는가를 여기 금강산 창터솔밭의 금강송에서 다시 한번 배우게 된다.

그런데 유감스럽게도 창터솔밭의 금강송은 목재로서의 가치를 잃어버렸다. 수령 150~200년 된 이 소나무들은 50년 전 한국전쟁 때 이른바 금강산전투라는 격전의 현장에서 몸체마다 총상을 맞아 흠이 많기 때문에 사실상 목재로 쓸 수 없다는 것이다. 허나 바로 이런 이유로 창터솔밭의 미인송은 수령 500년, 1,000년을 다할 때까지 목재로 베여나갈 일이 없게 되었으니, 이것을 어찌 전화위복이라 하지 않겠는가.

볼수록 장엄하고 눈부시도록 아름다운 창터솔밭의 미인송이 만세토록 금강의 수문장이 되어 변함없이 우리를 그 밝은 모습으로 맞아줄 것을 생각하면 그 복은 복 중에도 홍복(洪福)이라 할 만한 것이다.

| 신계사의 옛 모습 | 신계천변에 문필봉을 뒤로하고 편안히 앉아 있던 신계사는 탐승객들이 잠시 머물며 입산채비를 갖추던 외금강의 사랑방 같은 절이었다.

신계사(新溪寺)에서 신계사(神溪寺)로

금강산 미인송이 도열하고 있는 이곳을 창터솔밭이라고 하는 것은 옛날 이곳에 양곡과 물자를 보관하던 창(倉)이 있었기 때문이다. 해방 전에는 이곳에 창대리(倉垈里)라는 작은 마을이 있었다고 그 시절 기행문에 나와 있지만 지금은 그 자취를 찾아볼 수 없이 수림으로 가득하다.

창터솔밭이 끝날 즈음 오른쪽 산자락에는 신계사(神溪寺) 작은 승탑밭이 보이고 승탑밭을 지나면 버스는 이내 넓은 빈터로 빠져나오게 되는데, 여기가 그 옛날 금강산 4대 사찰의 하나로 손꼽히던 신계사가 있던 곳이다.

신계사는 한국전쟁 때 완전히 불타 없어지고 20여 채나 되었다는 당우(堂宇)들은 주춧돌만 남아 있다. 비정한 폭탄이 죄없는 절집을 불바다로 만들었으며 장하던 전각들을 잿더미로 전소시켜버렸어도 저 강인한 한국의 화강암만은 어쩌지 못하여 풀섶에 고개 내민 주춧돌들이 여기에 역사가 있었고 인간과 종교와 문화가 있었음을 뚜렷이 증언하고 있다.

특히 중층누각이었던 만세루(萬歲樓)의 돌기둥 네개가 정연히 줄지어 버티고 서 있는 모습과 기단부가 무너졌어도 앙증맞은 자태를 잃지 않은 삼층석탑의 오롯한 자태는 신계사의 위용과 연륜을 늠름하게 말해준다.

『유점사본말사지(榆岾寺本末寺誌)』 중 「금강산 신계사 사적기(事蹟記)」에 의하면 신계사는 신라 법흥왕 6년(519)에 보운조사(普雲祖師)가 창건한 것으로 되어 있다. 보운스님이 이곳에 절을 지을 때 절 앞의 계곡 이름이 신계(新溪)인지라 새 신(新)자 신계사(新溪寺)라 하였다.

창건 당시 이 신계천에는 때마다 연어가 많이 올라와 이를 잡기 위해 많은 사람들이 몰려들어 살생이 자행되고 청정법계(淸淨法界)에 비린내가 진동하므로 동해 용왕에게 부탁하여(혹은 염불을 독송하여) 다시는 절까지 연어가 올라오지 못하도록 했단다. 그로부터 신계사는 귀신 신(神)자 신계사(神溪寺)가 되었다고 한다.

그러나 『유점사본말사지』는 거의 신빙성이 없는 글로 신계사가 신라 법흥왕 때 창건되었다는 것은 애시당초 믿을 만한 것이 못되고, 신계사가 귀신 신자로 바뀐 것은 사실 조선시대 후기에 들어와서의 일이다. 조선 성종 때 편찬된 『동국여지승람(東國輿地勝覽)』만 해도 새 신(新)자로 되어 있으니 아마도 어느 때인가 연어가 어떤 사정으로 올라오지 않게 되면서 이런 이야기가 생긴 것이고, 절 이름도 자연적인 지명에서 종교적인 이름으로 바꾸었던 것 같다.

신계사터 삼층석탑

신계사의 역사로 우리가 확실하게 믿을 수 있는 것은 이 절이 9세기,

| **신계사터** | 한국전쟁 때 폭격 맞아 빈터로 변했지만 전각의 주춧돌과 만세루의 돌기둥은 그대로 남아 그 옛날을 지키고 있다. 멀리 붓끝처럼 뾰족한 봉우리가 문필봉이다.

하대(下代)신라에 창건되었다는 사실이다. 그것을 증명하는 것은 황당한 글이 아니라 말없이 서 있는 삼층석탑 돌덩이다.

이 탑은 기본적으로 불국사 석가탑의 면비례를 따르고 있지만 규모가 높이 5미터 정도로 작고 기단부가 상하 2단으로 되어 있으며, 탑신부가 3층으로 올라가면서 알맞은 체감률을 보여주고, 탑의 몸돌은 통돌로 네 모서리에 기둥이 새겨져 있고, 추녀의 끝부분이 살짝 밖으로 반전되어 날렵한 인상을 준다. 그리고 기단부에는 수호신상인 팔부신중(八部神衆)이 돋을새김으로 새겨져 장식성을 높여주고 있다. 어느 면으로 보든 전형적인 9세기 양식이다.

그런데 이와 똑같은 양식의 삼층석탑이 내금강 장연사(長淵寺)터와 정양사에도 있어 흔히 금강산 3고탑(三古塔)이라 부르고 있다.

금강산에 이처럼 9세기 양식의 삼층석탑이 세 기나 세워졌다는 것은

| **신계사터 삼층석탑** | 9세기. 하대신라의 양식을 보여주고 있는 이 아담한 석탑은 기단부 둘레에 팔부신중이라는 수호신상이 얇게 돋을새김으로 표현되어 있다.

당시 하대신라 사회에서 전국 각지에 지방호족의 지원을 받는 선종 사찰이 세워진 것과 맥을 같이하는 것이다. 결국 금강산의 절들이 하대신라의 구산선문(九山禪門)에 들지 못한 것은 이곳이 지리적으로 국경선 가까이 있는 변방의 절이었기 때문일 것이다. 그러나 당시 하대신라의 사회변동은 변방의 명산에도 절집이 이렇게 속속 창건될 정도로 지방문화가 발전하고 있었다는 사실을 이 금강산 3고탑이 증언하고 있는 것이다. 이 금강산 3고탑이 당시 경주에서 유행하던 쌍탑이 아니라 문경 봉암사, 합천 영암사, 원주 거돈사, 철원 도피안사 등과 마찬가지로 단탑 가람으로 된 것도 결국 지방색이 그만큼 강했던 것으로 이해된다.

진표율사의 발연사

하대신라에 들어와 갑자기 금강산 3고탑이 등장할 수 있던 배경에는 그 선구라 할 진표율사(眞表律師)가 있어서 가능했던 것이다. 8세기 후반, 신라 경덕왕 때의 스님인 진표율사는 우리가 가장 확실하게 알 수 있는 최초의 금강산 스님이었다.

신라통일 후 신라의 영토가 된 금강산에 불법을 전파하기 위하여 진표 스님은 외금강에 발연사(鉢淵寺)를 개창하였으니 그를 금강산의 개산조(開山祖, 절을 처음 세우거나 종파를 새로 연 승려)로 모시는 데 잘못이 없다.

진표스님에 대해서는 『삼국유사(三國遺事)』에 「진표가 목간(木簡)을 전하다(眞表傳簡)」와 「관동 풍악산 발연사 돌에 새긴 글(關東楓嶽鉢淵藪石記)」 두 편이 실려 있는데 서로 약간의 차이는 있으나 비슷한 얘기를 전하고 있다. 진표는 생몰년 미상이나 완주(完州, 지금의 전주) 만경현(萬頃縣)에서 태어나 12세 때 금산사(金山寺) 숭제(崇濟)스님에게 가서 머리 깎고 중이 되었다. 이때 숭제스님은 두 권의 불경을 주며 계율을 닦게 하였는데, 진표는 명산을 돌아다니며 열심히 수도하다 27세 때 변산의 불사의암(不思議庵)에 들어갔다.

여기서 더욱 용맹정진하니, 어느날 지장과 미륵이 나타나 계본(戒本)과 두개의 목간을 주고 갔는데 목간에는 8(八)자와 9(九)자가 씌어 있었고 "이는 시각(始覺)과 본각(本覺)을 의미하니 이로써 과보(果報)를 알 것이다"라고 했다는 것이다. 이때가 762년 4월 27일이었다고 한다.

이에 진표는 산에서 내려와 금산사에 가서 크게 불사를 일으키고 교화에 힘썼으며, 그뒤 속리산을 거쳐 강릉으로, 그리고 다시 개골산(금강산)으로 옮겨 중생을 교화하였다. 개골산에 들어온 진표는 외금강 발연동에 발연사를 세우고 7년간 큰 법회를 열었으며, 흉년에는 굶주리는 사람들을 크게 구제하기도 했다. 진표는 발연사를 나와 다시 불사의암에 돌아왔다가 고향으로 가 아버지를 찾아뵈었는데, 이때 곳곳에서 찾아드는 제자에게 목간을 물려주며 법통을 이어가게 했다. 이것이 오늘날 불교학자들이 논하는 '진표의 포교법'이다.

진표는 말년에 아버지를 모시고 다시 개골산 발연사에 들어가 도를 닦으며 살았다. 그러던 어느날 진표는 절 동쪽 큰 바위 위에 앉은 채로 입적하였다. 제자들이 시신을 옮기지 않고 그대로 공양하다가 뼈가 흩어져떨어지자 흙을 덮고 무덤을 만들었는데 그 무덤에서 곧 푸른 소나무가자랐다. 무릇 그를 공경하는 이가 이 소나무 밑에서 뼈를 찾으니 혹 얻기도 하고, 혹은 얻지 못하였다. 그때 한 스님이 이를 안타깝게 생각하여 세홉 되는 뼈를 수습하여 소나무 밑에 돌을 세우고 다시 모셨다.

지금도 외금강 발연동 바라소에서 한참 올라가면 통일신라시대 유적으로 생각되는 무지개다리(홍예교)가 나오며 이 다리를 지나면 구유소라는 구유 닮은 소(沼)가 나오고, 여기서 오른쪽 언덕으로 오르면 평평한골 안 세모꼴의 큰 바위에 '발연'이라는 글자가 새겨져 있다고 한다. 여기가 발연사터인 것이다.

지금은 탐승길이 이쪽으로 열리지 않아 확인할 수 없으나 북한에서 발간된 『금강산의 력사와 문화』에 의하면 발연동계곡의 무지개다리는 "개울 양쪽 암반을 기초돌로 삼고 거기에 정교하게 다듬은 돌을 몇 단 수직으로 쌓은 다음 무지개 모양으로 허공에 높이 띄워 건너놓았는데 (…) 골짜기와 매우 아름다운 조화를 이루고 있으며 (…) 1톤은 됨 직한 화강석40여개를 다듬어서 25단으로 치밀하게 맞물려 쌓았다"며 축조기술로 보아 진표율사 시대인 770년 무렵 유적으로 확신하고 있다. 그러니까 우리가 의심의 여지없이 확인할 수 있는 금강산의 큰스님이자 사실상의 첫주인공은 바로 진표율사인 것이다.

| **발연사터의 무지개다리** |　진표율사가 창건하고 당신의 열반처가 있는 발연사 입구에는 이처럼 아름다운 무지개 다리가 놓여 있다.

신계사의 중창불사

내가 신계사를 말하면서 굳이 진표율사의 발연사를 끌어들인 것은 역사 속의 금강산을 느끼기 위해서다. 현재 제한된 관광코스만을 탐승하는 우리에게 중요한 그 무엇이 빠져 있기 때문이다.

지금 금강산 관광객이 탐승하는 옥류동 코스와 만물상 코스에는 단 한 채의 절집도 암자도 없다. 오직 이 신계사터만 있을 뿐이다. 우리가 지리산을 등산하다보면 천은사·화엄사·연곡사·쌍계사·대원사·벽송사·실상사 등 어느 절이든 한곳은 들르게 되어 있다. 여기에 들르는 것으로 우리는 산이 우리의 역사 속에 있음을 느끼고, 인간과 더불어 존재한다는 것을 부지불식간에 체감하는 것이다.

우리나라 산의 역사는 절과 함께 인간과 더욱 가까웠다. 금강산의 모든 산봉우리가 불교적 이름을 갖고 있는 것도 그런 연유에 있다. 어떤 면으로 보든 우리나라는 산사(山寺)의 나라다.

이것은 종교의 문제가 아니라 역사와 전통의 문제인 것이다. 아무 까닭 없이 산길을 따라 금강산 바위와 계곡의 수려함과 기이함만 바라보고 다니는 것과 산과 더불어 역사의 자취를 느끼며 탐승하는 것은 엄청난 감동의 차이가 있는 것이다.

금강산 관광을 다녀온 사람들 가슴에 무엇인가 허전하게 느껴지는 것은 탐승길에 그런 문화유산이 없기 때문이다. 빈터일망정 신계사에 들르는 일도 없고, 이 세상을 바로잡고 아름답게 가꾸려고 애썼던 인간의 이야기가 빠져 있기 때문이다.

하대신라 이후 지방불교가 더욱 번성했던 고려시대에 신계사와 절집의 사정이 어떠하였는지는 「금강산 신계사 사적기」에도 나와 있는 것이 없어 알 수 없다. 다만 임진왜란 이후 전국의 사찰들이 중창될 때 신계사도 새로운 모습을 갖추게 된 듯하며 한국전쟁으로 전소되기 이전의 신계사 건물들은 대부분 1597년에 세워진 것이었다고 한다.

「금강산 신계사 사적기」에 의하면 이때부터 신계사를 거쳐간 스님으로는, 1711년에 영남의 스님 소요당(逍遙堂) 청휘대사(淸暉大師)가 여기에서 일대 강론을 편 것을 필두로 하여 정조 때 호남의 스님 해룡당(海龍堂) 행밀(行密)스님이 찾아와 신계사의 재우(載雨), 승찬(勝讚)스님 등과 절을 새로 크게 일으켰다고 한다. 지금 신계사터에는 각 당우가 있던 자리에 주춧돌을 정비해놓고 나무판때기에 전각의 이름을 써넣은 조촐한 팻말이 있는데 이를 따라 일별해보니, 대웅전·만세루·칠성각·극락전·대향각·나한전·어실각·산신각·축성전·범종각·최승전 등 제법 큰 규모였음을 알 수 있다.

한국전쟁 때 완전히 소실된 신계사지만 이를 복원하는 일은 그리 어렵지 않다. 주춧돌이 모두 남아 있을 뿐만 아니라 해방 전 건재했던 당시의 사진도 잘 남아 있다.

문제는 마음이고 의지인데, 북한 쪽은 그럴 생각이 절대로 없다. 한국 전쟁 때 불탄 절을 북한에서 복원한 것은 묘향산 보현사(普賢寺)와 내금 강 표훈사 등 유명한 관광지의 절밖에 없다. 그도 그럴 것이 절을 복원할 뜻도 없지만 거기서 살 스님도 없다. 북한에 스님이 몇백명 있다는 것도 수도자, 성직자로서의 스님과는 다른 것이다. 북한사회에서 종교의 의미 는 남한에서와 아주 다르다.

신계사를 복원하는 것은 남한사람들의 몫이 되었다. 연전에 조계종에 서 신계사 복원을 위한 스님들의 금강산 탐승이 있었다. 이때 현대측에 서는 특별배려로 스님들이 신계사터에 들러 예불을 올릴 수 있도록 해주 었다. 법당이 없는 폐사지에서 승복을 입은 스님들이 "나무 아미타불"을 외면서 탑돌이를 했다. 그러자 금강산 관리원들은 이 해괴한 행동에 놀 라 즉각 중지할 것을 요구했고, 규정대로 벌금을 내렸다. 금강산에서 침 을 뱉으면 미화 30달러, 코를 풀면 50달러, 구호를 보고 비방하면 50달러 등 규정에 따라 벌금을 가하는데 스님들에게 가한 죄목은 '소란죄'였다.

"나무 아미타불!"

효봉스님 이야기

신계사 개산(開山) 이래 수많은 스님들이 주석했지만, 우리에게 가장 많은 가르침을 준 스님은 근대 조계종의 거봉인 효봉(曉峰, 1888~1966) 스님이다.

효봉스님의 속명은 이찬형(李燦亨)으로 1888년 평남 양덕군에서 수안 (遂安) 이씨 부잣집 아들로 태어났다. 그는 어렸을 때부터 신동이라 불릴

| **효봉스님** | 일제강점기 최초의 한국인 판사였다가 늦깎이로 신계사에서 스님이 된 효봉스님은 현대불교사의 거봉이었다.

정도로 재능이 뛰어났는데 평양고등보통학교를 마치고는 일본에 유학하여 와세다대학교 법학부를 졸업했다.

귀국 후 그는 당시 조선인으로는 최초로 고등고시에 합격하여 판사가 되어 서울지방법원, 함흥지방법원에서 근무하고 30대 중반엔 평양복심법원 판사가 되었다. 법관생활 10년째 되던 해 그는 재판과정에서 한 조선인 피고에게 사형을 선고할 수밖에 없었던 자신의 처지에 회의를 느끼고 마침내 법복을 벗고 무작정 집을 떠나 엿장수생활을 했다.

엿모판을 짊어지고 3년째 방랑생활을 하던 그는 1925년, 38세의 나이에 금강산 신계사의 조실(祖室, 참선을 지도하는 승려)로 있던 석두(石頭) 임보택(林普澤, 1882~1954) 스님에게 머리를 깎고 중이 되었다.

그가 처음 신계사를 찾아와 머리를 깎게 해달라고 했을 때 석두스님은 그의 마음자세를 떠보려고 선문답으로 물었는데 첫 물음에 효봉이 마치 오랜 수행승처럼 대답을 한 것은 유명한 얘기다. 그 문답 속에서 우리는 마음으로 묻고 마음으로 답하는 선가(禪家)의 묘행(妙行)을 배우게 된다.

"어디서 오셨는고?"
"유점사에서 왔습니다."
"그래, 유점사에서 여기까지는 몇 걸음에 왔는고?"
"예에?"
"유점사에서 여기까지 몇 걸음에 왔냐고 물었네."

"아, 예…… 바로 이렇게 왔습니다."

그러고는 효봉은 방을 한 바퀴 뺑 돌아 앉았다. 느닷없는 질문에 서슴 없는 행동으로 답한 것이다. 이에 석두스님은 흡족해하며 이렇게 말했다.

"어쭈, 제법이로다. 그대는 오늘부터 내 웬수로다."

스승과 제자는 이렇게 만났다. 이렇게 늦깎이로 출발한 효봉은 처음에 학눌(學訥)이라는 법명을 얻고 신계사 보운암에서 10년간 수행하여 구족계(具足戒)를 받았다.

이후 효봉은 송광사(松廣寺)로 내려와 조계종의 종조(宗祖)인 보조국사(普照國師) 지눌(知訥, 1158~1210)의 법통을 잇게 되는데, 어느날 보조국사의 16세 법손(法孫)인 고봉국사(高峰國師, 1350~1428)를 꿈속에서 만나고는 그때부터 효봉이라고 자호하게 되었다.

효봉은 송광사에서 조계종의 학통을 다시 일으키며 해인총림의 방장(方丈)으로 추대되었고, 1962년 조계종이 분란 끝에 통합종단으로 심기일전하게 되었을 때 초대 종정(宗正)으로 추대되었다.

일초 고은 선생의 이야기

효봉스님은 많은 제자를 키운 것으로 유명하다. 그 수제자로는 이미 열반에 든 송광사 구산(九山)스님, 우리가 잘 아는 법정(法頂)스님이 있다. 그리고 효봉의 제자 중 일초(一超)라는 분이 있는데, 이분이 바로 환속하여 시인으로 우리에게 나타난 고은 선생이시다.

1998년, 고은 선생과 함께 방북했을 때 고은 선생은 신계사에서 좀처

럼 떠날 줄을 몰랐다. 은사스님이 출가한 이곳에 처음 온 감회를 능히 짐
작할 수 있는 일이었다. 고은 선생은 신계사 만세루 돌기둥에 기대서서
붓끝처럼 생긴 문필봉(文筆峰)을 바라보며 '효봉스님!'을 입으로 마음으
로 눈으로 부르고 또 부르고 있었다.

　발길이 떨어지지 않는 고은 선생의 팔을 끌고 나는 창터솔밭의 신계사
터 승탑밭으로 갔다. 혹 거기에 석두스님의 사리탑이 있을지도 모를 일
이었다. 승탑밭에는 네 기의 석종(石鐘) 모양 사리탑과 두 기의 비석이
서 있었다. 모두 19세기, 20세기 초의 양식이었다.

　비석은 1889년에 세워진 화엄종주(華嚴宗主) 대응당(大應堂)의 비와
1929년에 세워진 공덕주(功德主) 유씨지비(劉氏之碑)였다. 그리고 사리
탑의 몸체에는 스님의 이름이 새겨져 있는데 영월당(影月堂), 영호대사
(影湖大師), 낙안당(洛安堂)은 명확하나 석두의 함자는 보이지 않고 허름
한 한 사리탑의 각자는 읽히지 않았다.

　나는 고은 선생의 서운한 마음을 위로하기 위해 나의 특기인 '선의의
거짓말'을 했다.

　　"선생님, 이 사리탑의 글씨가 보이지 않지만 석두스님일 가능성이
　　많습니다. 우선 여기다 절부터 하고 봅시다."
　　"그러기로 하세."

　승탑밭을 내려와 다시 신계사터로 향하니 땅거미 내리는 어둠 속의 신
계사터는 더욱 고즈넉하기만 했다. 하늘로 치솟은 문필봉은 더욱 깃털을
세우는데, 우두커니 서 있는 무너진 만세루의 돌기둥 네개와 아담한 삼
층석탑이 더욱 하얗게 빛난다. 신계천 흐르는 물소리는 방아 찧는 소리
를 내고, 그 많던 고추잠자리들은 어디로 다 가버렸는지 검푸른 하늘엔

| **신계사터 승탑밭** | 창터솔밭이 끝나고 신계사로 들어가기 바로 직전 길가에 있는 이 승탑밭에는 근세의 스님 몇 분의 사리탑이 있는데, 고은 선생의 은사스님인 석두스님의 사리탑은 없었다.

적막이 감돈다.

나는 고은 선생한테 석두와 효봉의 이야기를 들으면서 신계사 빈터를 돌아 버스에 올랐다. 신계사를 뒤로하고 창터솔밭으로 들어서면서 나는 고은 선생께 어서 은사스님들에게 작별의 한마디라도 하라고 재촉했다.

당신들의 선문답, 오도송(悟道頌, 고승들이 불도의 진리를 깨닫고 지은 시가)의 화답에 걸맞은 일성(一聲)이 있어야 하지 않겠느냐고 요구한 것이다. 이에 고은 선생은 마침내 한마디 하시는데 역시 그 스승에 그 제자다웠다.

"잘들 놀았군, 금강산 귀뚜라미들!"

고은 시인에 대해서는 내가 굳이 당신의 행적을 여기에 소개할 필요가 없을 것이다. 방북답사 때 나는 북한에서도 민족시인으로서 많은 사람들이 그 이름을 익히 알고 있음에 놀랐다.

어느날 금강원식당에서 저녁을 마치고 여관으로 돌아가는데 비가 억수같이 쏟아졌다. 그래서 나는 우산을 같이 쓰고 가려고 고은 선생을 찾았다. 뒷간에 가신 줄도 모르고 큰 소리로 "고은 선생님!"을 고래고래 외치니, 고은 선생은 대답이 없고 촬영사로 차출되어 온 리송근씨가 내게로 다가와 놀란 빛으로 묻는다.

"아니! 저분이 그 유명한 고은 시인이십니까? 대표단 명단에 고은태(高銀泰)라고 씌어 있어서 나는 그런 줄로만 알았는데……"

이윽고 고은 선생이 허리춤을 매만지며 나오자 리송근씨는 나를 앞질러 새삼스럽게 예의를 갖추어 깍듯이 인사하더니 우산을 받쳐 고은 선생을 모시고 갔다. 나는 한 걸음 뒤에서 따라가니 우산 속에서 나누는 그들의 대화가 들려왔다.

"선생님이 고은 시인이신 줄 몰라뵈었습니다. 그런데 선생님은 이름을 왜 바꾸셨습니까?"
"바꾸긴! 귀찮아서 뒷글자를 잘라버렸지."

좁은 우산 속에서 한쌍의 남북인은 어깨를 맞대며 총총걸음으로 걸어가고 있었다.

2001. 1.

* 신계사는 2004년부터 복원에 들어가 2007년 10월에 복원 완료되고 남측 스님이 상주했다. 그러나 금강산 관광 중단 뒤 스님은 철수했다.

풍광은 수려한데 전설은 어지럽고

오선암 유감 / 관음연봉의 소나무들 / 지원의 내력 /
앙지대의 글씨 / 옥류동 찬가 / 소정 변관식의 그림

오선암 유감

해방 전, 금강산 탐승에서 옥류동·구룡연(九龍淵) 코스는 신계사를 기
점으로 해서 오선암(五仙巖)까지를 등산의 초입으로 삼았다. 신계사에서
신계천을 따라 송림을 헤치며 걷다보면 '배소고개'라는 낮은 언덕을 넘
게 되는데, 언덕마루에서 신계천을 내려다보면 마치 배 모양 같은 큰 못
이 있어 이를 배소, 선담(船潭)이라고 했다.

배소는 못이 크고 깊은 만큼 물빛이 진한데 그 영롱한 빛깔이 비췻빛
보다 더 푸르고 옥보다도 더 맑아 바닥이 통째로 들여다보인다. 지금도
금강산 관광객들이 버스를 타고 이 배소를 지날 때면 너나없이 그 맑은
물을 보며 탄성을 지른다.

신계천은 여기서부터 계곡이 활짝 열려 오선암에 이르면 호쾌한 계류

| **오선암** | 원래는 평평한 바위로 거기에는 다섯 고을의 원님이 신선놀음을 하고 오선암이라 적어놓았는데 어느해 홍수로 너럭바위가 뒤집히면서 세모뿔 모양이 되었고, 거기에 한글로 새로 오선암이라 새겨놓았다. 바위 옆쪽으로 오선암(五仙嵒)이라고 한자로 새긴 글씨가 물가에 붙어 있다.

를 이룬다. 세존봉(世尊峰)과 관음연봉을 양품에 끼고 옥녀봉(玉女峰) 쪽을 바라보면 하늘이 넓게 열린 계곡길 쪽에는 어른 열이 앉아도 너끈한 넓은 바위가 나온다. 이를 오선암이라 한다.

관광안내책을 보면 옛날에 신선 다섯이 앉아 즐겼다고 해서 오선암이라 했다는데 듣다보면 맞는 것도 같고 틀린 것도 같다. 내력인즉 어느 땐가, 아마도 조선후기에 금강산 고을의 지방관 다섯이 여기서 만나 한차례 아회(雅會)를 가졌던 모양이다. 금강산 다섯 고을이라면 고성·통천·흡곡·회양·금성일 터인데 이 다섯 원님들은 자신을 신선으로 비유하고 저마다 신선 이름을 하나씩 지어 가졌다.

그렇게 신선놀음을 하고는 이 아회를 기념하여 바위 위에 단정한 전서체로 '오선암(五仙嵒)'이라 새겨놓고는 그 아래에 봉래선(蓬萊仙) 아무개, 홍애선(洪涯仙) 아무개 하고 쭉 써놓았다. 그런데 어느해 금강산에 큰 홍수가 나는 바람에 이 오선암 너럭바위가 뒤집혀 지금은 그 각자(刻字)들이 물속에 물구나무서기를 하고 있어 다섯 원님들의 이름을 읽을 수 없다. 그리고 뒤집어진 뿔 모양으로 솟은 바위 위에는 아마도 해방 후, 한글로 큼직하게 '오선암'이라고 새겨놓았으니, 옛날 다섯 원님들의 계회(契會) 이야기는 사라지고 글자풀이만으로 짐작하여 이곳은 다섯 신선이 놀던 곳으로 통하게 되었다. 결국 한때 신선놀음하던 원님들은 오늘에 와서 거두절미하고 신선 취급을 받고 있으니 이 얘기가 맞는 것도 같고 틀린 것도 같다.

옛날에 지방관들이 모처럼 모여 한때의 풍류를 즐긴 것은 크게 비방할 것도 비아냥거릴 것도 아니다. 그때는 그런 것이 다 하나의 관행이었고 원님이라고 놀지 말라는 법은 없는 것이다. 그런데 다섯 원님이 신선놀음을 하던 바위라고 하면 더 그럴듯하고 역사의 행간을 느낄 수 있는 사실이건만 이것을 수준 낮은 전설로 둔갑시켜 말하는 이나 듣는 이나 싱겁게 만든 것은 차라리 안타깝고 답답하게 느껴진다. 그것은 금강산의 품위를 위해서도 좋은 일이 아니다.

관음연봉의 소나무들

오선암이 더이상 신비롭지 못하게 된 원인은 주차장이 가까이 있는 탓도 있지만, 그보다도 오선암 바로 위에 외금강에서 가장 큰 현대식 건물인 목란관식당이 세워졌기 때문이다. 세속과 결별하고 산속에 사는 것이 신선인데 세속 중에서도 가장 일상적인 음식점이 그것도 속된 모습으로 계곡 위에 군림하고 있으니 우리는 그저 그랬었나보다 하며 오선암을 지나치게 된다.

| **관음연봉의 소나무** | 금강산은 화강암 바위산이라 나무가 잘 자랄 수 없는데 오직 강인한 생명력을 갖고 있는 조선 소나무들만이 바위결 따라 줄지어 있어 더욱 깊은 멋을 느끼게 해준다.

목란관 앞에는 '신계다리'라는 긴 철다리가 가로질러 있다. 이것은 옥류동·구룡폭으로 가는 동안 신계천·옥류천·구룡천에 걸쳐 있는 여섯 개의 다리 중 첫번째 다리다. 금강산 탐승객들이 조별로 단체사진을 찍는 현장이 될 만큼 배경이 뛰어난데, 옛날에는 여기를 '첫나들이'라고 했다.

첫나들이를 건너 목란관을 비껴두고 산길로 접어들면 탐승객들은 비로소 옥류동으로 향하는 신선한 기상을 느끼게 된다. 옥류동계곡을 발아래 두고 산자락을 비스듬히 타고 오르노라면 단풍나무·박달나무·물푸레나무가 터널을 이룬 가운데 잎이 넓고 키가 작은 산죽(山竹)들이 낮은 포복으로 기어오르며, 진한 흙내음, 풀내음은 땀에 젖은 우리의 살갗을 파고든다. 그 청신한 기운이 곧 금강의 내음이라는 생각이 절로 든다.

옥류천을 타고 오르는 길은 사뭇 냇물 건너편 관음연봉을 바라보게 되는데, 상관음·중관음·하관음의 수려한 바위들은 천상의 보살 중 가장 뺴어난 미모와 화려한 의상으로 불화 속에 등장하는 관음만큼이나 아름답고 고고하고 장려하고 성스럽기만 하다.

봄·여름·가을·겨울 철따라 관음봉이 옷을 갈아입는 것은 여느 산과 마찬가지지만 늦가을 모든 나뭇잎을 떨구고 아직 눈이 내리지 않아 흰 사라도 걸치지 않은 개골(皆骨)의 관음봉은 그야말로 알몸으로 우리 앞에 나서는데 그 매끄러운 화강암의 질감은 눈부시도록 아름답다. 그런데 그토록 아름다운 금강산의 속살은 관광객들이 모두 기피하는 비수기에나 볼 수 있는 셈이니 이 또한 묘한 일이다. 그렇다면 찾아오는 발길이 드문 때를 타 관음이 옷을 벗는 것인가.

나신(裸身)의 관음봉이라 하지만 그것이 결코 맨몸으로 나타나는 것은 아니다. 관음봉 바위결을 타고 오르내리는 금강송이 만들어내는 굵은 띠가 혹은 어깨에 걸쳐져 있고 혹은 허리춤을 감싸고 돈다. 그 줄지은 소나무의 행렬은 창터솔밭에서 본 소나무의 미려한 자태와는 달리 너무도 연하고 너무도 보드랍다. 거기에서 우리는 조선 소나무의 또다른 아름다움을 본다.

소나무는 한민족의 심성과 가장 잘 들어맞는 나무다. 동물에서 소가 그렇다면 식물에선 단연코 소나무다. 겸재 정선과 단원 김홍도가 우리 산천의 아름다움을 표현하는 진경산수를 창출하는 데 성공한 것의 반은 바로 저 조선 소나무를 표현한 데 있었다.

소나무는 그 생명력에서부터 우리 민족의 저력을 느끼게 해준다. 그 열악한 조건 속에서 꿋꿋이 자라고 있음부터 듬직하여 믿음이 간다. 소나무는 홀로 있어도 무리지어 있어도 우리에게 변함없이 따뜻한 정감을 건네준다. 정중하고, 고결하고, 멋스럽기 그지없다. 멋을 부리지 않고 자랐는데도 멋있고, 치장이 없는데도 궁해 보이지 않는다. 우현(又玄) 고유

섭(高裕燮, 1905~44) 선생은 한국미의 특질을 '무기교의 기교' '구수한 큰 맛'이라고 하였는데 나는 그 고차원적 미감을 바로 소나무에 적용할 수 있다고 생각해왔다. 이렇게 자신을 가꾸면 저 소나무처럼 될 수 있을까? 그것은 한국미가 나아갈 길이요, 인생을 완성해가는 좌표로 삼을 만한 것이다.

'지원(志遠)'의 내력

목란관을 지나 어느만큼 가면 남한사람한테 낯선 '20세기 유적'이 나온다. 옛날 초등학교 화단 가꾸기처럼 자연석을 이용해 구획을 짓고 작은 빗돌을 세웠는데, 내용인즉 김일성 주석이 1973년 8월 19일 금강산에 왔을 때 이 휴식터에서 '강령적 교시'를 내렸다 한다. 그래서 북한은 이곳을 성역으로 모신 것이며, 남한 관광객은 여기를 밟고 들어가면 벌금 50달러를 내야 한다.

그러나 옛날 기행문을 더듬어보면 바로 이 자리가 일엄대(一广臺)라는 곳으로 "길가에 자빠진 큰 바위에 일엄이라는 글씨가 있다"고 되어 있다. 일엄이란 어느 스님의 호라고도 하고 또 어느 유람객의 호라고도 한다. 나는 몇번을 두리번거려보았지만 50달러가 무서워 끝내 찾지 못했다.

옛날에 신계사에서 일엄대까지는 10리를 잡았다고 하며, 일엄대는 옥류동계곡과 가는골(細洞)이 만나는 자리인지라 탐승객들이 쉬어가기 알맞은 곳이었던 모양이다. 가는골은 군선협(群仙峽)이라고도 하고 삼성암(三聖庵)으로 가는 골짜기라고 해서 삼성동(三聖洞)이라고 하는데 골짜

| **가는골** | 옥류동과 합류한 이 가는골은 이름 그대로 가늘고 길기만 하다. 이 계곡을 따라 비로봉으로 오르는 길이 금강산에서 가장 긴 골짜기란다.

기에 협(峽)자를 붙일 만큼 좁고 가파르고 험하며 그만큼 또 아름답다.

가는골을 비껴 보면서 숲길로 발을 돌리면 우리의 눈앞엔 온통 산죽이 밭을 이룬 숲길이 나온다. 산죽이 아름답기로는 지리산과 조계산이 으뜸인 줄 알았는데 북쪽 땅 금강산에도 이렇게 싱싱하게 자라고 있으니, 그것이 우리나라 명산의 한 표정이라는 생각과 함께 겨울산이 푸르게 보이는 데는 이 산죽이 적지 않은 몫을 하겠다는 생각이 절로 든다.

산죽이 싱그러운 산길이 끝나면 우리는 '회상다리'라는 철다리를 건너게 된다. 다리 아래로 흐르는 냇물은 이제 신계천이 아니라 옥류천 하류라고 하니 여기가 옥류동 초입이 되는 것이다.

다리를 건너면 냇가에 비스듬한 너럭바위가 있어 또 거기에 앉아 쉬어가기 안성맞춤이다. 여기에 앉으면 탐승객들은 고개를 들면 금강산 산세의 수려하고 다양한 모습에 다시 한번 탄성을 지르게 된다. 그래서 누군가가 이 바위를 '머물러 우러러보는 곳'이라는 뜻으로 앙지대(仰止臺)라 이름짓고 유려한 초서체로 바위 한가운데 새겨놓았다. 뜻도 풍광에 맞고, 글씨 또한 풍광의 빼어남을 이어받았으니 그 이름 모를 문사는 금강산을 위하여 무엇인가를 하나 남긴 분이다.

앙지대에서 바라보면 옥류천 건너 잘생긴 벼랑 위에는 그 바위만큼이나 잘생긴 소나무가 늠름하게 자라 있다. 그 벼랑에 또렷한 해서체로 '지원(志遠)'이라고 쓴 큰 글씨에 붉은 칠을 선명하게 하여 누구든 거기에 시선이 머물게 되어 있다.

해방 후 북한은 명승지마다 수많은 선전문구를 새겼다. 그리고 때만 되면 이른바 '글발'을 새기는 것이 하나의 기념사업이었다. 금강산 옥류동계곡만 해도 김일성 주석 모친의 탄생 70돌을 기념하여 「위대한 어머니 사랑」의 노랫말을 만경다리께에 새겼고, 김일성 주석의 아버지가 이끌었다는 조선국민회 창건 55돌 기념축시인 「푸른 소나무 영원히 솟아

| 지원(志遠) | '먼 뜻을 가져라'라는 지원은 김일성 주석이 가훈으로 받은 글귀라고 해서 명승지 곳곳에 굵고 붉게 새겨져 있다. 북한의 글발 중 유일한 한문이다.

있으리」가 새겨져 있다.

이것이 북한 입장에서는 혁명사업인 반면, 남한 관광객의 눈에는 자연 파괴로 비치고 있는데 글발에 손가락질하면 벌금 50달러를 내야 하는 것이 지금의 금강산 관광의 실정이고 남북의 현실이다.

북한에서 새긴 그런 글발 중 '지원'만은 항시 한자로 쓰고 그것도 명승지 중에서도 가장 탐승객의 눈길이 잘 닿는 곳을 택했다. 금강산에서도 내금강 만폭동의 금강대와 이곳 외금강 옥류동의 앙지대 앞 바위에 새긴 것이다. 거기에는 내력이 있다.

김일성 주석은 어린시절에 아버지 김형직(金亨稷)이 '먼 뜻을 가져라'

라는 뜻의 '지원'이라는 말을 해주었는데 그것을 가훈으로 받아 그의 생애 좌표로 삼았다는 것이다. 그래서 앙지대 앞 벼랑의 '지원'이라는 글발도 김형직 탄생 60돌을 기념하여 새긴 것이란다.

글발의 내력은 그렇게 이루어진 것이지만 '지원'이라는 말 자체의 내력은 그보다 더 옛날로 올라간다. 이 말은 『삼국지(三國志)』에 나오는 제갈량(諸葛亮)이 자신의 서재에 써서 걸어놓은 글에서 따온 것이다. 그 원문은 "담박명지(澹泊明志) 영정치원(寧靜致遠)"이다. "맑은 마음으로 뜻을 밝히고, 편안하고 고요한 자세로 원대함을 이룬다."

이 글귀는 이후 큰 뜻을 품은 사람, 비장한 각오를 한 사람들에게는 항시 마음에 새기는 글로 기억되어 안중근(安重根) 의사가 뤼순감옥에서 쓴 글씨도 있고, 백범(白凡) 김구(金九) 선생이 쓴 글씨도 남아 있다. 한때 비디오가게에 가면 빌릴 수 있었던 「삼국지」 40부작 중 '삼고초려(三顧草廬)'편을 보면 제갈량의 서재에 이 글씨가 씌어 있는 것을 볼 수 있다.

글의 정확성을 위하여 이 글의 원문을 소개하면 다음과 같다.

맑은 마음이 아니면 뜻을 밝힐 수 없고
마음이 편하고 고요하지 않으면 원대함을 이룰 수 없다.
非澹泊 無以明志 非寧靜 無以致遠

앙지대의 긍원과 김하종

1998년 여름, 고은 선생과 금강산을 처음 답사했을 때 나는 이곳 앙지대에서 작은 성취가 있었다.

금강산 탐승의 첫날 밤이었다. 천둥번개가 친 것도 아닌데 빗방울 소리에 잠이 깨곤 했으니 그때 나는 퍽이나 긴장했던 모양이다. 그렇게 선

잠을 잤으면서도 해보다 먼저 일어나 동틀 때를 기다리는데 비는 그쳤지만 아직도 수정봉이 흰 구름에 갇혀 보이지 않는 것이 여간 마음 쓰이는 게 아니었다.

혹시 비안개 때문에 구룡폭을 못 보게 될까봐 펄쩍펄쩍 뛰면서 일행을 앞서나가니, 뒤에서 고은 선생이 넌지시 던지는 말이 등뒤로 들려왔다.

"저 나이에도 저렇게 천둥벌거숭이로 뛰어간다는 것이 신통하고도 방통하다."

누가 봐도 나를 표가 나게 편애해온 고은 선생은 지금 구룡폭을 향해 달리는 나를 해맑은 천진성으로 보며 흐뭇해하시는 것이었다.

그러나 죄송스럽게도 그때 나는 다른 욕망에서 뛰고 있었다. 내게도 '지원'이 하나 있었다. 구룡폭은 내가 오래전부터 준비해오고 있는 '조선시대 화인열전(畵人列傳)'에 반드시 서너번은 나와야 하는 한국회화사의 현장이다.

구룡폭은 능호관(凌壺觀) 이인상(李麟祥, 1710~60), 단원 김홍도, 소정 변관식이 명작을 남겼고, 호생관(毫生館) 최북(崔北, 1712~86)은 자살소동을 벌인 곳이다. 또 우봉(又峰) 조희룡(趙熙龍, 1789~1866)도 여기에 글씨를 새겼다고 그의 문집에 밝혀두었으니, 그들의 자취를 찾고 살피자면 남보다 먼저 가야만 했던 것이다.

그러나 "한달에 40일 비가 온다"는 금강산의 여름 날씨는 그날따라 비안개가 심하여 지척도 분간하기 어려웠다. 옥류동은 안개 속에서 겨우 그 모습을 볼 수 있었으나 구룡폭에 이르렀을 때는 벼락치는 물소리만 고막을 울릴 뿐 아무것도 보이는 것이 없었다. 50년 만에야 찾아온 우리를 보고 산신령이 노하여 볼 것도 안 보여주나보다고 한숨만 지었다.

우리는 그만 상팔담으로 가자고 했다. 상팔담은 금강산 탐승의 절정으로 교과서에 나오는 전설 「나무꾼과 선녀」의 고향이다. 구룡폭에서 상팔담을 내려다보는 구룡대(九龍臺)까지 800미터, 철사다리 14개에 370계단을 올라야 한다.

안내원은 비안개로 아무것도 못 볼지도 모른다고 말하는데도 일행은 모두들 무조건 오르고 보겠다고 나섰다. 순간 나는 영리한 척 계산해보았다. 못 볼지도 모를 바에야 옥류동 바위마다 새겨져 있는 이름 중 혹 화가도 있는가 찾아보는 게 유리할 것 같았다.

나는 못 볼지도 모를 상팔담을 과감히 포기하고 먼저 옥류동으로 내려왔다. 옥류동계곡의 바위란 바위에는 빈틈없이 이름이 새겨져 있었다. 그 숫자가 수백인지, 수천인지도 모를 지경이었다.

이토록 이름을 남기고 싶은 것이 인간의 본능인지, 우리의 민족성인지 그것도 가늠키 어렵다. 분명한 것은 시대를 오를수록 글자에 품위가 있고, 근대로 내려올수록 낙서에 가깝다는 사실이다. 요컨대 옛사람이 쓴 것은 문화유적이고 현대인이 쓴 것은 자연파괴였다.

모든 것을 포기하고 양지대 비스듬한 너럭바위에 가서 늘어지게 쉬며 '지원'의 깊은 뜻이나 다시 새겨볼 요량으로 내려오니, 비안개는 아래쪽부터 서서히 걷히면서 물기를 머금은 바위글씨들이 선명하게 드러나는 것이었다. 나의 글씨 탐색은 헛되지 않았다. 산신령이 가여워서 도왔는가, 아니면 귀찮아서 알려주고 말았는가.

양지대 비스듬한 바위에서 단원의 아들인 긍원(肯園) 김양기(金良驥)의 아호 두 자와 단원의 충직한 추종자로 1991년 뉴욕 쏘더비(Sotheby) 경매전에 『풍악도권(楓嶽圖卷)』 58폭이 출품된 바 있는 김하종(金夏鍾)의 이름 석 자를 발견했다. 김하종은 "경오 4월(庚午四月)"에 왔다고 써놓았으니 그것은 1870년이었다.

| **앙지대의 글씨** | 앙지대 너럭바위에는 단원의 아들 긍원(肯園) 김양기와 김하종이라는 조선말기 금강산 화가의 이름이 새겨져 있다.

그 기쁨, 그 만족, 그 행복감이란······ 나는 이것을 자랑하고파 그 자리에 길게 누워 일행을 기다렸다. 앙지대에서 올려다보는 채하봉(彩霞峰) 바위들은 보면 볼수록 단원 그림의 벼랑 모습과 닮았다.

아마도 단원은 저 모습을 정확히 담아내려는 끊임없는 장인적 수련과정 속에서 자신의 예술세계를 구축하는 데도 성공한 것이겠지. 아무렴, 그렇고말고. 그런 생각을 하고 있는데 이윽고 일행들이 돌아왔다.

그들은 들뜬 기분에 흥얼거리며 의기양양하며 나를 측은한 눈으로 보며 웃고 있었다. 일행은 비안개 속에서 30분 기다려 7분간 드러난 상팔담의 비경을 보았다며 흰 사라를 걸친 상팔담의 비경을 찬미하며 나를 놀린다. 들을수록 부럽고 들을수록 억울한데 고은 선생이 누가 들어도 편애하는 억양으로 나를 희롱한다.

| 금강산 관광객의 낙서 | 금강산 관광길이 막 열린 1998년 11월, 벌써 "민리백"이라는 낙서가 금강산에 새겨져 있어 한숨이 절로 난다.

"어허! 노형께선 상팔담의 새로운 비밀을 아는가?"

"그건 또 뭔데요?"

"뭐긴. 유홍준은 상팔담을 못 봤다는 거지, 어허허."

이후 상팔담은 나의 아킬레스건이 되어 별로 기죽는 일 없는 나를 기죽이고 싶을 때면 모두들 상팔담의 비밀을 꺼내곤 했다. 그래도 나는 속으로 위로하는 작은 성취가 있었다.

"저는 조선의 화가 두 사람의 이름을 앙지대에서 찾았답니다."

훗날 다시 금강산에 왔을 때도 나는 여전히 바위글씨만 보면 옛 화인과 문사의 이름을 찾았다. 그러나 그런 명사의 이름은 안 보이고 1998년 11월, 그러니까 현대금강호가 첫 출항한 바로 그때 누군가가 새긴 "민리백"이라는 글씨가 허옇게 새겨져 있어 허망한 실소(失笑)를 짓지 않을 수 없었다.

금강문을 지나 옥류동으로

앙지대에서 산길을 타고 오르다보면 '금수다리'라는 철다리를 건너게 된다. 옥류천 건너 내다보이는 산은 옥녀봉 줄기로 거기에는 개구리바위가 있어 안내자들은 온정리 개구리가 여기 올라와 옥류동의 빼어난 경치를 보고 놀라 눈알이 튀어나온 것이라고 설명한다.

나는 이런 얘기를 들을 때면 심히 슬픈 마음이 일어난다. 전설이란 전설다운 상징과 은유가 있을 때 제값을 다하는 것이다. 그렇지 못한 전설은 유치한 이야기, 문학의 저급단계에 지나지 않는 것이다. 금강산에 와서 아쉬운 것은 명산치고는 전설이 너무도 가난하다는 사실이다. 수준 낮은 전설을 전설이라고 전하는 것은 금강산에 대한 모독이고 청정구역 금강에 떠도는 소음공해일 뿐이다. 그런 개떡 같은 얘기를 전설이라고 말하는 것보다 "꼭 개구리처럼 생겼죠?"라며 신기함을 전하는 것이 더 좋을 법하다.

올라가다보면 길 한쪽으로 반가운 샘이 하나 있다. 산을 타고 오르는 탐승객의 목이 마를 즈음에 나타나는 샘이니 그것이 더욱 달고 시원하지 않을 수 없다. 그 샘을 이름하여 삼록수(蔘鹿水)라고 하는데, 이 또한 김일성 주석이 붙여준 것이라고 한다. 분단 50년 동안 금강산에 새로 생긴 이름은 이처럼 대부분 그의 소작이었다.

삼록수에서 '만경다리'라는 철다리를 건너면 계곡은 다시 수려한 전망을 자랑한다. 남쪽으로는 세존봉의 줄기가 봉우리마다 웅긋쭝긋한 갖가지 형상을 드러내고, 서쪽으로는 멀리 옥녀봉이 아련하게 다가온다. 그 기암의 빼어남과 먼 산의 그윽함이 한 가슴에 안기는 것은 가슴 벅찬 감동이고, 내가 이제까지 보아온 산과 너무도 다르다. 오죽했으면 만가지 경치가 펼쳐진다고 만경(萬景)이라 했을까.

| **금강문** | 금강산에는 이런 금강문이 여덟개 있다고 하는데 옥류동으로 들어가는 이 금강문이 가장 드라마틱하다. 왼쪽 바위벽에 '금강문' '옥룡관'이라는 글씨가 새겨져 있다.

그런데 금강산 안내자와 안내책은 그런 자연의 묘사는 제쳐놓고 '토끼바위' '자라바위' '옥황상제바위' '병사바위' 하면서 시답잖은 전설로 탐승객의 가슴속에 모처럼 일어나는 명상적 분위기를 흩뜨려놓는다. 산은 모름지기 산으로 볼 때 더 깊고 아름다운 법이다.

마침내 우리의 발길이 축대까지 쌓은 휴식터에 다다르면 우리는 여기서 심기일전을 해야 한다. 여기에 옥류동·구룡폭 코스의 마지막 뒷간이 있기 때문이기도 하지만 이제야 비로소 금강문(金剛門)으로 들어가는 것이다.

금강산에는 신기하게도 명승지마다 금강문이라는 것이 있어 그 문을 통과해야 본격적인 경관이 드러난다. 내금강 만폭동은 표훈사를 지나서 돌문으로 된 금강문이 있고, 만물상 코스에서는 천선대(天仙臺) 오르기 전에 하늘문을 통과해야 한다. 그런 금강문이 금강산에 여덟개가 있다.

금강문 중에서 가장 금강문다운 것이 바로 옥류동의 금강문이다. 금강

| **금강문 내부** | 금강문을 빠져나오는 순간 옥류동계곡은 갑자기 깊이와 넓이를 더하며 장관을 이룬다. 이 사진은 4월 말 신록이 돋아날 때 찍은 것이다.

문을 지나면서 나타나는 경관은 기쁨을 넘어 놀라움이다. 천하명문이라 할 육당의 『금강예찬』에서 금강문 부분을 묘사한 것은 그중에도 일품이다.

금강문을 나서며 눈을 들다가는 문득 '에쿠' 소리를 질렀습니다. 석두(石竇) 하나를 지내 나온 것일 뿐이어늘 광경이 어찌 이다지도 틀렸으리까? 얼른 말하면 문밖까지의 그것은 꺼풀 금강산임을 깨닫고 놀라는 줄 모르고 놀란 것입니다. 금시에 좋아져도 무척 더 좋아졌습니다.

아주 평범한 글 같지만 이렇게 서슴없이 "에쿠" 소리를 문장 속에 쓸 수 있는 것이 역시 대가의 솜씨인 것이다. 그는 삼일포 봉래대(蓬萊臺)에 올라서는 그 경관이 너무 시원해서 "이히 소리를 질렀다"고 천연덕스럽게 쓰기도 했다.

금강문이 뚫린 것은 지금으로부터 300~400년 전으로 보인다. 본래 금강문의 큰 바윗덩이는 아래쪽이 막혀 이쪽으로는 길이 없어 저쪽 옥녀봉을 타고 넘어들어갔다는 것이다. 그것은 신낙전 같은 문인의 기행문에도 그대로 보인다. 그러던 것이 어느해인가 홍수가 일어 금강문 바위 아래 흙과 잔돌들이 씻겨내려가면서 지금과 같은 ㄱ자 굴이 생겼고, 사람들이 이것을 금강문으로 삼고 탐승길을 이쪽으로 새로 내게 되었다는 것이다.

그리하여 금강문 바위벽에는 금강문이라고 써놓고, 또 옥류동·구룡폭으로 가는 관문이라고 해서 '옥룡관(玉龍關)'이라고 제법한 솜씨로 글씨를 새겨 그 감격을 적어놓은 것이 있다.

현대금강호 첫 출항 때 그 글씨들을 제대로 사진 찍어두려고 뒤에 처져 이 방향 저 방향으로 각도를 잡는데 항시 관광객이 밀어닥쳐 좀처럼 내 차지가 되지 못했다. 한데 마침 사람 없는 틈을 타 한 방 누르는데 당시 최연소 관광객인 꼬마아이가 튀어나와 그만 내 사진 속에 박히고 말았다. 그래도 그 사진이 싫지 않아 북한답사 강연 때마다 슬라이드로 비쳐 보이곤 했는데, 어느 땐가 한 수강자가 하는 말이 꼭 금강산이 애를 낳는 것 같다며 무슨 사진을 산부인과 의사 같은 시각으로 찍었냐며 놀려댔다.

그러거나 말거나 내가 찍은 금강문 사진 중 가장 마음에 드는 것은 아이를 낳는 금강문과 금강문에서 내다본 옥류동의 신록을 담은 사진이다. 육당은 정녕 거짓을 말한 것이 아니었다.

옥류동 찬가

금강문을 나와 '금문교'를 건너 금강산의 황홀한 속살을 헤치면서 산자락을 에돌아 한참이나 가파른 돌길을 오르면 개울 건너 옥녀봉 자락엔

'기관차바위'가 나타나고 거기서 또 한 굽이 돌아서면 유난히도 바닥돌이 하얗게 빛나는 '백석담(白石潭)'이 나온다. 산은 점점 높고 계곡은 점점 험한데 물은 더욱 맑고 공기는 더욱 서늘하게 젖어들어 금강산 정기가 탐승객의 온몸을 파고든다. 그래서 흐르는 땀을 싫지 않은 마음으로 씻어내며, 다리품을 팔아 '어이쿠' 신음하면서도 '좋구나' 감탄을 발하는 것이 너나없는 옥류동 등산길 표정이다.

백석담에서 철난간을 잡고 한 굽이 돌아서면 그 이름도 유명한 옥류동의 장대한 풍광이 홀연히 나타난다. 그 순간은 가히 극적이라 할 만하다.

저 멀리 세존봉(1,160미터) 천화대(天花臺)의 뾰족뾰족한 봉우리들을 앞에 두고 세존봉과 옥녀봉이 양옆으로 멀찍이 물러서 있는 산자락 사이로 경사 급한 계류가 폭포를 이루고, 혹은 못을 이루며 쉼없이 내달리고 있다. 물빛은 더없이 푸르고 맑아 옥류동이라는 이름에 값하고도 남음이 있고, 냇가에 나뒹구는 천석(泉石)은 채석장을 방불케 하면서 계곡의 깊이와 표정을 더해준다.

옥류동이 두 품으로 안은 산자락은 경사가 가파르면서도 넓게 퍼져 하늘이 더욱 높아 보이고, 산비탈엔 단풍나무·물푸레나무·소나무가 알맞은 크기로 알맞게 자라 사철 그 빛깔을 달리하며 여보라는 듯 온몸을 드러내고 있으니 그 수려함은 이루 표현할 길이 없다.

옥류동의 산과 계곡, 돌과 나무는 아무렇게나 놓여 있는 것 같지만 어느 것 하나 뺄 것도 덧붙일 것도 없다. 그 야취(野趣)란 금강산 옥류동이 아니고서는 맛볼 수 없는 절경 중 절경이다. 만약에 금강산의 아름다움을 하나의 장면으로 요약해서 표현하라고 한다면 나는 서슴없이 이 옥류동계곡을 꼽을 것이다.

방북답사 때 안내를 맡은 엄영실(당시 24세)양은 옥류동에 이르자 의기양양하게 "옥류동에는 하도 많은 아름다움이 뒤섞여 있어서 화가는 구도 잡기 힘들고 시인은 말 고르기 어렵기로 이름 높답니다"라며 말끝에 힘을 주었다. 실제로 옥류동의 아름다움을 읊은 명시는 아직 나타나지 않고 있다. 북한 문예출판사에서 펴낸 리용준·오희복 편역의 『금강산 한시집』(1989)을 보면 수많은 문인들이 옥류동을 노래했지만 여기에 옮기고 싶은 시는 고르지 못했다.

오직 면암(勉庵) 최익현(崔益鉉, 1833~1906)이 금강산에 와서도 일제의 침략을 받고 있는 조국 현실의 아픔을 생각하는 애국시 하나가 가슴을 찡하게 하는 그 무엇이 있다.

방금 내린 빗물 받아 늪이 불었다.	潭潤新添雨
바람은 안 불어도 날씨 싸늘해	無風也自寒
이내 몸 신선세계 찾아들었나.	眞如仙界坐
생각하니 그림폭을 번져가는 듯	翻訝畵中看
그 누가 삐뚠 바위 먼저 오를까.	側石登誰捷
아슬한 구름다리 보기조차 두렵네.	危橋望亦難
온 나라가 이처럼 깨끗하건만	一邦斯潔淨
서울아 너만 어이 어지러우냐.	回首歎長安

그런 중 엄영실양이 어디에서 들어 외운 것인지 옥류동 무대바위에서 목청 높여 낭송한 시는 가슴을 활짝 열어주면서 입가에 화평한 미소를 짓게 하는 것이었다. 그때 나는 그 시를 듣고 박수만 쳤을 뿐 받아쓸 생각을 못했다.

| 옥류동 무대바위 | 외금강에서 가장 금강산다운 산세와 계류를 보여주는 곳이다. 옥류동, 무대바위, 그리고 멀리 천화대의 뾰족한 봉우리가 완벽한 회화적 구도를 연출하고 있다.

답사기를 쓰기 위해 다시 금강산을 세번째로 찾아갔을 때 나는 엄영실양을 찾았다. 그녀는 마침 옥류동에서 관리원으로 근무하고 있었다. 그때 나는 옥류동보다 엄영실양을 먼저 찾았고, 멀리서 그녀를 보는 순간 "영실 동무!" 하고는 큰 소리로 부르며 단숨에 달려가 손을 잡고 반가움을 표한 다음 그때 그 시를 적어달라고 했다. 그녀는 서슴없이 내 공책에 예쁜 글씨로 1절, 2절을 반듯하게 써주었다.

높이 솟은 세존봉은 동남으로 안아 있고
부르기 좋은 옥녀봉은 서북으로 반겨 섰는데
앞에 솟은 천화대야 뒤에 있는 소옥녀야
뾰족하거든 곱지나 말거나
험준하거든 기특하지나 말았으면.

한가운데 희맑게 내려두른
숫돌 같은 한 장의 바위는 옥소반 같고
그 위로 흐르는 물은 구슬이 굴리는 듯
그 앞에 담긴 물은 넓거든 깊지나 말거나
깊거든 맑지나 말았으면.

어쩌면 이다지도 보는 사람의 가슴을
풀어헤쳐주는가.

여기까지는 모든 것이 내 뜻대로 잘 풀렸다. 그런데 그때 뒤에서 처져 따라오던 집사람은 나의 이 행동거지가 수상쩍어 보였던 모양이다. 금강산에 오면서부터 엄영실 동무를 찾더니 만나자마자 달려가 두 손을 덥석

잡고 머리 맞대고 공책에 무얼 쓰는 꼴이 같잖아 보였던 모양이다. 그날 이래로 집사람은 틈만 있으면 이를 내 행실의 방만함으로 흘뜯으니 이는 금강산에서 얻은 나의 두번째 아킬레스건이 되고 말았다.

소정 변관식의 옥류동 그림 이야기

시인들은 옥류동을 노래하면서 옥류동의 수려한 경관을 따라잡는 데 실패했지만 화가는 사정이 달랐다. 옥류동이야말로 필법의 3요소 점·선·면을 표현할 수 있는 모든 요소를 갖추고 있었다.

특히 소정 변관식의 '옥류동' 그림은 그 역동적인 구도와 거침없는 필법으로 옥류동의 야취를 감동적으로 표현하는 데 성공했다. 소정은 주유천하(周遊天下)하던 30대 시절 금강산에 들어와 석달을 보내며 금강산에 심취한 적이 있었다. 그리고 그는 50대에 들어와 가슴속에 어려 있던 금강산을 그 원숙한 필치로 그리면서 자기 예술을 완성할 수 있었다. 그의 「외금강 삼선암 추색」「내금강 진주담」「단발령 망금강」 같은 명작은 그를 금강산의 화가라고 불러도 조금도 외람될 것이 없는 것이었다.

그가 1963년, 65세 때 그린 「외금강 옥류천」을 보면 옥류동 무대바위와 돛대바위를 중심으로 삼고 천화대의 뾰족한 봉우리, 세존봉의 강파른 비탈, 옥녀봉의 돌계단을 스스럼없는 필치로 그려나가 화면에 박진감과 동감(動感)이 넘쳐흐른다. 이른바 적묵법(積墨法)으로 먹을 덧칠하며 바위의 주름을 표현하고 태점법(苔點法)으로 그 다양성을 더해주고, 꼬부랑 할아버지를 점경인물(點景人物)로 삽입하여 현장감을 살려내었다.

그리하여 「외금강 옥류천」은 우리가 옥류동에서 받는 자연의 감동을 예술적으로 재현하는 데 성공했다. 그의 대작 「외금강 옥류천」은 「외금강 삼선암 추색」과 함께 소정의 대표적인 작품으로 손꼽히는데, 아무도 이론(異論)을 제기한 적이 없었다. 나 또한 그렇게 생각하고 있다.

그런데 이 작품은 소정의 그림이 아니라 조순자(趙順子)라는 사람의 국전 입선작임이 이미 세상을 떠난 국립현대미술관의 학예원 김희대(金熙大)에 의해 밝혀지게 되었다. 그림 왼쪽에 있던 조순자의 낙관을 잘라내어 그림에 사인은 없어졌는데 소정의 필치가 완연하여 누구든 소정의 그림이라고 믿고 있었던 것이다.

김희대는 수소문 끝에 조순자씨를 찾아 그 내력을 물었더니 소정이 대신 그려준 것이었다고 했다. 그러다 문제가 일어나자 소정이 손을 봐준 그림이었다고 말을 바꾸었다. 그래서 더 큰 논란이 일어났던 문제의 작품이 되었다.

「외금강 옥류천」 그림의 시비에서 내가 중요하게 생각하는 것은 이 그림은 누가 보아도 명작이고 누가 보아도 소정의 필치라는 사실이다. 조순자에겐 이런 필치의 작품이 없다. 이런 사실이 소정과 조순자 두 사람 모두의 명예에 손상을 입힌 것은 어쩔 수 없다. 그러나 당시 우리나라 미술계의 속사정을 보면 화가마다 자신의 제자를 국선에 입선시키려고 대필해주는 일이 허다했다. 그런 병폐로 국전은 결국 막을 내리고 말았던 시대적 배경이 있는 것이다.

세상사람들은 어떻게 생각할지 모르지만 미술사가의 눈은 필묵(筆墨)에 관한 한 수사관처럼 치밀한 데가 있다. 흥선대원군은 난초를 잘 그려 항시 주위의 요구가 있었다. 그래서 그는 자신의 난초와 방불하게 그리는 옥경(玉磬) 윤영기(尹永基, 1833~?)와 소호(小湖) 김응원(金應元, 1855~1921)을 사랑방에 데려다놓고 난초를 그리게 한 다음 그중 맘에 드는 것을 골라 자신이 낙관을 해서 사람들에게 내주곤 했다. 그것이 이른바 대원군 난초에 가짜가 많다는 내력인데 보통사람은 이를 대원군의 작품으로 생각하지만 미술사가는 이를 가려낸다. 그 증거가 무어냐고 물으면 필치라

| 변관식의 「**외금강 옥류천**」| 종이에 담채, 50×116cm, 1963년, 개인 소장. 옥류동의 절경을 감동적으로 잡아낸 명작으로 그가 제자의 국전 출품을 위해 대필해준 것으로 알려져 있는 화제의 작품이다.

고 대답한다. 필치는 속일 수가 없는 것이니, 그런 관점에서 나는 「외금 강 옥류천」의 내력이 어찌됐건간에 소정의 작품이라고 믿어 의심치 않 았던 것이다.

　방북답사 때 나는 옥류동에 다다르는 순간 소정의 「외금강 옥류천」그 림을 떠올리며 그림의 현장을 찾아 사진을 찍으려고 단단히 마음먹고 있 었다. 그런데 돛대바위는 쓰러져 없고 옥녀봉 쪽으로 오르는 길은 옛길 의 자취만 있을 뿐 세존봉 자락으로 쇠줄 돌계단이 나 있는 것이었다. 순 간 나는 이상하다는 표정을 지으며 두리번거리고만 있었다. 그러자 항시 곁에서 도와주던 조광주 참사가 나에게 다가와 물었다.

　"교수 선생, 뭐가 잘못됐습니까?"
　"아닙니다. 그런데 참 이상하네요. 옛날엔 무대바위 앞에 돛대바위가 있었고 길은 저쪽 옥녀봉 자락에 있었는데 언제 이렇게 됐습니까?"

"아니, 교수 선생이 그걸 어떻게 아십니까? 언제 다녀가신 적이 있습니까? 이거 큰일이구나! 십여 년 전에 큰 홍수가 나서 돛대바위가 무너지면서 길이 끊겼단 말입니다. 그래서 이쪽으로 새 길을 낸 것입니다. 도대체 교수 선생이 그걸 어떻게 알고 있습니까?"

알긴! 소정의 그림을 보아 알고 있는 것이지 딴 게 있겠는가. 소정 변관식의 「외금강 옥류천」을 보면 화면 오른쪽 위에 노란 두루마기를 입고 지팡이를 든 채 총총걸음으로 올라가는 꼬부랑 할아버지가 그려져 있다. 이런 묘사 때문에 소정의 그림은 더욱 드라마틱한 것이다. 명화란 이렇게 구석구석까지 세심한 조형적 배려가 가해지며 미술사가는 그것을 놓치지 않는다. 나는 조광주 참사에게 사실대로 말해줄까 하다가 이럴 때 한번 흰소리치는 것도 좋겠다 싶어 자세를 가다듬고 이렇게 대답했다.

"참사 동무, 내가 답사 올 때 그냥 온 줄 압니까? 다 그 정도는 사전에 조사하고 옵니다. 그래야 좋은 글을 쓸 수 있는 것 아닙니까?"

"그거야 제가 잘 압니다마는 그래도 그렇지, 옥류동 길이 바뀐 걸 남쪽에서도 안단 말입니까? 야! 이거 야단이구먼."

이제 조광주 참사가 이 글을 읽으면 그러면 그렇지 하고 무릎을 치면서 꼭 이렇게 말할 것만 같다.

"교수 선생은 사람 골리기를 너무 좋아합니다."

2001. 1.

천 길 비단폭에 만 섬의 진주알

옥류동의 사계절 / 연주담 / 비봉폭포 / 무봉폭포 / 구룡폭포 /
김규진의 미륵불 / 구룡폭의 화가들 / 상팔담

옥류동의 사계절

옥류동은 어느 지점에서 보아도 수려하고 아름답다. 무대바위에서 세
존봉 산자락으로 새로 난 길을 따라 쇠줄을 잡고 돌계단을 오르면 옥류
동 큰 못이 한눈에 조망된다.

옥류담은 그 크기가 600여 제곱미터(약 200평)로 금강산의 그 많은 소
(沼) 중에서 가장 크고 물의 깊이가 5, 6미터나 되도록 깊다. 못의 생김새
가 길쭉한 것이 꼭 배 모양인데다 한쪽 끝에 있었던 돛대바위가 무너져
세모뿔로 곤두서 있으니 그것이 꼭 키처럼 느껴진다.

옥류담으로 쏟아지는 옥류폭포는 길이가 50미터로 백옥 같은 빛을 발
하며 바위를 미끄럼 타듯 쏜살같이 내려간다. 한여름 장마 끝에 왔을 때
는 명주타래가 풀어지는 모양이었는데, 늦은 겨울 꽁꽁 얼어붙은 옥류담

| **옥류담** | 이른 봄, 옥류담이 서서히 해빙을 시작할 때 물살이 흘러내리는 부분부터 얼굴을 내밀 때면 물빛은 더욱 푸르른 옥빛을 띤다.

은 옥류폭포 물살이 떨어지는 자리만 비췻빛으로 얼굴을 드러내니 그 모습이 참으로 영롱했다.

　단풍이 한창이던 가을날 옥류동은 온통 원색의 축제가 벌어진다. 공기가 맑아야 단풍이 더욱 짙고 곱다는 것을 여기 금강산에서 실수없이 확인할 수 있다. 빨간 단풍나무와 노란 물푸레나무, 그리고 진초록의 금강송이 회색빛 암봉, 비췻빛 옥류담과 함께 푸른 하늘 아래 저마다 원색을 자랑하고 있는 것을 보면 이 세상에서 가장 색을 잘 사용하는 화가는 자연이라는 감탄이 절로 나온다.

　아무리 능숙한 화가라도 원색을 함부로 쓰지 못한다. 중간이라도 가려면 중간톤을 쓰는 것이 상책이다. 만약에 가을날 옥류동에서 벌어지는 원색의 향연을 그대로 화폭에 옮긴다면 그것은 영락없는 '이발소 그림'이 되고 말 것이다. 그러나 조물주, 대자연이 구사하면 이렇게 환상적인

136

아름다움이 되는 것이다.

옥류동의 절경은 옥류천을 가로지르는 옥류다리에서 다시 만나게 된다. 옥류다리 한가운데 서서 옥류동을 내려다보면 계류가 쏜살같이 달려 못으로 잠기는 장면을 끝없이 볼 수 있는데 마치 금강이 살아있음을 그렇게 말하고 있는 것 같다. 고개 들어 먼 데 위쪽을 바라보면 이름보다 더 아름다운 옥녀봉이 밝은 햇살 속에 푸르른 미소를 이쪽으로 보내고 있다. 아! 그 아련하고 그윽함이란.

연주담 풍경

옥류다리를 건너고부터 길은 서북쪽 산자락으로 방향을 바꾼다. 산길은 그늘진 북쪽으로 계곡을 내려다보며 뻗어 있기 때문에 갑자기 냉기가 차게 스며든다. 그러나 계곡은 앞쪽이 탁 트인데다 건너편 동남쪽 산자락엔 언제나 햇살을 받아 밝게 빛나니 그늘진 산길을 걸으면서도 어둡고 음습한 길을 걷는 느낌은 들지 않는다.

옥류동으로 흘러내리는 이곳의 계류는 옥류천 못지않게 비췻빛을 발하며, 두개의 연이은 큰 못은 진주를 이어붙인 것 같다고 해서 연주담(連珠潭)이라는 이름을 얻었다. 그래서 생긴 전설이 옛날에 선녀가 흘리고 간 두 알의 구슬이 오늘의 못으로 변했다는 것이다. 연주담의 물빛이 옥색을 띠는 것은 맑기도 해서겠지만 그 깊이가 작은 못은 6미터, 큰 못은 9미터나 되기 때문이다. 연주담이 이처럼 깊이 파인 것은 그 위로 연주폭포가 연방 쏟아지기 때문인데 수수만년을 두고 시시각각으로 짓찧은 물살의 힘에 바닥이 움푹 팬 것이다.

아닌게 아니라 연주폭포와 연주담의 아름다움은 모든 것을 선녀에다 끌어다붙이고 싶은 충동이 일어나게 한다. 옥류동처럼 소란스러움 없이

| **연주담** | 두개의 크고 푸른 못이 연이어 붙어 있어 연주담이라 한다. 선녀가 떨어뜨린 두 개의 구슬이 변해서 됐다고 할 만큼 물빛이 짙은 옥빛을 발하고 있다.

가지런하고 차분하고 조용하니 그 고운 자태는 암만 생각해도 여성적이다.

　이런 아련한 아름다움은 아무리 목석같은 사람이라도 감추어진 여린 감성을 발하지 않을 수 없게 한다. 그래서 그랬는지 북한 사회과학원에서 정중한 필체로 쓴 『금강산의 력사와 문화』에서도 이 대목만은 대단히 감각적으로 묘사했다.

련주폭포는 그리 높지 않으나 쏟아져내리는 맑은 물은 마치 속살이 비치는 얇디얇은 비단천을 가볍게 드리운 것 같다.

비봉폭포

연주담에서 조금만 더 가면 울창한 수림을 빠져나와 세존봉 높은 중턱의 두 봉우리 사이로 층층바위를 타고 내려오는 길고 긴 폭포를 만나게 된다. 이름하여 비봉(飛鳳)폭포라 하는데 그 길이가 무려 139미터라고 한다.

나는 이제껏 이렇게 긴 폭포를 우리 산천에서는 보지 못했다. 산마루에서 내려오는 폭포인지라 그 수량이 많을 리 없건만 비봉폭포는 마르는 일 없이 언제나 명주폭을 늘어뜨린 형태로 저 아래 소반처럼 생긴 봉화담으로 떨어진다. 머리 꼭대기에서 허리춤까지는 갈래갈래 흐트러져 이리저리 휘날리다가 아랫부분에 이르러서는 돌계단처럼 층층이 꺾인 바위결을 타고 바짝 붙어 기어내려오면서 여지없이 봉황의 깃털 모양을 이룬다. 그래서 비봉폭포라는 이름을 얻은 것이다.

다섯번 금강산에 오르면서 내가 본 비봉폭포는 그때마다 다른 모습을 보여주었다. 봄가뭄이 들었을 때 비봉폭포는 전혀 비봉의 자취를 찾을 수 없었고, 한겨울 폭포수가 얼어붙었을 때는 층층이 달린 무수한 고드름의 행렬이었다. 폭포는 역시 장마철 수량이 많을 때가 제격이었다.

방북답사 때의 일이다. 한창 장마가 시작된데다 밤새 내린 비로 비봉폭포는 장쾌하게 내리뻗고 있었다. 그럴 때면 폭포의 길이(사射거리라고 한다)가 150미터나 된다고 했다.

때마침 부슬비가 흩날리고 비안개가 은은히 덮이니 더욱 신비로운데

한차례 돌개바람이 일어나면 물줄기는 크게 흔들려 마치 하늘을 향해 올라갈 몸짓을 하는 것만 같았다. 그 봉황의 자태를 넋을 잃고 보고 있는데 안내원 엄영실양이 빨리 가자고 재촉한다.

"교수 선생, 금강산의 날씨는 천가지로 재주 부리고 만가지로 변하니, 이러다가는 구룡폭도 못 봅니다."

아무리 그렇다고 해도 나는 이 순간을 멋진 사진으로 남겨야겠다는 마음이 일어 카메라 가방을 열고 망원렌즈를 꺼내 우산 속에서 갈아끼웠다. 그리고 사격수처럼 정조준하여 조리개를 당기는데 아뿔싸! 그사이 비봉폭포는 안개 속에 자취를 감추었다. 말로만 듣던 금강산의 풍운조화였다. 그제야 나는 안내원의 말을 잘 들었어야 했다고 후회했다. 엄영실양은 벌써 저 앞으로 나아가 안개가 밀고 올라오기 전에 빨리 구룡폭에 오르자고 소리친다. 나는 그제야 카메라 가방을 들쳐메고 뛰기 시작했다.

무봉폭포

비봉폭포 바로 옆에는 무봉(舞鳳)폭포가 있다. 무봉폭포는 길이가 20미터라 비봉폭포에 비할 바가 아니지만 그 폭이 넓고 물줄기가 두터워 수량으로 말하자면 오히려 더 크다고 한다. 그처럼 힘있고 세찬 폭포가 봉황이 춤추듯 긴 곡선을 그리며 못으로 떨어진다. 참으로 금강의 폭포와 못은 표정도 많고 대비도 절묘하다.

| **비봉폭포** | 우리나라에서 가장 긴 폭포로 물줄기가 139미터나 된다. 폭포는 역시 물이 많아야 제멋을 풍기기 때문에 여름날의 비봉폭포가 가장 아름답다. 허리춤 아래부터 층층이 꺾인 바위결을 타고 내리기 때문에 마치 봉황의 날개 같은 형상을 이룬다. 그래서 이름하여 비봉폭포다.

요란한 옥류담에 이어서 선방(禪房) 같은 연주담이 있고, 긴 꼬리 비봉폭포 다음에는 살진 몸집의 무봉폭포가 있다. 이런 극명한 대비로 금강은 더더욱 오묘하게 다가오는 것이다.

오묘하기로는 바위가 더하다. 비봉폭포와 무봉폭포 사이에 우뚝 솟은 기둥바위 꼭대기에는 '봉황바위'라는 것이 있는데, 이것이 조화를 부려 조금 지나가 그 바위를 보면 '독서바위'가 되어 사람이 앉아서 책을 읽는 것 같고, 조금 더 지나가서 돌아보면 영락없이 '토끼바위'가 된다.

여기서 멀리 지나온 길 산자락을 바라보면 하늘꽃 같다는 천화대의 기이한 봉우리가 희게 빛나며, 하늘꽃의 열매 같다는 '열매봉', 그리고 한쌍의 남녀가 내려다보는 것 같다는 '부부바위'가 있다. 금강산은 오르면 오를수록 그 기이함을 더해간다.

어느만큼 가다보면 계곡이 두 갈래로 갈라지는 합수(合水)머리에 다다르게 된다. 하나는 구룡폭에서 내려오는 것이고 또 하나는 은사류(銀絲流)계곡이다. 여기서 은사류를 건너다보고 왼쪽 계곡을 타고 오르면 '연담교(淵潭橋)'라는 허궁다리(출렁다리)가 나온다. 이 다리를 건너면 상팔담으로 가는 길이고, 계곡을 타고 오르면 곧바로 구룡폭에 닿는다.

구룡폭포

연담교에서 구룡폭을 향하여 길을 꺾어들면 오른쪽으로는 거대한 노적가리 모양의 암봉이 기세차게 뻗어올라가고 그 아래로는 김일성 주석이 이름지었다는 '주렴(珠簾)폭포'가 구슬발 같은 물줄기를 내리쏟는다. 그리고 사위선 마치 대로변 고층아파트에서 들을 수 있는 자동차 소리 같은 웅웅거리는 소리가 어딘가에서 들려온다. 산중에 무슨 소음 같은 굉음인가. 게다가 발걸음을 옮길 때마다 소리가 더 커지다가 마침내 쿵 쿵 소리로 들리면 그제야 구룡폭포가 쏟아지며 물 찧는 소리인 줄 알고 놀라게 된다.

수없이 사진으로 보아왔고 그림으로 보아왔고 말로 들어온 구룡폭이지만 이처럼 물 찧는 소리가 굉음으로 울릴 줄은 여기에 와서야 비로소 알게 되는 바다. 구룡폭이 장하다는 것 또한 수없이 들어 익히 아는 바지만, 이처럼 거대한 규모의 통돌로 된 동천(洞天)에 떨어지는 줄은 여기 와서야 비로소 알게 된다.

구룡폭은 마치 엄지손가락처럼 길게 생긴 막다른 골짜기 손톱 끝에서 떨어지는 물줄기다. 그래서 구룡동 안에는 돌 아니면 물뿐이며, 잇짬 하나 없는 함지박이나 엎어놓은 절구통 같은 일대장석(一大長石)임에 놀라고 또 놀라게 된다.

구룡폭포는 개성 대흥산의 박연폭포, 설악산의 대승폭포와 함께 우리나라 3대 폭포로 손꼽히지만, 체감하는 감동으로 말하자면 우리나라 최고의 대폭(大瀑)이고, 명폭(名瀑)이다. 구룡폭포는 깎아지른 폭포벽의 높이가 100미터, 폭포의 길이는 74미터, 폭포가 쏟아지는 사거리는 84미터다. 폭포의 폭은 무려 4미터인데다 그 두께도 두터워 수량으로 치면 여타의 폭포와 비교되지 않을 정도다. 게다가 폭포가 내리치면서 만든 절구통처럼 푹 팬 돌확은 그 깊이가 자그마치 13미터나 된다. 그래서 못이 되어 구룡연이라는 이름을 얻었다.

구룡폭포는 높은 벼랑 위에서 사정없이 쏟아지며 구룡연으로 깊숙이 들어갔다가 다시 힘차게 솟구쳐 서슬 푸른 포말을 일으키며, 바람이 막힌 골 안에서 회오리쳐 싸락눈 같은 물방울을 사방으로 흩뿌린다. 가만히 보고만 있어도 가슴이 궁긋거리고 눈이 어지럽다. 이제까지 금강을 예찬하며 사용한 그 모든 장엄하다는 표현이 여기서 무안하게 느껴진다. 그래서 그랬는지 역대의 문인들은 이 구룡연을 보면서 구룡연 자체만을 찬미했을 뿐, 그 풍광 속에 일어나는 자신의 감상과 서정을 끼워넣지 못했다.

구룡연에서 솟구치는 물살이 크게 호(弧)를 그리며 돌아가는 너럭바위 위쪽에는 고운(孤雲) 최치원(崔致遠, 857~?)이 구룡폭에 붙인 다음과 같은 찬시(讚詩)가 유려한 초서체로 씌어 있다.

천 길 흰 비단을 드리웠는가	千丈白練
만 섬 진주알을 뿌리었는가.	萬斛眞珠

그리고 그 옆에는 우암(尤庵) 송시열(宋時烈, 1607~89)이 붙인 글이 힘찬 행서체로 이렇게 씌어 있다.

성난 폭포가 한가운데로 쏟아지니	怒瀑中瀉
사람을 아찔하게 하는구나.	使人眩轉

사실 그 이상 또 무슨 말로 어떻게 표현하겠는가. 구룡폭의 장관은 금강산 탐승 중에서도 거의 절정에 해당한다. 영조 때 문인으로 공재(恭齋) 윤두서(尹斗緖, 1668~1715), 겸재 정선 같은 화가나 사천(槎川) 이병연(李秉淵, 1671~1751) 같은 시인과 절친한 사이였으며, 그 자신이 유명한 감식가요 시인이었던 담헌(澹軒) 이하곤(李夏坤, 1677~1724)은 그의 벗들이 내금강에 심취하고 외금강에 와서는 구룡폭포는 보지 않고 해금강 삼일포로 해서 총석정(叢石亭)으로 바로 돌아가는 것을 보고 이렇게 읊었다.

| **구룡폭포** | 외금강 탐승의 한 절정을 이루는 순간이다. 구룡폭포에서 구룡연으로 쏟아진 물이 구룡동으로 흐르는데 이 전체가 하나의 화강암 통돌로 되어 있어 더욱 신비롭다.

| **구룡폭의 송시열 글씨** | 구룡폭 주위엔 많은 글씨가 새겨져 있는데 그중 유명한 것이 최치원의 글씨와 송시열의 글씨다. 이 글씨는 송시열의 글씨로 "성난 폭포가 한가운데로 쏟아지니 사람을 아찔하게 하는구나"라고 했다.

산에 들어와 구룡연을 보지 않으면	入山不見九龍淵
금강산을 보지 아니한 것 같다네.	不如不山金剛山
만폭동 벽하담은	萬瀑洞中碧霞潭
사람으로 치면 얼굴이겠지만	在山如人目在顔
그것도 구룡연에 비하면	縱然較却比龍淵
아들 손자뻘인걸.	猶與兒孫等一般

김규진의 '미륵불'

구룡폭 맞은편에는 1961년에 건설한 구룡각이라는 관폭정(觀瀑亭)이 있어 탐승객들은 우선 여기에 올라 폭포를 건너다보게 마련인데, 100미터도 더 떨어진 거리건만 흩뿌리는 포말 파편에 금세 옷이 젖고, 벼락 치는 소리를 내며 물 찧는 굉음에 바로 곁에서 하는 말소리도 들리지 않는다.

폭포 머리 위로는 뫼 산(山)자를 겹쳐쓴 모양의 구정봉(九井峰) 뾰족 봉우리들이 원경(遠景)의 잔산(殘山)인 양 아련하게 비치고 있어 구룡폭은 더욱 그윽한 영원의 폭포수가 된다.

구룡연 주위에는 수많은 글씨가 새겨져 있다. 최치원과 송시열의 글씨 외에 유람객이 남겨놓은 이름 석 자는 어지러울 정도다. 요즘 사람들은 옛날에 유람객이 이곳까지 와서 어떻게 저 자리에 자기 글씨체대로 써놓을 수 있었을까 하고 퍽 궁금하게 생각한다. 나도 정확한 것은 알 수 없지만 옛 기록에 보면 조선시대에는 내외 금강산에 각자공(刻字工)이 상주하고 있어서 돈 받고 새겨준 것 같다. 바위 위에다 먹이나 흰 안료로 써놓고 새길 것을 부탁하고 떠난 것이다. 혹자는 금강산 스님에게 부탁하기도 했다. 그래서 정작 당사자는 그것이 잘 새겨졌는지 어떤지 모르고 있다가 나중에 금강산을 다녀오는 사람에게 소식을 전해듣기도 했다.

한 예로 19세기의 대표적인 서화가로 추사(秋史) 김정희(金正喜, 1786~1856)의 수제자였던 우봉 조희룡은 「석우망년록(石友忘年錄)」에서 이렇게 말했다.

지난번 금강산에 놀러 갔다가 신계사의 중 도일(道一)에게 부탁하여 내 이름을 구룡연에다 새기게 하였다. 돌아온 뒤에 그 탁본을 보내왔기에 기뻐서 시를 지었다. 돌이켜보건대 물거품과 환상 같은 이 육신으로 산의 돌에다 이름을 의탁하여 오래 살려는 뜻을 부치려고 하니, 도리어 한 웃음거리임을 깨닫겠다.

이름을 적어 선계(仙界)에 부쳤더니　　　　　名姓寄題凌紫煙
산승이 구룡연에서 탑본(搨本)하여 보냈네.　　山僧搨得九龍淵
모호하여 완연히 천년 전의 글자인 듯　　　　模糊宛是千年字
삼생석(三生石)의 전설을 징험하였네.　　　　可證三生石上緣
붉은 글자를 산에 새긴 것은 한 소중한 인연이니　丹字鐫山一重緣
바다 기운이 땅에 가득하고 붓은 서까래와 같네.　滄溟滿地筆如椽
이름을 일만 이천 봉우리 위에 부쳤으니　　　托名萬二千峰上
무량수불 같은 나이 누리기를 빌어보네.　　　乞與無量壽佛年

이러한 바위글씨 중 구룡폭을 더욱 빛나게 하는 것은 해강(海岡) 김규진(金圭鎭, 1868~1933)이 쓴 대자(大字) 미륵불(彌勒佛)이다. 이 글씨는 폭이 3.6미터, 높이가 19미터나 되고 불(佛)자의 내려그은 획은 구룡연의 깊이에 맞추어 13미터로 썼다. 그리고 왼쪽에 작은 글씨로 불기(佛紀) 2946년이라는 간기(刊記)를 적었는데 이는 1919년에 쓴 것으로 일본인 스즈끼 긴지로오(鈴木銀次郎)가 새겼다는 것만 읽을 수 있고, 옆에는 시주자의 이름이 쭉 나열되어 있으나 정확히 판독하지 못했다.

해강 김규진은 구한말, 일제강점기의 대표적인 서화가였다. 그는 구석기시대 유적지로 유명한 평안남도 중화군 상원면 검은모루에서 가난한 농부의 아들로 태어났다. 어려서 외삼촌인 서화가 소남(小南) 이희수(李喜秀, 1836~1909) 밑에서 글과 글씨, 그림을 10년간 배웠다. 그리고 18세 때 중국에 건너가 9년 동안 남선북마(南船北馬)로 명승고적을 유람하고 우 창숴(吳昌碩, 1844~1927) 같은 대가를 만나 견문을 넓혔다. 그때 그는 샹하이(上海)에 와 있던 서화가인 운미(芸楣) 민영익(閔泳翊, 1860~1914)과도

| **김규진의 '미륵불**(彌勒佛)'| 1919년 해강 김규진이 구룡폭에 쓴 글씨로 '불' 자 마지막 획을 길게 내리뻗은 것이 13미터다. 이는 구룡연의 깊이에 맞춘 것이다.

교류하게 되었다.

1893년, 26세에 귀국한 해강은 민영익과의 인연으로 민비를 만나게 되고, 또 고종의 명을 받아 궁중을 드나들며 영친왕(英親王) 이은(李垠, 1897~1970)에게 글씨를 가르쳤다. 1902년 해강은 일본에 건너가 이번에는 사진을 배워 1903년에는 우리나라 최초의 사진관인 천연당(天然堂)을 열었고 정3품 통정대부(通政大夫)로 시종원(侍從院)의 장을 맡기도 했다.

1910년 한일합방이 되자 해강은 궁실을 나와 천연당 사진관 옆에 '고금서화관(古今書畵觀)'이라는 최초의 근대적 화랑을 열었고, 또 '서화연

| **여름날의 구룡폭** | 한여름 구룡폭 물줄기가 풍부할 때면 내리찧는 물소리가 굉음으로 울린다. 그것이 구룡동 막힌 골에 메아리로 다시 돌아오기 때문에 꼭 물방앗간 앞에 있는 듯하다.

구회'라는 3년 과정의 사설 미술학원을 시작했다. 여기서 가르친 제자 중 고암(顧庵) 이응로(李應魯, 1904~89)가 있었으며, 그의 아들 청강(晴江) 김영기(金永基, 1911~2003)도 가업을 이었다.

　해강은 1919년 3·1운동이 일어난 해 불교도들의 주문을 받아 금강산에 들어와 내금강에 '법기보살(法起菩薩)'(길이 73척) 해서, '천하기절(天下奇絶)' 초서를, 외금강에 와서는 '미륵불'(길이 64척) 예서를 썼다. 이때 사용한 거대한 붓은 지금 고려대박물관에 소장된 것으로 알려져 있다. 이

| **겨울날의 구룡폭** | 한겨울 구룡폭은 이처럼 꽁꽁 얼어붙는다. 그런 와중에도 아래쪽 구룡연 부분은 깊이 파인 것이 보이니, 자연은 신비롭고 또 준엄하게 느껴진다.

때 그는 총석정에도 현판을 써 걸었다. 금강산에서 돌아온 해강은 『매일신보』에 19회에 걸쳐 「금강산 스케치」를 연재하기도 했다.

이후 해강은 창덕궁의 외국사절 접견실인 희정당(熙政堂)에 「외금강 만물상」과 「해금강 총석정」이라는 대폭의 벽화를 제작하였는데, 이 그림은 1923년 화재로 불타버리고 말았다. 해강은 이처럼 금강산을 통하여 자신의 글씨와 그림을 맘껏 발휘했으니, 근대의 '금강산 서화가'라 이를 만한 분이다.

훗날 해강은 전국의 크고 작은 절집에 각종 현판을 써주어 오늘날 가장 많은 현판을 남긴 서예가가 되었다. '상왕산 개심사(象王山 開心寺)' '가야산 해인사(伽倻山 海印寺)' '삼신산 쌍계사(三神山 雙磎寺)' 등 그 숫자를 헤아릴 수 없다. 그러니 해강은 그의 서화를 화폭보다도 산천에 구현했다고 할 만한 시대의 명인이고 기인이다.

해강이 쓴 구룡폭의 '미륵불'은 오늘날 볼 때 별 흠잡을 것 없는 거작으로 사람의 마음을 신비롭게 이끄는 그 무엇이 있다. 그러나 당시 문인·문객 들의 눈에는 그것이 맘에 들지 않았던 모양이다. 육당 최남선은 분명히 보았을 이 글씨에 대하여 일언반구도 없다. 또 춘원(春園) 이광수(李光洙, 1892~1950)는 「금강산유기(金剛山遊記)」에서 이 글씨를 보고는 이렇게 불쾌감을 말했다.

폭포 왼쪽 어깨라 할 수 있는 미륵봉의 머리 복판에 '미륵불' 세 자를 커다랗게 새기고 그 곁에 세존응화(世尊應化) 몇천몇백년 해강 김규진이라 하였으니 이만 해도 이미 구역질이 나려는데 그 곁에 시주는 누구누구, 석공은 누구누구, 무엇에 누구누구 하고 무려 수십명 이름을 새겨놓았으니, 이리 되면 차마 볼 수 없어서 눈을 가리우고 아까운 대자연의 파경(破景)된 것을 생각하여 눈물을 흘리지 않을 수 없습니다. 이것이 아주 없어지려면 무슨 천재지변이 없는 한 몇천년을 경과해야 할 것이니, 해강 김규진은 실로 금강산에 대하여 대죄(大罪)를 범한 자라 하겠습니다.

춘원의 이런 혹평을 어떻게 받아들여야 할지 나는 잠깐 판단을 내리기 힘들다. 아마도 이 글씨를 쓸 당시 해강은 춘원의 눈에는 차지 않는 풋내기 서생 정도였을 것이고, 또 새긴 지 얼마 되지 않은 그 글씨가 더욱 생경하게 비쳤을 가능성도 많다. 그렇다면 이 글씨가 우리에게 낯설지 않은 것은 80년이라는 세월의 때가 더해진 덕인지도 모른다.

나는 이 글씨의 간기가 불기로 쓰인 것을 큰 다행으로 생각한다. 만약에 당시 관행대로 다이쇼(大正)라는 일본연호를 썼다면 당장에 줄사다리로 올라 박살냈을 것이다.

미륵불에 얽힌 현대의 새로운 이야기는 1999년 세상을 온통 뒤집어놓은 민영미(閔泳美)씨 사건의 발단이 여기서 일어난 것이다. 그녀는 구룡폭 관폭정에서 금강산 관리원에게 월남을 종용했다는 혐의로 며칠간 억류되어 금강산 관광을 한동안 중단시킨 주인공이다. 민영미씨가 처음 금강산 관리원에게 건넨 말은 미륵불 글씨를 가리키며 이렇게 물은 것으로 알려져 있다.

"저기 한자로 씌어 있는 글씨가 무슨 자입니까?"

구룡폭의 화가들

구룡폭은 화가들에게도 더없이 훌륭한 소재다. 그 생김새가 누가 그리든 장쾌하기 그지없게 되어 있다. 그러나 바로 그런 이유로 구룡폭을 그린 명화는 그리 많지 않다. 예술이란 모름지기 대상을 뛰어넘어야 예술적 가치를 갖는 것인데 구룡폭은 그 자체로 완벽한 예술성을 갖고 있기 때문이다.

진경산수의 대가인 겸재 정선이 그린 구룡폭 그림이 몇 폭 전하고 있다. 그런데 이 그림들은 겸재의 진경다운 사생감이 없고 중국의 「여산폭(廬山瀑)」 그림을 모방한 것으로 보인다. 내 생각에 겸재는 생애 두번 금강산을 찾아왔지만 옥류동·구룡폭 코스는 들르지 않은 것 같다. 그것은 그가 옥류동, 비봉폭, 연주담을 그린 그림이 하나도 없다는 점으로도 알 수 있다. 아마도 구룡폭이 하도 유명하니까 그가 그린 「구룡폭」은 중국의 유명한 폭포 그림에 빗대어 상상으로 그린 것이리라.

구룡폭의 화가라고 하면 누구든 호생관 최북을 떠올릴 것이다. 그는 당대의 기인이고 주광(酒狂)이었다. 그는 자를 지으면서 이름의 북녘 북(北)자를 둘로 쪼개어 칠칠(七七)이라고 불러 보통 최칠칠로 통했다.

칠칠이는 수많은 일화를 남겼다. 어느날 그가 산수를 그리는데 산만 그리고 물은 그리지 않으니까 옆에서 누가 왜 산수를 그리면서 물은 그리지 않느냐고 묻자 그를 노려보면서 "그림 밖은 다 물이오"라고 대답했단다. 그리고 어느날 한 권세가가 그림을 그려달라고 강압적으로 요구하자 "나는 스스로 내 몸을 저버릴망정 내 마음을 저버리지 않는다"며 송곳으로 눈을 찔러 피를 뿌리며 그를 쫓아냈는데 결국 애꾸가 되었다고 한다.

그런 칠칠이가 금강산 구룡폭에 와서는 그 풍광에 놀라고 취하여 이내 "천하의 칠칠이가 천하의 명산에서 죽지 않으면 어디서 죽으랴"고 외치며 구룡연에 뛰어들려고 달려가는 것을 사람들이 간신히 붙들어 말렸다. 그러자 그가 몸부림치며 지르는 비명소리가 어찌나 크던지 주위의 새들이 놀라 달아났다고 한다.

그러나 칠칠이가 그런 감동으로 그린 구룡폭은 전해지지 않고 있다. 뿐만 아니라 칠칠이는 그 성격과 그림이 상반되게 나타나 행실은 거칠었어도 그림은 얌전했으니 우리가 기대하는 그런 구룡폭 그림은 아니었을 것이다.

구룡폭 그림으로 가장 명작을 남긴 분은 역시 단원 김홍도였다. 그는 44세(1788) 때 정조의 명을 받들고 금강산 사생(寫生)을 떠났다. 그때 그가 돌아와서 그린 금강산 그림은 수십 미터 되는 두루마리 그림이었다고

| **김홍도의 「구룡연」** | 비단에 담채, 30.4×43.7cm, 1788년, 개인 소장. 단원이 44세 때 정조의 명을 받아 금강산을 사생했을 때 그린 이 그림은 필치가 아주 조용하고 세밀하다.

| **김홍도의 「구룡폭」** | 종이에 수묵담채, 29×42cm, 18세기 말, 평양 조선미술박물관 소장. 단원이 50대 중엽에 그린 이 그림은 40대와는 달리 필치에 강약의 변화가 많고 묘사에 대담한 생략이 구사되어 대가다운 원숙한 회화미를 보여준다.

하는데 그것은 전해지지 않고 있다. 그 대신 아마도 그 초본이라 생각되는 『금강사군첩』 70폭이 정조의 사위인 운외거사(雲外居士) 홍현주(洪顯周, 1793~1865)의 구장품(舊藏品)으로 전해진다.

『금강사군첩』 중의 「구룡연」 그림은 관폭정 위의 산에서 내려다본 시각으로 구룡폭과 함께 미륵봉 전체를 포착하여 거대한 암봉으로 막힌 골 안의 장대한 폭포를 진실로 장쾌하게 그렸다. 그러나 이 그림의 됨됨이를 보면 사생으로 성공했을지는 몰라도 회화미는 아주 약하다. 대상을 충실히 사생하기는 했지만 대상을 뛰어넘어 화가의 감동이 개입된 필묵의 변화가 없다.

그런 아쉬움은 단원이 그로부터 10년 뒤 50대 중반에 그렸을 평양 조선미술박물관 소장의 「구룡폭」 그림에서 홀연히 씻게 된다. 이 「구룡폭」 그림은 버릴 것은 다 버리고 몇 가닥의 스스럼없는 붓길과 먹빛의 강약으로 구룡폭의 기상을 다 전하고도 남음이 있으니 가히 명화 중 명화라 할 만한 것이다.

그래서 사람들은 40대의 단원과 50대의 단원이 이렇게 화풍상 큰 차이가 있었음을 알고 단원다운 단원은 50대 이후라고 말한다. 그러나 이보다 더 중요한 것은 단원이 40대에 그처럼 충실한 사생을 했기 때문에 50대에는 과감한 생략이 가능했다는 점이다. 그러니 화가는 40대에 할 일이 있고 50대에 할 일이 따로 있는 것이다. 만약 단원이 40대에 50대와 같은 생략을 일삼았다면 그는 그런 대가가 될 수도 없었을 것이고, 되었다 하더라도 조로(早老)하고 말았을 것이다.

구룡폭을 그린 또 하나의 명작은 능호관 이인상이 그린 「구룡폭」이다.

| **이인상의** 「**구룡폭**」 | 종이에 수묵담채, 1752년, 118.2×58.5cm, 국립중앙박물관 소장. 붓길이 매우 성글고 약하게 표현했지만 그림 전체엔 삼엄한 기상과 명상적 분위기가 서려 있다. 그것이 능호관 문인화의 매력이다.

그는 조선시대 최고의 문인화가로 그의 문인화풍의 그림에는 언제나 높은 도덕과 굳은 절개가 표현되어 있다. 「설송도(雪松圖)」 같은 명작을 보면 능숙한 번지기로 삼엄한 분위기를 잡아내고 있음에도 결코 기교가 드러나지 않는 높은 격조가 살아있다.

능호관은 그런 정신과 기법으로 대폭의 「구룡폭」 그림을 그렸다. 그림은 까실까실한 갈필(渴筆)의 붓자국으로 높은 바위벽과 폭포, 그리고 몇 그루 나무를 그렸을 뿐이다. 그림이 소산하고 붓자국도 소략하여 얼핏보면 매우 심심한 그림이라고 말할지 모른다. 그러나 그림 전체에 감도는 기류에는 능호관만이 보여줄 수 있는 품격이 있다. 이 그림에 어린 정신은 무엇보다도 능호관 자신이 그림 밑에 써놓은 다음과 같은 화제(畵題)로 명확히 알 수 있다.

정사년(丁巳年, 1737) 가을 삼청동에서 임아무개 어른을 뵈옵고 구룡연을 본 지 15년 만에 삼가 이 그림을 그려 바칩니다. 그러나 몽당붓(禿筆)과 흐린 먹으로 그 뼈만 그렸을 뿐 살은 나타내지 못했고 윤택하게 할 수가 없었습니다. 그렇다고 게으르거나 태만해서 그런 것이 아니며 그저 마음이 끌리는 대로 그린 것입니다. 이인상이 삼가 올립니다.

현대에 들어와서도 구룡폭은 화가들의 좋은 소재가 되었다. 1997년 1차 방북 때 나는 만수대창작사에서 자수로 수놓은 「구룡폭」을 보면서 얼마나 감동을 받았는지 모른다. 이 작품은 그리 비싸지도 않았는데 그림 보는 눈이 귀신같은 권영빈 단장이 냉큼 사가는 바람에 내 차지가 되지 못했다.

불행히도 지난 50년간 남한의 화가들은 이 구룡폭을 그릴 수 없었다.

금강산이 열리자 모두들 달려갔는데, 1999년에는 이태호(李泰浩) 교수가 주관하여 열다섯명의 화가들이 금강산 사생을 다녀온 후 일민미술관에서 '몽유금강전'을 개최했다. 이때 내 친구 김호득(金浩得)이 그린 「구룡폭」은 참으로 장쾌한 그림이었다. 폭 120센티미터, 길이 547센티미터의 광목에 그린 대작인데 먹을 얼마나 퍼부으면서 비벼댔는지 온통 시커먼 그림이었다. 그러나 구룡폭의 기상과 먹의 힘 모두가 펄펄 날고 있었다. 호득이는 칠칠이 못지않은 주광인데 그림 속엔 그런 취기가 느껴지기도 했다.

진작에 그가 그린 그림 중에도 이런 '폭포' 그림이 있었다. 그래서 호득이에게 옛날 그 '폭포' 그림도 결국 구룡폭을 그린 것 아니냐고 물으니 그는 취기 속에 이렇게 대답했다.

"그러니까 몽유금강이지."

| 김호득의 「**구룡폭**」 | 종이에 수묵, 547.0×120.5cm, 1998년. 금강산 관광길이 새로 열린 뒤 현대화가들이 그린 새로운 금강산 그림 중 김호득의 이 대작은 현대적 묵법이 잘 살아있다.

상팔담

옥류동·구룡폭 코스는 구룡폭에서 그 절정을 맞고 또 여기에서 탐승을 끝내도 아쉬울 것이 없다. 그러나 쏟아져내리는 구룡폭의 연원인 상팔담(上八潭)을 보게 되면 이제까지 보아온 모든 것이 여기에서 결구(結句)로 이루어짐을 알 수 있다. 교향곡으로 치면 창터솔밭이 1악장, 옥류동이 2악장, 구룡폭이 3악장, 그리고 상팔담이 4악장이라고 할 수 있다.

상팔담은 구룡폭에서 불과 700미터 거리에 있다. 그것은 거의 수직으로 오르는 가파른 벼랑길이다. 그래서 상팔담이 탐승길로 열린 것은 근대에 들어와서다. 그 이전에는 감히 엄두도 내지 못하여 조선시대 문인은 상팔담에 오른 적도 없고 남긴 시도 없다.

1920년대에 육당과 춘원 같은 이들이 금강산 기행문을 쓰기 위해 오를 때도 오직 나무뿌리에만 의지하여 죽을힘을 다해 기어올랐다고 한다. 그러던 것이 언제부터인지 철사다리 14개를 놓아 우리 어머니 같은 노인도 오를 수 있게 되었으니 현대인은 복이 많다고 할 수 있다.

사람들은 상팔담, 상팔담 하여 우리가 오르는 곳이 상팔담인 줄 알고 있는데 기실은 구정봉으로 올라 구룡대라는 전망대에서 100미터 아래 내려다보이는 곳이 곧 상팔담이다. 구룡대 전망대 중에서도 상팔담이 다 보이는 비룡대(飛龍臺)는 속칭 '턱걸이바위'라고 한다. 그곳에서 상팔담을 내려다보는 것은 너무도 아찔하여 도저히 서거나 앉지도 못하고 오직 엎드려 턱만 겨우 내놓고 내려다볼 수 있다고 해서 붙여진 이름이다.

구룡대에서 내려다보는 상팔담은 가히 상상을 초월하는 신비한 자연의 아름다움이고 금강의 신비였다. 고깔모자 같은 우뚝한 봉우리 아랫자락을 에메랄드빛 맑은 계류가 원을 그리며 내려가다가 곳곳에 소를 이루어 잠시 멎었다가 다시 흐르고 다시 멎었다가 또다시 흐르는데, 큼직한

| **상팔담** | 구룡대에서 내려다본 상팔담은 금강산에서도 가장 신비감이 일어나는 곳이다. 과연 「나무꾼과 선녀」의 전설에 걸맞은 절경이다.

소만도 여덟개가 되어 팔담이라 부르는 것이다. 그리고 그 물줄기는 마침내 구룡폭으로 쏟아져내리니 구룡대에서 보는 상팔담은 구룡폭의 연장인 것이다.

상팔담의 소를 혹은 옥녀세두분(玉女洗頭盆)이라고 하여 선녀가 머리 감던 곳이라고 했다. 그리고 옥녀세두분은 유명한 전설 「나무꾼과 선녀」의 무대다. 상팔담의 여덟 소를 선녀들이 하나씩 끼고 목욕을 했다는 것이니 볼수록 그럴듯하고, 선녀가 아니라도 목욕하는 여인이 소에 하나둘 혹은 여럿 있다면 이 또한 볼만한 구경거리가 아닐 수 없을 것 같다.

그러나 전설이라는 것은 혹 우습기도 하고 혹 편리하기도 해서 아무렇게나 말해도 틀릴 것이 없고 그럴듯하면 또 전설로 치장된다. 본래 전설 「나무꾼과 선녀」의 고향은 여기가 아니라 만물상 가는 길에 있는 문주담

(文珠潭)이다. 그곳은 한하계(寒霞溪) 맑은 계곡 그윽한 숲속에 있다. 그러니까 나무꾼도 올라왔고 노루도 있었던 것이다. 여기 상팔담이 어디라고 나무꾼이 올라왔겠는가.

그런데 어느해인가 큰 홍수로 문주담에 천석이 굴러떨어져 못이 없어지고 말았다. 그랬으면 그 전설은 묻혀버리고 말았어야 했는데, 그것이 전설인지라 이곳 외금강 구룡연의 상팔담으로 무대를 옮겨버린 것이다. 「나무꾼과 선녀」 전설이 이곳으로 이사온 지는 100년이 안된다.

전설로 치자면 우리는 저 구룡연의 전설에서 깊이 새겨볼 그 무엇이 있다. 구룡연의 내력은 『유점사본말사지』에서 본래 유점사 자리는 큰 못으로 거기에 아홉 마리 용이 살고 있었는데 53체불(體佛)이 와서 서로 자리싸움을 하다가 결국 구룡이 패배하여 그 자리를 내주고 이곳 구룡연에 들어와 살게 되었다는 것이다.

이 전설을 풀이하자면 본래 유점사터는 우리의 토속신앙에서 성지(聖地)로 삼은 곳이었는데 불교가 들어와 이 토속신앙을 몰아냈다는 것이다. 마치 부석사(浮石寺) 전설에서 선묘(善妙) 아가씨가 돌을 들었다 놓아 잡귀를 쫓았다는 것과 같은 내용이다. 외래종교가 들어올 때는 반드시 토속신앙과 갈등을 일으키고 외래종교는 승리의 상징으로 꼭 토속신앙의 성역을 차지하곤 한다. 기독교가 들어올 때 교회가 마을의 사당이나 당산나무가 있는 자리를 차지하는 것과 똑같은 이치다.

유점사 자리가 본래 못이었다는 것은 옛날의 대찰은 대개 못을 메워 세웠던 전통을 그대로 나타낸다. 경주 황룡사, 고창 선운사, 문경 봉암사가 모두 연못을 메운 것이다. 그 이유는 산을 깎아 터를 다지는 것보다 못을 메우는 것이 더 수월했기 때문이다. 중장비가 없던 시절에 그렇게 넓고 반듯한 터를 잡는 데는 못을 메우는 것이 상책이었다.

그러니 구룡연 전설에서 우리가 다시 상기할 수 있는 것은 외래종교가

토속신앙을 몰아내기는 했지만 이곳 구룡연까지는 쳐들어오지 못했다
는 점이다. 그런 의미에서 상팔담에 서린 「나무꾼과 선녀」 전설과 구룡
연의 전설은 금강산이 살아 숨쉬는 한민족 토속신앙의 고향이고 민속의
성지임을 보여주는 것이다.

금강산을 바라보는 눈으로 우리 서로 바라보자

구룡대에서 상팔담을 내려다보는 것보다 더 큰 감동은 거기에서 금강
산 전체를 둥근 부챗살 모양으로 펼쳐보는 장대한 전망이다.

남쪽으로는 자연돌문인 비사문바위가, 동남쪽으로는 여지껏 우리가
우러러보며 올라온 세존봉 천화대의 공룡 등뼈처럼 뾰족한 산자락이 한
눈에 들어온다. 동쪽 아래로는 옥류동이 내려다보이고, 북쪽으로는 옥녀
봉과 관음연봉의 아름다운 자태가 그림같이 펼쳐진다. 그리고 서남쪽으
로는 아홉 소 골짜기, 그 물줄기 너머로 비로봉이 아스라이 멀어져가고
있다.

구룡대에서 맴돌며 동서남북으로 올려보고 내려보고 또 내려보고 올
려보면 "아! 아름다워라, 금강산이여" "아! 아름다워라, 조국 강산이여"
소리가 가슴속에서 절로 일어난다. 애국심이란 국토에 대한 자랑과 사랑
에서 이렇게 시작되고 또 일어나는 것이다. 이 아름다운 금강산을 50년
만에 우리는 이렇게 올라오게 된 것이다. 그것이 어찌 감격이 아니고 또
아픔이 아니던가.

남한사람으로 처음 이곳 상팔담에 올라온 고은 시인은 그 자리에서 즉
흥으로 시 한 수를 지어 서울로 전송했다. 시는 "금강산을 바라보는 눈으
로 우리 서로 바라보자"로 시작된다.

| 구룡대에서의 전망 | 구룡대는 아래쪽으로 내려다보는 상팔담의 전망대로 유명하지만 여기서 사방 금강산의 산봉우리를 조망하는 것 또한 장관 중 장관이다.

금강산을 바라보는 눈으로

우리 서로 바라보자

금강산 1만 2천 봉을

나도 모르게

너도 모르게 바라보는 눈으로

우리 서로 바라보자……

내금강 아스라이 묘길상이어도 좋아라

만폭동 물소리에 묻혀

누구의 말 못 들어도 좋아라

거기 태고 이래 어머니 계시었다……

아흐 헛디디어
저 아래 구름 속 빠져버려도
차라리 좋아라 얼씨구 좋아라

그동안 갈라졌던 것 흩어진 것
모조리 떠넘기고
그동안 무지무지하게
아까운 나날들 허사로 보낸 세월들
내 것이 아닌
미움이란 것
훨훨 날려버리고

이제 어쩔 수 없이
하늘의 선녀로 내려와
여기 실한 나무꾼으로 만나
서로 익어가는 사랑의 눈으로
우리 서로 바라보자……

2001. 1.

절집도 들지 못한 금강의 오지

만상정 / 삼선암 / 정성대 / 칠층암·절부암·안심대 /
망양대·천선대·망장천·천일문 / 금강산의 두 사나이

금강산의 오지, 만물상

오늘날 만물상은 옥류동·구룡폭 코스와 함께 양대 탐승코스로 명성을 얻고 있지만 조선시대까지만 해도 유람객의 발길이 가장 뜸한 금강산의 오지였다.

본래 금강산 유람의 정코스가 내금강 만폭동에서 안문(雁門)재 너머 유점사가 있는 효은동(孝隱洞)으로 뚫려 있는데다가 그래도 시간상 여유가 있으면 구룡폭을 다녀오는 것으로 만족하고, 삼일포를 거쳐 총석정으로 돌아가곤 했을 뿐 여간해서는 이쪽으로 발길이 닿지 않았던 것이다.

유람객뿐만 아니라 만물상에는 절도 없다. 금강산에 그렇게 많은 암자가 있었다지만 만물상엔 폐사지마저 남아 있는 것이 없다.

그런 이유로 만물상 산봉우리의 바위 이름에는 불교의 흔적이 있을 수 없다. 삼선암(三仙巖)·독선암(獨仙巖)·천선대처럼 신선사상을 빌린 것, 귀면암(鬼面巖)·절부암(折斧巖)·칠층암(七層巖)처럼 모양에 따른 것, 안심대(安心臺)·망장천처럼 유람객의 마음에서 따온 것뿐이다. 그외에 토끼바위·개구리바위 등 그 모양을 지목한 것이 고작이다. 오죽하면 만물상으로 오르는 초입의 문주담에서 「나무꾼과 선녀」라는 전설이 나왔겠는가.

때문에 특별히 마음먹지 않으면 만물상에 가지 않았다. 그 한 예가 단원 김홍도였다. 정조 12년(1788) 정조는 단원 김홍도와 복헌(復軒) 김응환(金應煥, 1742~89)에게 금강산을 기행하고 그 명승지를 그려오라고 명하였다. 우봉 조희룡의 증언에 따르면 그때 정조는 금강산 여러 고을의 수령들에게 따로 명을 내려 이들이 금강산을 사생하러 가면 경연관(經筵官)의 대신이 온 것처럼 대접하라고 했다는 것이다. 그런 대접과 편의와 지원, 그리고 임금의 명이었기 때문에 단원은 만물상에 반드시 와야만 했고 또 올 수 있었던 것이다. 그래서 단원 이외에 조선시대 화가 중 만물상을 그린 그림은 아직 알려진 것이 없다.

조선시대에 쓰여진 금강산 기행문이 그렇게 많고 금강산을 노래한 시가 그렇게 많아도 만물상 유람기는 단 한 편 없고, 북한에서 펴낸 『금강산 한시집』을 보면 옥류동·구룡폭과 내금강 만폭동, 그리고 유점사 골짜기는 걸음걸음마다 무수한 시인들의 노래가 있어 그것을 고르고 골라 실었지만 만물상 편에는 모두 합쳐 다섯 수밖에 없다.

따라서 만물상 오르는 길은 옥류동으로 가는 길과는 달리 기묘한 산봉우리를 올려다보고 내려다보며 산 그 자체를 즐기는 등산에 가깝다. 거기에는 옥류동이나 내금강 만폭동처럼 선인의 자취를 찾고 더듬는 일이 거의 없으니 그저 산이 좋아 산에 오르는 사람에게는 만물상이 제격이다.

온정령 오르는 길

금강산려관과 금강산온천이 있는 온정리 옛 동네는 만물상으로 오르는 초입이 된다. 여기서 서북쪽 금강산을 바라보면 오른쪽으로는 수정봉(773미터), 밝은 바위산인 문주봉(906미터), 세지봉(1,041미터)으로 첩첩이 이어지면서 육중하게 버텨 있고, 왼쪽으로는 검푸른 관음연봉이 아래쪽 하관음봉(453미터)부터 시작하여 중관음(875미터), 상관음(1,137미터)으로 길게 뻗어 있다. 두 산자락이 이룬 움푹한 골짜기는 저 멀리 산마루까지 낮게 내려앉은 것이 한눈에 들어오는데 이 골짜기를 한하계라 하고, 그 계곡을 타고 오르는 길을 온정령(溫井嶺, 857미터) 고갯길이라고 한다. 온정령 고갯길은 산마루를 넘으면 내금강 가는골을 거쳐 내강리(內剛里)로 이어지며 오늘날 내외 금강을 연결하는 유일한 관통로 구실을 하고 있다.

온정령 고갯길은 본래 60리 산길이었다. 지금도 찻길로 오르다보면 군데군데 옛길의 흔적이 나뭇등걸 사이로 보인다. 이 길이 오늘날 106굽이 고갯길로 닦인 것은 한국전쟁의 산물이었다. 일제강점기에도 이 길을 뚫어 내외 금강을 연결할 구상을 하여 10년 계획을 잡았으나 결국 엄두도 못 내고 만 난(難)공사였다.

그런 중 한국전쟁이 터지고 금강산을 차지하기 위한 피아간의 치열한 공방전이 고성읍을 중심으로 하여 월비산과 361고지, 그리고 동해로 흘러드는 남강(南江)에서 벌어졌다. 이때 신계사는 폭격으로 전소되었고, 온정리 마을은 불바다로 잿더미가 되고 말았다.

그때 북한군은 외금강에서 완전히 고립되어 후방으로부터 군수물자

| 천선대 가는 길 | 만물상 천선대로 오르는 길은 기암준봉 사이의 계곡을 따라나 있다. 하늘은 좁게 보이고 만물상 봉우리들은 더욱 신비스럽다.

를 지원받을 수 없게 되자 눈보라 치는 엄동설한에 폭격을 받으면서 북한군과 고성군 주민들이 불과 두달 만에 이 온정령 고갯길을 뚫고 후방 공급선을 마련했다. 그 결과 금강산은 결국 북쪽이 장악하게 되었다. 그래서 북한에서는 이 고개를 '영웅고개'라고 부른다.

한국전쟁은 금강산에 많은 전쟁의 이름을 남겼다. 종래에 거북이바위라고 부르던 것이 '탱크바위'로 바뀌었는데, 요즘은 안내원들이 다시 거북이바위라고 설명하는 것을 보면 산은 산으로 있을 뿐이건만 그것을 보고 즐기는 사람의 이데올로기가 그렇게 칠해지고 지워지고 덧칠해지는 무상함을 느끼게 된다.

옛 기록에 보면 신계사 창터솔밭 창대리의 뒷산 문필봉에서 온정리 뒷산인 하관음봉 노장바위 사이에는 두 마을을 잇는 고갯길이 있어 극락(極樂)재라고 불렸는데, 북한에서 나온 자료를 보면 이 고개를 '원호고개'라고 소개하고 있다. 그 고갯길을 통해 361고지 전투 때 군사물자를 원호했다는 것이다. 그러나 그 고갯길은 이미 끊긴 지 오래고 그 길이 있는지 없는지조차 알 수 없는데, 하관음봉 꼭대기에 괴나리봇짐을 진 형상의 노장바위만이 새롭게 드나드는 남쪽 금강산 관광객을 무심히 바라보고 있을 뿐이다.

한하계의 안타까움과 미안함

온정리 옛 마을에서 온정령 고갯길을 따라 한하계로 들어서면 금강의 신비를 예고하는 아름다운 금강송의 도열이 시작된다. 그 아리땁고 청신한 자태는 창터솔밭을 능가하는 것으로 이 황홀한 솔밭길을 자동차로 오른다는 것이 너무도 안타깝고 너무도 미안했다. 방북답사 때 나는 끝내 조급증을 이기지 못하여 10미터만이라도 걷지 않으면 자살할 것이라는 공갈성 부탁을 해 잠시 금강송과 상봉할 수 있었다. 해방 전 기행문을 보면서 이 길을 걷는 동안만은 기암절벽과 매끄러운 돌산에서 벗어나 조선 땅의 평상심이 느껴지는 금강산의 별격이라고 한 것이 무슨 뜻인지를 이내 알 수 있었다.

한하계 솔밭을 지나면 관광버스는 본격적으로 106굽이 온정령을 오르기 시작한다. 처음에는 그저 그러려니 하지만 오를수록 길은 가파르고 굽이는 각이 져 뱀굽이 같던 고갯길이 말발굽같이 휘어돌고 나중에는 머리핀처럼 급하게 꺾인다. 그 길을 많을 때는 20여 대의 관광버스가 꼬리에 꼬리를 물고 이어지니, 앞쪽은 남쪽에 머리를 두고 도는데 뒤쪽은 북쪽을 타고 오르고, 그 아래는 아직도 아랫굽이를 남쪽으로 향하고 있고, 저 아래 처진 버스는 또 북쪽을 향하고 있다. 그렇게 서로 방향을 달리하며 오르는 버스 행렬은 무슨 퍼즐게임을 보는 것만 같은데 과연 자동차가 내뿜는 매연에 금강의 나무들이 견딜지 어떨지 또 안타깝고 미안한 마음이 일어난다.

한하계 고갯길은 문주봉 자락을 타고 오르기 때문에 계곡 건너편 관음연봉을 처음부터 끝까지 바라볼 수 있다. 관음연봉은 그 이름만큼이나 고아하고 신비롭고 친근하다. 옥류동 초입에서 본 관음연봉이 흰 사라를 걸친 관음의 속살이 비친 형상이라면, 한하계의 관음은 법의(法衣)를 드리운 뒷모습 같다. 가파른 산자락에 용케 매달린 소나무·참나무·단풍나무 들이 관음의 등줄기를 더욱 듬직하게 느끼게 해준다.

어느만큼 올라가면 중관음봉 중턱 벼랑에 마치 곰 한 마리가 계곡을 내려다보는 듯한 '곰바위'가 나타난다. 그 곰바위 바로 아래 맑은 소가 「나무꾼과 선녀」의 전설이 탄생한 문주담이 있었던 곳이다.

찻길이 숲속을 지나 산자락을 바짝 타기 시작하면 이제부터는 맴돌 때마다 한번은 세지봉의 험한 자태를 향하고 한번은 관음연봉의 수려한 모

| **육화폭포** | 한하계 골짜기를 오르다보면 관음연봉 봉우리 사이로 떨어지는 육화폭포가 나타나는데 이는 여름 장마철에나 볼 수 있는 계절폭포다.

습을 향한다. 관음연봉 등줄기 우묵한 곳에는 장마철에만 드러나는 계절폭포인 '관음폭포', 일명 '육화(六花)폭포'가 폭 4미터, 길이 40미터의 길고 가는 흰 물줄기를 곧장 한하계로 흘려보낸다.

　세지봉 쪽에서 흘러내리는 작은 계류를 건너는 다리를 지나면 골 안이 탁 트이며 사방을 넉넉히 살필 수 있게 된다. 길가 언덕진 곳에는 전망하기 안성맞춤인 큰 바위가 하나 있는데, 이 바위에는 육화암(六花巖)이라는 봉래(蓬萊) 양사언(楊士彦, 1517~84)의 글씨가 새겨져 있어 보통 육화암으로 통한다.

그러나 육화암은 이 바위를 이름한 것이 아니라 여기서 내다본 관음연봉에 족히 100미터도 넘게 병풍처럼 펼쳐져 있는 뾰족뾰족하게 모가 난 눈꽃 같은 흰 바위를 가리키는 것이다. 눈꽃이 육각형으로 되어 있어 육화암이라 이름지은 것이라니, 역시 양봉래 같은 시인이 붙인 이름은 다른 데가 있다. 금강에 이름을 지으려면 모름지기 눈꽃바위, 육화암 같은 상징이 있어야 할 것이다.

육화암 근처에서 안개로 덮인 한하계는 끝나고 여기서부터는 만상계(萬相溪)가 시작되면서 세지봉 쪽으로는 만물상의 시작을 알리는 기암괴석이 간간이 드러난다. '장수바위' '동자바위' '촛대바위' '낙타바위' '말바위'…… 바위는 기묘하지만 이름은 기묘한 것 없고, 산세는 수려하지만 아름다운 전설은 들리지 않는 그 길을 지나노라면 나는 다시 안타깝고 미안한 마음이 일어날 뿐이다.

만상정 유감

'말바위'를 지나면 이내 우리는 '만상정(萬相亭)' 주차장에 다다르고 여기서 만물상에 오르는 등산채비를 갖추게 된다. 만상정은 옛날엔 '네거리'라고 불렀다고 한다. 여기에서 하나는 우리가 올라온 한하계로, 하나는 더욱 치고 오르면 다다르는 온정령, 하나는 이제 우리가 갈 만물상, 또 하나는 개울 건너 상등봉(上登峰, 1,227미터)으로 가는 길로 갈라지기 때문이다.

일제강점기 기행문을 보면 만상정은 만물상 초입으로 유람객의 쉼터였고, 해방 전에는 노부부가 운영하는 조촐한 찻집이 하나 있었다고 한

| **만상정의 옛 찻집** | 해방 전에는 만상정에 이처럼 소박한 오두막집이 있어 등산객이 쉬어가곤 했다. 그때가 만상정답고 만물상 입구답다.

| **만상정** | 만물상 입구 네거리에 닦여 있는 만상정은 이름과는 달리 너무 인공의 맛이 강해 금강산의 신비감을 죽이고 있다.

다. 그런데 지금은 널찍한 콘크리트 정자에 돌축대가 둘러져 있어 도무지 신묘한 만물상으로 들어가는 기분과 어울리지 않는다.

산중에 이런 공간을 지을 때는 유람객의 편의 못지않게 중요한 것이 자연의 신비를 다치지 않게 하는 것이다. 정자를 지어도 얼마든지 그윽하게 할 수 있고, 더 편리하게 할 수도 있었을 것이다. 그런데 정자와 주차장을 만든 사람의 마음속에는 반대로 드러나게 하는 것이 잘하는 것으로 생각되었기 때문에 산중에 이처럼 허황한 공간이 생기고 만 것이다.

이것은 어느 개개인의 모자람이 아니라 이 시대의 문화가 남이고 북이고 똑같이 경박함에 젖어 있기 때문인 것이다. 이것이 솔직한 우리 시대 문화의 실상이라고 말하면 너무 비참할까?

금강산에 와서 내가 건축적으로 가장 감동을 받은 것은 산길이었다. 옥류동이건 내금강이건 만물상이건 밟고 오르는 길에 돌로 포장한 박석 (薄石)길을 보면 돌 하나하나의 선택과 시공에 온갖 정성을 다해 아름다움이 넘쳐흐른다. 넓적한 돌로 다듬은 길도, 작은 돌을 이어붙인 오솔길도 어느 것 하나 금강산의 자연을 해치지 않았다.

로마와 빠리에서 거리에 깔린 돌들을 보면 우리는 놀라움과 부러움 속에서 발길을 옮기지 않을 수 없다. 그런 돌길보다도 더 멋있는 것이 금강산의 박석길이다.

아테네의 아크로폴리스 파르테논 신전으로 오르는 길은 장장 3킬로미터에 달하는 돌길이다. 사람들은 이 길이 그 옛날에 만들어진 길인 줄로 알고 올라가지만, 정확히 1957년에 완공된 것으로 이 돌길을 설계한 건축가는 피키오니스(Pikionis)였다. 그는 2,500년 전 유적에 오르는 길을 설계하면서 고전을 다치지 않게 하면서도 편리함을 찾는 현대인의 취향에 봉사하는 이런 환상적인 길을 만들어냈다. 그것은 건축가의 능력보다도 전통을 존중하는 문화의 힘이 깔려 있었기에 가능했던 것이다.

금강산의 박석길은 옛날엔 스님들이 손을 보기도 하고, 해방 전에는 마을의 석수쟁이들이 매만졌는데 그들의 문화 속에는 금강산을 사랑하고 자랑하는 마음, 자연을 다치지 않게 하면서 자연을 다듬는 정성이 있었기 때문에 가능했던 것이다.

지금 우리에겐 그런 마음도 정성도 다 사라지고 반대로 거들먹거리고 으스대는 기분이 앞서니, 만상정 그윽한 곳에 와서 느끼는 것이라곤 허황한 주차장과 휑하니 뚫린 정자의 비참함뿐이다. 금강산에 오르는 우리는 모름지기 그 옛날 이름 모를 선인들의 자연을 사랑하는 마음과 지극한 수고로움이 서려 있는 저 박석길의 겸손한 미학을 배우고 또 배워야 할 것이다.

│금강산 돌길│ 금강산의 등산길은 이처럼 자연석을 이어붙여 곱게 깐 박석길이다. 이는 자연과 인공이 어우러진 건축적 슬기라 할 수 있는데 그런 전통이 있어서인지 시멘트로 보강한 길도 주위 환경과 잘 맞는다.

삼선암

만상정에서 높은 벼랑 사이 계곡을 따라 등산을 시작하면 곧바로 왼쪽 켠으로 벼랑이 크게 세 갈래로 갈라져 하늘을 찌를 듯이 뾰족 솟아오른 것이 보인다. 이것이 이름도 유명한 '삼선암'이다. 위로부터 상·중·하로 이름붙여 상선암에 이르면 저 멀리 높은 곳에 만물상 기암들이 병풍처럼 둘러쳐진 것이 보인다.

미술에 조금만 조예가 있는 분이라면 이 삼선암을 보는 순간 소정 변관식의 유명한 「외금강 삼선암 추색」을 먼저 떠올릴 것이며, 소정이 그린 시각이 어디일까 살피면서 거기에 카메라 앵글을 맞추고 싶을 것이다. 사실상 소정이 이 세상에 태어나 이 작품 하나로 자기가 할 일을 다했다고 해도 과언이 아닐 명작이다. 역사상 내금강의 화가가 겸재 정선이라면 외금강의 화가는 단연 소정 변관식이라고 해야 할 것이다.

소정의 「외금강 삼선암 추색」은 상선암의 길고 뾰족한 봉우리를 화면 왼쪽에 크게 강조하고 만물상 뭇 봉우리들을 먼 산의 배경으로 삼아 강한 먹빛과 거친 붓길로 더없이 힘찬 공간을 연출해냈다. 화폭의 화면 가득 울려나오는 먹빛의 울림은 우리가 금강산 만물상의 빼어난 경관을 바라보며 절로 튀어나오는 감탄 못지않는 예술적 감동을 준다. 어쩌면 소정의 그림이 실제보다 더 감동적인지도 모른다.

나는 이런 생각을 해보았다. 반 고흐의 묘가 있는 프랑스 빠리 교외 오베르(Auvers)라는 마을에 가면 「까마귀가 나는 밀밭」 「오베르의 교회」를 그린 현장에 그 그림과 똑같은 그림을 판넬로 세워 탐방객의 마음과 눈을 더욱 기쁘고 의미있게 해준다. 그런 식으로 여기 금강산에도 몇 점의 명작을 세워놓을 수만 있으면 얼마나 좋을까. 내게 그럴 수 있는 기회가 온다면 나는 내금강 입구에 겸재의 「금강전도」, 정양사에 겸재의 「정

| **삼선암** | 만물상 초입에는 상·중·하의 삼선암이 호기있게 봉우리를 하늘로 향하고 있다. 그래서 생김은 날카로워도 신선이라는 이름을 얻었다.

양사」, 만폭동에 겸재의 「만폭동」, 옥류동에 소정의 「외금강 옥류천」, 구룡폭에 단원의 「구룡폭」, 그리고 이곳 삼선암에 소정의 「외금강 삼선암 추색」을 세워놓고 싶다. 그리하여 금강산이 우리의 역사와 예술 속에 더욱 빛나고 있음을 모든 유람객들에게 알려주며 그 문화유산의 가치를 함께 공유하고 싶다.

정성대에서

삼선암에는 상선암 위로 오르는 긴 철다리가 놓여 있다. 이 철다리는

| **변관식의 「외금강 삼선암 추색」** | 종이에 수묵담채, 150×117cm, 1959
년, 개인 소장. 소정 변관식의 이 그림은 삼선암 못지않은 감동을 준다.
실경을 그린 것이 분명하지만 그와 똑같은 장면이 사진으로는 잡히지 않
는다. 그것이 진경산수의 멋이고 특징이다.

일제강점기에 테라우찌 마사따께(寺內正毅) 총독이 금강산에 유람 올 때
일부러 만든 것이라고 한다.

삼선암 전망대는 정말로 훌륭한 전망을 갖고 있다. 앞을 내다보면 촘
촘히 늘어선 만물상의 기암괴석들이 장대하게 펼쳐지고, 그 뒤쪽을 돌아
보면 상등봉 산줄기들이 묵직하게 첩첩이 이어진다. 신선이니 귀신이니
하는 소리 없이 그 기이한 산봉우리와 장엄한 산세를 말없이 음미하는
것이 얼마나 가슴을 상쾌하게 하는지 모른다.

삼선암 전망대를 북한에서는 정성대라고 부른다. 그래서 그 내력을 찾

| **귀면암** | 삼선암 전망대에서 서북쪽을 바라보면 눈앞에 나타나는 기이한 바위 봉우리다.

아보았더니 『금강산의 력사와 문화』에는 이렇게 씌어 있다.

　　정성대는 1947년 9월 27일, 김일성 주석을 모시고 이곳까지 오른 김정숙 녀사가 김주석의 저녁식사를 준비하기 위하여 천하명승인 만물상 구경도 뒤로하고 아들과 함께 숙소로 내려간 지극한 정성이 깃들어 있는 유서깊은 곳이다.

　　전망대에서 서북쪽으로 바라보면 뭉툭하게 생긴 험상궂은 봉우리와 마주하게 된다. 이름하여 '귀면암'인데 사람의 눈이라는 것이 좀 묘하다는 생각이 든다. 험상궂고 날카롭기로 말하면 삼선암이 더하면 더했지 덜한 것이 없는데 누구는 신선 대접을 받고 누구는 귀신 대접을 받는 것인가.

그런가 하면 저 건너에 엄지손가락처럼 생긴 우뚝한 작은 봉우리는 신선들이 장기두는 데 훈수를 심하게 하여 멀리 밀려난 '독선암'이란다. 언젠가 관광객 중의 한 중학생이 안내원의 이런 얘기를 다 듣고 난 다음 하는 말이 걸작이었다.

"독선암은커녕 왕따봉이다."

칠층암 · 절부암 · 안심대

정성대에서 다시 삼선암 아래로 내려와 냇돌이 곱게 박힌 박석길을 따라 오르면 비로소 만물상 등산이 시작된다. 만물상은 옥류동과 달리 계곡이 메마르고 등산길이 사뭇 계곡 위쪽에 있어, 오직 산악미(山嶽美) 한 가지만을 우러러보며 가파른 벼랑을 수없이 많은 철사다리로 오르고 또 오른다.

오르다보면 7층을 쌓은 것처럼 층지은 '칠층암'이 있고, 한 나무꾼이 선녀를 만나고 싶은 안타까운 마음을 하소연할 길이 없어 도끼로 찍어놓았다는 '절부암'도 있다. 안내원 하는 말로는 토끼바위 · 병아리바위 · 탱크바위 · 촛대바위 하며 이름 있는 대로 말하지만, 보기에 따라서는 닭바위 · 두더지바위 · 돼지바위도 있다면 있고 없다면 없는 것이다.

오를 만큼 올라 경사 70, 80도 되는 급한 오르막을 올라서면 여기가 만물상 '안사자목'으로 그 정점을 '안심대'라고 한다. 아래위가 절벽이지만 그 벼랑턱이 말안장처럼 생겨 몇 사람이 앉아 마음놓고 쉴 만하고 안심

이 된다고 해서 생긴 이름이다.

안심대에서 바라보는 만물상은 기암괴석의 신비로움을 한껏 보여준다. 헤아릴 수 없이 많은 봉우리들이 저마다의 표정을 갖고 장대하게 펼쳐져 있다. 그래서 사람들은 온갖 만물의 상(相)이 저기 다 있다고 해서 만물상(萬物相)이라고도 한다. 본래는 하느님이 천지창조를 할 때 각 물체의 상을 초(草) 잡아본 것이라고 해서 만물초라고도 했다. 그런데 일제강점기에 만물초를 일본어로 발음하려면 음상사(音相似) 현상이 생겨 초를 상으로 바꾼 것이 오늘날까지 만물상으로 불리고 있는 것이다.

만물상을 지형으로 설명하자면 세지봉과 오봉산(五峰山, 1,264미터) 사이에 있는 뾰족뾰족한 뭇 봉우리들을 일컫는 것이다. 금강산에 이런 기암·괴봉이 생겨난 것은 지질학적으로 화강암의 절리(節理)현상 때문이다.

금강산의 지질은 주로 중생대의 흑운모 화강암으로 이루어졌는데 주변지구에는 시생대의 편마암이 널려 있다고 한다. 이 암석들이 오랜 지질시대를 거치면서 융기운동과 풍화작용을 받으면서 비바람에 약한 편마암은 씻겨나가고 강한 화강암은 수천 미터 땅속에서 의연히 솟아나게 된 것이다. 그러니까 금강산은 우리나라 화강암의 견고한 아름다움을 집약적으로 보여주는 곳이며, 노년기지형이 아니면 이루어낼 수 없는 수억만년의 인고와 연륜을 거친 자연의 조화인 것이다.

금강산 산봉우리들이 기묘한 형상을 하게 된 것은 처음 암체가 식으면서 굳어질 때 입자가 고운 윗부분에 가로세로의 응축 틈결이 무수히 생겨났는데, 이것이 그후 이른바 풍화삭박(風化削剝) 작용에 의해 비바람에 깎이고 떨어져나가면서 저마다 기묘한 형상을 하게 된 것이다. 그런

| **칠층암** | 만물상으로 오르는 길은 매우 가파르면서도 험하다. 철사다리가 아니면 오르기 힘든데 어느만큼 가다 뒤를 돌아보면 칠층암과 주위의 산세가 그 험한 형세를 다 보여준다.

| 만물상 | 하느님이 천지창조 때 만물의 초(草)를 잡아본 것이라고 생각할 정도로 기암·괴봉이 무진장 펼쳐진 만물상의 모습은 일대장관이다. 금강산 바위산의 암석미는 여기서 절정을 이룬다.

중 같은 외금강이라도 옥류동계곡의 봉우리들은 가로로 갈라진 판상(板狀)절리가 많고, 만물상 쪽은 세로로 쪼개진 주상(柱狀)절리가 많으며, 틈결이 보다 적게 이루어진 아랫바닥 쪽에는 너럭바위를 형성했다. 그리고 떨어져나간 바윗덩이들은 아래쪽으로 굴러 골짜기에 쌓이고 그것이 수수만년 물결에 씻겨 오늘날에는 고운 냇돌로 다듬어진 것이다.

금강산의 숲과 나무

만물상을 말하는 사람들은 기암·괴봉에 취하여 오직 그것만을 얘기

하지만 막상 만물상에 오르면 그에 못지않은 것이 나무의 아름다움이다. 특히 금강산 단풍 중 가장 아름다운 곳이 만물상이다.

금강산은 10대미 중 하나로 수림미(樹林美)를 내세울 정도로 숲이 무성하다. 금강산에는 약 940여 종의 식물, 그중 꽃 피는 식물이 약 880여 종 자라고 있는 것으로 조사되어 있다. 금강산은 식물분포상 우리나라 중부지대 식물분포군을 대표하면서도 온대 남부계통 식물과 고산지대, 아한대성 식물까지 자라고 있기 때문에 매우 다양하다.

금강산의 식물분포는 군락에 따라 큰 차이를 보이는데, 해발 300~400미터 아래는 소나무 단순림, 해발 300~800미터 사이는 소나무와 참나무

| 여름날의 절부암 | 한여름 비안개 속에 만물상을 오르다가 절부암
이 안개 속에서 보일락 말락 할 때는 한 폭의 수묵화 같았다.

유의 혼성림, 그 위로는 활엽수림을 이룬다.

　소나무숲에는 철쭉·진달래·신갈나무·붉나무·단풍나무 들이 무성히
자라고 있고, 때로는 때죽나무가 낮게 깔린 곳도 있다. 혼성림지대에는
참나무와 소나무가 큰키나무층〔喬木〕을 이루면서 습기 많은 골짜기에는
가래나무·단풍나무·서어나무·오리나무 들이 넓게 퍼져 있다. 그리고
맨 위층 활엽수림은 참나무를 기본으로 하면서 피나무·단풍나무·고로
쇠나무·층층나무 들이 자라고 있다.

　따라서 금강산은 늘 푸른 바늘잎나무〔針葉樹〕의 청명한 초록빛이 사철
을 받쳐주면서 봄철의 진달래·철쭉, 가을철의 단풍나무로 화려하게 색

| 가을날의 절부암 | 맑은 가을날 다시 여기에 오르니 절부암은 명확한 윤곽과 또렷한 명암을 갖고 있는 한 폭의 유화 같았다.

채를 바꾼다. 그 변화가 너무도 화려하여 금강산 10대미 중에 수림미가 별도의 장을 차지하고 있고 풍악산(楓嶽山)이라는 별칭도 생겨났다. 그러나 초록 단색에 비안개가 덮이는 여름이나 흰 눈이 쌓인 겨울 금강산은 단일톤의 수묵화를 보는 듯한 깊고 그윽한 맛을 연출해준다.

방북답사 때의 일이다. 그때 나는 5일 동안 모두 세번 만물상에 도전했지만 번번이 비안개로 만물상을 보지 못하고 절부암이 내다보이는 철사다리에 오래 앉아 있다가 돌아오곤 했다. 그때 절부암을 중심으로 비안개가 오가며 바뀌는 풍광은 참으로 그윽한 한 폭의 수묵화였다. 그뒤 맑은 가을날 다시 만물상을 찾아왔을 때 바로 그 자리에서 절부암을 바라보니 그런 깊은 맛은 없고 뼈골이 강한 산악미가 강하게 드러났다. 그것은 유화(油畵)의 세계였다.

망양대·천선대·망장천·천일문

안심대에서는 두 갈래 길로 갈라진다. 오른쪽으로 내려가면 '망양대'로 가는 길이고, 곧장 질러가면 '천선대'로 오르는 길이다. 바다로 갈 거냐 하늘로 갈 거냐를 놓고 택하려면 나는 하늘로 가는 길을 택한다. 그것이 옛사람의 길이고 거기에 오르면 상팔담 구룡대 못지않은 금강산 전망이 있기 때문이다.

안심대에서 높은 벼랑을 바라보고 곧장 오르면 맑은 샘이 하나 있다. 물이 귀한 만물상에서 천선대 오르기 직전 이 높은 곳에 샘이 있다니 더욱 반갑고 신비로운데 그 물맛이 아주 차고 달다. 그래서 사람들은 그 물맛에 취해 지팡이도 잊고 그냥 간다고 해서 망장천(忘杖泉)이라고 한다.

망장천에서 만물상의 금강문이라고 하는 '천일문(天一門)'으로 오르는 길은 철사다리 몇개를 타고 오르는 급경사다. 1920년대만 해도 이 철사다리가 없어 저쪽 사자목으로 돌아서 왔던 것을 옛 기행문에서 알 수 있는데 그때는 그냥 '천문(天門)' 또는 하늘문이라고 했다. 이 자연돌문은 금강산에 있는 여덟개의 금강문 중에서 가장 높은 곳에 있어 하늘문 서쪽벽에 '금강제일관(金剛第一關)'이라고 새겨진 글씨가 있다. 육당은 이 글귀를 보고 차라리 '천상제일문(天上第一門)'이 낫겠다고 했다.

하늘문을 나서면 사방이 다시 허공으로 트이면서 오른쪽으로는 오봉산 자락의 만물상이 다시 나타난다. 이것을 사람들은 앞서 본 만물상과 구별하여 신(新)만물상이라고 이름붙였다. 또 앞의 것을 외(外)만물상이라 하고 나중 것을 내(內)만물상이라고도 하는데 이 신만물상 코스가 개

발된 것은 19세기 초였던 것 같다.

추사 김정희는 만물상 유람에서 별 재미를 보지 못했던 모양이다. 아마도 안개에 가리어 그 실상을 다 보지 못했는지 「신계사 만세루에서 쓰다(題神溪寺萬歲樓)」라는 시에서 자못 실망어린 말 끝에 이런 말을 하였다.

금강산 만물상 구경거리는	金剛萬物觀
이름이 실제보다 훨씬 낫다.	最爲名過實
그 속엔 허황된 말이 너무 많아	其語本自誕
본 모양을 모두 잃어버렸네.	面目殊全失
게다가 일 만들기 좋아하는 사람은	又有好事者
다시 신만물상을 정했다고 하더군.	拈起新萬物

| 천일문 | 만물상의 금강문으로 여덟개의 금강문 중 가장 높은 곳에 있어 하늘문이라고도 한다.

　나는 전후 모두 다섯번 만물상에 올라왔지만 만물상을 구름 없이 본 것은 딱 한번뿐이고 다른 때는 그저 운해(雲海)만 바라볼 뿐이었다. 그렇다면 나라도 추사처럼 말할 수밖에 없었을 것이다.

　하늘문을 지나 왼쪽으로 꺾어든 벼랑길을 돌아 다시 두개의 철사다리를 타고 오르면 서너개의 기둥바위가 둘러선 가운데 열명은 너끈히 들어설 수 있는 공간이 나온다. 그 기둥바위 한쪽엔 천선대(天仙臺)라고 새겨진 글씨가 있다. 하늘나라 선녀가 내려오는 곳이라는 뜻이다. 그리고 천선대 벼랑 중턱엔 둥그런 돌확이 두개 있는데, 이를 '천녀화장호(天女化粧壺)'라고 하여 선녀가 화장하는 곳이라고 했다.

　천선대는 해발 936미터에 지나지 않으나 그 시야만은 과연 천녀를 부

| **천선대** | 만물상 등산의 절정은 천선대다. 만물상의 기이한 봉우리가 모두 조망될 뿐만 아니라 오봉산의 신만물상, 저 멀리 비로봉까지 시야를 넓힐 수 있다.

를 만큼 하늘과 맞닿아 사방으로 금강산을 조망할 수 있다. 일망무제(一望無際)로 펼쳐지는 금강산 1만 2천 봉을 여기서 다 볼 수 있고, 금강산이 얼마나 깊은 산인가를 남김없이 볼 수 있다.

남쪽을 향하여 동쪽에서 서쪽으로 눈을 돌리면 동해바다부터 집선봉(集仙峰)·채하봉·세존봉·장군봉(將軍峰)·월출봉(月出峰)·비로봉·옥녀봉·상등봉이 줄지어 늘어서 있고, 또 그 아래쪽으로는 온정리부터 관음연봉·삼선암·귀면암·온정령 고갯마루가 붙어서 있다.

뒤로 돌아 북쪽을 향하면 오봉산의 다섯 봉우리들(우의봉·무애봉·천진봉·천주봉·천녀봉)과 세지봉의 만물상 기암들이 저마다의 표정을 갖고 펼쳐진다.

천선대는 언제나 바람이 세차다. 그러나 철난간에 기대서서 높고 깊고 기이하고 아름다운 금강산을 사무치는 마음으로 바라보고 있으면 모진

강풍이 몰아쳐도 차마 여기를 쉽게 떠나지 못한다.

망양대로 올라 멀리 동해바다를 바라보며 장전항의 그림 같은 포구를 조망함도 한 폭의 그림이지만 천선대에서 외금강 산자락을 손가락으로 짚으며 그 내력을 읽어야 진짜 금강에 오른 참맛을 느낄 수 있다. 그래서 나는 다섯번의 금강행 중 망양대는 두번 가보았지만 천선대만은 비가 오나 눈이 오나 빠뜨리지 않았다.

인간은 자연의 신비와 웅장함을 맛보고 그 위대한 자연 앞에서 순간 누구나 스스로 왜소함을 느끼고, 자신의 실존을 묻고, 우주를 다시금 생각하는 상상의 나래를 펴게 된다. 그것도 금강산 천선대에서라면 그 사색과 감상과 상상이 깊어질 수밖에 없다. 그것은 예나 지금이나 인간이면 다 마찬가지다. 조선시대 순조 때 문인 호고와(好古窩) 유휘문(柳徽文, 1773~1827)은 이렇게 읊었다.

하늘땅 생겨날 때 이 산 먼저 태어나고	此山天地最初開
인간이 태어날 때 만물초가 생겨났다네.	草創人間萬物來
만약에 풀이 먼저 생겼다고 한다면	若說形形先有草
금강산의 풀과 나무 그 누가 마련했나.	金剛草木又誰裁

금강산의 두 사나이

고은, 김주영 선생과 함께 금강산에 왔을 때의 얘기다. 5박6일의 짧지 않은 금강산 답사를 모두 마치고 평양으로 돌아가는 날 아침, 그래도 우리는 만물상에 대한 미련을 버리지 못해 식사는 차 안에서 간단히 빵으로 때우기로 하고 천선대에 다시 오르고자 아침 7시에 현관에 모였다.

우르르 몰려나오는 우리를 보면서 금강산려관 수위원은 언제나 그랬듯이 길을 비켜 게걸음으로 기둥에 바짝 붙어섰다. 그는 항상 이런 식으로 우리를 피해다녀 모두들 관광학교가 아니라 동네아저씨 출신 수위원이라고 생각했다.

그러나 그에겐 그럴 만한 이유가 있었다. 닷새를 묵는 동안 우리는 항상 현관에서 집결했는데 닷새 동안 매일 날씨가 흐리니까, 나오는 사람마다 혹시 그에게서 희망어린 대답이라도 들을까 해서 "오늘 날씨가 개겠습니까?" 하고 토씨 하나 틀리지 않게 물었던 것이다.

대개는 나, 권영빈 단장, 고은 선생, 김주영 선생 순으로 물었고 어떤 날은 유영구 팀장, 김형수 차장에 북측 안내단장 조광주 참사까지 가세했으니, 수위원으로서는 난감하고 답답한 일이 아닐 수 없었다.

그가 기상통보관도 아니고 날씨 나쁜 게 그의 탓도 아닌데 매일 다른 말은 없고 날씨만 물어오니 도망이라도 치고 싶은 심정이지만 그래도 직책이 수위원인지라 그렇게 슬슬 피할 수밖에 없었던 것이다. 그러면서도 대답할 때는 멋쩍어하면서 뒤통수를 긁적이는 바람에 그 큰 수위모자가 몇번씩 들썩거리면서 늘 하는 대답은 한가지였다.

"글쎄요, 좀더 있어봐야겠습니다."

그 뜻은 잘 모르겠다는 외교적 언사가 아니라 그저 미안하다는 뜻이었다. 참으로 어질기 그지없는 동무였다.

네번째로 만물상에 도전하여 한하계 골짜기에 오르는데 습기를 한껏 머금은 계곡 어귀 솔밭의 미인송들은 그날따라 줄기가 더욱 붉고 늘씬해 보이는 게 여간 교태로운 것이 아니었다.

그 늘씬한 미인송의 도열이 끝나면서 머리핀처럼 휘어돌아가는 고갯길로 올라서는데 차창 밖으로는 계곡에 엉켜 있던 짙은 안개가 서서히 피어오르며 바닥을 드러내는 것이 보였다. 날이 개는 것이었다. 서운(瑞運)이 비치고 있었다. 그래서 고개 중턱 육화폭포에 이르러서는 장마철에나 만난다는 이 계절폭포를 사진으로 찍어가는 큰 행운도 있었다.

그러나 만상정 주차장에 당도해보니 만물상 골짜기는 여전히 짙은 구름 속에 갇혀 있었다.

만물상 입구에서 우리는 항시 만나던 금강산 관리원을 또 만났다. 벌써 네번째다. 이 관리원 동무는 여지없이 시골사람 태가 박혀 있었다. 옷차림도 허름한데다 생김생김은 물론이고 걸음걸이, 말투 모두가 도회적 세련미란 전혀 찾아볼 수 없는 전형적인 산골사람으로 보였다. 그러나 그에겐 산에서 사는 사람만이 갖는 자연현상에 대한 인지력이 있었다. 나는 번번이 그에게 만물상 날씨를 묻곤 했는데 한번도 틀린 적이 없었다. 접때 한번은 그가 멀쩡한 산을 보고도 곧 구름이 내려올 것이니 올라가봤자 아무것도 못 본다고 귀신같이 날씨를 알아내는 신통력을 보였다. 나는 이번에도 또 물었다.

"오늘도 틀렸습니까?"
"아닙니다. 오늘은 빨리 올라가면 볼 수 있습니다."

뜻밖의 긍정적 대답에 나는 "정말요?"라며 날뛰듯 기뻐하는데 김주영 선생은 다그치듯 그에게 되물었다.

"여보시오! 지금 아무것도 안 보이는데 올라가면 볼 수 있단 말이오? 확실하게 다시 대답해봐요. 우리 헛고생시키지 말고."

김주영 선생은 경상도 청송(靑松)사람으로 전형적인 경상도 사투리에 강한 억양 때문에 듣기에 따라서 싸우는 것처럼 들리고, 다급하게 말할 때는 사람을 야단치는 것처럼 들리기도 한다. 지금 김주영 선생은 급한 마음에 거두절미하고 우격다짐하듯 이렇게 물었던 것이다. 옆에서 보니 관리원은 그 말투에 기분 나빠하는 기색이 역력했다. 관리원은 김선생을 말끄러미 바라보고는 뒷걸음질치면서 마치 논산훈련소 훈련병처럼 악을 쓰며 대답했다.

"볼 수 있습니다!"

그 대답에 나는 이 관리원 동무에게 '포레스트 검프'기가 있음을 느낄 수 있었다. 나는 관리원이 공연히 마음 상한 것 같아 미안한 마음으로 그에게 온갖 친절을 다한 상냥한 서울말씨로 이렇게 말했다.

"조금 있으면 안개가 걷힐 것이란 말이죠?"

이에 그는 마음이 좀 풀어졌는지 아주 부드럽고 조용하게 대답했다.

"내 말이 맞을 것이니 어서 올라가십시오. 인차(곧) 걷힙니다."

그러자 곁에 있던 김주영 선생은 우리들의 다정한 대화를 듣고는 특유의 농담조로 그에게 또 경상도말로 다그치듯 물었다.

"틀림없죠! 그런데 당신은 왜 이 사람이 물어보면 조용히 대답하고 내가 물어보면 큰 소리로 대답합니까?"

그러자 관리원은 다시 큰 소리로 악을 쓰며 대답했다.

"선생이 먼저 소리치지 않았습니까!"

아무튼 우리는 꼭 그의 말을 곧이곧대로 들은 것은 아니지만 희망을 갖고 오르게 되었다. 그런데 신기하게도 구름은 계속 위로 올라갔고 금강은 서서히 제 모습을 드러냈다.

삼선암에 올랐을 때는 상·중·하 세 봉우리가 완연히 나타났다. 그 장쾌하면서 날카로운 맛은 일찍이 소정 변관식이 「외금강 삼선암 추색」에서 보여준 드라마틱한 구도 그 자체였다. 나는 어떻게 하면 소정의 그 그림구도와 똑같은 실경산수(實景山水)를 찍을 수 있을까를 살피며 이 모습 저 모습을 빠짐없이 사진에 담았다.

여기서 다시 15분쯤 오르자 이번에는 절부암의 절경이 펼쳐졌다. 통나무를 도끼로 내려칠 때 생기는 도끼 이빨자국 같은 흔적이 어지럽게 펼쳐진 형상은 그야말로 만물의 초(草)를 잡은 듯했다. 그래서 만물초라는 이름도 생겼음을 알았다. 그 장관은 사람의 눈을 어지럽히고 가슴을 뛰게 하고도 남음이 있었다.

그런데 순간 올라만 가던 구름이 급속히 내려앉기 시작했다. 그 속도가 어찌나 빠른지 조금 더 있다가는 삼선암도 덮어버릴 것만 같았다. 이제 눈앞에 보이는 것은 구름안개뿐이었다. 낭패도 이런 낭패가 없었고, 실망도 이런 실망이 없었다.

고은 선생과 유영구 팀장, 김형수 차장은 배짱껏 되든 안되든 천선대까지 오른다고 계속 올라갔지만 무릎이 시원치 않은 김주영 선생과 간이 부실한 나는 허탕칠 게 뻔하니, 몸보신이나 하자며 서서히 하산했다.

내려오는 길에 우리는 떠도는 잔운(殘雲)들이 삼선암 세 봉우리에 걸쳤다가 빠져나가고, 내려앉았다가 다시 올라가는 환상적인 풍운조화를 넋 놓고 보면서 오히려 오기로 천선대에 오른 사람들을 안타깝게 생각했다.

그리고 다시 만상정 주차장에 내려오니 관리원 동무는 전에 없이 밝은 표정을 지으며 먼저 말을 걸었다.

"만물상 멋있었죠?"
"아뇨, 우리는 못 보았는데요."
"못 봤어요? 나는 여기서 천선대를 훤히 올려다보았는데요?"
"우리가 절부암까지 갔을 때 구름이 내려와 덮쳐버렸는데요. 그러면 구름이 다시 또 올라간단 말입니까?"
"아니, 그것도 모른단 말입니까? 아, 축구공이 내려오면 또 올라가는 것도 모릅니까?"

축구공 얘기가 여기에 맞든 안 맞든 그는 자연의 원리를 자기 경험으로 그렇게 친절하게 설명해주었다. 금강산 날씨에 대한 관리원 동무의 예지력은 이처럼 '사람이기 이전에 사람을 앞지른 초감각의 짐승'이었다.

그는 비록 다른 일에 있어서는 남들이 아둔하다고 비웃을지 모르지만, 금강산을 지키고 금강산을 관리하면서 금강산과 더불어 호흡하는 일에서는 그를 능가할 능력을 가진 사람이 없을지도 모른다는 생각이 들었다.

나는 항시 그런 사람을 귀하게 생각한다. 그는 이미 8년째 금강산을 지켜왔다고 한다. 나는 김주영 선생과 함께 그가 느낀 금강산, 그가 체득한 금강산을 하나씩 물었다.

그는 배운 것이 적고 글이 모자라 보였지만 감성만은 대단히 발달해 제 나름의 구비문학으로 대답하고 설명해주었다.

나는 그에게 금강산의 나무에 대해 물어보았다.

"관리원 동무, 나는 한여름에 와서 금강산의 빛깔을 도통 볼 수 없는데 금강산의 사계절이 어떻게 다릅니까?"

"나무 말입니까?"

"예, 나무도 표정이 있을 거 아닙니까?"

"있습니다. 봄에 새순이 돋아나는 모습은 아이가 걸음마를 배울 때 걷는 것 같습니다. 여름은 젊은이가 성장하는 기간 같습니다. 가을에 단풍든 것은 처녀가 시집가는 것 같습니다. 그리고 겨울은 로인들이 겨울에 단련하는 모습 같습니다."

그의 말끝에 어린 금강산에 대한 자랑은 눈물겨운 것이었다. 금강산의 나무 중 무슨 나무가 제일 좋냐고 묻자 그는 서슴없이 '목란꽃'이라고 대답했다. 이는 서정적인 대답이 아니라 교과서적 대답이었다. 목란꽃은 산목련으로 10년 전부터 북한에서는 국화(國花)를 진달래에서 목란꽃으로 바꾸었다.

그에게 이번에는 금강산의 바람소리에 대해서 물어보았다. 그러자 그는 봄바람이 살랑이는 것은 아내의 숨소리로 들리고, 여름에 비바람 치는 것은 장군님이 호령하는 소리로 들린다고 했다. 또 겨울바람은 어떠냐고 물었더니 천연덕스럽게 그러나 너무도 솔직하게 이렇게 대답했다.

"겨울엔 추워서 문을 닫고 있어 잘 안 들립니다."

그래서 이번엔 그가 어쩌나 보려고 "혹시 동료일꾼이 코고는 소리는 안 납니까?" 하고 물으니 벼락같이 소리질렀다.

| **목란꽃** | 한하계 골짜기와 만물상 가는 길 곳곳에서 목란꽃을 볼 수 있다. 흔히 산목련이라 불리는 이 꽃은 지금 북한의 국화다.

"그런 돼먹지 않은 소리가 금강산에서 왜 납니까!"

나는 비록 천선대에 올라 만물상을 굽어보지 못했지만 이 천진스런 금강산 사나이와 무공해 같은 대화를 나눌 수 있었던 것이 정말로 행복했다. 나는 그에게 또 물었다.

"금강산에서 가장 아름다운 게 뭡니까?"
"가장 아름다운 게 어디 있습니까? 다 아름답지요. 아름답지 않은 게 금강산에 하나나 있습니까?"
"그래도 하나만 꼽으면 뭐가 좋습니까?"
"나는 하나만 꼽을 수 없습니다."
"그러면 내가 못 보고 가기 때문에 제일 안타까운 게 뭡니까?"
"그건…… 그건…… 비로봉에 해 뜨는 것입니다."

"그게 어떻습니까?"

"비로봉에서 조선 동해바다를 바라보면 어둠이 걷히면서 구름이 솜뭉치처럼 쭉 깔립니다. 얼마나 뭉실뭉실한지 모릅니다. 처음에는 잿빛이지만 해뜰 때가 되면 점점 하얗게 됩니다. 그러다 솜뭉치구름이 점점 빨갛게 되면서 꼭 가마솥에서 물 끓을 때처럼 부글부글거리다가 갑자기 시뻘건 해가 불쑥 솟아오릅니다."

"천천히 올라오지 않고 쑥 올라옵니까?"

"쑥 올라옵니다."

"얼마나 빠릅니까?"

"그건 축구공에다 바람을 빵빵하게 넣어 땅에다 탁 던지면 쑥 올라오는 것처럼 튀어오릅니다."

나는 관리원의 얘기를 넋 잃고 들으며, 배를 잡고 웃다가 마지막으로 그의 이름을 물었다. 그러나 그는 한사코 가르쳐주지 않았다. '필요없다'는 것이었다. 그래서 내가 남조선에 가서 금강산을 자랑시키자면 당신 이름을 알아야 한다고 하니, 그는 큰 소리로 이렇게 답했다.

"필요없습니다! 장영철입니다!"

이윽고 천선대까지 갔던 일행들이 되돌아왔다. 그들은 장영철 동무의 말대로 구름 걷힌 만물상의 환상적인 아름다움을 보았다고 했다.

마침내 우리는 금강산을 뒤로하고 내려오기 시작했다. 버스가 한하계를 내려와 여관 앞을 지날 때 현관 정면에 열중쉬어 자세로 우리 쪽을 바라보고 있는 수위원 동무가 보였다. 내가 아쉬운 작별의 손을 흔드니 그는 전에 없이 웃음까지 보이며 손을 힘껏 흔들며 답해주고 있었다.

나는 큰 소리로 장난기를 넣어 작별인사를 던졌다.

"오늘 날씨 개겠습니까?"

그러자 수위원은 만면에 밝은 미소를 띠면서 큰 동작으로 거수경례까지 하며 우렁찬 목소리로 여태와는 다른 대답을 했다.

"예, 개겠습니다!"

2001. 1.

양봉래의 날 비(飛)자는 사라지고

삼일포의 유래 / 글발들 / 봉래 양사언 설화 / 삼일포 뱃놀이 /
몽천과 금강문 / 옹천을 그리며

관광·탐승·유람

지금 우리는 현대금강호를 타고 금강산 가는 것을 관광(觀光)이라고
부르고 있다. 그러나 이 말이 과연 금강산에 타당한가를 한번 짚고 넘어
갈 필요가 있다. 관광이라는 말의 어원이 어떻든 요즘 '해외관광' '효도
관광' '묻지마관광' 같은 식으로 사용하고 있는 이 단어가 암만 생각해도
금강산에는 어울리지 않는 것 같다.

그렇다고 우리의 금강행은 여행·견학·등산·답사도 아닌 것이다. 해
방 전 고등학생들이 단체로 수학여행 가는 것은 원족(遠足)이라 했고, 일
반인이 가는 것은 보통 탐승(探勝)이라고 했다. 명승지를 탐방한다는 뜻
이다. 당시에 발간된 금강산 안내책을 보면 모두 탐승객이라고 쓰고 있
고, 지팡이·나무쟁반 등 기념품에 새긴 글귀도 모두 탐승기념이라고 되

어 있다. 어쩌면 지금 우리의 금강행은 탐승이라는 말이 가장 적절한지도 모른다. 북한에서는 이 말을 많이 쓰고 있다. 그러나 이 말은 왠지 낯설고 너무 유식한 냄새가 난다.

그런데 조선시대 문인들은 자신들의 금강행을 꼭 유람(遊覽)이라고 했다. 오늘날 우리의 어감으로는 놀 유(遊)자를 쓰는 것이 너무 한가하고 일없이 노는 것 같아 어색하게 들리지만 오히려 옛사람들은 이 말에서 큰 매력과 의미를 새기고 있었던 것 같다.

옛 문인들에게 있어서 '유'란 그냥 노는 것이 아니라 거기에 편안하게 자적(自適)하며 함께 어우러지는 것을 의미했다. 그래서 옛사람의 행장(行狀)을 보면 "어려서 퇴계에게 배웠다"고 하지 않고 "퇴계 밑에서 놀았다"고 했다.

그러니까 명산을 찾아 거기를 유람하는 것은 곧 자연을 통하여 자신의 정서를 함양하고 자연과의 교감 속에서 사물에 대한 인식의 폭을 넓히는 계기가 되었다. 그렇게 명산을 유람하며 심신을 도야하는 것은 공자가 '유어예(遊於藝)'한 것을 '유어명승(遊於名勝)'하는 것이니 놀 유자를 쓰는 것이 당당했던 것이다. 그래서 옛사람들의 금강산 기행문은 김창협의 「동유기」, 홍여하(洪汝河, 1620~74)의 「유풍악기(遊楓嶽記)」 등 거의 대부분 기(記) 앞에 유(遊, 또는 游)자를 붙였다.

이렇게 언어는 금강산 가는 행위에 대해서도 그 시대의 문화와 사상과 정서를 반영하고 있다. 그렇다면 우리의 금강행은 과연 뭐라고 부르는 것이 타당한가? 관광인가, 탐승인가, 원족인가, 유람인가, 아니면 답사인가, 등산인가, 견학인가. 나는 이런 관점에서 금강산에 다녀온 사람들이 뭐라고 하는지 주의깊게 물어보곤 했다. 그럴 때면 대답이 한결같이 똑같았다.

"나 금강산에 갔다왔다."

우리, 현대인은 이처럼 자신의 행위에 대해 별 깊은 생각 없이 살고 있다. 나 또한 예외없는 현대인이어서 이 글을 쓰면서 그때마다 필요한 단어를 끌어쓰고 있다. 그러나 글쟁이로서 내가 무심코 섞어쓴 것만은 아니다.

금강산의 각 코스가 코스별로 특징이 있듯이 그곳에 오르는 발길 또한 그 의미가 같지 않다. 내 경험에 의하건대 옥류동·구룡폭은 탐승길이고, 만물상은 등산길이고, 내금강 만폭동은 답삿길이고, 이제 우리가 향하고 있는 삼일포는 유람길이다.

삼일포의 유래

금강산이 천하의 유람지로 칭송에 칭송을 더하게 된 것은 산도 산이지만 바다와 함께 어우러지기 때문이다. 금강산은 산 그 자체만으로도 위대하다 할 것인데 그 여로가 바다로 이어지니 산은 더욱 장엄해 보이고 바다는 바다대로 더욱 드넓어 보이는 것이다.

이른바 해금강이라 불리는 이 바닷가의 명승지는 입석리(立石里)의 해금강 만물상, 통천의 총석정, 고성의 삼일포, 세 구역으로 나뉘어 그것이 각각 또다른 탐승코스가 되었지만, 사실은 나귀를 타고 다니던 그 옛날에는 이곳이 귀로(歸路)에 여흥을 달래던 흐뭇한 휴식처였던 것이다.

내금강으로 들어가 만폭동·비로봉을 모두 구경한 유람객은 안문재 너머 외금강 유점사 쪽으로 내려와 옥류동·구룡폭을 두루 탐승하고는 대개 삼일포에서 하루를 묵으며 여독을 풀었다. 여기서 해금강을 구경한 다음 북쪽으로 돌아가는 사람은 옹천을 넘어 시중호(侍中湖)와 총석정

| **삼일포 전경** | 봉래대에서 내려다본 삼일포 전경이다. 호수 가운데에 와우도라는 작은 섬과 사선정이라는 멋진 정자가 있어 더욱 아늑하고 평온하게 다가온다.

으로 가고, 남으로 내려가는 사람은 영랑호·감호를 거쳐 양양·강릉으로 행로를 잡았다. 때문에 금강산에 온 사람은 거의 모두가 거치는 곳이 이곳 삼일포였다.

삼일포는 온정리에서 자동차길로 12킬로미터 되는 지점에 있는 큰 호수다. 호수의 둘레는 8킬로미터, 깊이는 9~13미터다. 호수이면서도 포(浦)라고 하는 것은 그 옛날에는 포구였던 것이 오랜 세월의 토사로 호수가 되었기 때문이다. 삼일포가 바다와 얼마나 가까이 붙어 있는가는 그 이름만으로도 짐작할 수 있다.

삼일포는 바다 가까이 있는만큼 주위가 낮은 산봉우리들로 편안하게 에워싸여 있다. 서쪽으로는 국지봉(國地峰), 남쪽으로는 고성읍의 앞산인 구선봉(九仙峰), 동쪽으로는 해금강의 뒷산이 연꽃 봉우리처럼 에워

싸고 있다. 이 낮은 능선을 삼일포 36봉이라고 부른다. 그리고 서쪽 저 멀리로는 외금강의 뭇 봉우리들이 병풍처럼 둘러쳐져 있으니, 그 풍광의 아늑함과 전망의 장대함은 가보지 않고도 능히 상상할 수 있다.

그리하여 삼일포는 예부터 관동8경의 하나로 이름났는데 이중환(李重煥, 1690~1752)은 『택리지(擇里志)』에서 이렇게 말했다.

조선 팔도 모든 도에 호수가 있는 것이 아니다. 오직 영동에 있는 호수들만이 인간세상에 있는 것이 아닌 듯하다. 그중 고성의 삼일포는 맑고 묘하면서도 화려하고 그윽하며, 고요한 중에 명랑하다. 마치 숙녀가 아름답게 단장한 것 같아서 사랑스럽고 공경할 만하다.

삼일포라는 이름은 옛날에 화랑들이 하루만 놀러 왔다가 너무도 좋아서 3일을 놀고 갔다고 해서 얻은 이름이다. 이때 다녀간 화랑은 영랑(永郎), 술랑(述郎), 안상랑(安詳郎), 남석랑(南石郎) 등이었는데, 이들이 다녀간 자취는 삼일포 한가운데 있는 섬인 단서암(丹書巖)에 붉은 글씨로 "술랑도 남석행(述郎徒 南石行)"이라 씌어 있다.

그리하여 고래로 금강산을 찾아온 사람들은 삼일포를 다녀가지 않은 이 없고 삼일포를 다녀가면서 시 한 수 남기지 않은 시인이 없으니, 금강산을 노래한 시 중에서 가장 많은 시를 낳은 곳이 이곳 삼일포다. 그중 가장 탁월한 절창을 꼽으라면 누구든 봉래 양사언의 「삼일포」를 첫손에 꼽는다.

거울 속에 피어 있는 연꽃송이 서른여섯	鏡裏芙蓉三十六
하늘가에 솟아오른 봉우리는 일만 이천.	天邊鬢髻萬二千
그 중간에 놓여 있는 한 조각 바윗돌은	中間一片滄洲石

바다 찾은 길손이 잠깐 쉬기 알맞구나.　　　合着東來海客眠

　　이런 삼일포이기 때문에 우리는 문자 그대로 편안히 거닐며 유람할 때 삼일포의 아늑함과 편안함을 받아들일 수 있다. 만약에 옥류동·구룡폭 같은 드라마틱한 경관이나 만물상 같은 스펙터클한 전망을 기대한다면 돌아오는 것은 실망밖에 없다.

　　실제로 현대금강호 첫 출항 때 일정을 4박5일로 하여 삼일포 코스까지 3개조로 나뉘어 순차적으로 관광에 나섰을 때 첫째날 삼일포를 가야 했던 사람들은 한결같이 "원, 금강산 구경이라고 호수 하나 둘러본 게 고작이란 말야"하며 불만을 토로했다. 그러나 이틀 동안 옥류동·구룡폭·만물상을 다 보고 마지막날 삼일포 코스를 찾은 관광객들은 연이틀 적잖은 발품에 밀려오는 피로를 씻으며 금강산 관광에는 이런 황홀한 후식이 다 있다며 금강을 더욱 찬미했다. 음식도 순서대로 먹어야 맛있듯이 금강산 구경에도 순서가 있는 법이다. 삼일포는 금강산 탐승의 맛있는 디저트이자 푸짐한 보너스다.

삼일포 만보

　　장전항에서 금강산을 향하여 어느만큼 가다보면 삼거리가 나오는데 여기서 외금강으로 들어가는 오른쪽 길을 버리고 곧장 나아가면 그 길은 옛날 고성읍이 있던 구읍리로 향하게 된다. 구읍리로 들어가면 외금강 계곡물을 모두 받아 큰 내를 이루는 남강의 긴 물줄기가 뚝방 사이로 흐르는데 거기에는 끊어진 철길교각이 남쪽을 향해 줄지어 있다. 이는 예전에 고성역에서 외금강역을 잇는 동해북부선이 달리던 철길다리로 여기서 남쪽의 고성인 간성역은 불과 15분 거리에 있다.

지금 간성에 가면 똑같이 끊어진 철길교각이 북쪽을 향해 줄지어 있는 것을 볼 수 있으니, 이 끊어진 두 교각에 다시 철길이 놓여 기차가 달린다면 속초에서 여기까지 30분 만에 도착하게 된다.

구읍리로 향하는 교각을 오른쪽으로 비껴보며 동쪽으로 난 길로 접어들면 차는 낮은 들판길을 가로질러 달리다가 어느 언덕배기에 마련된 주차장에 닿게 된다. 여기서부터 삼일포 유람이 시작된다.

주차장 오른쪽으로 잘 다듬어진 계단을 올라가면 몇 걸음 안되어 큰 바위 위에 전망대가 우뚝 세워져 있는 것이 보이고, 전망대에 올라가면 홀연히 삼일포 넓은 호수가 그림처럼 펼쳐진다.

호수는 넓어 그 끝이 어디로 돌아가는지 가늠할 수 없고, 물은 깊어 짙푸른 빛을 발하며 하늘에 떠도는 흰 구름을 그림자로 다 받아내고 있다. 호수 한가운데에는 네개의 섬이 정답게 이웃하며 한 줄로 늘어서 있다.

붉은 글씨가 새겨져 있다는 단서암, 네명의 화랑이 노닐던 정자라는 사선정(四仙亭), 신선들이 춤을 추던 무대라는 무선대(舞仙臺), 그리고 누워 있는 소 모양으로 생겼다는 와우(臥牛)섬, 그 사랑스럽고 정겨운 풍광이란 한겨울에 왔을 때도 봄날의 아지랑이처럼 아련하고 여린 서정을 일으켜주었다.

삼일포는 이 네개의 섬으로 인하여 사람의 마음을 더욱 편하게 해주고 호수는 시각적으로 더 넓어 보인다. 그것은 자연의 조화로 그렇게 된 것이지만, 사실상 인공조경의 한 원리이기도 하다. 우리나라의 옛 연못을 보면 큰 연못이든 작은 연못이든 반드시 연못 한쪽에 섬을 만들었다. 경주의 안압지(雁鴨池), 순천 선암사의 심인당(心印塘), 안동 병산서원의 방지(方池) 등. 그 이유는 섬이 있어야 공간감이 확실해지고 연못이 커 보이고 인간적이기 때문이다. 그렇지 않을 경우 호수는 차갑고 긴장감있게 느껴진다. 백두산 천지가 그렇다.

| **동해북부선의 철길교각** | 원산에서 양양까지 이어진 철길이 이렇게 끊겨 있다. 여기서 남쪽의 간성역은 기차로 15분 거리에 있다.

삼일포에는 그런 섬이 질서없는 듯하면서도 질서있게 알맞은 크기로 가지런히 솟아 있으니 천지자연의 조화는 우리의 서정을 이미 알고 그렇게 만들어준 것인가, 아니면 이런 자연의 원리를 받들어 우리네 조원(造苑)의 원리로 삼게 한 것인가.

삼일포의 글발들

방북답사 때 이곳 전망대에서 삼일포의 넉넉한 시정(詩情)에 몰입하며 옛사람의 자취를 머릿속에 더듬으며 그 서정의 깊이에 빠져들었다. 북측 안내원에게 이 전망대 이름이 무엇이냐고 물으니 뜻밖에도 이 바위를 장군대라 하고 전망대를 충성각(忠誠閣)이라고 했다. 그 이름이 삼일포의 서정과 너무도 맞지 않아 유래를 물으니 내력은 이러했다.

| **장군대 충성각** | 삼일포의 한 전망대로 1947년 북한의 역사가 낳은 현대유적이다.

해방된 지 2년이 조금 지난 1947년 9월 28일 김일성 주석이 아내와 아이들을 데리고 이곳에 온 적이 있었는데, 그때 삼일포 호숫가를 거닐다가 김정숙 여사가 호수 속에 매달아놓은 과녁을 보면서 혁명의 완성을 맹서(盟誓)로 다지는 뜻에서 저 과녁을 맞히겠다며 김일성 주석의 총을 받아 단방에 맞추었다는 것이다. 그래서 이 바위를 장군대라 이름하고 그 아내의 충성을 기리는 뜻에서 충성각을 준공했다는 것이다.

지금도 호수에는 그때 맞힌 과녁이 물 위에 부표로 떠 있으며, 저 건너 바위에는 "탁월한 혁명투사 김정숙 녀사의 그 이름 영원히 빛나리라"라는 글씨가 새겨져 있다. 이처럼 북한사람들에게 있어서 삼일포는 김정숙의 호수로 각인되어 있다.

그러나 나처럼 남한에서 온 유람객의 눈에는 그 모든 것이 낯설고, 이해하기 힘들고, 못마땅하기만 하다. 삼일포 주위에는 유난히 구호와 혁명가 노랫말이 많이 새겨져 있다. 그 어지러움이란 도가 지나칠 정도다.

북한을 두차례 답사하면서 느낀 것 중 하나는 사람이 많이 모이는 곳일수록 글발이 크고 강렬하고 많다는 점이다. 그중 묘향산에 글발이 가장 많다는 것은 북한사람들이 묘향산을 가장 많이 찾는다는 얘기며, 삼일포에 이처럼 많은 글발이 있다는 것도 그네들의 빼놓을 수 없는 관광지임을 말해주는 것이다.

나는 그 글발들에 대해 할 얘기가 정말로 많다. 그러나 그것은 분단의 아픔이 남긴 상처로 감내하고 더이상 말하지 않겠다.

내가 아는 한 삼일포의 주인공은 전설 속의 네 화랑과 낭만의 시인이자 서예가인 봉래 양사언이고, 삼일포에서 가장 유명한 전망대는 봉래대다. 나는 장군대에서 긴 허궁다리를 건너 봉래대로 향했다. 봉래대는 비스듬한 너럭바위로 족히 백명도 둘러앉을 수 있을 정도로 넓었다. 바위가 비탈지어 무릎을 세우고 편안히 앉아도 길게 누워도 삼일포의 포근한 정경이 몸속으로 스며든다. 과연 봉래 양사언이 좋아하고 또 좋아할 만한 곳이다.

봉래 양사언 설화

조선전기의 명필이자 시인이었던 양사언은 역사상 금강산을 가장 사랑하고 가장 자랑하며 거기에서 일생을 살고자 했던 진정한 금강산인이었다. 그는 스스로 호를 봉래(蓬萊)라 하였고 육화암을 비롯하여 많은 봉우리에 이름을 지어주고 글씨를 바위에 새겨놓기도 했다. 금강산이 봉래산으로 이름이 퍼져나간 것도 반은 양봉래 덕이라고 할 수 있다.

봉래 양사언은 시조 "태산이 높다 하되 하늘 아래 뫼이로다"로 이미 우리에게 잘 알려져 있다. 그러나 양사언은 그런 도덕적인 시로 유명해질 분이 아니었다. 그는 대단히 낭만적인 분이었고 시보다 글씨로 유명했는데, 조선시대 4대 명필로 손꼽혔다. 4대 명필로 안평대군(安平大君, 1418~53)은 유려하고 격조 높은 행서, 한석봉(韓石峰, 1543~1605)은 정확하고 또렷한 해서, 김정희는 추사체(秋史體)라 불리는 강렬한 개성의 서체로 이름높았다. 그리고 양사언은 거칠 것 없고 막힐 것 없는 호쾌한 초서가 특기였다.

양사언에 대하여는 『국조인물고(國朝人物考)』에 그의 묘갈명(墓碣銘)이 실려 있고, 그의 시를 모아 펴낸 『봉래시집(蓬萊詩集)』(전4권)이 있고, 『봉래집』 말미에는 서경(西坰) 유근(柳根, 1549~1627)이 그의 전설적인 글씨에 대해 쓴 「비자기(飛字記)」가 실려 있어 그 예사롭지 않았던 생애를 소상히 알 수 있다. 그런데 양사언의 일생은 세월이 흐르면서 하나의 설화로 만들어져 『청구야담(靑邱野談)』 『계서야담(溪西野談)』 『기문총화(記聞叢話)』 같은 책에 비슷비슷하면서도 약간씩 다르게 전해지고 있다. 그래서 그의 일생은 더욱 전설적인 것이 되었다.

양사언의 본관은 청주, 자는 응빙(應聘)이고 주부(主簿)를 지낸 희수(希洙)의 후처의 아들이었다. 그는 법적으로 서자(庶子)가 아니었다. 그럼에도 불구하고 많은 사람들이 그를 서자로 알게 된 데에는 각별한 사연이 있다.

양사언의 아버지 양희수는 천성이 산수유람을 좋아하였다. 한번은 백두산까지 올라 두루 구경하고 돌아오는 길에 안변(安邊)을 지날 때 낮참에 말죽을 먹이고자 주막에 다다랐으나 집집마다 문이 잠기고 비어 있었다. 주변을 둘러보니 시냇가에 한 여염집이 보여 거기를 찾아가게 되었다.

이때 마침 집주인은 들일(혹은 계회) 나가고 열여섯살 소녀가 혼자 집을 보고 있었는데, 점심 시중을 들고 말죽 한 통을 먹이는 것이 아주 곱고 영리해 보였다. 양희수는 떠나면서 이 아리땁고 친절한 소녀에게 사례를

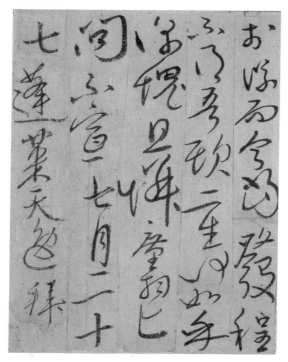

| 양사언의 글씨 「시고(詩稿)」 | 종이에 먹, 25.5×20.5cm, 서울대박물관 소장.
조선시대 4대 명필의 한분으로 초서에서 제일인자로 손꼽히는 양사언의 글씨는
유려한 가운데 힘이 넘쳐흐른다.

하려 했으나 굳이 사양하며 접빈객(接賓客)은 사람의 도리일 뿐이라고
했다. 이에 양희수는 더욱 소녀를 기특하게 생각하고 감사의 뜻을 남기
고 싶어 손부채에 달려 있던 향합(香盒)을 풀어주니 이를 두 손으로 공손
히 받았다.

그후 몇해 뒤 소녀는 그 향합을 들고 양희수를 찾아와 "여자의 행실로
사람의 신물(信物)을 받고 어찌 다른 데로 시집가리오"라며 한사코 말리
는데도 기어이 양희수의 집에 들어와 살았다. 양희수는 처음엔 소녀를
거들떠보지도 않는데 소녀는 정성으로 집안살림에 힘썼다. 마침 양희

수는 상처(喪妻)하였던지라 소녀를 맞아들여 본처가 쓰던 방에 들게 하고 가정살림을 맡겼다. 그리고 그들 사이에 아들이 생겼는데 그가 곧 양사언이다. 조선사회에서 후처는 첩과 달라 정실과 똑같으니 양사언은 서자가 아닌 것이다.

양사언은 어릴 때부터 용모가 준수하고 총기가 흘러넘쳤다. 일곱살 때 양사언은 자하동(紫霞洞) 별장에서 지냈는데 어느날 왕세자(훗날 성종)가 놀러 나왔다가 소나기를 만나 비를 피하기 위해 이 집에 들렀다. 이때 양사언은 왕세자와 친구가 되었다. 여러모로 그는 촉망받는 소년이었다.

그러던 어느날 양사언의 아버지가 세상을 떠났다. 그러자 어머니는 앞으로 양사언이 본처의 아들들과 갈등을 일으켜 서러움 받을 것을 걱정하여 남편이 죽은 지 3일째 되는 날 본처의 아들들 앞에서 양사언을 후처의 자식이라고 차별하지 말 것을 유언으로 남기고는 자결하였다. 이 일로 인하여 양사언은 심한 충격을 받아 낭만적 도피증이 생겼다고 한다.

이후 양사언은 30세 되던 1546년에 문과에 급제하여 대동(大同)의 역승(驛丞)을 거쳐 삼등, 함흥, 평창, 강릉, 회양, 안변, 철원 등 여덟 고을의 수령을 지냈다. 특히 회양군수로 있을 때 내금강에 자주 올라 만폭동에 그 유명한 "봉래풍악 원화동천(蓬萊楓嶽 元化洞天)"이라는 여덟 글자를 새겼다.

양사언은 한때 벼슬을 버리고 이곳 삼일포에서 지낸 적이 있었다. 삼일포 장군대와 연화대(蓮花臺) 사이에 마치 반도처럼 호숫가로 나앉은 바위산이 있는데 여기에 앉으면 삼일포가 한눈에 보인다. 여기를 후세 사람은 양봉래가 즐겨 올라앉았다고 해서 봉래대라고 불렀다. 그리고 봉래대 아래에는 호수가 보이는 작은 굴이 있는데 여기를 봉래굴이라고 부르며, 봉래굴 한쪽에는 그의 유명한 삼일포 시 한 수가 유려한 초서체로 새겨져 있다.

말년에 양사언은 금강산 아래쪽 구선봉 감호 가까이에 집 한 채를 짓고 비래정(飛來亭)이라 이름하고 여기서 지냈다. 어느날 그는 비래정의 현판글씨를 썼는데 날 비(飛)자는 잘되었지만 래(來)자 정(亭)자는 영 맘에 들지 않았다. 그래서 '비'자만 족자로 해서 걸어놓았다. 그리고 이 글씨는 온 나라에 명작으로 칭송되었다.

얼마 후 양사언은 안변부사로 발탁되었다(1582). 그는 비래정을 떠나면서 사람을 두어 집을 지키게 해놓고 나중에 돌아올 곳으로 삼았다. 그런데 안변에 있는 이성계(李成桂) 증조부의 무덤인 지릉(智陵)에 불이 일어나는 사건이 발생했다. 양사언은 지방관으로서 감독을 소홀히했다는 죄목으로 문책받아 황해도지방으로 귀양살이를 가게 되었다. 그리고 2년 만에 귀양살이에서 풀려나 다시 금강산으로 돌아오는 길에 그만 세상을 떠나고 말았다. 양사언은 평소에 그가 잡아놓은 묏자리인 경기도 포천 영평(永平)의 금오산(金烏山) 자락에 묻혔다. 그는 전설적인 풍수가인 남사고(南師古, 1509~71)와 친했고 스스로도 풍수에 밝아 미리 준비해둔 것이었다.

한편 비래정 빈집은 여전히 동네사람이 지키고 있었다. 그런데 어느날 금강산의 돌풍인 금강내기가 불어닥쳐 서재 문이 열리면서 바람에 책이며 족자가 사정없이 휩쓸리고 날아갔다. 집을 지키던 이가 황급히 물건들을 주워모았는데 '비'자 족자만은 바다 쪽으로 끝없이 날아가 종래 찾지 못했다.

그뒤 양봉래의 한 친구는 그 '비'자를 보고 싶어 비래정을 찾아왔다. 그런데 '비'자가 사라진 얘기를 듣고는 허망해하며 그날이 언제였냐고 물었다. 이에 몇월 며칠이었다고 하자 그는 손가락으로 꼽아본 뒤 '비'자가 없어진 날이 바로 양봉래가 죽은 날이라고 했다.

봉래 양사언의 '비'자 이야기는 금강산의 전설 중 가장 고차원의 전설로 우리에게 여러 생각거리를 던져준다. 양봉래의 어머니가 자식의 장래를 위하여 자결하는 모습은 조선사회, 조선의 어머니에 대한 이해 없이는 그 숨은 뜻을 다 새길 수 없는 비장한 것이다.

양봉래의 비래정 '비'자 이야기는 우리에게 예술이란 무엇인가라는 미학상의 근원적인 물음을 다시금 생각게 한다. 가장 고전적인 명제는 "예술은 자연에 대한 모방이다"라고 보는 것이다. 그리고 가장 근대적인 명제는 "예술은 표현이다"라는 주장이다. 전자는 객관주의 미학인 미적대상론(美的對象論)의 이론이고, 후자는 주관주의 미학인 미적체험론(美的體驗論)의 이론이다. 그리고 현대미학에서는 "예술은 이미지(image)다"라는 이론이 있다. 대상을 통하여 주관이 인식한 하나의 영상이 예술이라는 것이다. 그것은 상관주의 미학인 미적상관론(美的相關論)의 이론이다.

이에 비할 때 봉래 양사언의 전설이 말하고 있는 또 하나의 이론은 "예술은 혼(魂)이다"라는 주장이다. 유식하게 말해서 "예술은 에스프리(esprit)다." 비래정의 비자는 양봉래의 혼이 들어 있는 글씨였기 때문에 그의 영혼과 함께 날아가버린 것이다.

오늘의 예술인들에게 양봉래의 전설은 이렇게 말하고 있다.

"혼이 담기지 않은 작품은 예술이 아니다."

삼일포 뱃놀이

삼일포에는 호숫가 한쪽에 단풍각이라는 제법 현대적인 건물의 식당이 있다. 요즘도 금강산 관광객은 이곳에서 준비해온 도시락을 먹고 있는데, 방북답사 때 나는 이 집에서 금강산이 자랑하는 바닷고기와 산나

물을 반찬으로 환상적인 점심을 먹었다. 특히 이 집 2층의 넓은 옥상은 삼일포가 넓게 조망되어 온통 푸르름으로 가득했고, 그날따라 햇빛이 강렬하여 선글라스 없이는 눈을 뜰 수 없을 정도로 눈부셨다. 삼일포의 밝은 기상은 금강산 깊은 산의 그윽함과는 또다른 별격이었다.

단풍각에는 삼일포 뱃놀이를 위한 작은 보트가 여러 대 준비되어 있었다. 아직은 금강산 관광객에게 그것이 허락되지 않고 있지만 방북답사 때 우리는 3인 1조로 노를 저으며 삼일포 뱃놀이를 한나절 즐겼다.

보트를 저어본 일이 없는 나였지만 호수의 뱃놀이는 강이나 바다의 그것과는 달라 아주 쉽고 편하고 재미있었다. 수면을 낮게 미끄러지면서 노를 저을 때마다 고요한 호수에서 일어나는 잔잔한 물결은 동심원을 그리면서 멀리 밀려가고 또 한번 저으면 새 물결이 그 위를 덮치면서 그림 같은 수파묘(水波描)를 연출해냈다.

배가 호수 한가운데로 나오자 물빛은 더욱 푸르고 하늘은 더 넓게 퍼지고, 봉래대·장군대 너머로 금강산 자락이 장대하게 펼쳐지고, 노 한번 저을 때마다 주변 산세는 우리를 따라 움직이는 듯했다. 그 아련한 영상은 「내셔널 지오그래픽」에나 나올 법한 장면으로 환상을 불러일으켰다.

아, 이래서 예부터 삼일포 뱃놀이가 유명했구나! 아, 이래서 옛 시인들이 삼일포에서 뱃놀이한 것을 그렇게 예찬했구나!

석천(石川) 임억령(林億齡, 1496~1568)은 삼일포의 뱃놀이를 「사선정에 올라(登四仙亭)」에서 다음과 같이 노래했다.

뉘엿뉘엿 기우는 해 서산을 넘고	峀峀山頭日
선들선들 물결 위에 바람 스치네.	涼涼水上風
신선들 떠나가고 정자가 비니	亭虛仙去後
두세 그루 소나무 시름겨운 듯.	愁倚兩三松

해마다 비바람만 세차게 불어오니	風雨年年惡
사선정 초가지붕 일부러 낮추었으리.	茅簷故故低
신선들 올라와서 구경하던 곳	仙人登眺後
오늘은 우리가 찾아왔노라.	吾輩復逍遙

이런 감동과 회상이 가슴 깊이 저며드는 그런 뱃놀이였다.

나는 노를 저어 삼일포의 네 섬이 있는 곳으로 가까이 다가갔다. 새로 지은 사선정 정자는 멀리서도 그 아리따운 자태를 남김없이 볼 수 있었지만 무선대와 단서암이 과연 어떻기에 그런 이름이 붙여졌나 보고 싶었던 것이다.

무선대는 꼭 누에처럼 생긴 길고 납작하고 큰 바위섬이었다. 그렇기에 신선들이 춤추던 무대였다고 생각할 만했다. 기록에 의하면 누군가가 여기에 '무선대'라고 글씨를 새겼는데 '무'자는 이미 풍화작용으로 거의 보이지 않고 '선대' 두 글자는 아직도 남아 있다고 했지만 나는 그것을 찾아볼 수 없었다.

단서암은 여러개의 길쭉하고 큰 바위들로 이루어진 돌섬이었다. 옛날에 화랑 네명이 놀다 가면서 '술랑도 남석행'이라는 여섯 글자를 세 자씩 두 줄로 새겨놓고 거기에 붉은색을 칠해 단서암 또는 육자단서암(六字丹書巖)이라고 했던 것이다.

남효온(南孝溫, 1454~92)의 『추강집(秋江集)』에 나오는 「유금강산기(遊金剛山記)」를 보면 그가 다녀갔던 15세기만 해도 이 글씨는 완연히 보였고, 또한 명필이었던 모양이다.

그렇게 단서암의 글씨가 멋있고 유명하다보니 이 글씨 탁본을 갖고 싶은 문인들이 많아 고장사람들에게는 중앙에서 탁본해 올리라는 주문이 많았다. 때문에 고성사람들은 삼일포 호수 한가운데 있는 이 글씨를 탁

| **사선정** | 네명의 화랑이 노닐던 곳에 정자를 세웠다고 해서 사선정이라 한다. 이처럼 인공적인 정자가 있음으로 해서 삼일포 호수는 자연적인 아름다움에 인간적 정취를 더하고 있다.

본하느라 생고생하는 일이 많을 수밖에 없었다. 그리하여 어느날 이곳 사람들이—일설에는 고성군수가—단서암 여섯 글자를 돌로 짓찧어 물 속에 처넣어버렸다는 것이다.

조선시대엔 이런 일들이 종종 있었다. 당시 양반들은 남의 사정을 안 보고 보상해주는 일도 없이 무조건 탁본해오라고 명령했으니, 그 일을 당하는 고장사람들은 그 글씨가 문화유적보다는 '웬수' 같았을 것이다.

대표적인 예가 황초령(黃草嶺)에 있던 진흥왕순수비(眞興王巡狩碑)다. 함경도 갑산(甲山)에서도 닷새를 더 가야 있는 황초령비가 조선시대 문인 들에게 알려지게 된 것은 이곳에 북병사(北兵使)로 온 신립(申砬, 1546~92) 장군이 풀숲에서 찾아내어 한 부 탁본해온 때부터였다. 이에 금석학에 관 심있고 글씨를 공부하는 사람들이라면 모두 그 탁본을 하나 갖고 싶어했다. 그런데 이 비의 존재가 19세기에 와서는 사라지게 되었다.

우리나라 옛 비문을 열심히 조사하던 추사 김정희는 마침 절친한 벗인 권돈인(權敦仁, 1783~1859)이 함경도 관찰사로 부임하게 되자 이것을 찾아봐달라고 부탁했다. 이에 권돈인이 함흥부사를 시켜 알아보았더니 40년 전까지만 해도 분명히 있었는데 관에서 자주 탁본해오라고 시키니까 그곳 백성들이 비를 발길로 차 낭떠러지로 굴러떨어뜨리고 파묻어버렸다는 것이다. 그렇게 그림자도 없이 사라진 것을 권돈인이 세 동강 난 비석의 한쪽을 찾아 탁본해서 추사에게 보내주었다. 이것이 「황초령비 재발견 시말기(黃草嶺碑再發見始末記)」다.

단서암의 글씨는 그뒤 누군가가 다시 새겼는데 그때 '영랑도(永郎徒)'를 '술랑도(述郎徒)'로 바꾸어놓았다. 그리고 20세기 초에는 벌써 마모되어 여섯 글자 중 '남'자와 '석'자만 보였다고 했다. 그나마도 지금은 가을철 물이 적을 때만 간신히 보인다고 한다.

단서암 꼭대기에는 또다른 비석을 세운 흔적이 남아 있다. 그것은 이른바 매향비(埋香碑)다. 매향은 부처님께 공양하기 위한 질 좋은 향을 만들기 위해 향나무를 바닷물이나 갯벌에 오래 묻어두는 고려 때의 풍속이며, 매향비는 이런 일을 기록하고 복을 비는 기원문을 적은 기념비다. 이 매향비는 1309년 강릉태수 김천호가 세운 것으로 19세기 초 기행문에서도 이미 그 비문을 읽을 수 없다고 하였고, 왕왕 중들이 물속에서 향목을 꺼내 썼다는 글만 남아 있다.

결국 삼일포의 섬들에 서린 유적들은 모두 옛 전설로만 남아 있고, 그때 그 일들은 삼일포 깊은 호수 속에 잠들고 만 것이다. 그러나 그런 전설들이 있음으로 해서 삼일포의 물빛은 역사의 향기를 띠며 역사 속의 호수로 느끼게 해주는 것이니, 유적들이 사라졌다고 해서 무형의 문화유산까지 없어진 것은 아니리라.

몽천과 금강문

삼일포의 뱃놀이는 사선정·단서암·무선대를 둘러본 다음 건너편 호숫가 북쪽 산기슭에 마련된 선착장으로 가서 또다른 금강문에 오르는 것으로 이어졌다.

선착장엔 백사장이 곱게 펼쳐져 있고, 야트막한 산자락엔 해송이 울창하다. 배에서 내리니 곧바로 샘물이 있는데 이름하여 몽천(夢泉)이라 하고, 샘터 양쪽 벽에는 '몽천' '향렬(香烈)'이라고 새겨진 글씨가 있었다.

본래 여기에는 몽천사라는 절이 있었다고 한다. 9세기 하대신라에 처음 세워졌는데 1684년, 영동지구 700리를 휩쓴 큰 산불이 났을 때 폐사되고 말았다고 한다. 처음 절을 지을 때 스님은 절터를 잡아놓았지만 물이 없어 고심하던 중 꿈속에서 백발노인이 가르쳐준 대로 샘을 파서 얻은 샘물이라 '몽천'이라 하였고, 그 샘물이 달고 향기가 진하여 '향렬'이라고 했던 것이다. 그러나 몽천사는 자취도 없고 단지 조선시대의 문인 서영보(徐榮輔, 1759~1816)가 쓴 '몽천암' 현판 탁본만이 전해지고 있다.

몽천에서 낮은 육산(肉山)을 한 100미터 올라가니 꼭 부채처럼 생긴 큰 바위가 나타난다. 그 바위 이름을 석선(石扇)이라 했다. 석선바위는 가운데에 좁은 문이 나 있는데 이것을 해금강 금강문이라고 했다. 이것이 금강산의 여덟개 금강문 중 가장 바닷가 쪽에 있는 것이다.

금강문을 나서자 시야가 바다로 펼쳐지며 그 유명한 해금강 작은 섬들이 손에 잡힐 듯 가까이 다가온다. 섬에는 소나무가 울창하고 그 위로는 백로들이 날아들며 유람객의 눈과 마음을 더없이 편하게 감싸준다. 아무리 둘러보아도 인공적인 축조물은 하나도 없다. 눈앞에 보이는 것은 나무, 돌, 바다, 섬, 먼 산, 그리고 갈매기와 백로뿐이다. 이렇게 인간의 손때가 묻지 않은 자연의 품에 오랜만에 안겨보았다.

| **몽천암 탁본** | 몽천사는 사라지고 그 옛날 누군가가 탁본해놓은 절집 현판 탁본만 이렇게
전하고 있다. 글씨는 조선시대 문인 서영보가 쓴 것이다.

금강산의 기암절벽과 준수한 봉우리에 눈이 놀라고 가슴이 뛰던 기억
도 이곳 해금강 금강문에서 바라보이는 평범한 자연의 넓은 품 앞에서는
한순간의 재롱이었다는 생각밖에 들지 않았다. 평범성의 편안함, 아무
런 다툼도 날카로운 논쟁도 으스대는 뽐냄도 없다. 그 무심(無心)의 경지,
그것은 우리들이 지향할 높은 도덕이고 지고의 미학(美學)이다. 그 속에
는 자연의 오묘한 이치가 다 들어 있고 인생의 좌표를 암시하는 진중한
무게가 있다. 나는 평범하고 따뜻하고 질박하고 넉넉한 해금강의 풍광을
바라보면서 조선시대 금사리(金沙里) 백자달항아리를 보는 듯한 사랑과
존경을 함께 느꼈다.

해방을 예고한 '암파'

삼일포가 금강산 유람객에게 선사한 최고의 선물은 일상의 평범성으
로 돌아가는 사람들에게 일상의 가치를 새삼 일깨워주는 것이었다.

해금강 금강문의 부채바위에도 수없이 많은 유람객의 이름과 글씨가
새겨져 있었다. 모르긴 해도 단일 바위로 가장 지저분한 낙서덩이라고

| **해금강 금강문** | 부채바위라는 큰 바위의 가운데가 갈라져 좁은 문이 되었고, 이는 해금강을 내다보는 또 하나의 금강문이다.

할 만도 했다.

그것을 외면하고 차라리 발아래 흙을 보는 것이 내 눈을 편하게 해준다. 그런 마음으로 바위 아래쪽 나뒹구는 막돌들을 별 생각 없이 내려다보고 걷는데 북측 안내단장 조광주 참사가 갑자기 나를 칭찬했다.

"이야! 교수 선생, 여기도 미리 조사해온 모양입니다. 이거 놀랍습니다. 그러나 교수 선생이 땅바닥에서 찾는 돌은 이쪽입니다."

그는 내가 무슨 유적을 찾고 있는 줄 알았던 모양이다. 그리고 그가 조금 내려가 손가락으로 집어준 바위는 그저 굴러떨어져 처박혀 있는 큰 바윗덩이였다. 그것을 '암파(暗破)'라고 했는데, 내력인즉 1944년 어느날 갑자기 해금강 금강문 뒤에 있던 큰 돌들이 천둥벼락과 함께 굴러떨어져 조국 광복을 암시했다고 해서 '어둠을 깨다'라는 뜻으로 '암파'라고 했다는 것이다. 그런 전설이라면 20세기 전설도 쓸 만한 것이 있다는 생각을 했다.

옹천을 그리며

금강문에서 바라보는 해금강, 그것은 현재 우리가 누릴 수 있는 금강산 유람의 마지막 정경이었다. 옛사람들은 여기서 행로를 해금강 만물상, 통천의 총석정으로 잡고 동해안변을 따라 걸으며 금강산 유람의 여흥을 만끽하곤 했다지만, 그런 낭만의 여로가 우리에게 언제쯤 열릴지 현재로선 알 수 없다.

만약에 그런 날이 온다면 나는 열 일 제쳐놓고 꼭 그 길을 따라 걸어보리라. 그것은 내가 답사광이거나 방랑벽이 있어서가 아니다. 개인사적으로 그 해변길을 꼭 걸어보고 싶은 이유가 있다.

1972년 12월, 내 나이 스물세살 때 일이었다. 그때 나는 군대에서 사병으로 근무하며 두번째 휴가를 나와 있었다. 당시 나는 보병 제1사단 15연대 인사과에 근무하고 있어 휴가날짜를 잡는 데 약간의 융통성이 있어서 본래 10월에 갈 수 있는 휴가를 두달 늦춰 한겨울에 나왔다.

남들은 하루라도 빨리 타먹으려는 것이 휴가인데 내가 두달이나 늦춘 것은 이때 국립중앙박물관에서 개관 이래 처음으로 회화 특별전이 기획되어 '한국명화 근 500년전'이 열린다는 기사를 보았기 때문이었다.

휴가중 나는 이틀이 멀다 하고 국립중앙박물관에 가서 이 특별전의 출품작을 마치 밑줄 치면서 책을 읽듯이 뜯어보는 것이 일과이고 즐거움이었다. 책에서만 보던 그림, 책에서도 볼 수 없던 명화 100여 점이 중앙홀(지금의 국립민속박물관)과 특별실에 전시되어 있었으니 미술사학도로서 얼마나 반갑고 고마웠겠는가.

그때 나는 겸재 정선이 그린 금강산 그림 중 「옹천(甕遷)」이라는 그림에 크게 매료되어 있었다. 이 그림은 겸재가 36세 때 그린 금강산 초기작이어서 필치가 활달한 것은 아니지만 구도가 신선하고 나귀 탄 유람객들의 표현이 재미있고, 조선 소나무들이 운치있게 그려져 있어서 큰 매력을 느끼게 되었다.

옹천은 해금강에서 통천으로 가는 도중 동해안 쪽으로 바짝 붙어 있는 가파른 벼랑이다. 천(遷)이란 잔(棧)과 같은 뜻으로 좁은 샛길을 뜻한다. 그 벼랑의 생김새가 마치 큰 독을 엎어놓은 것 같다고 해서 '독벼루'라 하고, 그 길을 옹천이라고 부른다.

옹천 벼랑의 좁은 샛길은 통천으로 가는 지름길이 되는데 길은 좁고 길 아래는 천 길 낭떠러지로 동해바다와 맞닿아 있다. 그림으로만 보아도 아슬아슬하다.

겸재는 「옹천」을 그리면서 벼랑에 강한 수직의 붓질을 가하고 바다는 잔잔한 물결을 수평으로 가득 채웠다. 그리고 옹천 벼랑길로는 나귀를 탄 유람객을 점점이 삽입함으로써 그림은 동감(動感)이 충만하고 필묵의 강약대비가 명쾌하다.

그런 긴장된 구도의 그림인데도 겸재는 항시 여유로운 유머감각이 있어서 「옹천」 그림에서도 벼랑길 끝에는 모퉁이를 막 돌아선 나귀의 뒷다리와 꼬랑지가 그려져 있다. 그것이 이 그림의 긴장을 풀어주며 유람의 느긋함을 한껏 풍겨주고 있다.

12월 9일 오후 3시쯤으로 기억하고 있다. 그날도 나는 박물관에서 특

| 정선의 「옹천」 | 비단에 담채, 34.4×39.0cm, 1711년, 국립중앙박물관 소장. 겸재가 36세 때 금강산을 그린 『신묘년 풍악도첩(辛卯年楓嶽圖帖)』 중의 한 폭으로 '독벼루'라 부르는 옹천의 풍경을 그린 것이다.

별전을 보고 있었다. 그날이 토요일인데도 내가 전시장에 들어섰을 때는 관람객이 나 하나뿐이었고 얼마 뒤 반대편 입구로 한 여학생이 들어오는 것을 보았을 뿐이다.

내가 「옹천」 그림을 재미있게 보고 있을 때 그 여학생은 반대방향에서 보고 오다가 이 그림 앞에서 마주하게 되었다. 여학생은 내외하는 것인지 아니면 그림을 건성으로 보는 것인지 「옹천」을 보는 둥 마는 둥 하고 내 등뒤로 돌아가는 것이었다.

나는 그 여학생이 이 재미있는 명화의 속뜻을 헤아리지 못하고 그냥 지나치는 것이 내심 안타까웠다. 그래서 "잠깐만 이리 와보세요"하고 불러 옹천 벼랑길 모퉁이를 돌아서는 나귀 뒷다리와 꼬랑지 좀 보라고 했다. 그러자 여학생은 진열장으로 바짝 다가섰다.

그녀는 열심히 그림을 살폈고 나는 그
녀의 표정이 어떻게 바뀌는지를 물끄러
미 바라보고 있었다. 마침내 그녀는 미
소를 지으며 진열장에서 물러서서 내게
고맙다는 뜻으로 눈웃음을 보냈다. 그날
우리는 다른 그림도 함께 구경했고, 결
국 그녀는 나와 결혼하여 함께 살게 되
었다.

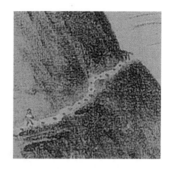

|그림 속 나귀 | 긴장된 구도의 그림인데도
옹천 벼랑길 모퉁이를 돌아가는 나귀의 뒷다
리와 꼬랑지를 그려넣은 것이 퍽 재미있다.

그런 「옹천」인 것이다. 이제 와 생각하
니 내가 금강산과 인연을 맺은 것은 결코 짧은 것도 우연도 아니라는 생
각이 든다.

그로부터 20년이 지난 1990년, 국립중앙박물관에서는 '겸재 정선 특
별전'이 열렸고, 그때 우리는 다시 겸재의 「옹천」을 볼 수 있었다. 당시 학
예연구실장으로 있던 정양모(鄭良謨) 선생은 우리 부부를 중매한 「옹천」
그림 앞에서 사진을 한 장 찍어주고, 이 그림을 실물대 크기로 인화하여
액자에 넣어 선물해주셨다. 그것이 지금도 우리집 안방에 걸려 있다. 나
에게 「옹천」은 그런 것이었고, 나에게 금강산은 그런 곳이었다.

2001. 1.

제3부

내금강

단발령 넘는 길과 온정령 넘는 길

내금강을 가기 위하여 / 조선시대 금강산 유람 /
괘궁정과 이성계 / 장연사와 도산사 / 산마을 사람들

내금강을 가기 위하여

금강산이 우리에게 열리긴 열렸지만 지금 우리가 갈 수 있는 곳은 외금강과 해금강의 일부분일 뿐, 정작 금강산의 진수를 보여주는 내금강은 아직도 우리에게 열리지 않았다. 남쪽 언론 얘기로는 군사시설이 많아서 공개하지 못하는 것이라는 추측성 기사가 몇차례 있었기 때문에 사람들은 대개 그런 것이려니 생각하고 있다. 그도 그럴 것이 아직껏 휴전 이후 내금강에 다녀온 남한사람은 단 한명도 없으며, 그곳의 최근 모습을 담은 사진이 공개된 적도 없으니 그런 추측과 의심이 일어나지 않을 수 없는 것이다.

두번째 방북에서 내가 가장 고심한 부분은 바로 이 내금강 답사문제였다. 그것은 내 답사의 목적상으로도 그럴 뿐만 아니라 금강산 답사기를 쓰자면 풍광을 보든, 문화유산을 보든, 문인·묵객 들의 자취를 찾아보든 그 핵심적 내용은 모두 내금강에 담겨 있으니 여기를 빼고는 사실상 금강산을 논할 수도 얘기할 수도 없는 일이었다. 나로서는 무슨 수를 내서라도 내금강을 다녀와야만 했다.

옛사람들이, 그리고 분단되기 전에 우리 할아버지들이 금강산에 간다는 것은 곧 내금강에 가는 것을 의미했다. 문화유적으로 말하자면 외금강엔 기껏해야 남쪽 기슭에 유점사터, 동쪽 기슭에 신계사터가 있을 뿐이다. 그러나 내금강엔 장연사터, 장안사터, 삼불암, 백화암, 표훈사, 정양사, 보덕암, 마하연, 묘길상 등이 줄줄이 늘어서 있다.

1998년 7월 7일부터 21일까지 보름간 이어진 나의 두번째 방북답사에는 1차 때의 권영빈 단장, 유영구 차장, 김형수 차장, 그리고 나 이외에 시인 고은 선생과 소설가 김주영 선생이 동행하여 제법 장한 팀을 이루었다. 1차 때는 글쟁이도 아니면서 혼자 답사기를 감당해야 했음에 비할 때 당대의 시인, 소설가와 일감을 분담하게 되었기 때문에 훨씬 글 부담이 적었다.

우리가 일감을 나눌 때 고은 선생은 당신께서 이미 일곱 권으로 쓴 『백두산』을 말했고, 김주영 선생은 미완으로 남긴 자신의 소설 『화척』에서 무대로 삼은 개성을 꼽았다. 그래서 금강산은 자연히 내 몫이 되었다. 그러나 사전에 통보받은 일정표를 보면 외금강을 닷새간 답사할 뿐 내금강은 들어 있지 않았다.

평양에 도착해 북측 안내단과 일정을 확정짓기 위한 첫 동석모임에 앞서 권영빈 단장이 글쟁이 3인에게 다짐하듯 물었다.

"이제 저쪽하고 일정을 확정지어야 하는데 예정대로 개성, 백두산, 금강산으로 잡는 데 세분 모두 별 이론 없으시죠?"

그러고 나서 권단장은 두분의 얼굴을 반반으로 보며 침묵으로 동의를 얻은 다음, 내게는 반어법으로 가볍게 물어왔다.

"우리 교수 선생도 별 요구 없겠지?"

권영빈 단장은 나의 대학 대선배로 20년 전에는 내 직장 상사였다. 그래서 가끔은 이렇게 정을 담아 묻곤 하는데, 나는 단답형으로 몰아치듯 대답했다.

"천만에, 내금강을 꼭 가야지!"
"내금강? 그건 안된다고 하던데."
"안되긴! 그러니까 더 가야. 내금강에 가지 않으면 금강산 답사기는 애시당초 불가능하다고 내가 몇번을 말했어요! 나라면 금강산 닷새 일정 중 내금강 하루하고 나머지 나흘하고 안 바꾸겠다."
"마— 됐다."

권영빈 단장은 경상북도 예천사람으로 대구에서 고등학교를 다녔다. 경상도사람, 특히 대구사람의 말 중에서 '됐다'라는 단어는 매우 묘해서 되어도 '됐다'고 안되어도 '됐다'다. '됐다' 앞에 '마—' 소리가 들어간 것은 안된다는 소리다. 내가 이렇게 강하게 나오자 나의 고집을 잘 알고 있는 권단장은 '알았으니 그만 해라'라는 뜻으로 '됐다'라고 한 것이었다.

잠시 뒤 권단장은 협의를 마치고 와서는 글쟁이 3인에게 보고하는데 백두산과 개성은 예정대로 문제없는데 내금강은 알아본다고만 했다는 것이다. 다급해진 나는 호칭부터 바꾸며 달려들었다.

"권선배! 알아보다니? 무조건 간다고 일정을 잡아놓고 봐야지!"

"씨끄럽다! 길이 읎다는데 우찌 가노?"

"길이 없긴! 회양군과 금강군에 사람이 사는데! 그 사람들은 거기 갇혀산단 말이오?"

"에그, 예나 지금이나 떼쓰는 건…… 늬 나이 몇이고."

전관예우는 법조계에서도 3년밖에 인정해주지 않는 것인데 그는 3년이 여섯번도 더 지났건만 나를 아직도 옛날의 졸개로 대한다. 그래서 나는 오히려 아주 마음놓고 떼도 강떼를 쓰고 있는 것이다. 권단장은 북측 안내단장에게 들은 바를 그대로 전하면서 나를 달래는데 듣고 보니 이해는 가는 것이었다.

지금 내금강 일정을 확답하지 못하는 것은 그곳에 군사시설이 있어서 회피하는 것이 아니라 실제로 내금강으로 들어가는 길이 마땅치 않다는 것이다. 온정리에서 내금강으로 들어가는 길은 둘이 있는데 하나는 통천으로 나가 회양을 돌아 금강군 내강리(內剛里)로 들어가는 길로 비포장 흙길에 120킬로미터가 더 되니 그건 애당초 안되는 길이고, 또 하나는 외금강 만물상 오르는 산길을 타고 계속 더 올라가 온정령 고갯마루의 터널을 지나 내강리로 빠지는 고갯길인데 이 길이 106굽이에 46킬로미터로, 우리의 교통수단인 버스로는 쉽게 갈 수 없는 험한 길이란다.

이렇게 해명하듯 소상히 일러주고는 권단장은 나를 빤히 바라보면서 또다시 정을 한껏 담아 확인받듯 물어왔다.

"이 웬수야! 그래서 일단 외금강에 가서 도로상황을 알아보기로 하고 일정표에 빈칸으로 하루를 잡아놓았다. 그러면 됐나?"

경상도말에서 '됐나?' 하고 반어법으로 나올 때는 된 것을 의미한다. 그리하여 외금강에 온 날부터 안내단장 조광주 참사는 연일 온정령 고갯길 사정을 알아보느라 바빴다.

그리고 금강산에 온 지 사흘째 되는 날인 7월 12일, 우리는 내금강으로 들어갈 수 있다는 통보를 받았다. 말은 그렇게 안했지만 당국에 긴급 도로복구를 요구해 길을 열어낸 것이었다. 이리하여 내 소원은 성취되었고, 우리는 분단 이후 남한사람으로는 처음으로 내금강에 들어가는 영광과 행운을 얻게 된 것이었다.

그 옛날 금강행은 내금강행

내금강으로 들어가는 날 아침식사 때 내가 좋아 어쩔 줄 모르는 것을 보고 권단장은 흐뭇해하면서 들어가게 해주었으면 혼자만 좋아하지 말고 내금강 조사해온 것 좀 풀어보라고 했다. 나는 기꺼이 내금강 가는 옛길부터 소개하며 얘기를 시작했다. 이렇게 시작된 나의 얘기를 권단장은 '강의'라고 했고, 고은 선생은 '방송'이라고 했고, 김주영 선배는 '구비문학'이라고 했다. 그것을 무엇이라 부르든 나는 내 얘기의 권위를 위해 주석까지 달아가면서 리얼리즘으로 엮어갔다.

금강산의 수많은 산봉우리들은 주봉인 비로봉(1,638미터)을 중심으로 우산살처럼 여러 갈래로 퍼져 있는데 1,500미터 이상 되는 봉우리만도 10여 봉, 1,000미터 이상 되는 봉우리는 약 100여 봉이나 된다.

금강산은 흔히 내금강과 외금강으로 나뉘는데 남북으로 이어지는 오봉산(1,264미터), 상등봉(1,227미터), 옥녀봉(1,424미터), 비로봉, 월출봉(1,580미터), 차일봉(遮日峰, 1,529미터) 줄기를 경계로 하여 내륙을 향한 서쪽을

| **비로봉 설경** | 금강산의 최고봉인 비로봉을 중심으로 하여 그 안쪽을 내금강이라 부르며, 내금강은 외금강보다 기온이 평균 4도가량 낮고 눈이 많다. 사진은 내금강에서 본 비로봉이다.

내금강, 바다를 향한 동쪽을 외금강이라고 부른다. 이는 내륙 쪽을 안, 바다 쪽을 밖으로 본 것인데, 동해안변의 백두대간이 다 그러하듯 바다 쪽은 경사가 가파르고 내륙 쪽은 상대적으로 완만하여 내금강은 온화한 여성미가 있고 외금강은 굳센 남성미가 있다.

금강산의 위치를 행정구역으로 보면 조선시대 이래로 분단 이전까지는 내금강은 회양군, 외금강과 해금강은 고성군의 영역에 있었다.

그러나 한국전쟁 이후 이 행정체계는 바뀌지 않을 수 없었다. 휴전선으로 양구군과 인제군의 일부가 북한지역에 들어오게 되자 이 자투리 땅과 회양군의 장양면(長楊面)을 합쳐 금강군(金剛郡)을 신설하며 내금강 전역을 여기에 포함시켰다. 이리하여 옛날부터 내금강 하면 곧 회양 땅을 의미하던 역사는 사라지게 되었다.

해방 전 금강산을 유람한 코스를 보면 모두 내금강에서 시작한다. 1933년 금강산전철회사가 발행한 안내책에는 이렇게 씌어 있다.

경성(서울)역에서 경원선을 타고 철원에서 하차해 금강산전철을 갈아타면 내금강에 갈 수 있습니다. 매년 5월부터 10월까지는 직접 연결해주는 기차가 따로 있고, 일요일·공휴일 전날 밤 10시에 떠나는 이등·삼등 침대차는 새벽 6시에 내금강역에 도착합니다. 역에서 장안사까지는 걸어서 20분, 승합버스로 5분 걸립니다.

그리고 조선시대 문인들의 금강행에도 일정한 탐승코스가 있었다. 금강산 탐승의 종주코스는 내금강 장안사에서 만폭동을 거쳐 안문재(내무재령) 너머 유점사에 이르는 길이 기본이었다. 옛 금강산 기행문을 보면 대개 서울을 기점으로 하여 양주(의정부) → 포천 → 철원 → 김화(金化) → 창도(昌道)까지는 누구나 기본적으로 거치게 되어 있었다. 여기까지가 닷새 거리였다.

창도역에 가서 자면 이튿날 단발령(斷髮嶺)에 오르게 되고, 여기부터가 금강산이었다.

가마 타고 금강산 구경 가는 양반들

단발령에서는 40리 밖의 금강산 1만 2천 봉우리가 서릿발처럼 하얗게 환상적으로 피어올라 사람들은 이 고갯마루에 오르는 순간 너나없이 "차라리 머리 깎고 중이 돼 거기서 살고 싶다"는 말을 자신도 모르게 내뱉곤 했단다. 그래서 단발령이라는 이름을 얻었고, 겸재 정선 이래로 '단발령에서 바라본 금강산', 일러 '단발령망금강(斷髮嶺望金剛)'이라는 것

| **이인문의 「단발령망금강」** | 종이에 담채, 23×45cm, 연도 미상, 개인 소장. '단발령에서 바라본 금강산'이라는 화재는 겸재 정선 이후 많은 화가들이 즐겨 그렸지만 단원과 동갑내기 친구인 이인문의 그림이 최고의 명작으로 손꼽힌다.

이 하나의 화재(畫材)가 되었다. 많은 「단발령망금강」 중 정조 때 단원과 동갑내기로 산수화의 대가였던 고송유수관도인(古松流水館道人) 이인문 (李寅文, 1745~1821)이 그린 것은 명화 중 명화로 손꼽힌다.

그리고 장안사에 도착하면 금강산 답사가 시작되니 한양에서 장안사까지 대략 6일을 잡았다. 겉보기부터 내실까지 약골인 권단장은 내 얘기 도중 한숨을 쉰다.

"애고, 기운 다 빠져 금강산 등산을 우예 하노?"

"다 방법이 있지. 기운이 빠지긴 왜 빠져. 언제 걸어왔나, 나귀 타고 왔지. 게다가 지체 높은 자는 회양에 가서 사또 대접 한 이틀 받아 원기 보충해오고, 금강산에 가서는 중들 시켜 가마 타고 다녔어요."

"가마를 타다니? 아니, 구경 못하면 그만이지 산에 가마 타고 가는 못된 놈이 어디 있노?"

"어디 있긴? 죄 그랬지. 요새 골프장 18홀을 자동차로 다니는 사람도 있다며."

"맞다! 늬는 골프도 안 치면서 그건 우예 아노!"

"권선배! 지금 내가 내금강을 가봐서 얘기하고 있나?"

"됐다."

이런 경우 '됐다'는 '알았다'는 뜻이다. 조선시대 문인들의 금강산 기행문을 보면 가마 타고 금강산 구경한 얘기가 곳곳에 나온다. 그들은 아주 당연하게, 때로는 자랑스럽게 가마중 얘기를 남겼다. 대표적인 예로 농암 김창협의 「동유기」에는 이런 구절이 나온다.

외금강의 중이 가마를 가지고 와서 (안무재에서) 기다리고 있었다. (…) 이따금 가마가 천 길 가파른 언덕을 올라갈 때는 곧추 허공에 매달린 듯 몸을 가누기가 거의 불가능하였다. (…) 영은암(靈隱庵)을 지나고부터는 산세가 점점 가파르고 길이 또 미끄러워 가마를 메고 가는 중이 열 걸음에 한번씩은 미끄러지므로 늙은 중은 옆을 부축하고 젊은 중은 뒤를 밀게 하여야만 앞으로 갈 수가 있었다.

또 겸재의 『금강산화첩』 중 「백천교(百川橋)」라는 그림에는 유점사 아래 백천교에서 가마중과 나귀꾼이 양반을 기다리는 모습을 그린 것이 있다. 여기가 요즘으로 치면 '환승구역'이어서 가마를 타고 산을 넘어온 양반이 바야흐로 나귀로 갈아타는 곳이다. 겸재는 바로 그것을 진경풍속으

| 정선의 「백천교」(부분) | 비단에 수묵담채, 36.0×37.4cm, 1711년, 국립중앙박물관 소장. 겸재가 36세에 그린 『신묘년풍악도첩』중 한 폭으로 유점사 아랫골인 백천동에서 가마중(왼쪽)과 나귀꾼(오른쪽)이 양반을 기다리고 있고 유람객은 계곡을 구경하고 있다.

로 그린 것이었다.

오늘날 스님 입장에서는 굴욕감을 느낄 그림이고 글이다. 그러나 이런 풍조는 당시 스님을 천민으로 취급하던 조선사회에서는 다반사로 일어났던 일이다.

이런 대목을 만나면 나는 우리의 불교가 갖은 박해를 받으면서도 명맥을 유지하여 오늘날 다시 중흥의 기운을 이룬 데는 금강산 가마중들의 고달픔과 괴로움도 있었음을 잊어서는 안된다는 생각을 해본다. 조선의 불교를 그런 억압 속에서 끌어온 것은 단지 청허당(清虛堂), 사명당(四溟堂) 같은 대선사의 노력만이 아니라 가마를 멜지언정 금강산을 떠나지 않은 가마중의 노고이기도 했던 것이다. 만약에 가마 메는 것이 괴로워 모두

절을 떠나버렸다면 금강산에 어찌 절집이 하나라도 남을 수 있었겠는가.

| 가마를 타고 금강산을 유람하는 모습 |
1920년대의 금강산 유람사진으로 가파른 벼랑길을 가는 행렬 뒤쪽엔 중절모를 쓴 신사가 가마에 유유히 앉아 있는 모습이 보인다.

조선시대 금강산 유람은 한달

내금강에서 만폭동을 비롯한 명승지를 닷새 정도 다 둘러보고 안문령(雁門嶺) 너머 유점사에 가서 사나흘 놀다가 온정리로 나오면 대개 여기서 지쳐 외금강은 들르지 못하고 삼일포·해금강·총석정을 보는 것으로 금강산 유람을 마무리한다.

『관동별곡』의 송강(松江) 정철(鄭澈), 「동유기」의 농암 김창협, 『해악전신첩(海岳傳神帖)』의 겸재 정선, 『한국과 그 이웃나라들』의 이자벨라 버드 비숍 등이 다 이 코스로 탐승했다.

다만 『금강사군첩』의 단원 김홍도, 「동행산수기」의 어당 이상수 등 몇몇만이 며칠 더 여유를 갖고 외금강 옥류동과 구룡폭까지 답사했다.

돌아가는 길은 북쪽으로 통천 총석정을 거쳐 원산으로 가서 거기서 철령 너머 회양을 거쳐 한양으로 가는 길과 삼일포에서 남쪽으로 관동8경을 따라 강릉까지 가서 대관령을 넘어 들어가는 길이 있다.

이것이 금강산 답사의 정코스였다. 그래야 금강산이 제대로 보인다고 했다. 여정은 길게는 달포, 짧아야 한달 잡는 일정이었다. 그러니 내금강을 답사하지 않고는 금강산 답사기를 쓸 방법이 없었던 것이다. 이렇게 나의 아침 '방송'을 마치자 권단장은 경상도말로 노고를 치하했다.

"오냐, 욕봤다. 가자."

그리고 고은 선생이 들은 값으로 '시가 있는 아침'에서 한마디하듯 촌평을 내리는데 거기엔 한숨까지 실려 있었다.

"분단된 조국에서 내금강으로 들어가는 것은 내시경을 항문으로 집어넣고 보는 꼴이란 말인가."

괘궁정과 이성계

이리하여 우리는 금강산에 온 지 사흘째 되는 날 내금강으로 들어가게 되었다. 그날도 비안개 짙게 끼어 금강산은 모습을 드러내지 않았다.

장엄하기 그지없다는 한하계 깊고 높은 계곡을 물 찧는 소리와 자동차 숨 고르는 소리만 듣고 오른 것이 너무도 억울했는데 온정령 고갯마루에서 금강굴을 빠져나오자마자 '금강읍 18km'라는 이정표와 함께 날이 활짝 개니 그것은 기쁨을 넘어 큰 놀라움이었다.

내금강은 정말로 부드러운 육산이었다. 전나무숲이 이뤄낸 산자락의 질감은 포근하게 다가오고 찻길은 비포장 흙길인데도 바퀴에 닿는 감촉이 사뭇 부드럽다. 급격한 풍광의 변화에 눈이 휘둥그레지며 창밖을 열심히 살피니, 함께한 북측 안내원은 열과 성을 다해 달달달 외운 해설을 유성기 녹음처럼 술술술 풀어냈다.

"금강산은 돌이 만가지로 재주 부리고 물이 천가지로 재롱 부리며 만든 자연의 조화입니다. 같은 금강산이라도 안팎이 달라서, 내금강은 은은하고 얌전하고 밋밋하고 우아하고 수려하여 안 내(內)자를 쓰고, 외금강은 웅장하고 기발하고 기세차고 당당하고 씩씩하여 바깥

| 내금강 가는 길 | 온정령 너머 내금강으로 들어서자 산자락에서 밭일을 하는 북한주민을 만날 수 있었다. 이 길을 다 가도록 남한의 유흥지에서 보이는 여관이나 음식점이 하나도 없어서 옛길을 가는 기쁨이 있었다.

외(外)자를 씁니다."

안내원의 설명은 배울 것도 많고 어법도 아주 재미있었다. 금강산 안내원이 이렇게 외금강은 남성적이요, 내금강은 여성적이라고 상투적으로 설명한 것은 표현력이 모자라서가 아니라 그렇게 말하는 길밖에 없다는 생각조차 들었다.

금강읍에 다다라서는 회양 64킬로미터, 내금강 10킬로미터의 갈림길을 만났고, 여기서 산자락 하나를 가볍게 넘어 내금강 쪽으로 들어서니 제법 큰 냇물이 멀리서 휘어져 돌아나간다. 냇가의 자갈밭엔 누런 소들이 느린 동작으로 마른풀을 뜯고 있고 옥수숫대가 줄지어 서 있는 다락밭에선 일꾼들이 잠시 일손을 놓고 흙먼지 내며 달리는 우리에게 눈길을 준다.

내가 책으로 익혀놓은 지식에 의하면 방금 넘은 고개는 철이령(鐵伊嶺)이고 이 마을이 내금강의 첫 동네인 내강리가 된다. 내강리는 앞이 넓게 트여 전혀 산골 같은 느낌이 들지 않았지만, 멀리 짙푸른 숲속에 몸을 감춘 육중한 준봉들이 겹겹이 물러서고 있는 자태에서 금강산이 가까운 거리에 있음을 알 수 있었다.

나는 창밖으로 펼쳐지는 솔밭을 열심히 살폈다. 기록에 의하면 여기쯤에 정자가 하나 있어 가는 이의 발길을 멈추게 했다는데, 그 괘궁정(掛弓亭)이 혹 있을까 하는 기대를 갖고 있었다. 옛날에 이성계가 왜구를 토벌하고 돌아가는 길에 잠시 쉬면서 활을 걸어놓았던 정자인데 훗날 그가 이태조가 되자 일종의 성역으로 받들며 그런 이름을 붙였다는 것이다. 이 지역에 왜구가 침입한 것은 고려 우왕 8년(1382)과 9년(1383)에 걸쳐 회양·김화·흡곡·고성 일대였으며, 내금강 망군대에 쌓은 '망군성(望軍城)'은 이때 축조된 것이라고 한다.

괘궁정의 자취는 보이지 않았다. 그런데 이성계가 왜구를 토벌한 유적이 저 남쪽 지리산 인월(引月)의 여원치고개부터 이 북쪽 금강산 괘궁정에 걸쳐 있다는 사실에서 당시 왜구의 게릴라 같은 침입이 얼마나 심했는가를 다시 한번 생각하게 하며, 이성계의 전설은 이처럼 모두 활과 연결된 것을 보면 그는 과연 명궁(名弓)이었던 모양이라는 생각이 절로 든다.

이성계는 금강산과 깊은 인연을 맺고 있었다. 그는 백자사발에 발원문(發願文)을 새겨 사리함과 함께 비로봉에 모셨다. 이 발원문을 보면 문하시중(門下侍中) 이성계가 부인 강씨 등과 함께 미륵님이 세상에 나오셔서 불도(佛道)가 퍼질 수 있기를 기원한다는 것이었다. 그 내용의 속뜻을 보면 쿠데타의 성공을 비는 마음을 불교적 내용으로 표현한 것이다. 이성계가 이 발원문을 모신 것은 1390년과 1391년 두차례였으니 바로 역성혁명을 일으키기 직전이었다. 그 발원 덕이었는지 이성계는 혁명에 성공

| **이성계의 발원 사리구** | 태조 이성계는 역성혁명을 일으키기 1년 전부터 쿠데타의 성공을 비는 발원문을 새겨 금강산 비로봉에 사리함과 함께 안치했다. 국립중앙박물관 소장.

했고, 금강산은 고려 태조가 배재령에서 엎드려 절을 올리고 이태조는 발원문을 바침으로써 두 왕조의 시조와 인연을 갖는 역사적인 성산(聖山)이 된 것이다.

'이성계 발원 사리구(舍利具)' 일괄유물은 1932년 6월 금강산 월출봉에서 발굴된 것으로 지금 국립중앙박물관에 소장되어 있고, 1999년 '아름다운 금강산 특별전' 때 공개된 적이 있다. 특히 이 백자사발에는 방산(方山)의 사기장 심룡(沈龍)이 만들었다는 도공의 이름과 제작처가 새겨져 있어 한국도자사에서 크게 주목받고 있고 사리함은 전설적인 노비 출신 건축가로 공조판서까지 지내며 경회루, 금천교, 성균관을 설계·시공·감독한 박자청(朴子靑)이 만든 것이었다.

괘궁정의 자취는 찾지 못했지만 이내 우리 버스가 작은 콘크리트 다리를 건너는 순간 나는 이 다리가 옛날 '문선교'임을 묻지 않고도 알 수 있었다. 금강산을 찾아오는 사람들이 신선 사는 곳을 물으며 찾아드는 다리라고 해서 물을 문(問)자, 신선 선(仙)자를 써서 문선교라 이름한 것이다. 그리고 다리 아래로 흐르는 냇물은 내금강에서 발원하여 한강으로 흘러드는 금강천이다. 내가 이것을 함께한 리정남 선생에게 확인하듯 물으니 그는 또박또박 이렇게 대답했다.

"이 냇물은 동금강천으로 만폭동과 금장골에서 내려온 물이 만난 것입니다. 이것이 단발령에서 서금강천과 만나면 큰 강이 돼 춘천 소양강으로 흘러드니 여기가 북한강 최상류입니다."

리정남 선생과의 대화 속에서 항시 느끼게 되는 것은 내가 대강을 물으면 그는 교과서적 지식으로 대답하는 것이었다. 나는 느낌과 기분이 중요하다면 그는 사실과 지식이 더 중요했다. 이것이 우리 둘의 성격차이인지 남과 북 '학자'의 성향차이인지는 아직 단정짓지 못하겠지만 남과 북 지식인상을 말할 때 한번쯤은 생각해볼 만한 일이었다.

장연사와 도산사

조금 더 가자 금강천 건너편 낮은 산자락에는 규격화된 농가주택들이 나란히 줄 맞추어 한 마을을 이루고 있었다. 마을 한복판에는 농가들 속에 파묻힌 채 몸체를 환히 드러낸 삼층석탑이 멀리 길에서도 보였다. 이 동네를 '탑거리'라고 하고, 그 석탑은 금강산 3고탑의 하나인 장연사터 삼층석탑이다.

장연사의 유래는 『유점사본말사지』에도 나오지 않으나 삼층석탑이 전형적인 9세기 양식을 띠고 있어서 하대신라에 창건된 것만은 분명하다.

| **장연사 삼층석탑** | 9세기 하대신라의 전형적인 삼층석탑으로 금강산 3고탑 중 가장 건축적 조형미가 돋보인다.

장연사탑은 금강산 3고탑 중에서도 가장 잘생겼다. 높이가 4.3미터로 아담한 크기이며 기단부가 좁아서 날렵한 느낌을 주고 지붕돌의 추녀 끝을 살짝 치켜올린 상승감도 경쾌하다.

기단부에 돋을새김한 것을 보면 의례적으로 팔부신중을 새긴 것이 아니라 남쪽에는 인왕(仁王), 북쪽에는 제석천(帝釋天)과 범천(梵天), 그리고 동서쪽에는 사천왕(四天王)을 낮은 부조로 장식하여 경주 석굴암의 수호신상 배치를 연상케 한다. 그 솜씨도 범상치 않고 도상(圖像)도 정연하여 당대로서는 당당한 사찰로 개창되었겠거니 하는 생각이 들게 한다. 그러나 장연사의 역사는 미지 속에 묻혀버렸고, 고려시대가 되면 이 절은 도산사(都山寺)가 되어 "안으로는 금강산 전체의 사원을 통괄하고 밖으로는 금강산 순례자의 보호와 지원을 맡았다"고 한다.

이런 기록을 보면서 나는 과연 '도산사'가 절의 이름일까 하고 의심하게 된다. 도산사를 '첫째가는 산사'라는 보통명사로 해석한다면 혹시 장연사의 별칭이 아닐까 하는 생각이 든다.

금강산은 그야말로 고려 때부터 순례자로 문전성시를 이루었다. 가정(稼亭) 이곡(李穀, 1298~1351)은 "전국 사방에서 선비고 아낙네고 천릿길을 멀다 않고, 소를 타고 말을 타고, 등에 엎고 머리에 이고 찾아왔다(四方士女 不遠千里 牛載馬駄 背負首戴)"고 표현하였다.

더욱이 고려 충혜왕 때 원나라 순제의 황후인 기씨(奇氏)는 고려인으로 황후가 되자 황제와 태자를 위한 원당(願堂)을 금강산 장안사와 유점사에 세웠다. 기씨는 여기에 사람을 보내 불공을 드리게 했는데 이들의 행차를 돕는 일을 이곳 금강산 초입의 도산사가 맡았다는 것이다. 이리하여 "천자(天子)의 사신이 향(香)을 내려" 이를 받드느라 성시(盛市)를 이루었다고 했다.

금강산의 산마을 사람들

장연사터에는 삼층석탑과 법당의 주춧돌 몇개만 남아 있고, 도산사 시절 그 웅자를 자랑하던 빈터엔 농가가 가득 들어차 있다. 그러나 북한의 농가는 그 옛날의 다소곳한 초가마을도 아니고 남한의 새마을주택 농가와도 다르다.

북한의 농가는 이른바 문화주택으로 똑같은 크기, 똑같은 모양으로 그것도 군대 사열하듯 3열, 4열 횡대로 줄지어 있다. 사회주의체제에 맞춘 20세기 후반의 북한 농가라고나 할까. 이것은 남한의 20세기 후반 농가가 새마을주택으로 바뀐 것과 함께 20세기 한국건축사의 가장 큰 비극이고 불행이라고 기록될 만한 아픔의 표정이다.

자연과 더불어 행복한 조화를 이루던 옛 농가의 따뜻한 풍광, 자연적

| **탑거리마을** | 장연사터는 일찍부터 폐사가 되어 탑거리마을로 되었는데, 지금은 규격화된 문화주택이 일렬횡대로 줄지어 있다. 가운데 농가 뒤로 장연사 삼층석탑이 보인다.

인 마을 형성과정에 서린 인간적 체취 같은 것이 남과 북 모두에서 사라져버린 것은 이름있는 문화유산 몇몇이 소실된 것과는 비교할 수 없는 민족정서의 상실이다.

　나는 하나의 전통이 민속이라는 이름으로 치장될 때 그것은 이미 죽은 전통이 되고 만다고 생각한다. 초가집과 기와집이 옹기종기 어우러져 다정다감한 정취를 이루어낸 우리의 농가 표정은 이제 남이고 북이고 민속촌에나 가야 볼 수 있는 것이 되고 말았으니 그런 환경, 그런 건축과 함께 나누던 정서는 이제 박제화된 민속으로 사라져버린 셈이다. 표정도 운치도 없이 늘어선 탑거리 북한 농가에서 그래도 인간적 체취를 느낄 수 있는 것은 집집마다 성글게 엮어올린 울타리로 완두콩이 푸르게 뻗어올라 주황빛 예쁜 꽃을 피우고 있는 모습이었다.

　장연사터 탑거리마을에서 내려와 다시 장안사로 발길을 옮기자니 불현듯 떠오르는 생각이 있었다. 그것은 그 옛날 이 고장사람들이 갖고 있던 남다른 괴로움의 이야기다.

오늘날 남한사회 같으면 명승·관광지 아래 사는 사람들은 유람객을 상대로 숙식업을 벌여 생계도 유지하고 돈도 벌 수 있겠지만 그 옛날엔 사정이 전혀 달랐다.

금강산에 순례자가 많아서 도산사가 경영되고 있었을 때 절은 국가로부터 보호를 받으며 막대한 수조지(收租地)를 갖고 권력을 행사하므로 이곳 주민들은 대지주격인 사찰로부터 큰 시달림을 받아야 했다. 관료·사신 들의 행차 때마다 길 안내, 가마 메기, 짐 운반, 식사 준비 등으로 하역에 시달리고, 불교행사 때마다 쌀·콩·참기름·소금·천 등을 거두어들이니 그 민폐가 이루 말할 수 없게 되었다. 그것은 고려시대 불교의 폐해 중 하나였다.

그리하여 졸옹(拙翁) 최해(崔瀣, 1287~1340)는 「금강산으로 떠나는 어느 스님에게 드리는 글」에서 금강산에 유람 가는 사람들 때문에 이곳 백성들이 혹심한 고통을 받고 있다며, 자신은 그런 꼴을 보고 싶지 않아 금강산에 가고 싶지도 않고 가는 사람들을 말리고 싶다며 그곳 주민들이 한탄하는 소리를 이렇게 전했다.

"저 산은 어찌하여 다른 데 있지 않고 여기에 있어 우리를 이렇게 고생시키는가!"

또 고려말의 문장가 근재(謹齋) 안축(安軸, 1287~1348)은 금강산을 이렇게 읊었다.

뼈처럼 솟은 봉우리 창칼처럼 번쩍이고   骨立峰巒劍戟明

재(齋)를 마친 중들은 우두커니 앉아 있네.　　　居僧齋罷坐無營

어찌하여 산 아래 백성들은　　　　　　　　　如何山下生民類

귀인 행차 바라보며 이마를 찡그리나.　　　　瞻望時時蹙額行

　세상사엔 언제나 이런 올바른 생각과 시각을 갖고 있는 사람이 있어서
삶의 용기와 희망을 말하게 된다. 그런 진보적인 지식인들이 자신의 소
신을 굽힘없이 펼 수 있고 또 그런 목소리가 한 시대의 기류를 형성한다
면 그들의 목소리는 더이상 외롭지 않고 세상의 흐름이 그쪽으로 바뀌게
되어 있다. 그것이 역사 속에서 진보적 지성의 가치라 할 것인데, 고려말
이 되면 졸옹 최해나 근재 안축 같은 이의 소견은 넓어지고 마침내 조선
왕조의 등장과 함께 그런 병폐는 사라지게 된다.

　그리고 세상사는 참으로 묘하고 묘해 그렇게 큰소리치던 불교의 세상
이 끝나니, 금강산 유람을 위한 고관·양반 들의 행차에 가마 메는 고역은
중에게로 돌아가게 되었다. 이것도 업(業)이라고 할 것인가.

2001. 1.

장하던 6전(殿) 7각(閣)은 어디로 가고

만천교 / 장안사 비석거리의 영호스님 / 장안사 / 울소의 내력 /
나옹화상과 삼불암

만천교의 전나무숲

장연사터 탑거리마을은 산골답지 않게 하늘이 넓게 열려 있다. 마을
앞으로 동금강천이 유유히 흐르고 강기슭에는 노송들이 검푸르게 우거
져 산의 두께를 가늠치 못하게 한다. 그리고 멀리 금강산의 준봉들이 병
풍처럼 가로막혀 있는데 멧부리들은 한결같이 급하고 우뚝하게 뻗어올
라가 있다.

그런 시원한 전망과 장중한 풍광을 갖고 있기에 장연사·도산사가 금
강의 초입에 자리잡고 순례자, 유람객의 길눈 역할을 했던 것이다. 볼수
록 감탄을 자아내는 것은 옛 스님들이 절터를 잡는 탁월한 건축적·풍수
적 안목이다.

장연사터에서 얼마 가지 않아 우리는 예나 지금이나 내금강 답사의 길

목인 만천교(萬川橋)에 다다랐다. 그 옛날에는 만천교를 신선이 사는 곳을 향해 들어가는 다리라고 해서 '향선교(向仙橋)'라고 했다는 것이다. 그러니까 탑거리 못 미쳐 '문선교'에서 길을 묻고, 장안사 입구에 다다라서는 신선을 향해 '향선교'를 건너게 되어 있었던 것이다.

분단 전, 일제강점기에 여관으로 가득했다던 만천교 초입은 오늘날 내금강휴양소와 유적지관리소가 조용히 둘러앉아 있을 뿐, 유원지의 흥청거림이나 어지러움은 전혀 없다.

만천교 아래로 흐르는 백천동(百川洞) 냇물은 집채만한 냇돌을 짓찧으며 장쾌하게 흘러 산이 얼마나 깊은지 웅변으로 말해주고 있지만 길가엔 해묵은 전나무가 숲을 이루며 하늘을 가려 산세를 가늠할 수가 없다.

외금강 옥류동·만물상의 입구에는 아리따운 금강산 미인송들이 도열해주더니, 여기 내금강 장안동·만폭동 입구에는 늠름한 전나무가 답사객의 들뜬 마음을 진중하게 해준다. 묘하다고 할까, 조화롭다고 할까, 남성적인 외금강 입구는 여성적인 금강송이 맞아주더니 여성적인 내금강 입구에서는 남성적인 전나무가 버티고 있는 것이다. 그 전나무 숲길을 지나면서부터 답사객은 이제 금강에 들어선 것을 몸으로 느끼게 되는데 그것은 옛날에도 마찬가지였던 모양이다. 육당은 이 금강의 초입을 이렇게 묘사했다.

송림(松林)이 다하고 늙은 전나무가 대신 행수(行樹)를 지을 무렵부터 그윽하고 웅심(雄深)한 맛이 갑자기 늘고, 그 사이로 깊다랗게 뚫린 길이 마치 거물(巨物)의 목구멍처럼 사람을 금강산으로 집어삼킵니다. 향선(向仙)이니 남천(南川)이니 하는 다리로 금강천을 건너고 되건너 '산은 나아갈수록 빼어남을 뽐내고, 물이 나아갈수록 못은 맑아진다(山益秀而鬪, 水益淵而淸)'는 동구(洞口)로 들어가노라면 모르

| **금강천변의 금강산마을** | 이름높은 명산에 이런 고즈넉한 풍광이 살아있다는 것이 차라리 신기했다. 이 금강천은 소양강으로 흘러가는 북한강의 최상류다.

는 동안에 육관(六官)과 칠정(七情)이 함빡 금강산하고만 반응하게 됩니다. (…)

　잎새마다 태고의 기운을 드리운 거무충충한 전나무들이 짓궂게 가리고 싸건마는 그대로 비집고 나오는 금강의 향기와 빛깔은 걸음걸음 사람을 취하게 합니다.

　못 보던 산의 모습, 처음 보는 돌의 모습, 다른 데 없는 계곡소리, 여기서만 듣는 냇물소리 금강산의 특유라 할 '미(美)의 떼거리'가 부쩍부쩍 사람에게로 달려들 적에는 도리어 어떻게 주체해야 옳을지를 모릅니다. (일부 현대문으로 개고)

　육당의 『금강예찬』을 읽으면 처음부터 끝까지 이런 미문(美文)으로 이어져 그 자체가 하나의 '금강' 같다는 감탄을 금치 못한다. 그런 육당

| **만천교중수비** | 장안사 입구 만천교를 건너기 직전, 냇가에 만천교중수비와 공덕비 두 기가 서 있어 여기가 절집 초입임을 말해주고 있다.

이 만년을 아름답게 갈무리하지 못하여 천 길 낭떠러지로 곤두박질치고 만 것은 우리 문화사의 두께와 깊이를 위해서도 유감천만인 일이었다. 그러나 육당이 『금강예찬』을 쓰던 시절은 사실상 그의 학문과 문학이 절정에 달한 최고의 경지를 보여주었으며, 나라를 잃은 민족으로서 국토에 대한 사랑과 자랑으로 민족혼을 찾아내려던 그의 뜨거운 열정이 이처럼 아무것도 아닌 전나무 숲길을 환상적으로 묘사해낸 것이다. 그래서 나는 '육당은 육당이고 『금강예찬』은 『금강예찬』이다'라고 생각하며 그의 글을 받아들이는 마음이 일어나곤 한다.

장안사 비석거리의 영호스님

만천교 다리 곁에는 장안사 승탑밭이 있어 열 기의 범종형 승탑이 옹기종기 모여 있다. 모두가 조선후기의 양식으로 여기서부터 장안사 경내로 들어섰음을 알려주는 이정표가 되고 있다.

만천교 냇가에는 세 기의 비석이 있다. 하나는 '만천교중수비(萬川橋重修碑)'로 숙종 17년(1691) 7월에 세운 것으로 비문은 장두현(張斗炫)이 지은 것으로 되어 있다. 백천동의 물살이 홍수 때면 아주 거세고 급하여 여러차례 무너졌는데 이때는 아예 무지개다리인 비홍교(飛虹橋)로 놓아 홍수로 물이 불어도 견딜 수 있게 하였다는 것이다. 실제로 겸재 정선이 그린 「장안사 비홍교」 같은 그림을 보면 만천교는 무지개다리로 되어 있다.

그런데 이 다리도 100년을 버티지 못하고 영조 36년(1760)에 다시 무너진 다리를 고치며 '향선교'라고 했는데 그것도 사라지고, 지금은 튼튼한 콘크리트 다리로 자동차가 다니는 현대식 교량이 되면서 '만천교'라 불리고 있는 것이다.

또다른 두 비는 1914년에 세운 것으로 '영원원창설비(靈源院創設碑)'와 '김진홍여사공덕비(金鎭弘女史功德碑)'로, 모두 당대의 대선사였던 벽하(碧河)스님이 대시주의 도움으로 영원원 선방을 개설한 것을 기념한 비다. 김진홍여사공덕비는 당대의 명필인 성당(惺堂) 김돈희(金敦熙)의 글씨로 비문은 구산사문(龜山沙門)의 영호(映湖)스님이 지은 것이고, 영원원창설비는 총운(總雲) 혜근(惠勤)스님이 짓고 영호스님이 글씨를 쓴 것이다. 두 비 모두 영호스님과 관련되어 있는데, 답사를 다니다보면 나는 영호스님의 족적과 이렇게 자주 마주치게 되었다.

영호는 정호(鼎鎬, 1870~1948)스님의 아호로 본명은 박한영(朴漢永)이다. 19세 때 전주 태조암(太祖庵)에서 중이 된 이후 구한말·일제라는 시대적 비운 속에 그래도 자신을 지킨 몇 안되는 스님 중 한분이다.

한일합방 이듬해(1911)에 이회광(李晦光)이 일본의 조동종(曹洞宗)과

| 정선의 「장안사 비홍교」| 비단에 채색, 32.1×24.9cm, 1714년, 간송미술관 소장. 겸재가 금강산에 유람 왔던 때만 해도 만천교는 이처럼 아름다운 무지개다리였다.

연합하려 하자 영호스님은 만해 한용운 스님과 임제종(臨濟宗)의 전통론을 내걸고 이를 저지했다. 금강산 장안사 만세루의 누각 현판이 '임제종 제일가람(臨濟宗第一伽藍)'이라고 했던 것도 이런 뜻이 담긴 것이다.

영호스님은 당대의 학승(學僧)으로, 최치원의 『사산비명(四山碑銘)』에 주석을 단 석전(石顚) 노인은 영호스님의 또다른 아호다. 옛날에 추사 김정희가 고창 선운사의 백파(白坡)스님을 찾아와 '돌이마(石顚)'라는 호를

| **장안사 빈터** | 장안사 빈터는 축구장 몇개가 들어설 수 있을 만큼이나 넓다. 곳곳에 주춧돌이 있어 옛 자취를 더듬을 수 있다.

하나 지어주고 마음에 드는 제자가 있으면 주라고 했다. 그러나 백파는 그런 제자를 찾지 못하여 이승을 떠날 때 "이것은 추사가 내게 맡겨 전하는 것이니 후세에 임자가 있으면 찾아가라"고 했다. 그것을 영호스님이 절간 서랍 속에서 발견하고는 이후 석전을 자신의 아호로 삼은 것이었다.

석전 영호스님은 훗날 동국대학교의 전신인 불교전문학교 교장도 지냈지만 그보다 그의 행적에서 빛나는 것은 육당 최남선의 길벗이 된 것이다. 육당의 『풍악기유(楓嶽記遊)』『심춘순례(尋春巡禮)』등 대표적인 기행문은 모두 영호스님과 동행한 것으로 육당은 두 책 모두에 "이 작은 글을 영호당 석전대사께 드리나이다"라고 감사의 뜻을 적어놓았다. 육당에게는 영호스님 같은 길벗이 있었고 영호에게는 육당 같은 글벗이 있었던 것이다. 두분의 아름다운 관계를 여기 내금강 초입에서 나는 다시 만난 것이다.

| **장안사의 옛 모습** | 한국전쟁 전의 장안사 모습이다. 웅장한 6전 7각 2루 2문이 주위의 산세에 지지 않을 기세로 당당히 서 있었다.

장안사

만천교를 지나 얼마 가지 아니하여 장안사터가 나온다. 본래 절 입구에는 장안사 일주문이 나부죽하게 길을 막고 그 기둥에 씌어 있는 "일도산문만사휴(一到山門萬事休)" 즉 "한번 산문에 이르면 만사가 그친다"라는 통쾌한 글씨가 답사객의 마음을 열어준다고 했는데 그런 자취는 그림자도 찾아볼 수 없다.

장안사 빈터는 굉장히 넓다. 내금강 안내원 김광옥(金光玉, 24세) 동무의 말에 의하면 폭격으로 완전히 불바다가 되었다는데 지금 주춧돌만 가지런히 정비해놓은 폐사지는 축구경기장 서너개는 되어 보인다.

폭격 맞기 전 장안사에는 6전(殿) 7각(閣) 2루(樓) 2문(門)에 10여 채의 요사채가 있었다고 하는데 그 많은 당우가 백천동 개울을 따라 길 건너편에 반듯하게 늘어서 있었던 것이다. 오늘날 전하는 옛 사진을 보아도 길게 퍼져 있는 장안사를 한 장의 사진으로 포착한 것이 없을 정도로 사찰의 경내가 넓었다.

장안사의 가람배치를 보면 대웅보전(大雄寶殿)과 사성지전(四聖之殿)을 중심으로 두 중심축 선상에 좌우대칭의 건물을 배치한 웅장한 이중구조였다. 대웅전과 사성전은 모두 뒷산 배재령(拜再嶺)에 바짝 등을 붙여 지은 2층 건물로 사성전의 경우 정면 5칸, 측면 4칸에 정면이 13미터, 측면이 9.5미터나 되는 거대한 건물이었다. 거기에다 법당 안의 닫집은 호화롭기 그지없는 복잡한 구조를 하고 있었다.

대웅전 앞에는 만세루 신선문(神仙門)이 있었고, 사성전 앞에는 법왕문(法王門)이 버티고 있어서 그 위용이 더욱 당당했고, 여기에 비로전·극락전·명부전·해광전·어향각·대향각·소향각·반야각·산신각·종각 등이 처마를 맞대고 있어 장중한 경관을 이루고 있었다.

장안사가 이렇게 독특하고 거대한 절로 발전하게 된 것은 고려말 원나라 순제의 황후가 된 기씨 부인이 장안사를 원당 사찰로 삼았기 때문이다. 그때 기황후는 거액의 내탕금(內帑金, 판공비)과 장인(匠人)을 보내 대대적인 불사(佛事)를 일으켰다.

기황후는 장안사를 중창할 당시 많은 불상을 조성한 것으로 알려져 있다. 비로자나불을 비롯하여 53체불, 1만5천 불을 봉안했다고 하니 이름만 들어도 방대한 대역사(大役事)였다. 그것이 임진왜란을 겪으면서 불타고 산실되어 흩어져버렸지만 평양의 조선중앙력사박물관이 소장하고 있는 금강산 내강리 출토 '순금보살상' '금동아미타삼존상', 호림박물관이 소장하고 있는 보물 1047호 '금동대세지보살좌상' 등은 모두 그때 소산으로 생각되는 명작들이다.

그중 국립중앙박물관에는 이곳 금강산 장연면에서 출토된 것으로 전

| 금강산 출토 금동관음보살좌상과 금동대세지보살좌상 | 높이 18.1cm, 국립중앙박물관 소장(왼쪽). 높이 16cm, 호림박물관 소장(오른쪽). 금강산 장안사 부근에서는 여러 구의 금동불이 출토되었다. 그중에서도 금동관음보살좌상은 14세기 고려말에 제작된 것으로 금강산만큼이나 화려하다. 두 보살상은 거의 비슷하여 원래는 짝을 이루었던 것임을 알 수 있다.

하는 금동관음보살상이 세 구 소장되어 있는데, 그 영락장식의 화려함은 통일신라 전성기 불상에서도 볼 수 없는 것이었다. 과연 금강산에 걸맞은 그런 호화로움이 어려 있는 불상이다.

한국전쟁 이전의 장안사는 18세기 초 금강산 일대의 사찰에 대대적인 중수가 있을 때 새로 고쳐진 것으로 알려져 있으나, 장안사의 장려함은 고려말 황실의 보호를 받던 영화의 여운이었다. 그 장하던 장안사가 이렇게 흔적도 없이 사라지고 저 귀퉁이 참나무 아래에 팔각원당형의 무경당(無竟堂) 영운(靈運)스님의 사리탑(1642년 축조)만이 그 옛날을 지키고 있어 장안사 빈터는 더욱 허전하고 외로워 보였다.

그런데 세상사는 역시 오묘한 것이어서 장안사가 폭격 맞기 이전에 만들어진 이은상(李殷相) 작사, 홍난파(洪蘭坡) 작곡의 가곡 「장안사」 노랫말은 어찌나 지금의 장안사와 똑같은지 나는 이곳 빈터의 돌부리를 밟을

| 장안사 사리탑 | 북한 보물 제40호. 장안사 빈터에는 오직 영운 스님의 사리탑 하나가 있다. 이 사리탑은 전형적인 17세기 양식으로 규모가 크고 균형이 아주 잘 잡혀 있다.

때마다 이 노래를 흥얼거리지 않을 수 없었다.

장하던 금전벽우(金殿碧宇)
찬 재 되고 남은 터에
이루고 또 이루어
오늘을 보이도다.
흥망이 산중에도 있다 하니
더욱 비감하여라.

생각하자니 허무하고, 바라보자니 민망한 마음마저 일어나 처연히 먼데로 눈을 돌리니 아름다운 석가봉(釋迦峰)과 지장봉(地藏峰)이 망군대(望軍臺)의 늠름한 산자락을 등에 기대고서 이쪽을 보듬듯 휘어싸고 있다. 그 전망의 웅대함을 살펴다보면 역시 절집에서 가장 좋은 전망을 갖고 있는 곳은 부처님이 바라보는 곳을 내다보는 곳이라는 '사용자의 미학'이 새삼 다가온다.

그 편안함과 아늑함에서 장안사는 비록 사라졌어도 여기는 길 장(長)자, 편안할 안(安)자 장안사터임은 변함없다고 말하고 있는 것만 같았다.

함께한 고은 시인은 이 쓸쓸한 빈터에서 마음을 추스르고 스스로 위로하는 말을 이렇게 글로 남겼다.

폐허 장안사. 그것은 처절하지도 않고, 한 가닥 애수를 자아낼 줄도 모르고 있었다. 처절한 파괴라면 너무도 오래전의 일이어서 잊어버렸고 애수라면 그까짓 것으로는 이곳의 지난날을 다 감당할 수 없음이던가. 그렇다면 폐허도 오래되면 그저 자연의 한 부분이 되어 그것대로 내금강 입문의 한 정경으로 되기 십상이다.

나 역시 그런 덤덤함으로 표훈사 쪽으로 발길을 돌렸다.

울소의 내력

장안사에서 표훈사까지는 십릿길, 울창한 소나무·잣나무 숲과 짙푸른 계곡을 따라 찻길이 닦여 있다. 만천골이라 불리고 백천골이라고도 하는 이 계곡은 삼불암(三佛巖)을 기준으로 표훈사 쪽은 표훈동, 장안사 쪽은 장안동이라 부르고 있다.

옛 기행문을 보면 장안동 골짜기 위쪽 바위 기슭으로 나뭇등걸에 의지해놓은 잔도(棧道, 험한 벼랑 같은 곳에 선반을 매듯이 하여 만든 길)는 보기에 위태롭지만 명색이라도 이 난간이 있기에 망정이지 그렇지 않으면 발을 그르치기 무섭게 골 아래로 떨어질 것 같다고 했다.

그런 옛길이 자동차 두 대가 마주 달릴 수 있을 정도로 훤히 뚫려 10분 안에 표훈사에 닿을 수 있게 되었다. 그것은 현대인의 편리함이라기보다는 차라리 경박함이라고 한탄할 만했다. 찻길로 인해 목적지에 안전하게 빨리 도달할 수 있다 하더라도 그 과정의 의미는 송두리째 사라져버려 장안동계곡의 아름다움을 다시는 말할 수 없게 되었으니, 그것은 편한 것을 얻자고 깊은 것을 잃어버린 또다른 상실이라는 생각이 들어 허망하고 또 허망했다. 신비감이 사라진 기이한 봉우리, 험할 것 없는 깊은 계곡, 장안동 골짜기는 이렇게 더이상 그 이름값을 하지 못하고 있었다.

얼마 안 가서 우리는 울소 혹은 명연(鳴淵)이라는 바위못에 다다랐다. 산모롱이가 가파른 산세에 감싸여 물살이 사뭇 빠른데, 좁게 비비고 선 바윗돌로 내리쏟는 물벼락에 사람 우는 듯한 소리를 내어 울소라는 이름을 얻었다.

울소에는 길게 누운 바위 하나와 그 뒤로 나란히 늘어선 바위 셋이 있는데, 이것을 김동(金同)의 시체바위와 그의 아들 삼형제바위라고 하며 그 유래는 바로 위쪽 삼불암 전설에서 나온 것이다.

울소와 삼불암의 전설은 크게 두가지 유형이 있다. 하나는 생육신의 한분인 추강 남효온이 「유금강산기」에서 말한 김동거사와 지공(指空)스님의 다툼이고, 또 하나는 삼불암 전설로 전해지는 김동거사와 나옹화상의 대결이다. 어느 경우든 김동의 죽음이 주제로 되어 있고 나옹은 지공의 제자이니 그 전설의 성격은 바뀌지 않는다.

남효온의 기록에 따르면 고려 때 울소에서 멀지 않은 곳에 김동사(金

| 울소 | 장안동 골짜기에서 우는 소리를 내며 계류가 모여드는 이 못을 울소라 하며, 거기에는 김동이라는 사람의 죽음이 전설로 남아 있다.

同寺)라는 절이 있었다. 개경의 이름난 부자인 김동이 이 절을 짓고 주지로 있었다.

김동은 어렸을 적부터 불교를 믿었는데 장사하여 돈을 많이 벌게 되면서 그 모두가 부처님 덕이라고 생각해 광신도가 되었다. 그리고 그는 대대손손 부귀영화를 누리려면 절을 짓고 중이 되어야 한다는 생각에 김동사를 지은 것이었다.

김동은 대웅전에 크고 작은 금부처를 10여 구나 모셨고, 그 재물을 엿보고 찾아드는 중들도 적지 않았다고 한다. 재를 올릴 때도 장안사, 표훈사보다 요란하고 사치스러웠다. 절간 경비를 충당하기 위하여 집에서 매일같이 짐수레들이 줄지어 왔는데 그 수레행렬이 개경까지 늘어설 정도였다고 한다.

김동은 자기만큼 부처에게 지성을 다하는 사람이 없다고 자부하고 있었다. 그러던 어느날 고려에 와 있던 남천축국(인도)의 스님 지공이 내금 강 김동사를 찾아왔다. 김동은 열과 성을 다해 지공스님을 모셨다. 그러 나 지공은 김동을 불러 "김주지는 지금 부처를 잘못 모시고 있소. 당신은 부처를 믿는 것이 아니라 외도를 하고 있는 것이오"라고 나무랐다.

김동은 그 말이 청천벽력으로 들렸고 천부당만부당하다고 생각했다. 이에 지공은 "당신과 나 둘 중 누가 옳은지를 하늘의 심판에 맡깁시다. 내가 그르다면 내가 천벌을 받고 당신이 그르다면 당신이 천벌을 받게 될 것입니다"라고 했다. 이에 김동은 쾌히 승낙했다.

그날 밤 김동은 김동사에서 심판을 기다렸고, 지공은 마하연(摩訶衍) 에 가 있었다. 그런데 과연 새벽이 다가올 무렵 갑자기 천둥번개가 치더 니 지축을 뒤흔드는 우레소리와 함께 폭우가 쏟아져 산사태가 나면서 김 동사의 건물, 부처, 종, 그리고 모든 스님과 재물이 울소에 떨어져 휩쓸려 버리고 말았다는 것이다.

남효온이 전하는 이 전설은 당시 형식에 치우쳐 사치를 일삼은 교종 (敎宗)의 행태에 대한 비판과 선종(禪宗)의 진정성을 강조하려는 이야기 로 생각된다. 그런데 이 전설은 울소의 생김새나 삼불암과는 결합되어 있지 않다. 훗날 나옹화상이 삼불암을 조성하면서 이 울소의 전설은 삼 불암과 연계하여 재창조되었다.

울소에서 얼마 떨어지지 않은 곳에 삼불암이라는 큰 마애불이 있다. 높이 8미터, 폭 9미터쯤 되는 두개의 세모뿔 바위가 길 양쪽에 버티고 있 어 사람들은 보통 '문(門)바위'라고 부른다. 이 문바위의 장안사 쪽 면에 는 큰 부처 세분이 입상으로 새겨져 있고, 표훈사 쪽 면에는 60구의 화불 (化佛)과 보살 두분이 새겨져 있다.

부처는 석가·아미타·미륵으로 현재·과거·미래의 구원을 상징하고, 양 보살은 중생의 제도를, 60불은 법계의 장엄함을 나타낸 고려풍의 약

| **문바위** | 장안사와 표훈사의 경계지점에는 이런 문바위가 있고, 그중 더 큰 오른쪽 바위에는 삼존불과 60불 등이 새겨져 있다.

식(略式) 만다라다. 내용이 소략한만큼 조각 솜씨도 큰 기교를 부리지 않은 소탈한 마애불이다. 다만 60불보다 3불의 돋을새김이 강하고 표정이 또렷할 뿐이다.

또다른 전설에 따르면 삼불암은 장안사의 나옹화상과 표훈사의 김동 거사의 다툼에서 생겼다는 것이다.

김동은 개성 부자 출신으로 표훈사에 와서 불사를 크게 일으켜 그 위치가 높아졌으나 나옹의 도덕을 능가하지 못해 그를 몰아내고 싶어했으며, 나옹은 금강산을 떠나기 전에 욕심 많은 김동을 쫓아내고 싶어했다.

이에 두 사람은 표훈사와 장안사의 경계인 문바위에 각기 부처를 새겨지는 쪽이 금강산을 떠나기로 한 것이다. 그리하여 나옹은 3불을, 김동은 60불을 새겼는데, 나옹은 윤곽도 또렷한 거룩한 상을 만들었으나 김동은 기법도 거칠고 특히 60불 중 네번째 부처는 왼쪽 귀를 새기지 않은 잘못을 저질렀다.

이리하여 누가 보아도 김동이 졌고 그는 금강산을 떠나야 했다. 김동은 비로소 잘못을 뉘우치고 울소 깊은 못에 몸을 던졌다. 뒤늦게 이 사실을 안 김동의 아들 삼형제도 울소에 뛰어들었는데 이때 천둥번개와 함께 폭우가 쏟아졌다. 이튿날 비가 그치면서 시체바위와 삼형제바위가 생겼다는 것이다.

이 전설 또한 불교의 물질적·형식적 숭배보다 마음과 도덕 수양이 중요함을 강조한 것이다.

나옹화상과 삼불암 조각

울소와 삼불암의 전설 속에서 우리는 고려말 병폐현상을 일으킨 불교와 이를 개혁하려던 나옹의 노력을 함께 읽어보게 된다.

고려시대 문화사에서 불교는 단순한 종교를 넘어 주도적인 이데올로기로서 기능하였다. 그래서 불교는 어떤 식으로든 지배층의 사상과 시대정신을 반영하고 있었다. 나말여초(羅末麗初) 선종의 등장 이래 고려초 불교는 교종과 선종이 양대 산맥으로 서로 대립하며 병존해왔다. 대각국사(大覺國師) 의천(義天, 1055~1101)은 이를 통합하기 위하여 천태종(天台宗)을 일으켜 교종을 기반으로 선종을 흡수 통합하는 방식을 취했다. 그러나 통합은 실패하고 결국 또 하나의 종파를 낳는 결과만 초래하였다. 이것이 중앙 문신귀족 시대 불교의 양상이었다.

12세기 무신의 난 이후 불교계가 또다시 극심한 분란을 보이자 보조국사 지눌은 정혜쌍수(定慧雙修)를 부르짖으며 선종을 중심으로 교종을 받아들여 조계종(曹溪宗)의 전통을 세우게 되었으니 그것이 한국 조계종의 시원이었다.

　그러나 고려는 곧 원나라의 간접적 지배를 받게 되면서 권력은 권문세족의 손으로 넘어가고, 원나라 황실에 빌붙은 매판세력은 불교의 이념과 정신보다는 이를 통한 권세 확장과 보장을 희구하게 되었다. '화려하기 그지없다'는 고려불화들이 대개 이 시대의 왕과 권문세족의 원당에 봉안된 탱화였던 것은 이런 사정을 말해준다.

　장안사에 원나라 기황후가 후원한 것이나 김동사의 사치스러움은 바로 이 시절 불교의 한 병폐현상을 말해주는 것이다.

　이때 불교계의 개혁을 주장하고 나온 이가 바로 나옹화상이었다. 나옹은 20세 때 친구의 죽음으로 무상을 느끼고 출가하여 양주 회암사(檜巖寺)에서 크게 깨달음을 얻고, 원나라로 건너가 연경(燕京, 오늘날의 페이징) 법원사(法源寺)에서 인도 승려 지공의 가르침을 받고, 원나라 순제로부터 금란가사(金襴袈裟)를 받을 정도로 지극한 예우를 받은 큰 스님이었다.

　1358년에 귀국한 나옹은 여러 사찰을 순력할 때 금강산 장안사에 들어와 한때를 보냈는데 그때의 전설이 이 삼불암에 서려 있다. 1371년 나옹은 왕사(王師)에 봉해져 불교계를 이끌면서 당나라의 고승 임제(臨濟)의 선풍을 도입하여 "염불은 곧 참선"이라는 유명한 명제를 내놓게 되었다.

　나옹의 이런 노력은 당시 구산선문을 일문(一門)으로 통합하려는 태고(太古) 보우(普愚, 1301~82)의 노력과 함께 고려말 불교를 지탱한 양대 지주로 이후 조선불교와 현대불교의 초석이 되었다.

　그러나 세월의 흐름은 나옹 같은 고승도 어쩔 수는 없는 일이었다. 삼불암의 조각은 당시로서는 김동을 물리치는 명작이라는 전설까지 낳았지만 그 실체를 보면 여지없는 고려말의 퇴락한 시대양식을 반영하고 있다.

| **삼불암** | 북한 보물 제41호. 나옹화상이 만든 것으로 전하는 이 삼존불은 전형적인 14세기 고려불상의 모습을 띠고 있다.

석가·아미타·미륵의 세 부처를 조각한 이 삼불암은 저 통일신라 석굴 암의 존엄이나 앞으로 우리가 찾아갈 묘길상 마애불의 인간미 같은 것은 없이 그저 침통한 우울만을 보여주고 있다. 내 뒤를 이어 이듬해에 이곳 을 답사한 이태호 교수는 삼불암 조각을 이렇게 평했다.

신체와 좌우로 뻗은 의습의 세부표현은 치밀하게 입체감을 냈으나 얼굴이 커서 전체 비례는 4등신이 채 못된다. 딱딱한 상호에 부처의 위엄을 갖춘 표정이란 찾아볼 수 없으며, 아예 목은 표현조차 하지 않 았다. 못생기고 데데하고 우울한 세 부처의 표정은 원나라 지배 아래 에 있던 고려말의 사회상을 적나라하게 반영하고 있는 듯하다.

나옹은 그런 시대에 세상을 구원할 수 있는 지성의 길을 찾던 불자였

| **삼불암 뒷면** | 60구의 화불이 새겨져 있는데 이는 금강의 세계를 지키는 53체불을 표현한 것으로 보인다. 60불 옆에는 삼불을 보좌하는 보살상이 조각되어 있다.

다. 금강산이 그저 웅장하기만 한 명산이 아닌 것은 한 시대의 그런 지성의 자취가 이렇게 남아 있기 때문이다.

　나옹의 제자로는 이태조의 왕사였던 무학(無學, 1327~1405)이 유명한데, 무학 또한 말년엔 금강산 진불암(眞佛庵)에서 지내다 금강암에서 입적한 것으로 알려져 있다. 그런데 원통암(圓通庵) 가는 길 영랑점(永郎岾) 아래 있던 진불암은 사라진 지 오래고, 금강암은 어디를 말하는지 아는 이도 없고 찾는 이도 없다고 한다. 그것이 나로서는 참으로 아쉽기만 하였다.

2001. 1.

금강의 맥박은 지금도 울리는데

월사 이정구의 금강산 유람 / 백화암터의 승탑밭 / 표훈사 /
배재령과 고려 태조 / 능파루 / 정양사와 겸재의 「금강전도」

장안사와 표훈사의 갈등

삼불암의 전설은 물질적·형식적 숭배보다 마음과 도덕의 수양으로서
의 불교를 강조한 것이다. 그러나 이 전설의 행간을 읽으면 장안사와 표
훈사의 세력다툼이 심했다는 것을 알 수 있다.

실제로 문바위 삼불암을 기준으로 만천골 아래쪽을 장안동, 위쪽을 표
훈동이라 달리 부르며, 문바위 벼랑 한쪽엔 '표훈동천(表訓洞天)', 다른
쪽엔 '장안사지경처(長安寺地境處)'라고 새겨져 있으니 두 절의 경계선
임과 동시에 두 절이 만만치 않게 다투었음을 명백히 알게 된다.

나는 그 이유를 곰곰 생각하며 '장안사지경처'를 넘어 표훈사로 향했
다. 왜 싸웠을까?

너무 아름다워 혼자 차지하려는 마음이 일어난 것이었겠지, 그렇지 않

으면 예쁜 여자 하나 놓고 둘이 싸우는 그런 다툼이었겠지 하며 세속적인 해석도 내려보고, 아마도 금강산 절집에 들어오는 시주 물자가 풍부해 배부른 싸움이나 일어났겠지 하는 더욱 속물적인 생각까지 들었다. 그렇지 않고야 싸울 이유가 없지 않은가.

원나라 황실의 비호를 받은 것은 장안사만이 아니었다. 남효온의 「유금강산기」를 보면 표훈사에는 1338년 2월에 세운 비가 있는데, 이는 원나라 순제가 표훈사 승려를 지원하고 만인의 결연을 기록한 것으로 봉명신(奉命臣) 양재(梁載)가 글을 짓고 우정승 권한공(權漢功)이 글씨를 썼다고 한다. 비석 뒷면에는 태황(太皇) 태후(太后)가 은포(銀布) 얼마, 영종(寧宗) 황제가 얼마, 관자불화(觀者不花) 태자(太子)가 얼마, 두 낭자(娘子)가 얼마, 완택독심왕(完澤禿瀋王) 등 대소 신하가 얼마 하고 시주 내용을 기록해놓았다고 한다.

금강산의 절들은 이렇게 장안사고 유점사고 표훈사고 모두 원나라 황실의 지원을 받았다. 그런 물질적 풍요가 피치 못하게 불화를 일으키게 되는 것은 고금(古今)과 성속(聖俗)이 매한가지였으니, 문바위의 경계표는 그런 흠집인지도 모를 일이다.

월사 이정구의 금강산 유람

삼불암에서 표훈사까지는 불과 1킬로미터. 그러나 같은 만천골이라도 아래쪽 장안동과 달리 표훈동은 계곡이 넓고 산세의 기상이 장대한데다 소나무·잣나무가 산길을 줄곧 따라붙어 길동무를 해주니, 예부터 탐승객들이 너나없이 찬탄해 마지않는 계곡이다. 그래서 삼불암에서 표훈사 쪽으로 나 있는 다리를 신선이 맞이한다는 '영선교(迎仙橋)'라고 했다.

북한 사회과학원 력사연구소가 펴낸 『금강산의 력사와 문화』에서는

"표훈동은 위치상으로나 전망으로나 내금강의 중심부"라고까지 했다. 그런 환상의 계곡길을 우리는 비정한 자동차로 5분 만에 통과해버렸다. 찻길은 표훈사 턱밑까지 나 있었다.

그럴 때면 옛사람들의 여유로운 금강산 유람길이 더욱 부럽게 다가오곤 한다. 금강산을 찾아온 발길 중 가장 화려했던 것은 물론 세조대왕의 행차였지만, 문인으로서 가장 낭만적이고 풍요로운 유람은 월사(月沙) 이정구(李廷龜, 1564~1635)의 금강행이었던 것 같다.

월사는 벼슬이 좌의정에 이른 정치가였고, 당대의 4대 문장가로 손꼽히는 명문인데다 덕망이 있어 그의 금강산 행차는 여러가지로 남달랐다. 월사의 「유금강산기」를 보면 그는 전국의 명산을 다 유람했으면서도 오직 금강산에만 발이 닿지 않았는데, 벼슬은 점점 높아지고 나이는 들어갔다. 마흔이 되던 1603년, 함흥에 있는 화릉(和陵, 조선 태조의 어머니 의혜왕후懿惠王后의 능) 개수작업이 벌어지자 그는 예조판서로서 자신이 이를 감독하겠다고 나섰다. 사실 그의 목적은 돌아오는 길에 금강산에 들어가는 것이었다.

그때 마침 금강 4군 중 흡곡현령은 당대의 명필 석봉 한호였고 간성군수는 당대의 문장가인 간이당(簡易堂) 최립(崔岦, 1539~1612)이어서 이들이 월사의 금강산 유람에 동행하게 되었다. 이것만으로도 일세의 명류가 함께한 것인데, 이 낭만의 문인 월사 이정구는 이에 만족하지 않고 적공(篴工, 피리 부는 악공) 함무금(咸武金)과 화공(畵工) 표응현(表應賢)을 데리고 가서 경치 좋은 곳을 만나면 화공에게 그림을 그리게 하고, 길을 걸을 때는 반드시 적공에게 피리를 불며 앞에서 인도하게 하고, 냇가에 쉬며 발을 닦을 때도 피리소리가 그치지 않게 했다고 한다.

1999년 세종로에 있는 일민미술관에 열린 '몽유금강전'에 출품된 간이당 최립의 글 『유금강산권(遊金剛山卷)』을 한석봉이 쓴 기념비적 작품

| 한호의 「유금강산권」 | 명필 한석봉은 한때 금강 4군 중 흡곡현령을 지낸 적이 있으며, 당시 문장가인 간이당 최립은 간성군수로 있었다. 이 글씨는 최립의 「유금강산권」을 한석봉이 쓴 것이다.

은 이때의 만남으로 이루어진 것이었다.

　그러나 인생도처유상수(人生到處有上手)라고 월사보다 더 멋지게 금강산에 간 사람 이야기가 우봉 조희룡의 「석우망년록」에 나온다. 그것은 중인 신분이지만 숙종 때 최고의 시인으로 손꼽히던 창랑(滄浪) 홍세태(洪世泰, 1653~1725)의 금강행이다. 창랑의 금강행이란 그는 끝내 회양을 지나면서도 금강산 유람을 하지 않았다는 것이다. 그 사연을 홍세태는 이렇게 말했다고 한다.

　내가 나름대로 시명(詩名)이 있으니 한번 명산에 들어가면 사람들은 모두 나의 아름다운 시구를 기대할 것이다. 지금 금강산의 산빛이 먼 데서 비치는데 나의 마음과 눈을 먼저 빼앗아가고 있으니 내 재주와 역량으로는 도저히 저 신령스런 경치를 묘사해내지 못할 것 같다. 나는 평범한 시구를 남에게 보여주기 싫어서 명산에 들어가지 않는 것이다. 금강산을 한번 본다는 것은 누구나 바라는 바인데, 나는 시 때문에 들어가지 못한다.

우봉은 "이 말은 어떤 명구(名句)로 사람을 놀라게 하는 것보다도 더 큰 울림이 있다. 이는 옛사람들이 이루어낸 일대고사(一大故事)라 할 것이다"라고 그의 불금강행(不金剛行)을 찬미했다.

백화암터의 승탑밭

표훈사 주차장은 제법 넓었지만 계곡 바위와 고목이 된 소나무들로 둘러싸여 다행히도 절맛을 다치지는 않았다. 차에서 내리니 곧바로 표훈사 안마당으로 인도하는 중문(中門)격인 능파루(凌波樓) 2층 누각이 이쪽을 내려다보면서 어서 올라오라는 듯이 환하게 자태를 드러낸다.

그 아리땁고 포근한 정취에 이끌려 나는 잠시 넋 놓고 바라보다가 그쪽으로 발을 옮기려 하는데 안내단장 조광주 참사가 저 아래서 "우리는 이쪽으로 내려가서 백화암(白華庵) 승탑부터 봅니다"라고 소리치며 나의 '자유주의'를 나무랐다.

산길을 오르면서도 줄지어 가는 것이 생활화되어 있는 그들로서는 나처럼 대오에서 떨어져 딴 데를 기웃거리는 것을 생래적으로 받아들이지 못했다. 그렇다면 그들의 입장에서는 월사 이정구가 적공을 앞에 두고 화공을 뒤에 두고 만고강산 유람하는 것을 어떻게 생각할지 자못 궁금해지는 대목이었다.

그러나저러나 나는 북한의 관습에 따라 안내단장 지시대로 주차장 바

| **백화암터 승탑밭** | 표훈사 아래 백화암터 승탑밭에는 서산대사와 그의 제자 되는 스님의 사리탑 일곱 기가 모셔져 있다. 대개 17세기 승탑인지라 규모가 크고 조형상 육중한 양감을 보여준다.

로 아래로 나 있는 다리를 건너 백화암터로 따라붙었다. 이 다리는 지금 표훈사교라는 다소 사무적인 이름을 갖고 있지만, 옛날에는 '빛을 머금은 다리'라는 뜻에서 '함영교(含暎橋)'라고 했다.

함영교 건너 계곡 저편에는 고려 때 창건된 백화암이라는 암자가 있었다. 서산대사도 한때 여기에 주석해 당신의 별호가 백화도인(白華道人)이기도 했다.

그러나 이 암자는 1914년에 불타버려 빈터만 남게 되었고, 한쪽에 수충영각(酬忠影閣)을 지어 금강산에 계셨던 다섯분의 큰스님 영정을 모셔 놓았다고 한다. 다섯분이란 지공·나옹·무학·서산·사명이니 사실상 고려후기에서 조선중기에 걸친 300년간의 대표적인 스님을 망라한 것이다. 그런데 수충영각도 한국전쟁 때 폭격을 맞아 사라져버리고 말았다.

그리하여 이제 여기 남아 있는 것은 고승들의 사리탑뿐이니, 백화암터 승탑밭은 백화암의 옛 영광과 자취를 지키는 유일한 유적인 것이다.

승탑밭은 아주 깔끔하게 정비돼 단정하면서도 경건한 분위기가 흘렀다. 거기에는 난형(卵形)이라고도 하는 둥근 몸체에 팔각지붕을 얹은 사리탑이 다섯, 혹은 종형(鐘形)이라고도 하는 꽃봉오리 모양의 사리탑이 둘, 돌거북이가 이고 있는 비석이 셋 있었다.

이것은 수충영각의 5대 화상 사리탑이 아니라 서산대사와 그의 제자 되는 제월당(霽月堂)·취진당(醉眞堂)·편양당(鞭羊堂)·허백당(虛白堂)·풍담당(楓潭堂)의 사리탑으로 모두 17세기 중엽 승탑이다. 오직 설봉당(雪峰堂)만이 18세기 초에 세워진 것이다.

백화암터 승탑밭은 비록 일곱 기의 사리탑으로 이루어져 있지만, 남한의 어느 절집에서도 볼 수 없는 조선중기, 17세기 승탑의 늠름하고 장대한 품격을 보여준다. 전라도 선암사·대흥사·미황사 등의 승탑밭이 장하긴 해도 대개 18, 19세기에다 20세기 승탑까지 뒤엉켜 있음을 생각할 때 백화암터 승탑밭의 정숙미와 조형적 견실성은 한국 석조미술사에서도 귀한 위치에 있는 것이다.

서산대사의 시 두 수

금강산에 계셨던 5대 화상 중 유독 서산대사 사리탑만 백화암터 승탑밭에 세워졌다는 사실에는 깊이 생각해볼 그 무엇이 있다. 서산대사의 사리탑은 당신의 열반처가 여기가 아님에도 묘향산에서 다비한 것을 분사리(分舍利)해 모신 것이니, 수충영각의 큰스님들이 모두 금강산을 거쳐 갔을지언정 종신토록 머물지 않았다는 우연찮은 공통점이 있는 셈이다.

금강산은 정녕 한 사람의 수도자가 득도할 선처는 아니었던 모양이다.

| 서산대사 초상 | 비단에 채색, 124×76.3cm, 국립중앙박물관 소장. 서산대사는 한때 금강산 백화암에 주석한 적이 있어 백화도인이라는 호를 쓰기도 했다.

어찌 보면 화려하고 어찌 보면 어여쁘고 어찌 보면 장엄하고 어찌 보면 괴이하니 항심(恒心)을 유지하기 어려운 대상이었을지도 모른다. 관상가들 하는 말에 미인 중에는 상(相)이 자꾸 달리 잡혀 종잡을 수 없는 경우가 있는데 그런 상을 만나봐야 비로소 관상의 진묘를 체득할 수 있다고 했다.

금강산이 바로 그런 것인가. 천하의 고승들은 비록 여기에 자리를 틀지는 않았지만 모두 다 거쳐는 갔던 것이다. 하기야 자신의 감성적 인식능력과 상상력으로 장악하지 못하는 대상이라면 금강산은 심신도야의 치열한 상대역은 될지언정 득도의 수양처는 아닌 것이다.

그래서 육당 최남선은 청허당 서산대사를 평하면서, 나이 30세까지는 출가한 몸이 재가(在家)의 때를 못 벗어 승과(僧科)를 보기도 하고 대선(大選)을 거쳐 선교양종판사(禪教兩宗判事)를 지내다가 "금강산의 전기(電氣)를 쏘이고서야 공묘(空妙)의 참뜻을 여실히 깨우친 「꿈 이야기(三夢詞)」 같은 시를 지을 수 있었다"고 했다.

주인은 손님에게 꿈 이야기를 하고	主人夢說客
손님은 주인에게 꿈 이야기를 하누나.	客夢說主人
지금 꿈 이야기 하는 두 사람	今說二夢客
그 역시 꿈속의 사람인 줄 뉘 알리오.	亦是夢中人

이처럼 서산대사는 세속의 잔재를 홀연히 벗어던지기는 했으나 금강산에서 아직은 '잠꼬대' 같은 얘기를 하고 있었다. 그러다가 당신의 아호대로 청허(清虛)한 마음에서 백화(白華) 같은 자태를 보여준 것은 금강산을 떠난 다음이었으니, 그것은 「보현사」 같은 시에서 비로소 드러난다.

만국의 도성들은 개미집 같고	萬國都城如蟻垤
고금의 호걸들은 초파리 같네.	千家豪傑若醯鷄
청허한 베갯머리에 흐르는 달빛	一窓明月清虛枕
끝없는 솔바람만 한가롭구나.	無限松風韻不齊

백화암터 승탑밭 서산대사 사리탑비 앞에서 대사의 높은 도덕과 실천을 더듬어보자니 불현듯 금강산은 취해볼 만한 산이로되 무작정 취할 것이 아니라는, 비문에 없는 글까지 읽히는 것이었다. 그것은 넋 놓고 다니며 자유주의가 심했던 내 행실에 대한 무언의 일갈이었고, 등줄기에 세차게 내리는 선방의 죽비소리 같은 것이었다.

| 표훈사 경내 | 표훈사는 가람의 앉음새가 넓고 밝고 안정적이다. 금강산 산중에 이처럼 환한 절집 자리가 있다는 것이 신기롭다. 이런 곳을 찾아 표훈사를 세운 건축적 안목에 감탄과 감사하는 마음이 일어난다.

표훈사 정경

「강원도 아리랑」의 첫 구절은 "강원도 금강산 1만 2천 봉 8만 9암 자……"로 시작한다. 그토록 금강산엔 절이 많았다. 불교가 버림받던 조선왕조 초에도 100개가 넘은 듯 『신증동국여지승람』은 여전히 그 위치와 이름을 밝히고 있다.

지금부터 100여 년 전 이자벨라 비숍 여사가 조선에 왔을 때만 해도 금강산에 55개의 절과 암자가 있다고 증언했는데, 역시 100여 년 전 광무(光武) 3년(1899)에 영호스님이 전지 반절 크기(20호)에 채색목판화로 제작한 「금강산 4대사찰 전도(全圖)」를 보면 계곡마다 절간이고 봉우리마다 암자가 그려져 있어 그 진상과 가상을 가히 알 만하다.

| **표훈사 전경** | 표훈사는 아주 반듯한 가람배치를 하고 있어 대단히 정연한 절집이라는 인상을 준다. 만세루와 대웅전 사이의 절마당이 아주 넓어 그 옛날의 많은 탐승객을 넉넉히 맞이했겠다는 생각이 들었다.

　　그러나 이제는 이 모두가 옛이야기가 되어버렸다. 산중의 암자는 고사하고 4대 사찰이라는 것조차 퇴락을 면치 못했다. 신계사는 무너져가는 삼층석탑이 외롭고, 장안사는 빈터 뒤편에 사리탑 하나가 안쓰럽게 서 있을 뿐이며, 유점사는 폭격 맞은 채 잿더미에 덮여 있다.

　　오직 표훈사만이 목숨을 건졌을 뿐이다. 금강산에 가기 전 금강산의 역사와 문화유산을 조사하면서 이런 사실을 알고 표훈사는 과연 어느 분이 산 같은 공덕을 쌓았기에 살아남았고, 그 지세가 얼마나 장하기에 모진 폭격 속에서도 견뎌냈는가를 신비로운 마음으로 헤아려보곤 했다.

　　더욱이 표훈사 이외에 남아 있는 정양사와 보덕암(普德庵)도 알고 보면 표훈사의 말사고 암자니, 그 영험함은 경탄할 만한 것이다.

　　그리하여 표훈사에 당도했을 때 자연히 지세부터 살펴보았는데, 깊은 산 깊은 골짜기에 이렇게 넓은 터가 있다는 것도 신기하지만 절집이 안고 있는 품이 크고 기댄 등은 두텁기 그지없으니, 만약 살아남지 않았다면 그게 오히려 이상스럽다고 할 밝은 기상의 터전이었다.

육당은 표훈사의 이런 자태를 두고서 "옛 스님네들은 법안(法眼)뿐만 아니라 산수안(山水眼)도 갸륵하심을 알겠다"고 했다. 표훈사는 참으로 정직하게 생긴 절이다. 나는 아직껏 우리나라 산사에서 표훈사처럼 자신의 모습을 알몸째 드러내놓은 절은 본 적이 없다.

절마당을 반듯하게 닦아놓고는 작고 아담한 칠층석탑으로 사뿐히 중심을 잡아두고 뒤쪽 산자락에 바짝 붙여 반야보전(般若寶殿)을 앉혔으며 그 좌우로 명부전(冥府殿)과 영산전(靈山殿)을 날개로 달았다.

절마당 앞턱은 낼 수 있는 데까지 바짝 내밀고 절문으로 삼은 능파루와 절집의 사랑방인 판도방(判道房)은 아예 마당 축대 아래쪽에 내려 지었다.

그래서 절마당은 한껏 넓은 채로 멍석자리 펴놓고 보란 듯이 훤하게 펼쳐져 있다. 저쪽 모서리에 정조가 사도세자의 명복을 빌며 1796년에 지었다는 어실각(御室閣) 작은 집이 한 채 있고, 뒤편에 칠성각(七星閣)을 모셨지만 모두 절의 그윽한 맛을 자아내기 위함이 아니라 오히려 사찰의 경내가 여기까지임을 은연중 내비치는 것 같으니 어떻게 보아도 속을 다 드러낸 것임에 틀림없다.

혹시 탑 좌우에 있던 극락전(極樂殿)과 명월당(明月堂)을 복원하지 않아 그렇게 느껴지는 게 아닌가 생각도 해보았지만, 옛 그림을 보건 옛 사진을 보건 표훈사가 반듯하고 환한 절간이라는 사실만은 움직일 수 없다. 표훈사는 터가 반듯하면서도 빼어나게 아름다운 준봉들로 둘러쳐져 있다.

반야보전 뒤 북쪽으로는 청학봉(靑鶴峰)이 우뚝하고 왼쪽 동편으로는 오선봉(五仙峰)과 돈도봉(頓道峰)이 활 모양으로 굽이치며 흐르고 오른쪽 서편으로는 천일대(天一臺)와 된불당이 높이도 두께도 가늠치 못하게 치솟아 넘어간다.

산세가 이처럼 장엄한 중에도 바위뿌리가 기이하게 뻗어나오고 그 사이로 소나무가 휘어자란 모습은 아리따움을 넘어 교태스럽고 잔기교까지 넘치는 것이니, 반야보전 팔작지붕 추녀가 제아무리 날갯짓하고, 능파루 2층 누각이 어중되게 호기를 부린다 해도 여기서는 모두가 귀여운 재롱으로 허용된다.

그래서 방랑시인 김삿갓은 표훈사의 경치를 즉흥시로 지으면서 이런저런 묘사를 모두 다 생략하고 이렇게 읊었다는 것이다.

　　소나무 소나무 잣나무 잣나무 바위 바위를 돌아서니
　　산 산 물 물 가는 곳곳마다 신기하구나.
　　松松栢栢巖巖廻 山山水水處處奇

표훈사에서 가장 특이한 건물은 판도방이었다. 절집의 본전은 각각 모신 부처님에 따라 대웅전(석가모니)·극락전(아미타불)·대적광전(비로자나불) 등으로 부르고, 부속건물은 명부전(지장보살)·관음전(관세음보살)·산신각(산신님) 등으로 부르지만, 누마루는 만세루, 살림채는 심검당(尋劍堂), 스님방은 적묵당(寂默堂)·설선당(說禪堂) 등의 별칭을 갖고 있다.

그런 중 손님이 묵어가는 방을 선불장(選佛場) 또는 판도방이라고 하는데, 그 이름을 막바로 내거는 경우는 드물고 대개는 운치있게 청류헌(淸流軒)·침계루(枕溪樓) 하며 그 풍광에 걸맞은 당호를 붙인다. 그럼에도 불구하고 '판도방'이라고 써놓은 것은 요즘 말로 치면 '객실(客室)'이라고 한 것이나 다름없으니, 이는 하도 찾아와 묵어가는 사람이 많으니까 거두절미하고 '여관방'이라고 써놓은 셈인 것이다. 그것도 아주 크게

| **판도방** | 판도방이란 객실이라는 뜻인데, 절집 판도방에 이처럼 거두절미하고 '판도방'이라는 현판을 단 것을 보면 표훈사를 찾는 객이 얼마나 많았던가를 알 수 있다.

신경질적으로 달아놓았다. 이 판도방 현판 하나로 나는 금강산 유람객에게 있어서 표훈사의 위치를 남김없이 알 수 있었다.

배재령과 고려 태조 왕건

때는 7월 하고도 보름도 다 되어가는 날. 한여름 장마철에 잠시 얼굴을 드러낸 푸른 하늘은 만천골 표훈동의 물빛만큼 푸른데, 꽃이라고는 노란 원추리가 축대 밑에서 부끄럼 타고 있을 뿐이니 천지 빛깔이 푸르고 또 푸를 뿐이었다.

표훈사 절마당 한가운데 서서 천일대에서 청학봉으로, 오선봉에서 돈도봉으로 푸른 산세에 휘감겨 맴돌며 눈 가는 대로 나를 맡겨버렸다. 나는 그렇게 금강에 취하고 금강에 홀려 내가 지금 금강에 있음도 모르고

| 배재령 | 표훈사 칠성각 뒤에서 앞을 내다보니 산마루 능선이 선명하게 보이는데, 그 우묵하게 들어간 곳이 고려 태조가 법기보살을 보자 엎드려 절한 배재령이라고 한다.

있었다.

어느만큼 지나서일까, 나는 반야보전 돌계단에 길게 걸터앉았다. 모든 절집에서 가장 마음 편안한 전망은 부처님이 계시는 자리에서 바라보는 것인지라 내가 절집에 가면 빠짐없이 살피는 것이 그 조망이었다. 그렇게 멀리 앞을 내다보니 남쪽으로 길게 늘어진 곡선을 그리는 능선에 우묵한 고갯마루가 보인다.

나는 내금강 안내원 김광옥 동무에게 물었다.

"저기 움푹한 산마루가 어딥니까?"
"저기가 바로 배재령입니다."
"아니, 저기가 배재령이라면 방광대(放光臺)는 어딘가요?"
"방광대는 요 오른쪽 천일대 위에 있죠."

"그러면 저 위가 정양사란 말입니까?"

"그렇습니다. 교수 선생은 많이 아십니다."

그렇구나! 이제 알겠다! 예부터 내금강에 들어오다보면 단발령에서 머리 깎겠다는 마음을 먹게 되고, 또 저 고갯마루에 다다르면 저절로 큰 절을 두어번 하게 되어 배재령(拜再嶺)이라고 했단다.

고려 태조 왕건(王建)이 임금이 되고서 금강산에 왔을 때 저 고갯마루에 당도하자 멀리서 법기보살(法起菩薩, 담무갈이라고도 부름)이 그의 권속 1만 2천을 거느리고 나타나 광채를 방사하기에 황급히 엎드려 절을 올렸다고 전한다.

그때 절한 지점을 배점(拜岾, 배재령)이라고 했고, 법기보살이 빛을 발한 곳을 방광대라 이름짓고는 거기에 정양사를 지었다. 그리고 방광대 너머 보살 닮은 봉우리를 법기봉(法起峰)이라 이름짓고는 표훈사 반야보전엔 법기보살을 모셔놓되 동북쪽 법기봉을 향하게 했다는 것이다.

이런 이야기는 『신증동국여지승람』에도 나오지만 1307년에 노영(魯英)이 제작한 「법기보살현현도(法起菩薩顯現圖)」라는 칠병(漆屛)에 그림으로 생생히 그려져 있다.

법기보살로 말할 것 같으면 『화엄경』에서 "바다 가운데 금강산이라는 곳이 있어 법기보살이 1만 2천 무리를 거느리고 상주(常住)하고 있다"고 했다. 그래서 사람들은 이때부터 풍악산·개골산이라 불리던 이 산을 금강산이라고 고쳐 불렀고, 그 봉우리를 1만 2천 봉이라 말하게 된 것이다.

표훈사는 이처럼 금강산 내력의 현장이며, 금강산 사상의 핵심처고, 금강산의 복부에 해당하는 곳이다. 그러므로 금강산이 있는 한 표훈사는 건재할 수밖에 없는 지세와 운명을 타고난 것이다. 금강의 맥박은 지금도 그렇게 울리고 있는 것이다.

288

능파루에서

　나는 반야보전 돌계단에서 일어나 다시 경내를 둘러보기 위해 능파루로 향했다. 능파루에 왔을 때는 젊은 여자 둘과 여군 한명이 일행이 아니라는 듯 자리를 따로 잡고 앉아 우리 쪽에 사뭇 눈길을 주고 있었다. 그런 걸 놓칠 내가 아니다. 어떻게 하면 북한주민을 만나 일상적인 인사말이라도 건네며 살내음을 맡아볼 수 있을까 그 틈만 엿보아온 참이었다.

　나는 일행과 떨어져 곧장 능파루 계단으로 올라서면서 양쪽을 반반으로 갈라보며 눈인사를 던졌다. 처녀 둘은 인사를 받고 고개를 외로 돌리며 내외의 뜻을 보였지만 여군은 깍듯이 목례로 답했다. 나는 처녀 쪽에 앉아 여군에게 말을 던졌다.

　"여긴 비가 안 왔습니까?"

　"많이 왔습니다. 오늘 아침에야 개었습니다. 어디서 오셨습니까?"

　"남조선에서 왔습니다."

　"예에?"

　"왜 놀라십니까? 남조선사람은 처음입니까?"

　"처음입니다. 외금강엔 간혹 외국인이 온다는 말을 들었지만 내금강까지 남조선사람이 왔다는 말은 못 들었습니다."

　듣고 보니 놀랄 만도 했다. 예를 들어 내가 곡성 태안사 능파각에 앉아 있는데 웬 여자가 와서 "북조선에서 왔습니다"라고 한다면 안 놀랄 것인

| 노영의 「법기보살현현도」 | 옻칠나무 바탕에 금니, 22.5×13cm, 1307년. 강화도 선원사 반두(飯頭)였던 노영이 만든 칠병으로 법기보살이 권속들을 데리고 금강산에 나타나는 모습이 그려져 있다. 왼쪽 중간엔 엎드려 절하는 태조가 그려져 있고, 왼쪽 아래엔 노영 자신이 그려져 있다.

| **능파루** | 표훈사의 누대인 능파루는 표훈동계곡을 내려다보며 높이 솟아 있다. 여기에 앉으면 주변의 산세와 계류가 모두 조망된다.

가. 나는 그녀의 의아심을 풀어주기 위해 말을 이어갔다.

"그냥 참관(관광)하러 온 것이 아니라 남조선에 금강산을 자랑시키려는 대표단으로 왔습니다."

그런 식으로 북한용어에 북한말투로 그들을 안심시키며 말했더니 여군은 활짝 웃으며 큰 목소리로 말했다.

"이야! 이거 정말 잘 오셨습니다. 금강산이 사람을 알아본다더니…… 일주일 내내 비가 오다가 좋은 분들이 좋은 일로 오시는 걸 알고 오늘 아침에 딱 그쳤습니다."

| 능파루의 북한 처녀 | 내가 능파루에 올라갔을 때 수수하게 생긴 북한 처녀 둘이 난간에 기대앉아 있었다. 확실히
건물이란 사람이 있을 때 생동감을 준다고 생각했다.

   얼른 보기에 내가 가르치는 여학생들과 비슷한 또래였으니 나이로 치
자면 스물하나나 둘. 그 꽃 같은 나이에 놋대야만한 군모에 빨간 작은 별
을 단 것이 애처롭게 생각되었는데 여군은 나의 학생 그 누구보다 맑고
밝게 얘기를 이어갔다.

   "비가 정말 많이 왔단 말입니다. 그래서 정양사로 올라가는 길이
무너져내려 저 판도방 아바이들이 길을 고치고 있는 거랍니다."
   "예에? 그러면 정양사에 못 올라갑니까?"
   "못 가십니다."

   순간 나는 크게 낙담하지 않을 수 없었다. 정양사에 못 올라간다니! 금
강산이 알아보긴 뭘 알아보았단 말인가! 내가 아는 한 내금강의 핵은 정

| **정양사** | 금강산에서 가장 전망이 좋은 산마루에 있는 절로 햇볕이 항상 밝아 정양사라는 이름을 얻었다.

양사다. 이중환의 『택리지』에는 이렇게 씌어 있다.

> 금강산 한복판에 정양사가 있고 절 안에 헐성루(歇惺樓)가 있다. 가
> 장 요긴한 곳에 위치하여 그 위에 올라앉으면 온 산의 참모습과 참정
> 기를 볼 수 있다. 마치 구슬굴 속에 앉은 듯 맑은 기운이 상쾌하여 사
> 람 뱃속 티끌까지 어느 틈에 씻어버렸는지 깨닫지 못한다.

그래서 이상수라는 19세기 문인은 「동행산수기」에서 "정양사가 금강
산에 있음은 마치 궁실에 대청이 있음과 같다"고 했다.

또 김창협이 금강산을 구경하려고 회양에 들렀을 때 아버지 친구인 회
양부사 임공(林公)이 말하기를 "금강산은 부질없이 시일 허비해 구석구
석 볼 것이 아니라 정양사에만 오르면 온 산의 면모가 한눈에 들어온다"

며 더 묵어가라고 붙잡았다고 했다.

어디 그뿐인가. 진실로 조선적인 산수화를 창출해낸 겸재 정선의 진경산수도 바로 금강산을 그리면서 완성된 것이었고, 금강산 그림 중 백미라 할 「금강전도」는 다름아닌 정양사 헐성루에서 바라본 풍경이었으니, 정양사는 진경산수의 기념비적 현장인 것이다.

정양사와 겸재의 「금강전도」

나는 금강산에 가면 정양사 헐성루 앞, 봉우리마다 손가락으로 가리켜 알려준다는 지봉대(指峰臺)에서 비로봉·중향성·일출봉·월출봉·혈망봉·망군봉 등을 손가락점 찍으며 읽어보고, 겸재가 과연 어떻게 생긴 풍경을 그런 식으로 화폭에 옮겼는가를 살피고자 했다.

그래서 겸재가 그린 「금강전도」 아홉 폭을 모두 사진으로 만들어 갖고 갔다. 「금강내산총도」(『신묘년풍악도첩』, 36세, 국립중앙박물관 소장), 「금강전도」(59세, 리움미술관 소장), 「금강내산」(67세, 간송미술관 소장), 「금강내산총도」(고려대박물관 소장), 「봉래전도」(횡축, 호암미술관 소장), 「풍악내산총람」(간송미술관 소장, 채색본), 선면 「금강전도」(개인 소장), 선면 「정양사」(국립중앙박물관 소장), 「봉래전도 8곡병」(개인 소장).

나는 가방에서 이 사진들을 꺼내 여군에게 보여주며 겸재라는 화가가 금강산에 와서 그린 그림이라며 보여주었다. 그러자 귀만 이쪽으로 세우고 있던 처녀들도 자리를 함께하여 내가 봉우리마다 아는 대로 일러보니 신기해하면서 '이다, 아니다'를 다투었다. 나는 처녀들에게 물었다.

"그래, 이 그림들이 정양사에서 본 금강산이 맞습니까?"
"맞긴 맞는데 아닌데요."

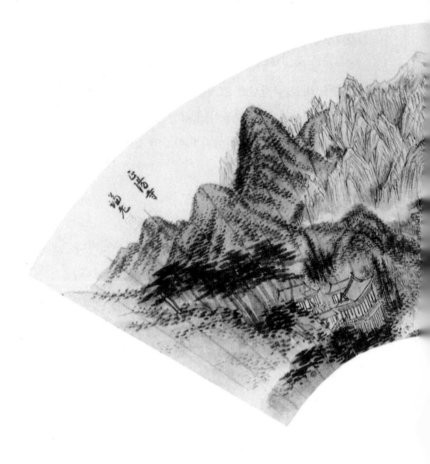

"뭐가 맞고 뭐가 틀린가요?"

"쭉 펼쳐진 건 맞지만 위로 솟은 건 다릅니다."

"정양사 안쪽엔 소나무가 많고 건너편엔 바위산이 많은 것도 맞지만 그렇게 많지는 않습니다."

"아, 그렇군요. 그러면 알겠습니다."

예상했던 대로 겸재의 「금강전도」는 '실경(實景)에 기초하면서 결국은 실경을 뛰어넘은 그림'인 것이다. 정양사에서 내다본 풍경을 그리면

| 정선의 선면 「정양사」 | 종이에 담채, 22.7×61.5cm, 국립중앙박물관 소장. 겸재가 노년에 그린 정양사 그림은 사실 정양사에서 본 금강산을 그린 것이다. 그의 진경산수에는 이처럼 현장감이 생생하게 표현되어 있다.

서 이를 더욱 극적으로 보이게 하려고 마치 직승기(헬리콥터)를 타고 공중에서 내려다보기라도 한 듯이 대관적(大觀的) 구도를 구사한 것이다.

겸재의 강력한 지지자로 당대의 감식안이었던 이하곤의 말을 빌리면 "겸재의 금강산 그림은 전신(傳神)수법에 가까웠다"며 초상화를 그릴 때 겉모습만 닮게 그리는 것이 아니라 그 내면적 리얼리티의 정신까지 그리는 자세와 같았다는 것이다. 이런 것을 옛사람들은 이형사신(以形寫神), 즉 '형상에 기초해 정신을 그린다'고 했다.

이것은 대단히 어려운 주문이다. 형상을 있는 그대로 그리기는 차라리

쉬운 일이지만, 형상에 기초하되 보이지 않는 내재적 진수까지 담아내라고 하다니! 그래서 당대 최고의 미술평론가였던 강세황은 "진경을 그리는 사람은 항상 지도처럼 될까 걱정하는데 실경에 흡사하면서도 화가의 제법(諸法)을 잃지 않아야 된다"고 경고했다.

그러면 도대체 어떻게 해야 겉모습뿐만 아니라 속모습을 담아낼 수 있단 말인가. 옛사람들은 또 말하기를 이형득사(離形得似), 즉 '형상을 버려야 비슷함을 얻어낸다'고 했다. 바로 그런 이유로 겸재는 금강산을 유람하면서 직접 손으로 사생(寫生)하는 것보다 눈으로 본 것을 가슴속에 담아가는 것을 더 중요하게 생각했다. 이를 겸재의 벗으로 당대 최고의 시인인 사천 이병연은 「겸재가 비안개 속에서 비로봉 그리는 것을 보며」라는 시에서 이렇게 증언하고 있다.

나의 벗 정선은   吾友鄭元伯
주머니에 붓이 없어   囊中無畫筆
때때로 그림 흥이 일어나면   時時畫興發
내 손의 것을 빼앗지.   就我手中奪
금강산에 갔다온 후   自入金剛來
휘둘러 그리는 것 더욱 방자해.   揮洒太放恣

그리고 담헌 이하곤은 겸재의 「단발령」 그림에 붙인 글에서 다음과 같이 말했다.

산영루(山映樓) 앞에 두세 봉우리만이 높게 빼어나 사랑스럽구나. (…) 아마도 정선은 흥(興)이 이르면 손 가는 대로 휘둘러 그 취(趣)만을 구할 뿐이고 형사(形似)를 구하지 않는 것인가.

우리가 막연히 생각할 때는 진경산수란 직접 사생한 것이라고 생각하게 되지만, 정작 겸재의 진경산수가 보여준 미학은 이처럼 사생을 뛰어넘은 고차원의 형상미였던 것이다.

지금 금강산 처녀들이 겸재의 「금강전도」를 보면서 "맞긴 맞는데 아닌데요"라고 말한 것은 미술사 용어를 쓰지 못했을 뿐이지, 이형사신과 이형득사의 미학을 증언한 셈이었다.

그렇다면 내가 정양사에서 찾고자 했던 물음의 정답을 바로 찾은 셈이었다. 나는 정양사에 오르지 못하는 아쉬움을 안내단장에게 내색하지 않기로 했다.

능파루에서 일어나면서 나는 그들에게 악수를 청했다. 금강산 처녀들은 내가 맘껏 쥘 수 있도록 손을 반듯이 길게 펴주었고, 여군은 그쪽에서 내 손을 꽉 잡아주었다.

2001. 1.

봉래풍악 원화동천

내금강 금강문 / 이상수의 「동행산수기」 / 금강산을 읊은 명시들 /
만폭동의 바위글씨 / 금강대 출토 금동불상들

내금강 금강문을 지나며

만폭동으로 들어가는 길은 표훈사 뒤편 칠성각 옆으로 나 있었다. 청
학봉 산자락 아래쪽 비탈을 깎아 화강석 막돌을 이 맞춰 예쁘게 다져놓
은 옛길을 가면서 "등산길 하나도 옛사람들은 이렇게 자연과 조화를 이
뤘구나" 하는 감탄을 연방 발하고도 또 발했다.

그렇게 한 100여 미터나 갔을까. 길 앞에 홀연히 큰 바위 둘이 비스듬
히 이마를 맞대고 서 있는 돌문이 나타났다. 이것이 만폭동으로 들어가
는 금강문이다. 참으로 신기하게도 금강산 명승구역에는 '반드시'라고
할 정도로 금강문이 산 안팎의 비경을 감추고 또 열어주었다.

이미 옥류동 금강문, 삼일포 금강문을 보았듯이 모두 여덟개라고 하는
데, 가장 장려한 경관을 지닌 만폭동 금강문이 그중 소탈하게 생긴 것은

| **내금강 금강문** | 내금강에도 금강문이 있는데, 산세의 화려함에 비할 때 매우 소탈한 느낌이 있어 그것이 오히려 더욱 조화감을 갖게 한다.

또 무슨 조화인가.

『산림경제(山林經濟)』를 보면 "후원으로 통하는 문은 작아야 좋다"고 했으니 조선건축의 겸손의 논리가 여기 금강산에도 적용되는 것인가.

금강문을 지나고부터 나는 길가에 있다는 '금강산'이라는 글씨를 찾으려고 온 신경을 다 썼다. 그것은 춘원 이광수의 『금강산유기』에서 이런 글을 읽었기 때문이다.

금강문을 나서서 송림 속으로 청학대를 왼편에, 물소리를 멀리 오른편에 두고 한 마장이나 가노라면 길가의 반석 위에 '금강산' 세 자를 가로 새긴 것이 있으니, 전설에 일곱살 난 아이가 '금강' 두 자를 쓰고는 정력이 쇠진하여 죽으면서 유언하기를 후일에 '산'자를 채우는 자가 있거든 자기의 후신(後身)으로 알아달라고 했단다. 그런데 연전에 해강 김규진이 자기 아들로 하여금 그 '산'자를 채우게 하고 그 끝에 7세동(七歲童)이 재생하여 이것을 썼다는 연유를 기록하였다.

이게 사실이라면 그 7세동은 바로 서화가인 청강 김영기가 되는 것이었다. 그러나 '금강산' 세 글자를 끝내 못 찾아 아쉽기 그지없고 나의 헛노력이 억울하기만 했다. 이럴 때면 아는 만큼 보이는 것이 아니라 아는 게 병이라는 생각이 먼저 든다.

금강문을 빠져나오기가 무섭게 만폭동에 들어섰음을 알리기라도 하려는 듯 물 찧는 소리가 우렁차다. 희고, 매끄럽고, 한낮의 햇살에 윤기가 더욱 빛나는 복스러운 너럭바위에는 집채만한 바윗덩이가 아무렇게나 널려 있는데 그 위로 맑은 물살이 뛰어넘고, 혹은 에돌아가고 있다. 이를 북한말로 표현하자면 '기세차게' 쏟아지며 '사품치며' 돌아간다.

무엇이 그리도 바쁜지 줄달음질치듯 달리다가도 큰 소를 만나면 어느 틈에 깊은 잠에 빠진 듯 초록빛 고요에 잠긴다. 그러고는 이내 잠에서 깨어난 사자처럼 이쪽저쪽을 두리번거리며 골짜기를 헤치고 나가니 계곡은 흐르면서 무언가를 말하고, 무언가를 노래하고, 무언가를 호소하고, 무언가를 침묵으로 머금고 있는 듯했다.

높은 소리, 낮은 소리, 큰 소리, 작은 소리가 동시다발로 일어나는 장쾌한 화음이란 만폭동의 실내악이었다. 이쯤 되면 시인이 아니라도 시 한 수 나옴 직하고, 시인이 못될 양이면 옛 시인의 시구를 빌려 가슴 깊은 곳에서 복받쳐 일어나는 벙어리 시심을 달래고 싶어진다.

원통골에서 흘러오는 물이 만폭동에서 어우러지는 두물머리에는 마치 두 물줄기를 양품에 끼고 달리던 산자락이 문득 멈춰선 듯 우람하게 치솟은 절벽 봉우리가 앞으로 넘어질 듯 버티고 서 있다. 이것이 그 유명한 금강대. 그래서 금강대 앞에는 그 넓이 평수를 백으로 헤아려야 할

| **만폭동 금강대** | 만폭동에서 계곡이 가장 넓게 열려 있는 이곳에는 금강대라는 잘생긴 바위벼랑이 계곡에 바짝 붙어서 있다. 고은 선생과 함께 이 경승에 오랫동안 취해 있었다.

지, 천으로 세어야 할지 모르는 넓고 넓은 바위등판이 펼쳐진다.

만폭동은 계곡만 아름다운 것이 아니다. 계곡을 둘러싼 멧부리들이 하나같이 준수하다. 게다가 벼랑을 비집고 잘도 자란 진달래·단풍나무가 봄가을로 꽃과 단풍의 붉은빛을 아래쪽으로 내던질 때면 만폭동 맨 아래쪽 둥그스름한 소는 꽃빛을 발하여 그 이름을 영화담(暎花潭)이라 한단다.

그래서 예나 지금이나 만폭동에 다다르면 누구든 더 나아갈 방향을 잃

| **양사언의 바위글씨** | 만폭동 너럭바위에 새긴 '봉래풍악 원화동천'은 조선시대 많은 유람객들의 마음을 울린 활달한 필치의 명작이다.

고 거기 길게 앉아 산천과 호흡을 같이하고 대화를 나눈다. 그런 한가로움을 갖고 있던 이들이 평평바위에 아예 바둑판을 새겨놓은 것이 있어 이를 삼산국(三山局)이라 하고, 봉래 양사언 같은 필묵의 달인은 '금강산의 아름다움이 다 들어 있는 으뜸가는 골짜기'라는 뜻으로 '봉래풍악 원화동천(蓬萊楓嶽 元化洞天)'이라는 여덟 글자를 만폭동 물살에 지지 않는 필세로 새겨놓았다.

그 글씨가 얼마나 크고 아름다운지 옛날에 만폭동을 그린 화가들은 그림 속에 이 글씨까지 그려넣곤 했다. 나 또한 잠시 양사언 글씨 옆 비스듬한 너럭바위에 앉아 두 다리를 곧추세우고 무릎에 턱을 괸 채 만폭동 계류의 맑고 아름다운 기상을 눈으로 읽고 가슴으로 새기며 무념무상의 허허로움을 즐겼다.

이상수의 「동행산수기」

만폭동 금강대 너럭바위에서 나는 금강산 가면 꼭 꺼내 읽겠다고 적어온 어당 이상수의 「동행산수기」의 만폭동 부분을 펴들었다.

　물은 본래 그러해야 하겠다는 의지가 없었다. 그 모든 변화는 다 돌을 만난 때문이다. 돌이 가로세로로 뽐내면서 물한테 굳이 맞설 적마다 곧 중대한 정세를 조성하게 되어 서로 힘으로 싸워 지지 않으려고 하니 드디어 백가지 기변을 일으키며 가는 것이다. 급히 떨어지는 데를 만나면 노하여 폭포가 되고, 우묵한 데에 가서는 깊고 넓게 고여 말갛게 되어 쉬기도 한다. 그러나 이렇게 겨우 국면을 수습하고 나면 앞으로 또다시 새 싸움이 벌어져서 시내는 문득 털이 꺼칠해지고 잎이 돋쳐 성난 표정을 짓는다. 이런 때 계곡 양옆으로 벌려선 산봉우리들은 몸을 솟구쳐 고개를 내밀고서 그 승부를 내려다보고 있다.

세상엔 이렇게 멋있는 기행문이 있다. 어당은 추사의 제자로 우리에게 잘 알려져 있지 않은 19세기의 평범한 문인이다. 그러나 그는 자연을 대하면서 사물의 존재방식과 세계를 이해했으며 자아를 성찰하는 계기로 삼았다. 그는 대단한 문장가로 사물에 대한 묘사력이 그 누구보다 뛰어났다. 이상수는 영원동(靈源洞) 백탑동(百塔洞)의 절경을 이렇게 묘사했다.

　폭포는 성내는 듯, 못은 기쁜 듯, 여울은 슬픈 듯 서로 의존함으로써 물의 형태가 여러번 변하며, 거만하고도 점잔빼는 것은 부귀에 가깝고, 웅장하고도 엄숙한 것은 용맹에 가깝고, 공교하고도 묘한 것은

재주에 가깝고, 깎아지른 듯하고 날선 것은 각박에 가까워 제각기 우수한 점을 보임으로써 돌의 모습이 여러번 변하니 이를 구경하는 사람의 정취 또한 따라서 변한다. (…) 거룩하여라, 조화의 힘이여! 한개의 돌이 어떻게 이다지도 크단 말인고! 이것을 만들어낼 때 누가 이 공사를 담당했으며 대장간은 어데 베풀어놓고 몇 춘추나 걸려서 준공이 되었던고? 가만히 아득한 초창기를 생각해도 그를 생각해낼 수가 없구나!

대단한 문장력이다. 뿐만 아니라 그에게는 깊은 철학적 사색이 기행문 곳곳에 들어 있다. 그것은 현대인으로서는 도저히 따를 수 없는 명상의 깊이를 보여준다.

천성적으로 감성의 작용이 엷은 사람은 산수와 더불어 서로 호흡하지 못한다더니 나는 이 산수에 친근한 지 이미 여러날 되어 거의 점차로 이와 더불어 정이 익어가고 있건만 속된 잡념의 뿌리가 이를 많이 가로막는다. 마치 신령한 집이 얼핏 보여 겨우 뜰 안에까지 다가가서는 그만 머뭇머뭇 한번 읍(揖)하고 물러난 셈이니, 심하구나 나의 속됨이여!

미문에 미문으로 이어지는 어당의 금강산 기행문 중 가장 심금을 울리는 대목은 자연을 통하여 자기를 발견해가는 그다음 대목이다. 그는 이렇게 말했다.

| 만폭동 골짜기 | 만폭동 골짜기는 이처럼 산은 기이하고 골짜기는 맑고 그윽하여 유람객의 마음과 눈을 시원하게 열어준다. 아래 사진은 만폭동의 흑룡담이다.

| **정선의 「만폭동」** | 비단에 담채, 33.2×22.0cm, 서울대박물관 소장. 겸재의 금강산 그림 중에서 명작으로 손꼽히는 이 그림은 만폭동의 실경을 그린 것이 아니라, 만폭동에서 느낀 감동을 새로운 이미지로 표현한 것이다. 그래서 실경보다 더 감동적이다.

　나는 산중에서 아무 소일거리가 없었다. 그러나 가느다란 시내를 보아도 커다란 바위를 만나도 흔연히 반겨 심심풀이를 하게 된다. 물끄러미 보고 잠잠히 생각하다가는 환상에 잠겨 스스로 즐긴다. 잔 것을 크게, 굵은 것을 기이하게 나의 사고를 한없이 발전시켜나간다. 한 움큼 물에서도 내닫는 여울, 용솟음치는 성난 폭포를 기억해내며, 작은 주먹돌에서도 준엄하고 우람한 백가지 형상을 상상해낸다. 대개

물건의 형태는 한정이 있지만 사고의 발전은 끝이 없으니 불현듯 나의 천박하고 고루함에 불만을 느끼게 되었다. 이런 생각 속에서 나는 하루의 낙을 삼았다.

뛰어난 산문은 그 시대의 인문정신을 대표한다. 어당은 19세기가 자연과 인간이 호흡을 같이한 마지막 세기였음을 그렇게 보여주고 있는 것이다.

금강산에 오게 되면서 비로소 어당의 「동행산수기」를 읽게 되었음은 불행 중 다행이고, 어당 같은 기행문학의 대가가 있었음을 뒤늦게나마 알게 된 것은 부끄러움 중 자랑이었다. 그리고 어당의 멋진 만폭동 예찬은 양봉래의 글씨처럼 영원히 지워지지 않을 만고의 영광이었다.

감격적으로 말해서, 우리에겐 만폭동 같은 아름다운 동천(洞天)이 있고, 양봉래의 '봉래풍악 원화동천' 글씨, 겸재의 「만폭동」 그림, 어당의 「동행산수기」 문장처럼 그 아름다움을 인문정신으로 구현한 빼어난 문학과 예술이 있다.

그것이 어디 보통 문화유산이더냐!

금강산을 노래한 진시

금강산의 인문정신으로 말할 것 같으면 그림과 기행문보다도 더 깊고 방대한 것이 시의 세계다. 옛 문인들에게 있어서 시란 일상 속에 함께하던 것이기 때문에 금강산에 유람을 온 사람이라면 누구든 수십 편의 시를 지었다.

옛 기행문을 보면 금강산을 떠나는 사람의 행낭 속에는 대개 앞사람의 기행문인 와유록(臥遊錄, '와유'란 방 안에 누워서 산천을 유람한다는 뜻이다) 한 권과 당시집(唐詩集) 서너 권을 꼭 함께 챙겨넣었다고 한다. 짐을 최소한으로 줄이면서도 길라잡이 책과 시를 짓기 위한 참고서 한 권씩만은 반드시 지니고 다닌 것이다.

그리하여 옛 문인들이 지은 금강산 시는 수천, 수만 편을 헤아리게 되고 북한에서 1989년에 리용준·오희복 공역으로 펴낸『금강산 한시집』만 해도 근 300명의 시인이 쓴 600여 수가 소개되어 있다.

금강산을 노래한 시는 또 그 시대 문학사조를 반영하여 김혈조(金血祚) 교수의「금강산을 노래한 시와 산문」(유홍준 엮음『금강산』, 학고재 1998)에 의하면 조선전기 성리학자들의 금강산 시와 조선후기 진시(眞詩) 등장 이후의 금강산 시는 전혀 다른 문학세계를 보여준다.

조선전기 성리학자의 금강산 시는 퇴계 이황, 율곡 이이 같은 분들이 읊은 도학적인 시에서 잘 보이듯 대상(자연) 그 자체보다는 자연을 통하여 일어나는 인식과 각성을 중요시했다. 따라서 금강산 시이면서도 금강산을 읊었다는 것이 나타나지 않는 경우까지도 있었다.

그러나 18세기는 리얼리즘의 시대였다. 최완수(崔完秀) 선생의 표현으로 '진경시대(眞景時代)'였다. 진경시대의 상징은 겸재 정선의 진경산수가 차지하고 있지만, 기실 그 정신의 발단은 시문학에서 진시(眞詩)의 대두에 있었다. 그 진시운동을 주도한 것은 서울 장동(청운동)에 살고 있던 안동 김씨 청음(淸陰) 김상헌(金尙憲, 1570~1652)의 후손인 농암 김창협과 삼연 김창흡이었고, 진시의 대가는 이들의 제자인 사천 이병연이었다. 그래서 진경시대 사람들은 "그림에서 겸재와 시에서 사천을 병칭하였다"고 했다.

농암과 삼연이 주장한 진시는 시적 대상의 진실성을 강조한 천기론(天機論)이었다. 그들은 진시를 위하여 금강산을 즐겨 찾고 노래했는데, 삼연은 무려 여섯차례나 금강산 안팎을 두루 유람했다. 이것이 조선후기의 금강산 유람 붐을 일으켰던 것이다. 농암은 그의 제자들이 금강산을 찾아가는 데 붙여 다음과 같은 송별의 글을 써준 바 있다.

동방에서 산수를 말하자면 금강산이 제일로, 예부터 시인들의 시와 읊조림이 매우 많았다. 그런데 한마디 말로써 그 승경을 똑같이 그려 낸 것을 찾으면 끝내 찾을 수가 없다. (…) 세상에서 시를 짓는 자들이 비루하고 진부한 것을 답습하여, 깊은 생각을 내고 독창적인 말을 펼치지 못했던 것이다. 그것은 천기(天機)를 움직인 것이 얕아서 흥취와 기상이 원대하지 못하고, 사물을 명명하는 것이 조잡하여 묘사가 진실하지 못한 것이다. 만약 이런 자세로 금강산에 간다면 어찌 천기의 펼침이 있을 수 있겠는가. 내가 생각건대 그런 태도가 떨쳐지지 않는 한 우리나라 사람들은 영원히 금강산을 저버리는 것이다.

그러한 진시의 세계는 진경산수와 마찬가지로 형사(形似)와 신운(神韻)의 만남에서 그 참모습을 찾을 수 있다. 시의 첫머리는 진경을 사실적으로 묘사하지만 결구에 가서는 시인의 성정을 드러내는 식으로 시적 이미지를 전개했다. 그래서 금강산의 감동을 공감하는 시는 진경시대의 시가 제일이었다.

시에 어두운 나로서는 사천의 진경시가 지닌 문학적 가치를 다는 이해하지 못한다. 그러나 강혜선씨가 「사천 이병연의 금강산 시 연구」(『한국한문학연구』 제16집, 1993)에서 사천의 절창으로 손꼽히는 「마하연」이라는 시를 익재(益齋) 이제현(李齊賢, 1287~1367)의 「마하연」과 대비해서 분석한 것을 보면 진시의 진실성이 무엇인지는 분명히 이해할 수 있다.

익재 이제현의 「마하연」
산중에 해는 중천에 있는데도 　　　　　　　　　　山中日亭午

풀 이슬에 짚신이 젖는다.　　　　　　　　　草露濕芒履

중들이 떠난 옛 절엔　　　　　　　　　　　古寺無居僧

흰 구름만 뜰에 가득하구나.　　　　　　　　白雲滿庭戶

사천 이병연의 「마하연」

옛 절은 창연하게 어지러운 넝쿨로 들고　　　古寺蒼然入亂藤

중향성은 층층바위 위에 솟아 있네.　　　　衆香城聳石層層

저물녘 골짜기에는 성근 비가 일고　　　　　夕陽洞口生疎雨

시냇가 창가에는 늙은 중이 있구나.　　　　流水窓間有老僧

헤진 자리에 가을이 오니 낙엽이 수북하고　廢座秋來多落葉

텅 빈 당에 심지 다 타고 등만 홀로 걸렸네.　虛堂火盡自懸燈

좋아라, 산봉우리 위 담무갈보살은　　　　可憐峰上曇無竭

아득한 몇 겁 세월에 물어도 대답하지 않는구나.　浩劫茫茫問不應

이는 진경산수와 문인화풍의 산수화 차이만큼이나 이미지가 선명하
게 구분된다. 나는 여기서 진시가 성리학적·도학적 시보다 꼭 우수한 것
이라고 주장하고 있는 것은 아니다. 그것은 진경산수가 문인화보다 더
예술성이 높다고 생각하지 않는 것과 같다. 다만 우리는 지금 관념보다
현실을 더 중요하게 생각하는 시절에 살고 있기 때문에 진시가 훨씬 리
얼하게 다가온다는 것을 말하고 있을 따름이다.

금강산을 읊은 명시들

금강산은 참으로 많은 명시를 낳았다. 이 아름답고 신비하고 기발하고
신령스런 산과 계곡은 인간의 잠재된 성정을 자극하고 제어된 상상력을

310

드높여 일상의 평상심을 뛰어넘는 영탄을 부르짖게 하였다. 그것이 금강산을 통하여 얻어낸 명시들인데, 대개는 이 만폭동을 유람하며 얻은 것이었다. 그 명구 중 가장 인구에 회자되는 것은 만폭동에 누군가 써놓은 4언 대구(對句)다.

천개의 바위는 아름다움을 다투고   千巖競秀
만개의 골짜기는 흐름을 경쟁하네.   萬壑爭流

그리고 방랑시인 김삿갓 김병연(金炳淵, 1807~63)이 표훈사 능파루에서 지었다는 대구도 일찍부터 절창으로 칭송되었다.

나는 청산이 좋아서 들어가는데   我向靑山去
녹수야 너는 어이해서 밖으로 나오느냐.   綠水爾何來

그런데 농암 김창협은 금강산에서 산바람이 쏴— 하고 불어와 나뭇잎이 분분히 떨어질 때면 곽경순(郭景純)의 다음과 같은 시구가 생각났다고 했다.

숲에는 안정된 가지가 없고   林無靜枝
내에는 평온한 물결이 없네.   川無停波

그런 중 나에게 은은한 여운과 함께 명상의 깊이에 빠지게 하는 구절은 하겸진(河謙鎭, 1870~1946)의 『동시화(東詩話)』에 소개된 필자 미상의 5언 대구다.

| 뭇 봉우리들은 조용히 말하고자 하는데 | 衆峰悄慾語 |
| 정양사 누대에선 종이 울리네. | 鐘動正陽樓 |

　이런 시구들을 대하다보면 옛사람들은 이러한 명구를 수십, 수백 구절 외워 그것을 산세에 대입하며 정서를 환기하고 거기서 나아가 자신의 정서를 발하기도 했으니, 그분들의 풍부한 정서가 부럽고 그런 삶의 방식에 향수를 느끼게 한다.

　금강산 내금강 만폭동에 와서 내가 가장 안타깝고 억울하게 생각한 것은 고등교육을 받도록 누구도 가르쳐주지 않은 선인들의 시와 시화(詩話)였다. 이제라도 할 수 있다면 배워서 익히고 싶은 것이 그 풍요로운 한시의 세계다.

만폭동의 바위글씨

　천하명승 금강산이라고 해서 하나같이 다 아름답고 옛사람의 자취라고 해서 모두가 마음을 즐겁게 해주는 것은 아니었다. 특히 만폭동에 들어와서 나는 놀라움, 비통함과 죄스러움을 한없이 느껴야만 했으니, 그것은 저 어지러운 바위글씨들 때문이었다.

　현대인은 현대인대로, 옛사람은 옛사람대로 바위를 깎고 파내어 글씨와 이름들을 새겨놓았다. 그 상황이 어느 정도냐 하면 빼어난 금강대 벼랑까지 흰색·붉은색으로 각종 구호들을 깊고 크게 새겼고, 만폭동의 그 넓은 너럭바위엔 글씨 쓸 자리가 더이상 남아 있지 않았다.

　개중에는 남의 이름 위에 자기 이름을 덮어쓴 것도 있으니 가히 알 만하지 않은가. 평소 단양의 사인암(舍人巖)이 심해도 보통 심한 게 아니라고 생각했는데 그것도 만폭동에 비하면 깨끗한 편이었다. 보면 볼수록

어지럽고 참담한 심정이 일어났다.

한마디로 개판이었다. 요즘 사람은 요즘 사람이라서 그렇다 치더라도 겸손과 자기절제, 무엇보다 자연과의 어울림을 생활철학으로 삼은 옛사람들조차 왜 그랬을까? 나는 인간이 이름 석 자 남기고 싶어하는 자기현시욕은 어느정도는 본능에 가깝다고 생각하고 있다.

이것은 우리나라뿐 아니라 중국도 마찬가지고 바위가 드문 유럽에서는 고목이나 건물 기둥에 새기기도 했다. 뉴욕의 지하철을 온통 낙서로 바른 것도 동기는 비슷한 것이며, 1980년대에 혜성처럼 나타났다 사라진 흑인화가 바스키아(Basquiat)가 아예 낙서를 회화로 끌어들인 것도 이런 인간 심리에 근거한 것이었다.

그런 중 유독 우리 민족이 심해서 나 어릴 때는 초등학교 나무책상에 이름 파놓은 녀석들이 많았는데, 요새는 공주 송산리 5호분 입구 같은 은밀한 곳에도 수학여행 온 학생들 이름으로 범벅이 돼 있다.

어른들은 한술 더 떠 아예 국제무대로 진출해 이집트 피라미드 입구에도, 로마의 옛 다리 난간에도 민망하게 한글로 "아무개 여기 다녀간다"를 새겨놓고 있다.

왜 이렇게 됐을까? 전통은 나쁜 것도 계승된다는 원리인가. 그 점도 없지 않다. 식산(息山) 이만부(李萬敷, 1664~1732)의 「금강산기」를 보면 제명(題名) 각자(刻字)의 풍조는 거의 인습적 행태였다.

만폭동의 혹은 누워 있고 혹은 서 있는 돌의 앞, 뒤, 위, 아래 할 것 없이 사람 이름을 새겨놓거나 아직 새기지 않고 써놓기만 한 것들이 헤아릴 수 없이 많았다. (…) 나의 집안 증조부뻘 되는 대사간공(大司諫公)과 부윤공(府尹公), 그리고 선자(先子, 돌아가신 아버지)의 이름도 그 동편에 새겨져 있었다. 함께 간 창랑노인은 부윤공의 손자이기에 그 아래에 이름을 새기고 싶어했으나 쓸 만한 빈틈이 없어 끝내 못 쓰고 말았다. (…) 그 바위 맞은편에 또 한 바위가 있어 일행 세 사람 모두 이름을 써놓았다.

그 시절에는 이렇게 이름 석 자 써놓는 것이 업적이고 자랑이었다. 그래서 백원(百源) 신석번(申碩蕃, 1596~1675)은 「만폭동」이라는 시에서 아주 쉽고 어색함없이 이렇게 노래했다.

골 깊은 만폭동을 찾아와보니	萬瀑深深洞
써놓은 글 많지만 잘 쓴 글 없네.	從前善狀稀
내 왔어도 신통한 말 찾을 길 없어	我來無好語
이름 석 자 써놓고 돌아가리라.	惟寫姓名歸

이것은 바위글씨뿐만 아니라 정자의 난간과 기둥, 창방도 마찬가지였다. 농암 김창협은 「동유기」에서 정자에 시판(詩板)을 걸고 새기는 일을 이렇게 자연스럽게 말하고 있다.

헐성루에 앉아 벽을 보니 우리 증조할아버지이신 청음(淸陰, 김상헌) 선생의 절구 한 편이 있다. 청음 선생이 선조 임인년(1606) 고산 찰방으로 계실 때 선생의 동생인 장단군수와 여기 탐승을 오셨다가 비에 막혀 묵으시면서 이 시를 남기셨는데 우리 큰아버게서 추후 이를 현판에 새겨 거셨다. 또 제명하신 것도 벽에 있는데 필적이 아직도 완연하다.

이것이 300년 전 얘기니 그뒤는 말해 무얼 하겠는가. 그래서 이미 150

년 전에 이상수는 「동행산수기」에서 표굉도(表宏道)의 말을 빌려 이 작태를 준엄하게 꾸짖었다.

형법 가운데는 산림에 숨어들어 나무를 베고 돌을 깨뜨리는 것에다 일정한 형벌을 가한다는 조항이 있는데 속된 선비가 명산을 더럽힘에도 불구하고 법이 이를 금하지 않음은 웬일인가. 청산(靑山) 백석(白石)이 무슨 죄가 있다고 까닭없이 그 얼굴에 자자(刺字)를 가하고 그 살을 째놓는가. 아! 진실로 어질지 못한 일이로구나!

그리고 이상수는 하늘에 대고 왕계중(王季重)의 「영원기(靈源記)」에 나오는 말을 외쳤다.

폐하께 원하옵건대 신(臣)으로 하여금 역마를 타고 천하를 돌게 하시되 신에게 먹 만 섬을 내리시고 또 달 같은 도끼를 더 주시와 명승지를 지나다가 쓸 만한 시문만 남겨두고 나머지 제명은 모조리 도끼로 패고 먹으로 뭉개버린 후 찬 샘물로 3일간씩 씻어 산천의 치욕을 온통 풀어주게 하옵소서.

이상수의 이 발원은 오늘의 나에게도 그대로 통하니 나는 금강산 산신령께 이렇게 빌고 싶다.

통일이 되거든 산신령께선 내게 1만 톤의 컴프레서와 1억 톤의 접착돌가루를 내리셔 저 못된 글발과 제명을 땜빵하여 산천을 성형수술케 해주시옵소서.

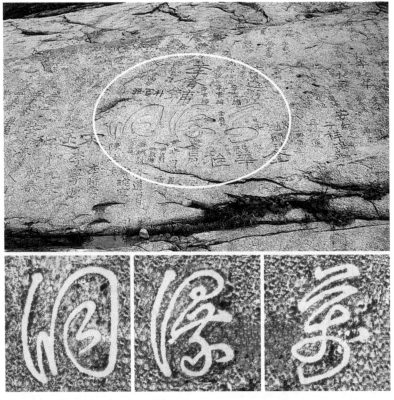

| **'만폭동'** | 누군가가 양봉래의 글씨체로 만폭동계곡에 그 이름표를 이처럼 아름답게 새겨놓았다. 글자 하나 크기가 대략 100×73센티미터다. 만폭동 글씨 옆에는 후대인의 낙서가 심하여 그 참맛이 살아나지 않으나 탁본을 보면 필치의 유려함이 생생하게 느껴진다.

　물론 금강산의 바위글씨들이 다 미운 것은 아니다. 금강산을 진실로 사랑한 사람들이 그 자연에 걸맞은 말을 찾아 그에 어울리는 글씨체로 새겨놓은 시구와 계곡의 이름표들은 그야말로 자연과 인문정신의 결합이다. 그 글씨로 인해 한낱 자연풍광이 인류의 문화유산으로 승화된다.

　만폭동에 봉래 양사언이 새긴 '봉래풍악 원화동천', 누군가가 양사언의 글씨체로 써놓은 '만폭동' 세 글자, 나옹화상이 쓴 것으로 전하는 '천

316

하제일명산', 그리고 누구의 글씨인지 모르지만 '천암경수 만학쟁류(千巖競秀 萬壑爭流)' 등등 대개 간명한 몇 글자를 산천의 아름다움에 바쳤다.

나는 이런 글씨들을 보면서 처음에는 양봉래 같은 대시인과 나옹 같은 대선사가 왜 시정 넘치고 선미(禪味) 그윽한 시구나 게송을 쓰지 않고 싱겁다면 싱거운 '천하제일명산' '만폭동'이라 하고 말았을까 궁금했다. 그러나 만폭동 계류에 휘감겨 이 천하절경에 취하다보니 사실 그 이상 다른 말이 필요없겠다는 생각이 들었다.

그리고 보니 생각나는 것이 있다. 중국 뻬이징 톈안먼(天安門) 광장에 있는 혁명역사박물관에 쑨 원(孫文)의 방이 복원돼 있어 가만히 들여다보니 책상, 걸상, 탁자뿐인데 서예 액자가 하나 걸려 있는 게 눈에 띄었다. 읽어보니 '분투(奮鬪)' 두 글자뿐이었다. "열심히 싸우자." 사실 그 이상의 말이 있을 수 없다.

그렇다고 해서 간명한 제명만이 기특하고, 멋진 시구만이 갸륵한 것은 아니다. 서사적 술회의 산문도 그것을 능가할 수 있다. 만폭동에서 보덕암 쪽으로 오르다보면 백룡담(白龍潭)이 나오는데 거기 한쪽 벼랑엔 이런 내용의 글이 잔글자로 새겨져 있다.

앞의 글자는 잘 보이나 뒤가 읽히지 않는데 『금강산의 력사와 문화』에는 이렇게 번역되어 있다.

산을 즐기고 물을 즐기는 것은 사람의 보통 심정이로되 나만은 산에 올라 울고 물에 다다라 우노니, 내겐 산을 즐기고 물을 즐기는 흥취가 없어 이 끝없는 울음이 있단 말인가. 아! 슬프도다. 을축년 가을에 마흔네살 늙은이가 여덟번째로 금강산에 들어와 짓노라.

樂山樂水 人之常情 而我則登山而笑 臨水而哭 (…)

이 글은 매월당(梅月堂) 김시습(金時習, 1435~93)의 글로 전해져내려와 육당은 『금강예찬』에서 그렇게 알고 아름다운 금강산에서 눈물로 대하게 되는 것은 여기뿐이라고 했다. 그런데 을축년(1445)이라면 매월당이 11세 되는 때이므로 타당치 않고 어떤 기록엔 을축을 기축(己丑, 1469)이라고 했는데 그렇다 해도 매월당이 35세이니 김시습의 글은 아닌 것이다.

그렇다면 누구였을까, 이처럼 처절하리만큼 아름답고 슬픈 사연을 간직한 답사객은. 내가 이렇게 말하면 혹 남의 슬픔을 즐기는 악취미라고 말할 이가 있을지도 모르겠다. 그러면 나는 아니라고 답할 것이다.

그가 진실로 슬프기만 했다면 이런 아름다운 글을 쓸 수 없었을 것이니까. 이것은 미적 범주의 하나인 비애미(悲哀美)일 뿐이다.

금강대 출토 금동불상들

만폭동 금강대에서는 지난 50년 동안 우리가 알지 못하는 사이 아주 귀중한 발견이 있었다.

만폭동에서 금강대는 이 아름다운 계곡의 기둥뿌리 같은 곳이다. 원통골과 만천골에서 흘러나오는 두 계류가 합쳐지는 합수목에서 두 계곡을 양옆에 끼고 우람하게 치솟은 절벽으로 옛날에는 한쌍의 청학이 살았다는 전설까지 갖고 있을 정도로 신비감조차 느껴진다.

금강대에는 오늘날 "지원(志遠)"이라고 새겨진 글발이 이 모든 신비감을 지우고 있지만 옛날로 올라갈수록 신성시되었던 것이다.

금강대 바로 아래 너럭바위로는 희고 맑은 물살이 냇가에 뒹구는 큰 바위를 넘나들며 흘러 마치 금강산이 살아 움직이는 것만 같다.

북한에서 펴낸 『조선유적유물도감』을 보면 1974년 9월, 이곳 금강대 깎아지른 절벽 움푹한 곳에서 한 무더기의 금동불상이 발견되었다. 높이

| 금제미륵보살좌상 | 고려말 불상의 명작이라 할 이 미륵보살상은 가랑이를 벌리고 앉은 파격적이고 대담한 자세와 무표정한 얼굴 묘사로 현대조각을 보는 듯한 신선한 감동이 일어난다.

6~10센티미터의 작은 금동불이 모두 아홉 구 출토되었는데 일부 불상에는 1344년에 제작했다는 명문이 들어 있다.

또 1379년에 제작했다는 높이 22센티미터의 작은 불감(佛龕)도 출토되었고, 또다른 아홉 구의 금동불과 함께 단아하게 생긴 금동불감도 출토되었다. 그리고 높이 14.2센티미터의 금제미륵보살좌상도 함께 출토되었다.

| 금강대 출토 금동보살상 | 높이 10센티미터 미만의 작은 금동불이지만 소박한 가운데 당당한 모습이 잘 살아나 있다. 이런 불상양식은 조선초까지 이어져 운길산 수종사 출토 불상에도 그대로 나타나 있다.

이렇게 발견된 열아홉 구의 금동불과 두개의 불감은 여러차례 나누어 봉안된 것으로 보이는데 모두 고려말 14세기의 유물인 것만은 틀림없다.

이 불상들을 보면 부처고 보살이고 모두 얌전하고 수줍은 듯한 자세로 고개를 아래로 다소곳이 숙이고 있다. 얼굴에는 착한 어린이를 보는 듯한 동안(童顔)의 미소가 있고 자세는 고요한 정지감이 감돈다. 이것은 고려말 불상의 한 양식으로 훗날 조선시대 세조 때 제작된 운길산 수종사의 금동불로 그 전통이 이어지는 것이다.

그중 금제미륵보살좌상은 매우 독특한 매력을 지니고 있다. 가랑이를 쭉 벌리고 앉아 있는 포즈의 방만함도 그렇지만 곧게 뻗은 오른팔과 상투처럼 불쑥 솟은 보관(寶冠)의 모습에서는 다소 도전적인 인상도 받게 된다. 그렇게 파격적인 자세를 취하고 얼굴은 명상에 잠긴 듯 표정이 없으니 지금 이 미륵이 생각하고 있는 것이 과연 중생의 구제일지 의문이

갈 정도다. 세상을 변화시키는 상징으로서 미륵을 이처럼 도발적인 모습으로 제작했다는 것은 고려말의 세상이 바뀌기를 그렇게 희망했다는 한 반증이기도 하다.

금강대에서 나는 이런 꿈같은 생각을 해보았다. 여기서 출토된 금동불상들을 한자리에 모아 금강산박물관을 세운다면 그것은 일본 토오꾜오 국립박물관이 호오류우지(法隆寺) 헌납불상 40구로 별관을 만든 것보다 더 감동적인 미술관이 될 것이다. 그날이 언제일까?

만폭동 금강대를 바라보며 나는 한동안 미래의 금강산박물관을 설계해보면서 공연히 가슴 뛰는 흥분을 느끼고 있었다.

2001. 1.

묘길상은 솟아 있고 법기봉은 푸르네

내팔담 / 보덕굴 / 마하연의 율봉스님 / 김삿갓의 시짓기 내기 /
묘길상의 마애불

내팔담의 장관

금강산의 계곡미(溪谷美)를 대표하는 만폭동은 금강대에서부터 비로
봉을 향해 올라가는 10리 계곡이다. 왼쪽으로는 향로봉(香爐峰), 오른쪽
으로는 법기봉의 영봉들이 호기있게 내달리는 그 사이 골짜기는 마치 화
강암 통돌로 된 듯한 하나의 매끄러운 바위 위로 푸르다 못해 비췻빛을
내는 계류가 미끄러지다 부서지고 치달리다 깊게 고이니 만폭동은 "담
(潭) 아니면 폭포요, 폭포 아니면 담이다".

흑룡담(黑龍潭)·비파담(琵琶潭)·벽파담(碧波潭)·분설담(噴雪潭)·진
주담(眞珠潭)·구담(龜潭, 거북소)·선담(船潭, 배소)·화룡담(火龍潭) 등 여
덟개의 못을 보통 팔담이라고 부르며, 외금강 상팔담과 구별해 내팔담
(內八潭)이라고도 한다.

그러나 만폭동에는 여덟개의 못만 있는 것이 아니다. 금강산의 요정인 보덕각시가 머리를 감았다는 옥녀세두분도 있고, 고려 때 회정선사(懷正禪師)가 물에 비친 관음보살을 보았다는 영아지(影娥池)도 있다. 그런가 하면 다른 데 있었으면 멋진 이름을 얻고도 남음이 있으련만 여기서는 그저 둥근 돌물확 정도로 불리는 것도 몇이나 있으니 차라리 만폭동이라 할 것이지 팔담은 종시 가당치 않다.

아무리 보아도 만폭동의 산과 계곡은 더없이 잘 어울리는 조화의 극치였다. 팔담의 여러 못은 저마다 크기와 생김새에 어울리는, 혹은 곧고 혹은 누운 폭포를 어깨자락에 척 걸치고 있는 것이 보기에도 신기하다. 게다가 향로봉 산마루에는 쭈그리고 앉아 있는 사자바위가 있고, 법기봉 꼭대기에는 참선자세로 앉아 있는 부처바위가 있으니, 그 기발하고 신기함은 산과 계곡이 서로 뒤지지 않는다.

그러니 만폭동에 오면 유람객의 눈이 휘둥그레지고 가슴이 놀라 맥박이 빨라진다고 한 것이 전혀 과장으로 들리지 않을 정도로 답사객의 혼을 빼앗는다. 함께한 소설가 김주영 선생은 웬만해서는 말이 없는 분인데 여기에 와서는 "세상에, 뭐 이런 산이 다 있노!"라며 경상도말로 감탄을 절로 발했고, 열정의 시인 고은 선생은 "미치겠다!"는 소리만 끊임없이 반복하고 있었다.

실제로 역사상 만폭동에 와서 완전히 미쳐버린 사람이 있었다. 사실인지 전설인지 모르지만 이상수의 「동행산수기」에도 나오는 이야기니까 퍽 오래된 이야기인 것만은 틀림없다. 명나라의 정동(鄭同)이라는 사람이 조선에 사신으로 왔을 때 그 일행이 금강산을 유람하게 되었다. 그런데 수행원 중 한 사람이 보덕굴(普德窟)에 이르렀을 때 그 아름다운 경치에 감복하여 마침내 벽파담 깊은 못에 몸을 던지며 이렇게 말했다.

"이곳이야말로 진짜 불국토(佛國土)의 경지다. 원컨대 여기서 죽어 서 조선사람이 되어 오래오래 부처의 세계에 남고 싶다."

일제강점기 때 『조선도자명고(朝鮮陶磁名考)』(1931)와 『조선의 소반(朝鮮の膳)』(1929)이라는 저서를 남긴 아사까와 타꾸미(淺川巧, 1891~1931)가 조선의 땅에 묻히기를 희망하여 망우리 공동묘지에 묻히며 '조선의 흙으로 된 일본인'이 된 것은 민예(民藝)라는 조선의 예술미에 심취한 것이요, 여기 벽파담에 몸을 던진 중국사신은 조선의 자연미에 몰입한 것이다. 과연 조선의 미는 이국인을 이 땅에 묻히게 하는 마력까지 갖고 있음을 여기서 다시 한번 확인할 수 있는데 그것이 무엇이었을까?

나는 이렇게 생각한다. 일본에도 아름다운 민예의 전통이 있고, 중국에도 황산(黃山) 같은 위대한 산이 있다. 그러나 거기에는 한국의 민예와 한국의 자연 같은 친화력은 없다. 거룩해 보이고 경외감을 일으키는 위용(偉容)은 장대할지언정, 대상과 주체가 하나로 융화하는 매력은 없다. 한국미의 특질은 바로 여기에 있다. 한국인은 그런 자연 속에서 살며 그런 마음과 예술을 키워왔던 것이다.

그 극단적인 예를 우리는 여기 만폭동 내팔담 한가운데 있는 벽파담에서 보게 된다.

보덕굴 예찬

만폭동계곡을 오르다보면 집채만한 흔들바위(뭉군바위)를 에돌아가며

| **진주담** | 만폭동 골짜기 중에서도 진주담은 그 못이 크고 깊을 뿐만 아니라 골짜기가 유장하게 열려 있어 유람객들이 유달리 사랑하던 곳이다.

맑고 푸른 물결이 물안개를 일으키는 벽파담이 나오고, 그 위쪽에는 바위벽에서 내리찧고 밑에서 맞받아 튕기는 바람에 물살이 산산이 부서져 물보라를 일으키는 분설담이 있다.

분설담 오른쪽으로는 준수하게 생긴 법기봉의 뾰족한 봉우리가 호기 있게 솟아 있다. 바로 그 법기봉 중턱에는 천 길 낭떠러지에서 오직 바지랑대 같은 기둥에 의지해 있는 보덕굴이 있다.

보덕굴은 보면 볼수록 놀랍고 신기롭다. 사람이 밧줄을 타고 내려와도 위태로워 보일진대 누각 한 채가 장대 하나에 의지해 있다니. 본래 법기봉 중턱에 작은 암자를 짓고 그 아래 있는 작은 굴에서 기도를 올렸는데 어느 때인지 그 굴 앞에 누각을 지으니 그것이 바로 보덕굴인 것이다. 이를 위해 높이 7.3미터 되는 나무기둥에 열일곱 마디의 구리판을 감아 거기에 의지해 마루판을 얹고 집을 지었다.

그렇게 아슬아슬하게 올라앉은 것만도 사람의 눈을 놀라게 하는데, 가는 기둥에 기와지붕을 얹으면서 눈썹지붕부터 시작해 팔작지붕·맞배지붕·우진각지붕을 층층으로 엮어 얹으니 멀리서 보면 마치 3층집처럼 보인다.

보덕암은 한국전쟁 때 폭격으로 흔적도 없이 사라지고 오직 보덕굴만이 스님 떠난 지 반세기가 더 되는 세월을 지키면서 우리 같은 답사객을 만나면 그 신비롭고 아름다운 자태를 한껏 뽐내 보이는 것이다.

그것이 몇백년이나 되었을까. 북한에서 나온 금강산 안내책자에는 1511년에 보덕굴 기둥이 세워진 것으로 씌어 있다. 그러나 보덕굴의 역사는 그보다 더 오래되었다. 그것은 고려후기의 문인 익재 이제현이 지은 「보덕굴」이라는 시가 증명한다.

먼 골짜기 바라보면 바람이 시원하고　　　　　　遠望谷風寒

아래를 굽어보면 시냇물이 파랗구나.	俯看溪水綠
돌층계에 쇠사슬을 가로질러놓았는데	鐵絲橫石稜
바위에 의지한 건 구리기둥뿐일세.	銅柱依巖木

세상에! 700년 전에 이런 모험적 건축을 시공하다니! 저 구리판으로 감싼 나무기둥집이 700년을 견디고 있다니! 그렇다고 해서 보덕굴이 만폭동에 거만하게 자리잡은 것도 아니며, 또한 우람한 법기봉의 기세에 위축된 것도 아니다. 누군가는 초가에 잘 어울리는 제비집 같은 금강산의 석연굴(石燕窟)이라고 했다.

나는 분설담에서 부서지는 물보라에 아이들처럼 열십자로 팔 벌리고 흠씬 젖어본 다음, 허궁다리 건너 돌계단을 딛고 올라 보덕굴로 향했다. 보덕암 빈터는 제법 반듯했고 익재가 노래한 돌층계 쇠사슬도 여전했다. 나는 조심조심 보덕굴로 내려가보았다. 등을 한껏 구부리고 허공에 떠있는 마룻바닥에 발을 디디니 약간의 흔들림은 있으나 견딜 만했다. 들어와보니 보덕굴 바위에 깊이 박힌 쇠줄로 누각은 허리띠를 단단히 조여매고 있다. 그것도 엑스자로 두번 질끈 동여매놓아 꿈쩍 않고 이렇게 버틸 수 있는 것이다. 그러나 마루판의 관솔 빠진 구멍으로 내려다보니 발 아래는 끝 모를 낭떠러지다.

암자 남쪽에는 여닫이창이 있었다. 문을 열어젖히고 살짝 창밖으로 고개를 내미는 순간 소스라치게 놀라지 않을 수 없었다. 내가 찬미에 찬미를 거듭하며 올라온 만폭동 긴긴 골짜기가 한눈에 안겨왔다. 본래 풍경화란 창을 통해 본 자연이라더니, 보덕굴 창틀을 액자 삼은 만폭동 그림은 완벽한 것이었다. 이 전망을 위해, 그리고 그 멋을 위해 보덕굴이 세워진 것이었다.

보덕굴을 3층집처럼 보이게 한 것도 사실은 금강산의 기이한 산세에 지지 않으려는 계산된 건축적 의장인 것이다. 한옥으로 지붕을 얹는 방식은 가장 간단한 눈썹지붕에서 가장 복잡한 팔작지붕까지 모두 네가지다. 그 네가지를 보덕굴 지붕은 아래에서부터 위로 첩첩이 쌓아가는데, 단순한 눈썹지붕 다음엔 복잡한 팔작지붕, 그다음엔 단순한 맞배지붕, 그리고 마지막에 복잡한 우진각지붕으로 마감했다.

감히 말하건대 한국의 건축처럼 자연과의 친화력을 보여준 예는 아주 드물다. 특히 산사의 경우 그 자연지세에 따라 가람배치를 달리하고 건물형태를 선택하는 것은 거의 본능에 가까운 '조선심'의 발로라고 할 만하다.

장안사가 6전 7각 2루 2문을 지으면서 육중한 중층전각을 그것도 두 채씩 안치한 것은 마주하고 있는 석가봉·지장봉·망군대에 지지 않는 힘을 담은 것이고, 표훈사의 반야보전 팔작지붕이 날갯짓하듯 경쾌한 것은 청학봉·오선봉·돈도봉의 밝은 기상을 따른 것이다. 작은 동산의 부드러운 능선 아래 지을 때는 조용한 맞배지붕으로 잠자듯이 건물을 낮추지만, 금강산 같은 그 반대의 경우에는 보덕굴처럼 얼마든지 화려한 변주를 가할 줄 아는 것이 조선의 건축이다.

결론적으로 말하여 보덕굴은 금강산이기에 어울리고 금강산이기에 가능한 건축인 것이다. 금강산이 천하제일의 절경이라면 보덕굴 역시 천하제일의 환경건축인 것이다. 육당은 보덕굴을 이렇게 찬미했다.

보덕굴은 진실로 진실로 현실 그대로의 이상, 생시 그대로의 꿈같은 광경입니다. (…) 어떠한 경우에든 천교(天巧)를 빼앗을 인공(人工)

| **보덕굴** | 보덕굴은 7.3미터 되는 바지랑대 같은 나무기둥에 받쳐져 있는 작은 암자다. 그러나 지붕만은 3층집이나 되는 것처럼 지어 금강산의 신세에 걸맞은 의장(意匠)을 하고 있다.

이 있지 않겠지만 오직 한번 만폭동의 보덕굴에서만 천지조화도 잊어버린 일을 사람이 번듯한 보탬을 하였습니다.

보덕굴의 전설

보덕굴의 건축에 비할 때 보덕굴의 전설은 그리 신통한 것이 아니다. 보덕굴의 전설은 모두 세가지가 전하고 있는데 『유점사본말사지』에 나오는 이야기는 관음보살의 변신을 강조한 황당한 이야기고, 『금강승람(金剛勝覽)』에 전하는 이야기는 불심의 지극함을 강조한 평범한 이야기다. 그중 제일 그럴듯한 전설은 회정스님의 보덕굴 창건 이야기다. 회정은 『고려사(高麗史)』에도 나오는 12세기, 의종 때 스님으로 주술에도 능했다고 한다. 『금강산의 력사와 문화』에는 그 전설을 이렇게 전하고 있다.

옛날 회정이라는 중이 금강산에 들어와 불교경전을 읽고 있었다. 어느날 그는 글을 읽다 말고 낮잠이 들었다. 꿈에 한 아름다운 여인을 만났는데 자기 이름은 보덕각시라고 하였다. 그는 젊은 미인을 만나 너무 황홀해진 나머지, 불교의 계율은 까맣게 잊어버리고 그녀에게 사랑을 간청하였다. 여인은 그런 말은 하지 말라고 하면서 후에 만폭동에서 다시 만나자는 말을 남기고 어디론가 사라졌다.

깨어보니 꿈이었다. 이상한 꿈이기도 하거니와 꿈에 본 여인의 그 아리따운 모습이 삼삼히 떠올라서 글을 읽어도 머리에 들어오지 않았다. 그래서 그는 무작정 만폭동을 향해 떠났다.

금강문을 지나 한참을 올라가니 사방의 경치는 점점 더 수려하였다. 금강대를 왼편에 바라보며 얼마쯤 더 가던 그는 개울 한복판의 큰 바윗돌에 수건 널어놓은 것을 발견하였다.

웬 사람이 여기에 왔을까? 주위를 살펴보니 그 아래쪽 너럭바위 위에 맑은 물이 고인 돌확이 있었다. 거기에 바로 꿈에 본 그 여인이 머리를 감고 있는 것이었다. 이 돌확이 옥녀세두분이다.

회정은 너무 기뻐 보덕각시 이름을 부르면서 다가갔는데 여인은 돌아보지도 않고 수건을 걷어가지고는 총총히 개울을 따라 올라가는 것이었다. 회정은 그의 이름을 계속 부르며 뒤따라갔으나 한 굽이를 돌아가니 벌써 그 여인은 온데간데없었다. 한참 만에 그는 한 못에 여인의 그림자가 비친 것을 보고 사방을 두리번거리며 찾았으나 아무도 없었다. 이 못이 영아지인 것이다.

귀신에 홀렸나! 하면서 어이없어하고 있는데 별안간 어디선지 파랑새 한 마리가 날아와서 날개를 너울거리더니 골짜기를 따라 오르다가 법기봉 아래 높은 절벽에 있는 작은 굴로 들어가는 것이었다. 이상스럽게 생각한 회정은 저 굴에 한번 올라가보자고 결심하고 풀뿌리, 나뭇가지와 돌부리를 붙잡으며 벼랑을 올라갔다. 겨우 굴 있는 데까지 가닿아 굴속을 들여다보니 파랑새는 종적도 없었다. 다만 작은 부처 하나가 앉아 있고, 그 옆에 불경들이 쌓여 있는 것이 눈에 띄었다.

주위를 눈여겨보니 옛날에도 사람들이 올라왔던 자취와 쇠못을 박았던 자리들이 있었다. 그제야 그는 관음보살이 자기를 이곳까지 인도해온 것임을 깨달았다. 그는 여기에 작은 암자 하나를 짓고 살면서 잡생각을 버리고 굴속에 있는 불경들을 탐독하였다. 그리하여 회정은 당시 이름난 학승이 되었다.

마하연 가는 길

보덕굴 답사를 마치고 다시 허궁다리 건너 분설담 앞에서 하산 준비를 할 때가 오후 2시 30분이었다. 이제 하산해 표훈사, 장안사터를 거쳐 온정령 너머 외금강 금강산려관까지 돌아가자면 6시는 돼야 도착하게 된다.

한여름인지라 약간은 이른 듯하지만 그렇다고 왕복 두 시간 반이나 걸리는 묘길상(妙吉祥)까지 갔다올 시간은 안됐다. 이 순간 권영빈 단장은 단장의 권위와 직권으로 마하연·묘길상을 답사하고 뒤따라올 선발대를 뽑았다.

사진의 김형수 차장, 비디오의 유영구 팀장, 북측 안내단의 리정남 연구실장, 내금강 안내원 김광옥 동무, 그리고 나였다. 권단장은 선발대를 위해 벤츠 승용차를 남겨두고 일행은 버스를 타고 먼저 떠났다. 나로서는 황감할 뿐이었다.

마하연으로 말할 것 같으면 옛날 나옹선사가 주석한 이래 이름있는 스님은 모두 거쳐간 곳으로, 비록 지금은 빈터지만 1930년대 금강산철도가 놓여 본격적인 탐승길이 열렸을 때는 비로봉으로 오르는 등산객들이 묵어가던 큰 판도방이 있던 금강산 제일의 산장격이었다.

묘길상은 높이 15미터의 동양 최대의 마애불로 고려불상의 자존심이라 할 희대의 명작이다. 나는 마침내 거기를 갈 수 있는 큰 혜택을 얻은 것이다. 우리 선발대가 서둘러 앞서나갈 때 권단장이 고은 선생과 김주영 선배에게 양해를 구하는 얘기가 가늘게 들려왔다.

"묘길상은 미술사 영역이라 우리 교수 선생에게 맡긴 겁니다."

그때 나는 권영빈 단장의 각별한 배려에 그저 고마울 뿐이었다. 사실 그때 내가 좀더 수양이 된 자라면 빈말이라도 "제가 양보하겠습니다"라고 할 줄 알았어야 했다.

그러나 당시로는 너무 좋아 북한식 우스개 인사말로 권단장에게 "일

| '석가모니불' '천하기절' | 해강 김규진이 법기봉 맞은편 산벼랑에 새긴 글씨다. 하나는 예서, 하나는 초서로 썼는데 묘길상으로 가자면 이 앞을 지나게 되어 있다.

잘하겠습니다"라고 큰소리치고 '당연히 내 차지인걸' 하는 맘자리가 있었던 것이다. 여행은 이렇게 곧잘 사람의 허점을 드러내게 한다. 그래서 나는 남과 여행하는 걸 싫어하고 그래서 남과 여행을 같이 가기도 한다.

보덕굴은 만폭동 팔담의 정중앙에 위치하고 있다. 여기부터 비로봉 정상을 향해 오르자면 진주담·선담·구담·화룡담으로 비췻빛 담소가 이어진다. 길가 벼랑에는 해강 김규진이 쓴 '석가모니불(釋迦牟尼佛)' '법기보살(法起菩薩)' '천하기절(天下奇絶)'이 장대하게 새겨져 있다. 글자 한 획에 내가 파묻힐 정도니 그 크기의 웅장함을 알 만한 일이다.

산은 정상으로 오를수록 가파르고, 폭포는 아래쪽보다 낙차가 크고, 못의 깊이는 더했다. 산길은 줄곧 왼쪽 향로봉 바위산 어깨춤을 가로질러 나 있었다.

벼랑을 만나면 쇠줄을 엮어놓아 잡고 오르게 했고, 미끄러운 바위엔 턱을 만들어 딛고 오르게 했다. 길은 두 사람이 겨우 비껴갈 만큼 좁았으나 바위를 깎고 다듬은 정성은 너무도 사랑스러웠다. 외금강에서도, 내금강에서도 산길의 기본은 넓적한 화강암 막돌을 이 맞춰 깔아놓은 오솔길이었다. 강회를 다지거나 잘 바스러지는 시멘트를 짓이겨 발라놓고 등산로를 내놓았다고 생색내는 요즘 사람의 눈에 이 지극정성의 돌길은 그저 신기롭게 비칠 따름이었다.

그런 옛길이 지금도 금강산 골짜기마다 그렇게 남아 있다는 것은 거의 기적에 가까운 일이 아닐 수 없다. 그래서 금강산 탐승길이 다시 열리게 되었다는 기쁜 소식을 접하는 순간부터 나는 이 돌길이 행여 망가지거나 황당하게 확장되는 일이 있었을까봐 은근히 걱정을 했다.

만폭동 내팔담의 마지막 못인 화룡담을 지나자 갑자기 어두운 숲 사이로 산길이 곧게 뻗어 있다. 소나무·전나무·잣나무의 바늘잎나무들과 참나무·단풍나무·오리나무 같은 넓은잎나무들이 머루와 다래 덩굴에 뒤엉킨 우중충한 숲길에는 낙엽이 삭고 썩어 짙은 커피색을 발하고 있었다.

발바닥에 느껴지는 촉감은 도톰한 양탄자를 밟는 것보다 경쾌했다. 여태껏 내가 오른 길이 '왕복 2인선'의 화강암 오솔길이었다면 여기서부터는 '왕복 1인선'의 비좁은 흙길이었다. 운치로 따지자면 고(故) 김수근(金壽根) 선생의 건축수상록 제목대로 "좋은 길은 좁을수록 좋고 나쁜 길은 넓을수록 좋은 것"이다.

그런데 이 모든 산길이 이제부터 묘길상으로 향하는 환상의 탐승길이 나오기 위한 예고편에 불과하다면 사람들이 믿을까?

숲길을 빠져나와 다시 하늘이 열리고 계곡이 펼쳐지면서 넓은 빈터가 나왔다. 빈터 한쪽에는 장안사의 공덕비와 마찬가지로 구한말의 영호스님이 짓고 성당 김돈희가 쓴 '마하연사적비(摩訶衍事蹟碑)'가 있어 바로 여기가 마하연 초입임을 말해주고 있다.

| **마하연공덕비** | 마하연 입구에는 마하연사적비와 공덕비가 세 기 세워져 있다. 그중 이 공덕비는 20세기 초 유물이지만 머릿돌에 새긴 도깨비가 인상적이다.

마하연의 율봉스님

마하연은 금강산의 심장이라고 말할 정도로 산세가 깊고 계곡이 웅심하다. 뭇 봉우리들이 서로 다투듯 한꺼번에 치달려오다가 문득 멈춰선 것처럼 준봉들에 감싸여 있다. 뒤에는 촛대봉, 앞에는 법기봉과 혈망봉(穴望峰), 왼쪽에는 중향성(衆香城)과 나한봉(羅漢峰) 줄기가 서릿발 같기도 하고 백옥 같기도 한 바위 봉우리들로 둘러져 있다.

그 봉우리들이 모두 마하연을 향하고 있는 셈이니, 여기는 금강산 탐승에서 백운대(白雲臺)로 가는 길, 묘길상을 지나 비로봉으로 오르는 길, 설옥봉(雪玉峰)을 거쳐 수미암(須彌庵)으로 가는 길의 갈림목이 된다.

마하연에는 원래 53칸짜리 ㄱ자의 큰 절간이 있었다고 한다. 전하는 바에 의하면 의상대사(義湘大師)가 창건했고 나옹선사가 주석하기도 했다고 하나, 근래의 건물은 1831년에 월송선사(月松禪師)가 중건한 것이었다. 하지만 마하연은 한국전쟁 때 폭격으로 잿더미가 되었고 오직 절터 뒤쪽에 있는 칠성각만이 그 옛날을 지키고 있다.

마하연(摩訶衍)에서 마하는 대승(大乘)이라는 뜻이고, 연은 넘친다는 뜻이다. 절간 이름이 대승이 넘치는 곳이라 그랬는지 여기를 다녀간 고금의 이름있는 스님들의 이름을 이루 다 헤아리지 못한다. 그런데 마하연을 지키면서 마하연을 찾아오는 스님과 선지식에게 금강의 심장이 고동치는 것을 느끼게 해준 스님은 별로 알려진 분이 없다. 이름높은 분이 다녀간 것이 그곳을 지킨 이보다 더 중요하게 생각되는 것이 유명처의 숙명이기는 하지만, 그래도 마하연쯤 되면 그 이름에 걸맞은 스님이 있을 법한 일이다.

그 옛날은 몰라도 근세의 마하연 큰스님은 율봉(栗峰) 청고(青杲, 1738~1823)스님이다. 율봉은 전라도 순천사람으로 19세에 출가하여 거안(巨岸)스님에게 법을 배워 『화엄경』의 깊은 뜻을 깨우쳤다고 한다. 그의 스승은 율봉의 깨달음을 보고 "나는 사구(死句)를 강론하는데 그대는 활구(活句)를 터득했구나"라며 인가를 내렸다고 한다.

그뒤 율봉은 화엄을 실천하기 위해 "금강산은 지상정토니 이곳이 법을 천명할 곳"이라며 마하연에서 불법을 설파하여 수많은 제자를 길러냈다. 그것이 오늘날 불가에서 한 맥으로 이야기하고 있는 율봉문(栗峰門)이다. 조선후기의 불교는 이런 뜻있는 스님들의 침묵의 노력으로 옛 전통을 이어받고 또 새로운 근대의 기틀을 마련할 수 있었던 것이다. 그런

| **마하연 칠성각** | 마하연은 한국전쟁 때 폭격 맞아 사라지고 절 뒤편의 칠성각만이 남아 쓸쓸히 마하연의 빈터를 지키고 있다.

스님의 족적을 찾아 기리는 것은 불가의 큰 일감이며 또 답사자의 한 과 제이기도 하다.

율봉스님은 글씨도 잘 쓰고 도력도 뛰어났다고 한다. 그의 글씨는 지 금 직지사 성보박물관에 소장된 『율봉서첩(栗峰書帖)』이 있어 그 호탕한 기운을 알 수 있으며, 그의 도력은 당시 활불(活佛)이라는 별명을 얻었다 는 사실로 가늠할 수 있다.

율봉스님이 열반했을 때는 그 자취가 없어졌다고 해서 떠들썩했다고 한다. 이런 얘기를 전해들은 추사 김정희는 다음과 같은 게송을 지었다.

　　율사시적게(律師示寂偈)
　　율사가 시적(示寂)하였으나 적(跡)이 없으니 속견(俗見)이 혹은 의 심하며 또 혹은 금강내산(金剛內山)에서는 예로부터 적을 나타낸 일

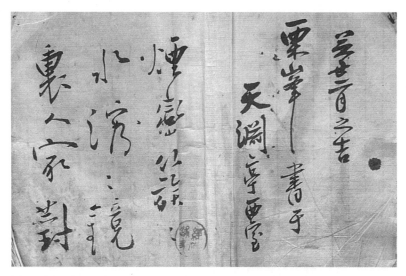

| 율봉스님의 필적 | 마하연의 스님으로 추사 김정희와도 교분이 있던 율봉스님은 도력과 글씨로 유명했다. 이 서첩은 율봉스님의 시첩(詩帖)으로 서체에 스님풍이 역력하다. 직지사 성보박물관 소장.

이 없다고도 여기는데 다 망상이다. 자취를 보이는 것과 자취를 보이지 않는 것은 스님의 경중이 되지 않는다. 나는 일찍이 친히 스님을 보았으므로 이 게를 지어 대중에게 보인다.

꽃이 지면 열매가 열리고	花落有實
달이 가면 흔적 없네.	月去無痕
누가 이 꽃의 유(有)를 들어	誰以花有
저 달의 무(無)를 증명하리.	證此月無
유와 무 그 사이는	有無之際
실로 스님의 진리라오.	實師之眞
부정(不淨)에 허덕이는 자는	彼塵妄者
자취만 잡아 구하는걸.	執跡以求

338

내 만약 자취가 있다면	我若有跡
왜 세간에 남았겠나.	豈留世間
묘길상은 솟아 있고	妙吉祥屹
법기봉은 푸르네.	法起峰靑

　추사의 「율사시적게」는 하나의 법어(法語)에 이르는 경지를 보여준다. 『완당집(阮堂集)』에 보면 추사는 이 「율사시적게」를 마하연에 새겼다고 한다. 나는 마하연 빈터에 왔을 때 무엇보다도 이 각자(刻字)가 어디에 있을까 하여 분주하게 두리번거리며 살펴보았다. 그러나 남들은 벌써 외금강으로 돌아간 마당에 나 혼자 그것을 찾아볼 시간이 없었다.

　훗날 누가 찾아내든 이 글씨를 찾아내는 분이 있다면 그는 잊혀진 위대한 문화유산의 발견자가 될 것이다.

마하연에 온 김삿갓

　마하연에는 마하연 스님과 김삿갓이 시짓기 내기를 한 전설 같은 이야기가 전해오고 있다.

　금강산 천지가 온통 단풍에 붉게 타던 어느해 가을이었다. 김삿갓은 시를 잘 짓기로 굉장히 소문난 금강산의 한 스님을 찾아갔다. 마하연 암자에서 살고 있는 그 스님으로 말하자면 금강산에서 나고 자라 누구보다도 금강산에 대한 애착이 깊고 시를 짓는 데도 당대의 일류 문장가들과도 어깨를 견줄 만한 재능을 가지고 있었다.

　그리하여 마하연을 찾아온 김삿갓과 금강산 스님의 시짓기 내기가 시작되었다. 내기는 금강산을 잘 아는 스님이 먼저 전구(前句)를 떼면 삿갓이 대구(對句)를 대는 식으로 벌어졌다.

스님 산 위의 돌은 천년이나 굴러야
　　　땅에 닿을 듯하고, 　　　　　　　石轉千年方倒地

삿갓 산봉우리는 한 자만 더 높으면
　　　하늘을 찌를 듯하여라. 　　　　峰高一尺敢摩天

　　　(…)

스님 청산을 돈 주고 샀더니
　　　구름은 공(空)으로 얻고, 　　　　青山買得雲空得

삿갓 맑은 물가에 다다르니
　　　고기는 저절로 모여드누나. 　　白水臨來魚自來

　　　(…)

스님 물은 은절굿공이가 되어
　　　절벽을 연방 내리찧고, 　　　　水作銀杵舂絕壁

삿갓 구름은 옥으로 만든 자가 되어
　　　청산을 재어간다. 　　　　　　雲爲玉尺度青山

　스님이 연해연방 불러대어도 삿갓이 거침없이 대답을 하는데, 그것이
앞뒤가 꼭 맞을 뿐 아니라 그 뜻이 하도 깊어서 신기할 정도였다. 스님은
마침내 시짓기 내기를 더이상 계속할 필요가 없다고 생각하면서 아끼던
마지막 구를 떼었고 삿갓이 제꺽 그 뜻을 알아차리고 끝을 맺었다.

스님 달이 희고 눈이 희니
　　　천지가 다 희고, 　　　　　　　月白雪白天地白

삿갓 산이 깊고 물이 깊으니
　　　나그네 수심도 깊다. 　　　　　山深水深客愁深

| **마하연의 옛 모습** | 마하연에는 53칸의 ㄱ자집이 있어 비로봉으로 오르는 사람들이 묵어가곤 했다.

스님은 김삿갓의 마지막 구에 감동되어 입을 딱 벌렸다. 스님이 김삿갓의 비상한 재주에 감복하여 말없이 그를 쳐다보는데, 삿갓은 스님을 마주보며 다음 구를 기다리다가 더 내지 않자 한마디 하였다.

"아니 왜 바라보기만 하시나이까. 이빨을 빼버리기엔 아직 이르지 않소이까?"

이 역시 '인생도처유상수'의 한 장면이다.

묘길상 가는 길

마하연에서 백운대·중향성으로 올라가는 설옥동(雪玉洞) 길을 버리고, 묘길상·비로봉으로 향한 길을 잡으니 그 계곡을 화개동(花開洞)이라고 한다. 화개동은 비로봉에서 흐르는 물을 받아 만폭동으로 옮겨주는 내금강의 가장 깊숙한 골짜기다.

화개동 골짜기는 왼쪽은 벼랑, 오른쪽은 전나무숲으로 이뤄졌고, 골 안은 좁았다가 넓어지고 넓다가 다시 좁아지는 리듬을 갖고 있었다. 계곡을 따라 왼쪽 벼랑에 바짝 붙여낸 탐승길은 옛날 분들이 말하는 잔도(棧道)로, 옛길 그대로였다.

차곡차곡 쌓인 냇돌을 밟고 가다가 벼랑이 나오면 벼랑 윗등을 파서 만든 발디딤홈을 딛고 넘게 되고, 작은 냇물이 합수하는 물목에는 긴 통나무 두개를 잇대어 만든 나무다리가 걸쳐져 있어 그것을 밟고 넘어간다. 이런 나무다리가 묘길상까지 여섯개가 나왔다. 일제강점기 탐승객이 말하던 것과도 같고 조선시대 유람객이 묘사한 길과도 같았다. 그런 길이 지금도 그대로 남아 있는 것이다. 보덕굴을 떠나 묘길상으로 향할 때 산지기 아바이가 안내원 김광옥 동무에게 한 말이 무슨 뜻인지 이제 알았다.

"광옥 동무, 마하연 지나면 외나무다리가 나오는데 그게 물에 잠겼으면 건널 수 있어도 더 가지 마라. 그게 물 위에 올라앉아 있어야 그 위쪽 나무다리도 건널 수 있단 말이다 이거야. 알갔시오?"

그렇게 냇물을 건너고 냇돌을 밟으며 마치 타임머신을 탄 듯 200, 300년 전의 꿈결 같은 길을 걸어 마침내 묘길상 앞에 당도했다.

| **묘길상 가는 길** | 마하연에서 묘길상으로 가자면 이처럼 통나무를 엮어 만든 잔도를 지나게 된다. 금강산에 이런 옛길이 남아 있다는 것이 너무도 신기하고 고맙기까지 했다.

묘길상의 마애불

묘길상에 당도해 낮은 돌계단을 밟고 올라 마애불 앞에 서는 순간 나도 모르게 "아—" 하는 엷고 긴 외마디소리를 지르고 말았다.

사진으로 보아 익히 알고 있었고, 단원 김홍도의 그 유명한 그림으로 이 불상이 뛰어난 명작일 것이라고 예상했지만 이처럼 장대하고 이처럼 당당한 불상조각일 줄은 미처 깨닫지 못했다.

높이 40미터가 넘는 벼랑에 가부좌를 틀고 앉아 있는 부처가 새겨져 있는데, 앉은키가 15미터, 앉은 상태의 무릎 사이가 9.4미터나 된다. 얼굴의 길이만도 3.1미터, 손과 발이 3.2미터라고 하는데 가까이 다가서니 내 키가 좌대를 넘지 못한다. 내가 이제까지 보아온 남한지역의 어느 불상보다도 장대했다. 내금강 안내원 김광옥 동무는 동방 최대의 마애불임을 몇번씩 강조했다.

이 불상은 크기만 큰 것이 아니었다. 상호(相好, 얼굴)에는 절대자다운 기품이 서려 있으면서도 어딘지 앳되고 개성적인 풍모가 엿보였다. 다부지게 오므린 작은 입가에는 미묘한 미소가 흐르고 있었다. 인체 비례로 따지면 상반신이 너무 길다고 할지 모르지만, 좌상을 새길 때는 그런 과장과 변형이 있어야 오히려 불상으로서의 권위와 체통이 강조되는 법이다.

전설에 의하면 나옹화상이 늘그막에 할 일이나 하겠다며 이 불상을 새겼다고 하나, 어느 면으로 따져보아도 나옹이 활동한 14세기를 훨씬 올라가 10세기, 늦어도 12세기 불상으로 생각된다.

아무리 보아도 고려시대 불상의 최고 명작이라 할 만한 감동적인 마애불이다. 그럼에도 불구하고 이 마애불이 남북한의 미술사에서 모두 소홀하게 다뤄지거나 거의 무시되는 이유는 무엇인가? 그것은 다름아닌 분단의 또다른 상처인 것이다. 북한의 미술사가들은 본래 불상조각에 큰 관심을 보이지 않는다. 그들이 언급하는 불상은 대개 일제강점기 때 또는 분단 이후 남한의 학자들이 거론한 불상에 대해 사회주의 예술관에 입각해 비판하거나 재해석하는 정도에 머물고 있다. 그리고 일제강점기에는 이 마애불에 대한 논문이나 보고서가 나온 것이 없고, 분단 이후에는 남한의 미술사가가 여기에 올 수 없었던 것이다.

내가 이 불상에 대해 본 기록으로는 오직 육당 최남선이 『금강예찬』을 쓰면서 "전문학자들의 고찰을 청하고 싶다"며 "이 파안일소(破顏一笑)할 것 같은 입초리에선 비지(悲智, 중생을 구제하는 자비와 도를 깨닫고자 하는 지혜)가 뚝뚝 떨어질 듯하다"는 격찬과 함께 혹시 비로자나불이 아닐까 조심스럽게 추정해본 것이 전부다.

이제 나는 남한의 미술학도로서는 처음으로 이 마애불을 친견하게 되었다. 내가 묘길상 답사 선발대에 뽑힌 것을 철없이 좋아했던 것은 이 마애불을 한번 직접 보았으면 하는 향심(向心)이 강했기 때문이다.

그러므로 이제 미술사학도를 대표해 이 불상을 먼저 본 소견을 말하자면, 한마디로 전형적인 고려초기 불상으로 고려불상의 자존심이라고 할 만한 명작이다. 양식상으로 비교해보면 서울 북한산 승가사 마애불보다 약간 후기일 것이고, 법주사 마애불, 선운사 마애불보다는 훨씬 앞서는 것으로 읽힌다. 불상의 전체적 분위기는 서산 보원사터 출토 철불과 맥을 같이한다.

이 마애불은 결코 금강산의 한 문화유산에 그치는 것일 수 없다. 통일신라문화가 지향한 보편적 이상미(理想美)가 점차 빛을 잃어가고 개성화·지방화 경향이 뚜렷해지는 고려불상의 낭만적 변주가 한껏 구가되고 있던 시기의 지고(至高)의 예술품이다. 그것은 어느 것이 예술적으로 뛰어난가의 문제가 아니라 불상 조성의 사상적·문화적 차이를 나타낼 따름인 것이다. 통일신라에 석굴암이 있다면 고려에는 금강산 묘길상 마애불이 있다고 말할 수 있을 뿐이다.

나는 여기서 이 마애불을 전문적·학구적으로 더 따지지 않을 수 없다. 특히 이 불상을 왜 묘길상이라 부르게 되었는지 그 연원을 확실히해둘 필요를 느끼고 있다. 이 불상은 결코 묘길상일 수가 없다. 묘길상이란 문수보살(文殊菩薩)의 별칭인데 이 마애불은 보살상이 아니라 명백히 부처상인 것이다.

머리에 육계(肉界)가 확연하고 통견(通絹)의 법의(法衣)를 걸치고 있을 뿐만 아니라 손 모양(手印)을 보면 극락세계로 맞이하는 내영인(來迎印)이 명백한 아미타여래상이다. 다만 오른손은 무명지와 엄지가 원을 만들고 있지만 왼손은 가운뎃손가락을 꼬부려 원을 그리고 있기 때문에 하품하생(下品下生)인지 중품하생(中品下生)인지 명확하지 않을 뿐이다.

그럼에도 불구하고 묘길상이라 불리게 된 것은 마애불 오른팔 곁에 '묘길상'이라고 글자 하나 크기가 2미터가 넘는 각자가 있기 때문이다. 이 글자는 조선후기의 명신이자 명필인 직암(直庵) 윤사국(尹師國, 1728 ~1809)이 새긴 것이다.

저 아래 '삼불암'에도 그가 똑같은 글씨체로 써놓은 것이 있다. 이는 아마도 그가 강원도 관찰사로 봉직할 때인 1790년 무렵에 새긴 것이 아닌가 추정된다. 그가 이 불상이 문수보살이라고 생각해서 '묘길상'이라고 쓴 것 같지는 않다. 불교에 그렇게 해박한(?) 지식이 따로 있었다고 보이지 않는다. 아마도 이 마애불 곁에 묘길상이라는 암자가 있었는데 그것이 폐허로 변한 것에 대한 아쉬움을 그렇게 써놓은 것이 아닌가 싶다.

그런데 세상사람들은 그것이 이 불상의 이름표인 줄로만 알고 무슨 뜻

| **묘길상 마애불** | 묘길상 암자터에 있는 이 마애불은 높이(앉은키)가 15미터나 되는 동양 최대의 마애불이다. 인간적이고 개성적인 모습이 잘 살아난 고려시대의 대표적 불상이다.

| **묘길상 석등** | 마애불 앞에는 전형적인 고려석등이 세워져 있다. 논산 관촉사 은진미륵 앞에 있는 것과 비슷한 양식이다. 석등 저편으로 중향성 봉우리가 보인다.

인지도 모른 채 '묘길상' '묘길상' 하고 불러온 것이다. 이제 마애불의 명칭을 바로잡는다면 '금강산 묘길상 암자터 마애 아미타여래좌상'이라고 해야 한다.

마애불 앞에는 높이 3.6미터의 큰 석등이 있는데 이와 비교되면서 불상은 더욱 거대해 보인다. 또 석등 앞에는 마하연의 율봉스님이 3단으로 정성스레 쌓았다는 배례석(拜禮石)이 그대로 남아 있다. 나는 이 예불단에서 미술사학도로서, 그리고 이 땅의 자손으로서 마애불에게 마음에서 우러나오는 사죄를 올렸다.

"마애불상님, 저희가 너무 늦게 왔습니다. 이제라도 잘못된 문패를 제대로 고쳐놓겠습니다."

그러자 마애불은 금방 터질 것 같은 미소를 머금은 입으로 이렇게 대답하는 것 같았다.

"일없어. 아무러면 어때. 벌써 200년이나 그렇게 불렸는걸. 날이 어두워진다. 어서 가거라."
"나무 금강산 마애불! 나무 묘길상 마하살!"

금강산을 내려오며

묘길상 마애불 축대 아래로 내려와 하산할 채비를 차리니 김광옥 안내원이 앞으로 뚫린 길을 손가락으로 짚으며 일러준다.

"여기서 왼쪽으로 곧장 오르면 금사다리〔金梯〕·은사다리〔銀梯〕 너머 비로봉 정상이고, 저 오른쪽 산등성은 외금강 유점사로 넘어가는 내무재령(內霧在嶺)입니다. 옛날엔 다 저 고개 넘어 내외 금강을 넘나들었답니다."

아! 바로 저기가 옛사람들이 기행문마다 얘기한 안문재〔雁霧嶺, 내수령 內水嶺〕란 말인가! 저 길이 비로봉으로 가는 길이란 말인가! 그 길은 또 어떤 길일까? 그 모든 미련과 아쉬움을 뒤로하고 나는 다시 통나무로 만든 옛길을 따라 금강산을 내려왔다. 날은 어두워지기 시작하고, 시간에 쫓기는 급한 마음에 산세고 계곡이고 눈길을 줄 틈도 없이 오직 발 디딜 길만 보고 뛰었다.

묘길상 통나무길, 마하연 숲길을 지나 내팔담 바윗길로 들어서니 이제는 뛰고 싶어도 뛸 수 없는 벼랑길이었다. 길은 좁지만 하늘은 넓게 열려 있고, 날은 어두워가지만 지는 해가 뿌린 홍채가 백옥 같은 법기봉을 붉게 물들이며 더욱 신령스런 빛을 발하고 있었다.

아무리 바빠도 이 순간 잠시나마 머물지 않는다면 그는 감성이 살아있는 인간이라고 할 수 없었다. 우리는 진주담 큰 못의 너럭바위에 저마다 한 귀퉁이를 차지하고 묵묵히 황혼의 금강산을 느꼈다.

그때 불현듯 내게 찾아오는 물음이 있었다. 나에게 금강산이란 도대체 무엇인가? 내가 왜 여기에 왔는가? 지금 금강산에 와서 배운 것이 무엇인가? 산세의 기이함만 찾는 금강산은 백치의 미인을 보는 것이라고 생각한다면, 나는 저 산에서 무엇을 느끼고 무엇을 배우고 무엇을 가슴에 담아가야 한단 말인가? 나는 스스로 던진 그 물음의 답을 찾을 수 없었다.

금강산을 다녀온 뒤 몇달이 지나도 지워지지 않는 물음이었다. 그 물음에 대한 대답은 이 책을 쓰기 위하여 선인들의 문헌을 뒤적이다 번뜩 스치듯 나타난 한 구절 속에서 찾았다. 식산 이만부는 「금강산기」에서 이렇게 말했다.

금강산은 어떤 비유로도 다 묘사할 수 없는 산이다. 차라리 내 몸에 금강산의 교훈을 받아들이는 것만 못하니 그 산의 편안하고 중후함을 취하여 인(仁)의 표본으로 삼고, 그 유창하고 통달함을 취하여 지(知)의 표본으로 삼고, 그 험준하고 단절됨이 명쾌하고 시원한 점을 취하여 의(義)의 표본으로 삼고, 그 존엄하고도 태연함을 취하여 덕(德)의 표본으로 삼고, 그 어떤 사물, 그 어떤 정경도 없는 곳이 없음을 취하여 도(道)의 표본으로 삼고, 그 빛나고 찬란함을 취하여 문장

| 비로봉 | 금강산의 최고봉인 비로봉은 이처럼 주위가 뭇 봉우리에 감싸여 있다. 거기에서 일출을 보는 것이 금강산 유람에서 최고의 장관이라고 했다.

(文章)의 표본으로 삼는다면 비로소 금강산을 대하는 도리를 얻게 될 것이다.

이 이상의 금강예찬이 있을 수 있을까.

아! 위대하여라 금강산이여.
아! 자랑스러워라 금강산이여.
나는 금강을 다시 예찬하노라.

2001. 1.

금강산의 역사와 문화유산

'나무꾼과 선녀'에서 현대금강호까지

금강산의 지질 / 전설시대 / 진표율사 / 고려시대의 금강산 /
조선시대의 절집 사정 / 금강산 유람의 역사 /
금강산을 그린 화가와 그림들 / 조선시대 유람길 / 근대의 탐승코스

모든 산은 그 자체의 이력서를 갖고 있는 법이다. 그중 금강산처럼 화
려한 이력과 역사를 갖고 있는 명산은 지구상에 그 예를 찾아보기 힘들
다. 금강산의 신비한 생성과정, 태고의 전설, 역사의 증언, 수많은 절집과
암자, 끝없이 이어진 유람객들이 남긴 기행문과 시와 그림…… 그 모두
가 금강산의 이력사항이고 곧 역사다.

그런 의미에서 금강산의 역사는 인간의 역사와 함께하는 것이며, 금강
산에 대한 자랑은 곧 인문정신의 발현이었다. 금강산은 자연 그 자체만
을 보는 것으로 아름다움을 느낄 수 있다. 그러나 인문정신이 빠진 금강
산의 아름다움이란 마치 백치 같은 미인의 외모를 찬탄하는 것과 다름없
다. 그것은 금강산에 대한 모독이며 유람객의 경솔일 뿐이다. 그런 뜻에
서 나는 금강산을 유람하는 분을 위한 길라잡이로 금강산의 역사와 문화

유산에 대한 최소한의 상식을 여기에 기술해놓는다.

금강산의 지질

우리나라의 명산들이 모두 그러하듯이 금강산은 견고한 화강암이 오랜 세월을 두고 비바람에 씻기고 깎이면서 이루어낸 기묘한 바위산이다. 지질학적으로 말하자면, 오랜 지질시대를 거치는 동안 융기와 풍화삭박 운동이 일어나면서 땅속에 묻혀 있던 화강암체가 드러나고, 또 이것이 여러 방식으로 깎이면서 오늘날과 같은 비경을 이루게 된 것이다. 금강산의 준봉들이 모두 화강암으로 이루어지게 된 것은 화강암이 주위에 있는 편마암보다 물리화학적으로 견고하기 때문에 편마암이 먼저 침식되고 화강암만이 홀로 우뚝할 수 있었던 때문이다.

그리고 화강암 바위에 풍화삭박 운동이 일어나면서 틈결이 갈라지고 비바람에 깎이고 떨어져나가는 방식에 따라 저마다 기묘한 형상을 갖추게 되었다. 그래서 각 계곡마다 특징을 갖게 되었는데, 틈결이 보다 적게 생긴 내금강 만폭동(萬瀑洞)에는 평평한 너럭바위가 많이 형성되어 이것이 계곡에 얕은 폭포와 넓은 담소(潭沼)를 무수히 이루었다. 외금강 옥류동(玉流洞)계곡엔 수평으로 갈라지는 판상절리(板狀節理)가 많이 일어나 바위들이 네모나게 잘려 있고, 외금강 만물상(萬物相)은 수직으로 갈라지는 주상절리(柱狀節理)가 심해서 기둥 모양으로 길게 잘려나간 기묘한 바위봉우리들이 그야말로 만물상을 이루고 있다. 그런가 하면 해금강 쪽은 동해바다의 해침(海浸) 작용과 환상절리(環狀節理) 현상으로 바위들이 둥글다. 다만 통천의 총석정(叢石亭)만은 화강암이 아니라 지각변동 때 일어난 현무암층으로 이루어져 있다.

이런 금강산의 형상을 이중환(李重煥)은 『택리지(擇里志)』에서 이렇게 설명했다.

　내가 본 바와 들은 바를 모두 참고하건대 금강산 1만 2천 봉은 순전히 돌봉우리, 돌구렁, 돌내(川), 돌폭포다. 봉우리, 멧부리, 구렁, 샘, 못, 폭포가 모두 돌이 맺혀서 된 것이다. 이 산의 딴 이름이 개골(皆骨)인 것은 한 줌의 흙도 없는 까닭이다. 이에 만 길 산꼭대기와 백 길 못까지 온통 하나의 돌이니, 이것이 천하에 둘도 없는 절경인 것이다.

금강산의 수많은 산봉우리들은 주봉인 비로봉(毘盧峰)을 중심으로 우산살처럼 여러 갈래로 퍼져 있는데, 1,500미터 이상 되는 봉우리만도 10여 봉, 1,000미터 이상 되는 봉우리는 약 100여 봉이나 된다. 수치만을 보면 그리 높지 않게 생각될 수 있으나, 금강산은 동해바다 쪽에 바짝 붙어 있음에서 알 수 있듯이 지표로부터 감지되는 이른바 앙시표고(仰視標高)는 5,000미터 되는 고산 못지않게 높은 것이다. 그래서 실제 등반거리도 여느 산보다 길고 높은 셈이다.

금강산은 흔히 내금강과 외금강으로 나누는데, 남북으로 이어지는 오봉산(五峰山, 1,264미터), 상등봉(上登峰, 1,227미터), 옥녀봉(玉女峰, 1,424미터), 비로봉(1,638미터), 월출봉(月出峰, 1,580미터), 차일봉(遮日峰, 1,529미터) 등의 줄기를 경계로 하여 내륙을 향한 서쪽을 내금강, 바다를 향한 동쪽을 외금강이라고 부른다. 이는 내륙 쪽을 안, 바다 쪽을 밖으로 본 것인데, 동해안변의 백두대간이 다 그러하듯 바다 쪽은 경사가 가파르고 내륙 쪽은 상대적으로 완만하여 내금강은 온화한 여성미가 있고 외금강은 굳센 남성미가 있다.

내외 금강을 잇는 대표적인 고개는 비로봉 남쪽 자락의 월출봉과 차일봉 사이에 있는 내무재령(內霧在嶺, 혹은 안문재, 1,275미터)이다. 이 길은 내금강 묘길상(妙吉祥)과 외금강 유점사(楡岾寺)를 잇는 길로 옛날 탐승객들이 주로 이용했다. 그러나 이 고갯길은 한국전쟁 이후 휴전선에 가까이 붙어 있게 되어 오늘날에는 오가는 이 없는 죽은 길이 되었고, 한국전쟁중 군사도로로 개통된 상등봉과 오봉산 사이의 온정령(溫井嶺, 858미터)이 주요 통로가 되었다. 이 길은 고성군 온정리에서 금강군 내강리를 잇는 내외 관통도로로 지난 방북 때 나 역시 이 고개를 넘어 내금강으로 들어갔다.

금강산의 전설시대

금강산의 역사는 우리 역사의 처음과 마찬가지로 선사시대부터 시작된다. 아직 구석기시대의 자취는 발견되지 않았지만, 고성군 삼일포(三日浦) 부근에서 4,000~5,000년 전의 신석기시대 노동도구인 돌화살촉·반달칼 등이 발견되었고, 내금강 쪽인 금강군 일대에서는 약 2,500년 전의 청동기시대 유적인 고인돌이 10여 기나 발견되었다. 그러나 아직은 강변이나 해안에 모여살던 시절이었기 때문에 이 시대 사람들에게 있어서 금강산이 갖는 의미는 곡식을 갈아먹을 수 없는 험악한 바위산, 그러나 숲과 계곡이 있는 신비스러운 산이었을 뿐이리라. 그러니 이 시대에 인간이 금강산에 들어가 살았다면 '나무꾼과 선녀'의 전설에 나오는 나무꾼 정도였을 것이다. 그런 의미에서 금강산의 최초의 주인공은 그 나무꾼이었다.

금강산은 역사시대로 들어와서도 여전히 전설 속에 파묻혀 있을 뿐 좀처럼 역사의 전면에 부각되지 않았다. 그것은 지정학적인 사정에 기인한다. 금강산의 주인이었던 동예(東濊)와 옥저(沃沮)가 역사 속에서 사라지면서 그들이 이루어냈을 금강산 이야기와 자취는 묻혀버리고, 이후 삼국시대로 들어가게 되면 금강산은 고구려와 신라의 국경선상에 놓이면서 여전히 변방의 험한 산 이상의 것이 못되었다. 즉 국방상의 요충지도 아니었기 때문에 평범한 고구려식 산성이 몇개 남아 있을 뿐이다.

그런 금강산이 인간과 본격적으로 만나게 된 것은 불교 전래 이후 산사가 세워지면서부터다. 금강산에 처음 세워진 절이 어느 절인지는 아직 확실히 말할 수 없다. 『유점사본말사지(楡岾寺本末寺誌)』라는 책이 있기는 한데 여기에 기록된 창건 이야기는 거의 앞뒤가 맞지 않는 허황된 것이어서 도시 믿을 것도 인용할 가치도 없을 정도다. 예를 들면 유점사가 창건된 것은 기원 4년, 신라 남해왕 원년이었다고 하나 그때는 아직 중국에도 불교가 들어오지 않은 때였다. 또 장안사(長安寺)는 신라 법흥왕 때(515) 진표율사(眞表律師)가 창건했다고 했는데 진표는 8세기 때 스님이다. 참으로 무책임한 기록이 아닐 수 없다. 그저 시대를 끌어올려 오래되면 좋은 것인 줄로 아는 일그러진 생각이 이런 잘못된 기록을 낳은 것이다.

그래서 금강산 절집의 개창시대는 역사시대임에도 우리는 전설시대로 돌려 사실 여부와 관계없이 말할 수밖에 없으며, 그런 전설에 의하건대 신계사(神溪寺)는 519년 신라가, 정양사(正陽寺)는 600년에 백제의 관륵(觀勒)스님이 창건한 것으로 되어 있다. 보덕굴의 전설은 모두 세가지가 전하고 있는데 『유점사본말사지』에 나오는 이야기는 관음보살의 변신을 강조한 황당한 이야기고, 『금강승람(金剛勝覽)』에 전하는 이야기는 불심의 지극함을 강조한 평범한 이야기다. 그중 제일 그럴듯한 전설은 회정스님의 보덕굴 창건 이야기다.

진표율사와 발연사

신라는 통일 직후 변방에 큰 절을 세우면서 불교의 보급과 함께 점령

지의 민심 교화, 그리고 국방상의 전략적 기지 확보를 동시에 꾀하게 된다. 그 대표적인 예가 의상대사(義湘大師)의 화엄10찰(華嚴十刹) 창건이며 이런 불사(佛事)는 꾸준히 계속된다. 바로 그런 불교의 대대적 지방전파 기류 속에서 금강산에 절이 세워진 것은 의상의 제자인 표훈(表訓)스님이 세운 표훈사(表訓寺)와 진표율사의 발연사(鉢淵寺)다.

표훈사에 대해서는 내금강 답사기에서 말했지만, 경주 불국사의 주지였던 표훈은 당대의 대덕(大德)으로 자신의 이름 표훈을 절 이름으로 남기게 되었다는 것 이상 알려진 바가 없다. 그래서 그를 진정 금강산의 스님으로 삼아야 하는지는 얼른 판단이 가지 않는다. 반면 진표율사는 진정 금강산의 스님이었다. 지금은 폐허로 남은 발연사는 당신의 행적과 교화의 자취를 정연히 말해주고 있다.

진표의 생몰년은 미상이나 8세기 후반, 통일신라 경덕왕 때의 스님이다. 완주 만경현(萬頃縣)에서 태어나 12세 때 금산사(金山寺) 숭제(崇濟)스님에게 가서 머리 깎고 중이 되었다. 이때 은사스님은 두 권의 불경을 주며 계율을 닦게 하는데, 진표는 명산을 돌아다니며 열심히 수도하다 27세 때에 변산 불사의암(不思議庵)에 들어갔다. 그뒤 속리산을 거쳐 강릉으로, 그리고 다시 개골산(금강산)으로 옮겨 중생을 교화했다.

『삼국유사(三國遺事)』에 의하면 개골산에 들어온 진표는 외금강 발연동(鉢淵洞)에 발연사를 세우고 7년간 큰 법회를 열었으며, 흉년에는 굶주리는 사람들을 크게 구제하기도 했다. 진표는 발연사를 나와 다시 불사의암에 돌아왔다가 고향으로 가 아버지를 찾아뵈었는데, 이때 곳곳에서 찾아드는 제자에게 목간(木簡)을 물려주며 법통을 이어가게 했다.

말년에 진표는 아버지를 모시고 다시 개골산 발연사에서 도를 닦으며 살았다. 그러던 어느날 진표는 절의 동쪽 큰 바위 위에 앉아 입적하였다. 제자들이 시신을 옮기지 않은 채 공양하다가 뼈가 흩어져 떨어지자 흙을 덮고 무덤을 만들었는데 그 무덤에서 곧 푸른 소나무가 자랐다. 무릇 그를 공경하는 이가 이 소나무 밑에서 뼈를 찾으니 혹 얻기도 하고 혹은 얻지 못하였다. 그때 한 스님이 안타깝게 생각하여, 세 홉 되는 뼈를 수습하여 소나무 밑에 돌을 세우고 다시 모셨다.

지금도 외금강 발연동 바라소에서 한참 올라가면 통일신라시대 유적으로 생각되는 무지개다리(虹霓橋)가 나오며, 이 다리를 지나면 구유소라는 구유 닮은 소(沼)가 나오고, 여기서 오른쪽 언덕으로 오르면 평평한 골 안 세모꼴의 큰 바위에 '발연'이라는 글자가 새겨져 있다고 한다. 여기가 발연사터인 것이다.

그러니까 우리가 의심의 여지 없이 확인할 수 있는 금강산의 큰스님이자 사실상의 첫 주인공은 바로 진표율사인 것이다.

금강산 3고탑

표훈사와 발연사 이후 금강산에는 더욱 많은 절집이 세워졌을 것으로 보인다. 그것은 역사상 9세기에 들어서면 지방호족들이 후원자가 되어 각지에 선종사찰을 지었기 때문이다. 이중 대표적인 지방사찰을 훗날 구산선문(九山禪門)이라고 한다. 금강산에는 이 구산선문에 해당하는 절이 없으나 분명히 9세기, 하대신라에 세워진 명확한 유적이 있다. 그것이 이른바 금강산 3고탑(三古塔)이다.

금강산 3고탑이란 장연사(長淵寺) 삼층석탑, 신계사 삼층석탑, 정양사 삼층석탑을 말하는데, 이들은 형식과 구조가 매우 비슷할 뿐만 아니라 전형적인 9세기 석탑양식을 보여주고 있어서 모두 하대신라에 개창 또는 중창되면서 세워진 것으로 보인다.

그 특징은 아랫단이 2단으로 되어 있고 3층인 점, 탑의 몸돌이 한 장의 돌로 구성되어 있으면서 네 모서리에 기둥을 새겨놓은 점, 각 층 처마받침이 4단으로 구성된 점, 기단에 장식이 들어가 있는 점 등이다. 결국 금강산 3고탑은 통일신라 말기에 지방불교가 얼마나 크게 퍼졌는가를 웅변해주는 것으로 금강산에 이미 많은 절집이 들어와 있었음을 증언해주는 유물인 것이다.

비운의 왕자, 마의태자

10세기—나말여초(羅末麗初) 시기—의 금강산은 불교와는 다른 맥락에서 역사상 두번째 주인공을 맞게 되니, 그는 곧 비운의 왕자 마의태자(麻衣太子)다. 춘원 이광수의 소설로 대중에게 널리 알려진 마의태자의 삶은 다소 미화되었지만, 그는 실존인물로『삼국사기(三國史記)』에 의하면 이곳 금강산에서 여생을 마친 것으로 되어 있다.

신라 마지막 왕인 경순왕(敬順王)의 태자였던 그는 부왕이 935년 고려에 항복하려 하자 "나라의 존망에는 반드시 천명이 있으니, 마땅히 충신(忠臣)과 의사(義士)로 더불어 민심을 수습하여 스스로 나라를 굳게 하다가 힘이 다할 때에야 마지막을 맞을 것이지, 어찌 천년 사직을 하루아침에 쉽사리 남에게 넘겨줄 수 있겠느냐"고 반대하였다. 그러나 부왕이 이에 응하지 아니하자 그는 통곡하고는 부왕과 작별하고 개골산에 들어가 삼베옷, 즉 마의를 입고 초식(草食)으로 연명하며 바위에 의지하여 집을 짓고 일생을 보냈다고 한다.

몰락한 귀공자의 쓸쓸한 삶이라는 이 감상적인 이야기가 사람들의 마음속에서 은근한 동정심을 일으켰는지, 아니면 망국의 한을 달랜 충의의 한 표상으로 받아들여졌는지 금강산 곳곳에 '태자성(太子城)' '용마석(龍馬石)' '삼억동(三億洞)' 등의 전설을 낳았고, 비로봉 정상에서 외금강으로 내려가는 서남쪽 비탈길 언덕에 있는 무덤을 '마의태자릉'으로 부르고 있다.

마의태자릉은 다듬은 돌로 2단 축대를 쌓고 그 위에 보통 무덤보다는 약간 큰 높이 1.5미터, 둘레 10미터의 봉분을 덮었으며, '신라 마의태자릉'이라는 비석이 있다고 한다. 그러나 이 무덤은 축조방식으로 보아 조선초기 무덤으로 추정될 뿐 적극적인 근거는 없다.

고려시대의 불교 문화유산

고려시대로 들어오면 금강산은 불교문화의 전성기를 맞게 된다. 국가에서 대대적으로 사찰을 지원해줌으로써 절의 자산이 풍부해지고 권위가 크게 높아지면서 무수한 절과 암자가 세워지게 된 것이다.

비근한 예로 고려 왕실은 946년 금강산 장안사에 쌀 2천 석을 세수(歲收)로 거두어들이게 해주었고, 또 982년에는 토지 1,050결(結)과 고성군에 있는 임도염전을 장안사에 떼어주었다. 그런가 하면 1168년 유점사는 500여 칸의 큰 절간을 고쳐지었다. 『고려사(高麗史)』에 의하면 1344년에는 아예 관청을 따로 두고 유점사에서 하는 불교행사 비용을 마련하게 해줄 정도였다. 이리하여 금강산에는 많은 절집이 들어서게 되었고 또 많은 불교 문화유적을 남기게 되었다. 그 숫자를 『신증동국여지승람(新增東國輿地勝覽)』에서는 "내산과 외산에 모두 108곳의 절간이 있다"고 했다. 물론 108이라는 숫자는 108번뇌라는 상징성을 갖는 대수(大數)를 의미하는 것이겠지만, 지금 금강산에 남아 있는 문화유적 중 석탑, 석등, 석불 등은 거의 다 고려시대에 제작된 것이라는 사실만으로도 그 융성함을 짐작할 수 있다.

대표적인 예로 내금강 묘길상터의 마애여래좌상과 석등, 정양사 약사

전의 석불좌상, 장안사와 표훈사 사이의 삼불암(三佛巖), 보덕굴의 누각, 금장암(金藏庵) 4사자석탑과 석등 등이 모두 고려시대 유물이다. 이런 석조유물 이외에 금동불상도 적지 않았을 것인데, 현재 평양 중앙력사박물관에는 금강군 내강리 출토 금동불이 한 점 전해지고 있으며, 서울 호림박물관과 국립중앙박물관에도 금강산 출토 보살상이 한 점씩 소장되어 있다. 그리고 1973년 내금강 금강대(金剛臺)에서는 14세기 고려말에 제작된 금동불이 무려 열아홉 구나 발견되었다.

그중 묘길상 마애불은 장대하면서도 인간적인 매력을 풍기는 고려불의 대표작이라 할 명작이며, 금강대 출토 금동불은 유희좌(遊戲座)를 하고 있는 독특한 포즈에 대담한 추상성이 돋보이는 불상이고, 금강산 출토 보살상은 금강산만큼이나 화려한 고려불상의 또다른 면모다.

고려시대에 금강산에 와서 도를 닦고 대중을 교화한 스님 중 가장 이름높은 분은 나옹화상(懶翁和尙)으로 삼불암, 마하연(摩訶衍) 만폭동에는 나옹의 자취가 전설처럼 남아 있다. 그러나 이상하게도 나옹 이외의 고려 스님에 대해서는 알려진 것이 거의 없다. 그것은 금강산이 송광사, 고달사, 운문사 같은 선원(禪院)을 경영하지 않은 기도처였기 때문으로 생각된다. 그러므로 거승(居僧)은 적어도 객승(客僧)이 많았을 것이다. 즉 고승대덕(高僧大德)의 상주처는 아니었지만 선사들의 기도처이자 수련처로서 대부분의 스님들이 거쳐가는 그런 곳이었으니, 이는 훗날 금강산에 묻혀 사는 문인은 봉래(蓬萊) 양사언(楊士彦) 등 몇몇이었지만 내로라하는 문인들은 다 여기를 거쳐간 것과 비슷한 것이다. 그러니 금강산에 몸담은 스님이 적다고 해서 불교사적으로 금강산의 비중이 낮다고 말할 수는 없다.

금강산의 절집들은 이처럼 고려시대에 전성기를 맞았다. 더욱이 왕실의 특별한 비호 속에 성장하여 14세기에는 원나라 황실의 사신들까지 금강산에 드나들며 불교의식을 행했으며, 그 유물들이 표훈사에 오래도록 전해져오기도 했다. 그런데 금강산의 사찰을 비호하기 위한 물자들은 대개 강릉도(江陵道)와 회양도(淮陽道) 백성들의 세금으로 보내주었다. 이는 아예 제도로 시행되어 기름, 소금, 면포 등에 이르기까지 조달되었으며, 설사 흉년이 들어도 절에 들어가는 것을 면제해주는 일은 없었다고 한다. 이로 인해 금강산 주변의 백성들은 많은 조세부담을 지게 되었다. 더욱이 불교행사 때마다 수백명의 관리들을 접대하는 일까지 맡아야 했다.

그래서 최해(崔瀣)는 「금강산으로 떠나는 어느 스님에게 드리는 글」에서 "금강산 길가에 사는 백성들은 마침내 산은 어찌하여 다른 데 있지 않고 우리 고장에 있어서 이 고생을 시키는 거냐며 원망한다"고 말했고, 고려 때 시인 안축(安軸)은 「금강산」이라는 7언율시를 읊으면서 그 끝을 "어찌하여 산 아래 백성들은 귀인 행차 바라보며 이마를 찡그리나"라고 끝맺었다.

금강산 명칭의 유래

고려시대 불교문화의 융성과 함께 금강산은 마침내 금강산이라는 이름을 얻게 되었다. 금강산은 그 이름이 매우 다양하여 풍악(楓嶽), 개골(皆骨), 봉래(蓬萊), 상악(霜嶽), 선산(仙山), 기달(怾怛), 열반(涅槃), 중향성(衆香城), 해악(海嶽) 등으로 불렸다. 이를 역사적·내용적으로 분류해보면 처음에는 형상을 표현한 풍악, 개골, 상악 등으로 불리다가 불교적 개념으로 이름이 바뀌면서 금강, 기달, 열반, 중향성 등으로 불리게 되었으며, 한편으로는 신선사상과 함께 봉래, 선산, 해악 등의 이름이 가미된 것이다.

현재까지 알려진 문헌기록상 가장 오래된 금강산 이름은 『삼국사기』에서 개골산 또는 상악산이라고 한 것과 『삼국유사』에서 진표율사의 행적을 말하면서 풍악산이라고 한 것이다. 개골산은 금강산 봉우리들이 모두 뼈를 드러낸 것 같다는 뜻이고, 상악은 멧부리가 서릿발 같다는 뜻이며, 풍악은 단풍이 아름다운 산이라는 뜻에서 나온 것이다. 금강산의 아름다운 자태에서 나온 이러한 이름들은 12, 13세기 고려중엽까지 일반화되어 이인로(李仁老)의 『파한집(破閑集)』과 최자(崔滋)의 『보한집(補閑集)』 등에서는 "풍악산은 개골산이라고도 한다"며 두 명칭을 두루 사용하였다.

그러다가 금강산이라는 이름이 나타나는 것은 14세기 초 최해가 금강산을 유람하러 떠나는 한 스님에게 준 글에서 "세상에서는 풍악이라고 부르는 이 산을 중의 무리들은 금강산이라고 한다"고 말한 구절에서 처음 만나게 된다. 이렇게 스님사회에서 부르던 이름이 이내 일반화되어 이제까지의 어떤 명칭보다도 대표성을 갖게 된 모양이다. 그것은 이로부터 약 100년 뒤인 조선초, 15세기의 문인인 남효온(南孝溫)이 "금강산이라고 불린 지 하도 오래되어 갑작스레 바꾸기 힘들어 나도 금강이라고 하겠다"며 그 기행문을 「유금강산기(遊金剛山記)」라고 한 데서 엿볼 수 있다.

금강이란 범어인 바즈라(Vajra)를 한자로 의역한 것으로 견고함을 의미한다. 불교경전 『화엄경(華嚴經)』 중 「보살주처품(菩薩住處品)」에 법기보살(法起菩薩, 혹은 담무갈보살)의 상주처가 금강산이라고 되어 있다.

바다 가운데 금강산(혹은 기달)이라는 곳이 있는데 예부터 여러 보살들이 그곳에 머물고 있다. 지금은 법기보살이 있어 그 권속과 여러 보살들 1만 2천 인과 함께 그 가운데 항상 머무르며 설법하고 있다.

'기달'이란 범어의 음역(音譯)이고 그것을 의역(義譯)한 것이 금강이며, 다르모가타(Dharmogata)를 음역한 것이 담무갈(曇無竭)이고 이를 의역한 것이 법기보살이다. 여기에서 우리는 금강산과 1만 2천 봉의 유래가 『화엄경』의 천상계(혹은 전설적인) 얘기를 이끌어 만들어진 것임을 어렵지 않게 짐작할 수 있다.

이처럼 법기보살의 상주처라는 금강산이 다름아닌 풍악산이라는 주장은 고려 태조의 배점(拜岾, 혹은 배재령) 전설로 이어진다. 고려 태조가 어느날 풍악산에 왔는데 내금강 고갯마루에 다다랐을 때 갑자기 멀리서 1만 2천 봉우리를 배경으로 하여 법기보살이 빛을 발하며 나타났다는 것이다. 그래서 태조는 황급히 엎드려 절을 했는데 그 절한 곳을 배점이라 하고, 법기보살이 출현한 곳을 방광대(放光臺)라 하며 그 자리에 정양사를 세웠다는 것이다.

이 이야기는 1307년에 강화도 선원사(禪源寺) 반두(飯頭)였던 노영(魯英)이 제작한 작은 칠병(漆屛)에 그림으로 그려져 있다. 이 「법기보살현현도」(혹은 「담무갈보살현현도」, 국립중앙박물관 소장)는 현재까지 알려진 가장 오래된 금강산 그림인 셈이며, 금강산의 명칭뿐만 아니라 1만 2천의 유래를 말해주는 가장 유력한 물증이 되고 있다. 결국 풍악산이 『화엄경』의 금강산으로 둔갑한 셈인데, 사람들은 또 이를 역으로 생각하거나 혹은 신비로운 일치라고 생각하기도 한다.

이리하여 목은(牧隱) 이색(李穡)의 아버지인 가정(稼亭) 이곡(李穀)은 「금강산 장안사 중흥기(中興記)」를 쓰면서 이렇게 말하고 있다.

금강산은 고려의 동쪽에 있는데…… 이 산은 그 이름이 천하에 유명할 뿐만 아니라 실제로 불경에도 수록되어 있다. 『화엄경』에서 말한 바로는 동북쪽 바다에 금강산이 있는데 담무갈보살과 1만 2천 권속이 항시 반야경(般若經)을 설법하고 있다는 것이 바로 그것이다. 옛날에 우리나라 사람들은 이것을 모르고 그냥 선산(仙山)이라고 했다.

이제는 이야기가 뒤집혀 드디어 금강산이 먼저고 『화엄경』이 나중인 것으로 되었다. 신비화과정이 이처럼 한순간에 이루어질 정도로 금강산은 신비한 산이었던 것이다.

조선시대의 금강산 절집 사정

조선시대에 들어오면 불교는 혹심한 박해를 받게 되고, 나중에는 스님을 천인(賤人)으로 취급하여 도성 안에는 들어오지도 못하게 하였으며, 수많은 절간들은 세력있는 양반 또는 향교나 서원이 차지해버리는 일들이 비일비재하게 일어났다.

그러나 여기에도 예외는 있었다. 1천년의 역사를 갖고 있는 불교는 백성들의 삶과 가슴속에 깊이 뿌리박고 있었으며, 특히 궁중의 왕후와 왕비 중에는 독실한 신도가 있어 그때마다 일부 사찰과 스님은 대접받기도 했다. 그런 혜택이 금강산 절집에는 유독 많았다.

태조 이성계(李成桂)는 조선왕조 건국 바로 전해인 1391년에 "미륵님이 세상에 내려와 부처님의 도가 견고해지길 빈다"는 내용의 발원문을 그릇 안팎에 음각한 백자사발을 불사리구, 향로 등과 함께 석함(石函)에 넣어 금강산 월출봉에 묻었다. 이 석함과 백자사발은 지금 국립중앙박물관에 보관되어 있다. 그럴 정도로 금강산은 신성하고 신비한 기도처였다.

뿐만 아니라 1398년 천재지변 때는 조정에서 표훈사에 가 기도를 올렸고, 1408년에는 조정에서 유점사에 은 2만 냥을 내려주어 3천 칸이나 되는 중창불사를 일으켰음이 『조선왕조실록』에 실려 있다. 그리고 세종 6년(1424)에 전국 7개 종파를 선교(禪敎) 양종으로 나누면서 36사(寺)로 절간을 국한시키는 조치를 내릴 때, 선종사찰인 유점사는 원속전(元屬田)이 205결(結)인데 95결을 더해주고 거승(居僧)은 150명, 교종사찰인 표훈사는 원속전이 210결인데 90결을 더해주고 거승은 150명으로 해주었다. 36사 중 금강산에 2사가 있는 셈이었다. 또 세조는 불교에 독실하여 세조 2년(1456)에는 유점사를 국왕의 원당(願堂) 사찰로 지정하고 세조 12년(1466)에는 세조 자신이 온정리에 피부병을 고치기 위해 온천욕을 하러 갈 때 금강산에 들어가 유점사, 장안사, 표훈사, 정양사 등에 참배하였으며, "간경도감(刊經都監)에 명하여 수륙회(水陸會)를 베풀게 했다"(3월 21일). 그리고 이때 세조는 강원도에 특별히 명하여 해마다 세금 중 쌀 100섬과 소금 50섬을 금강산의 절에 날라다주도록 지시했다. 이를 세헌미(歲獻米)라고 하는데, 이는 성종 5년(1474)까지 약 20년간 계속되었다. 이런 후원 덕이었는지 금강산은 큰스님을 배출하여 서산대사(西山大師) 휴정(休靜)은 표훈사 백화암(白華庵)에 주석하고, 사명대사(四溟大師) 유정(惟政)은 유점사를 지키면서 임진왜란이 일어나자 분연히 승병(僧兵)을 일으킬 수 있는 토대가 되었다.

임진왜란 이후에도 금강산에서는 고승들이 계속 배출되어 지금 금강산 각 사찰의 승탑밭에는 이 스님들의 사리탑이 많게는 일곱, 적게는 서너 기씩 안치되어 있다. 특히 17세기 스님들의 사리탑이 많다. 장안사의 무경당(無竟堂), 표훈사의 편양당(鞭羊堂), 신계사의 소요(逍遙)스님 등이 모두 금강산의 큰스님이었다. 임진왜란 이후 불교의 위상이 다소 높아지고 불교를 이데올로기가 아니라 신앙으로서 받아들이기 시작하면서 사찰들이 중창되어 규모도 커졌다. 1789년 정조가 사도세자의 영혼을 모시기 위하여 신계사에 어향각(御香閣)을 짓고, 또 1796년에는 표훈사에 어실각(御室閣)을 짓는 등 궁실의 지원도 있었다.

그러나 스님의 사회적 지위는 회복되지 않았다. 고승은 학식으로 사대부와 교류하기도 했지만, 천민으로 취급받는 스님은 금강산의 가마중이 되어 유람 오는 양반의 수발을 드는 일을 맡아야 했다.

이런 시대적 흐름은 어쩔 수 없어, 금강산도 절의 수효가 줄지 않을 수 없었다. 그리하여 왕년에 108절간을 자랑하던 금강산이 4대 사찰과 그 몇몇 부속암자로 정리되고 만다. 약 100년 전인 1894년에 이자벨라 버드 비숍(Isabella Bird Bishop) 여사가 금강산을 탐방했을 때는 사원과 암자가 55개라고 했는데, 그로부터 또 반세기가 지난 1942년도 통계에 의하면 모두 28개로 줄었다. 그리고 한국전쟁을 치르고 난 다음에는 구사일생으로 살아남은 절이 표훈사, 정양사, 보덕굴, 세 곳밖에 없으며, 스님이 거처하는 절은 오직 표훈사 하나밖에 없었다.

금강산 유람의 역사

금강산의 역사는 꼭 금강산에서 살다간 사람들만이 이룩한 것이 아니다. 금강산이 명산인 것은 그 자체의 아름다움보다도 그 아름다움을 찾아오는 끊임없는 유람의 역사 속에서 이루어진 것이다. 마치 어느 대학이 명문인 것은 그 학교 시설과 교수가 우수해서가 아니라 우수한 학생들이 끊임없이 들어오고 배출됨에 있는 것과 같다. 더 나아가서 금강산을 찾은 사람들이 그 승경(勝景)을 사모하여 넘치는 감동으로 남긴 시문과 서화로 그 역사의 깊이와 넓이를 더해갔다.

금강산에 유람 온 명사로 우리가 알고 있는 가장 오래된 분은 신라시대, 아마도 6세기의 화랑인 영랑(永郞), 술랑(述郞), 남석랑(南石郞), 안상랑(安詳郞) 등이다. 이들은 관동지방을 두루 유람하며 심신을 단련하던 중 삼일포에 이르러 여기서 하루만 놀다 가자고 했다가 그 편안한 풍광에 취해 사흘을 쉬어갔다고 한다. 그래서 이 호수는 삼일포라는 이름을 얻었으며, 이들의 자취는 삼일포의 사선정(四仙亭)과 단서암(丹書巖)에 그대로 남아 있다.

이후 금강산 유람에 자취를 남긴 분은 9세기 통일신라 말기의 고운(孤雲) 최치원(崔致遠)이다. 그가 금강산을 다녀간 행적은 외금강 구룡폭포(九龍瀑布)가 장하게 올려다보이는 미끄럼바위에 새겨진 여덟 글자에 남아 있다. '천장백련 만곡진주(千丈白練 萬斛眞珠)' 풀이하여 '천 길 흰 비단 드리웠는가, 만 섬 진주알을 흩뿌렸는가'. 그러나 최치원이 금강산을 노래한 시나 글은 더이상 전하는 것이 없다.

고려시대에는 정말로 많은 이들이 금강산을 다녀갔을 것이다. 이때는 유람보다는 금강산의 절집에 기도를 드리기 위해서 더 많이 찾았을 것으로 추정된다. 고려 태조의 배점 전설은 전설로 친다 해도 수많은 객승들이 기도와 참선을 위해 여기를 다녀갔으며, 나아가서는 원나라 황실에서조차 원당을 금강산 표훈사에 둘 정도였으니 미루어 알 만하다. 그런 기도의 자취는 비록 문헌자료에 남아 있지 않지만, 절집 건물의 중창(重創)과 불상들에 남아 있다.

유람의 자취는 무엇보다도 글로 남았는데, 대개는 고려시대 후기의 문인들이었다. 그들의 글은 각인의 문집에도 남아 있지만, 『신증동국여지승람』이나 『파한집』 같은 책에 재수록된 것도 있는데 그 대략을 보면 다음과 같다.

　　노봉(老峰) 김극기(金克己, 고려 명종 때)

쌍명재(雙明齋) 이인로(李仁老, 1152~1220)

가정(稼亭) 이곡(李穀, 1298~1351)

근재(謹齋) 안축(安軸, 1287~1348)

익재(益齋) 이제현(李齊賢, 1287~1367)

목은(牧隱) 이색(李穡, 1328~96)

　　조선시대에 들어서면 사대부들의 금강산 유람이 더욱 잦아지며 그들
은 시와 기행문으로 그 서정을 적극적으로 표현하였다. 그것은 시인으로
불리는 자들만의 일이 아니라 도학자(道學者)와 은일자(隱逸者)도 마찬
가지였으니, 금강산을 노래한 시와 산문은 낭만적인 시, 철학적인 시, 사
실적인 시, 애국적인 시 등 많은 내용과 형식을 낳게 되었다. 그 대표적인
명사들을 열거해보면 마치 '올스타 쇼'를 보는 듯 면면이 화려하기 그지
없다. 그 대표적인 명사들의 이름을 나열해본다.

양촌(陽村) 권근(權近, 1352~1409)

보한재(保閑齋) 신숙주(申叔舟, 1417~75)

사가정(四佳亭) 서거정(徐居正, 1420~88)

점필재(佔畢齋) 김종직(金宗直, 1431~92)

매월당(梅月堂) 김시습(金時習, 1435~93) 「유관동록(遊關東錄)」

허백당(虛白堂) 성현(成俔, 1439~1504)

화담(花潭) 서경덕(徐敬德, 1489~1546)

퇴계(退溪) 이황(李滉, 1501~70)

봉래(蓬萊) 양사언(楊士彦, 1517~84)

율곡(栗谷) 이이(李珥, 1536~84) 「산중사영(山中四詠)」 「풍악행(楓嶽行)」

송강(松江) 정철(鄭澈, 1536~93) 『관동별곡(關東別曲)』

간이당(簡易堂) 최립(崔岦, 1539~1612)

아계(鵝溪) 이산해(李山海, 1539~1609)

어우당(於于堂) 유몽인(柳夢寅, 1559~1623)

월사(月沙) 이정구(李廷龜, 1564~1635) 「유금강산기(遊金剛山記)」

교산(蛟山) 허균(許筠, 1569~1618)

임진왜란과 병자호란으로 잠시 뜸했던 선비들의 금강산 유람이 17세기 중엽으로 들어서면 다시 활발히 전개된다. 특히 '오랑캐' 만주족에 의해 명나라가 멸망하고 청나라가 들어서자, 오랫동안 중화사상에 젖어 있던 사대부들은 북벌론(北伐論)을 주장하고 또 중화(中華)의 논리를 합리화하여 중국은 오랑캐에게 중화를 짓밟혔지만 조선은 아직도 중화의 전통이 유지되고 있으므로 '조선은 소중화(小中華)'라는 주장을 펴기에 이르렀다. 이런 주장은 기존 세력들이 이데올로기의 타당성을 내세우기 위해 만든 한갓 명분론에 지나지 않는 '위장된 민족주의'라는 성격도 없지 않지만, 결과적으로는 조선의 사대부들이 더이상 중국에 의지하지 않고 자아와 현실과 자연을 바라보는 계기를 낳았다.

이런 시대적 분위기로 인해 18세기 초에는 조선의 경치를 읊는 진경시(眞景詩 또는 眞境詩)와 조선의 풍광을 그린 진경산수(眞景山水)가 하나의 장르로 부각하기에 이른다. 이렇게 일어난 이른바 진경문화는 우리 역사상 가장 빛나는 문화적 성취로 생각되고 있는 것이다.

진경문화의 주요 대상은 금강산이었다. 때문에 금강산 유람의 열기는 전국적으로 퍼지게 된다. 처음에는 주로 지배층인 노론의 문인들이 이 문화에 앞장섰지만, 18세기 후반에 이르면 실학(實學)의 분위기와 함께 모든 사대부사회로 퍼지게 된다. 이것이 금강산 역사상 일어난 첫번째 '탐승 붐'이라 할 만한 것이다. 여기에 동참한 문인들을 모두 나열한다는 것은 불가능한 일이지만 그 주요 인사 일부를 여기에 열거해보면 금강산 탐승 붐의 분위기를 실감할 수 있다.

청음(淸陰) 김상헌(金尙憲, 1570~1652)

백헌(白軒) 이경석(李景奭, 1595~1671)「풍악록(楓嶽錄)」

미수(眉叟) 허목(許穆, 1595~1682)

우암(尤庵) 송시열(宋時烈, 1607~89)

곡운(谷雲) 김수증(金壽增, 1624~1701)「풍악일기(楓嶽日記)」

몽와(夢窩) 김창집(金昌集, 1648~1722)

농암(農巖) 김창협(金昌協, 1651~1708)「동유기(東游記)」

삼연(三淵) 김창흡(金昌翕, 1653~1722)

지촌(芝村) 이희조(李喜朝, 1655~1724)「해산창수록(海山唱酬錄)」

한포재(寒圃齋) 이건명(李健命, 1663~1722)

식산(息山) 이만부(李萬敷, 1664~1732)「금강산기(金剛山記)」

법종(法宗, 1670~1733)「유금강록(遊金剛錄)」

사천(槎川) 이병연(李秉淵, 1671~1751)

겸재(謙齋) 정선(鄭敾 1676~1759)

담헌(澹軒) 이하곤(李夏坤, 1677~1724)『동유록(東遊錄)』

지수재(知守齋) 유척기(兪拓基, 1691~1767)

능호관(凌壺觀) 이인상(李麟祥, 1710~60)

표암(豹菴) 강세황(姜世晃, 1713~91)「유금강산기(遊金剛山記)」

번암(樊巖) 채제공(蔡濟恭, 1720~99)

진택(震澤) 신광하(申光河, 1729~96)「동유기행(東遊紀行)」

단원(檀園) 김홍도(金弘道, 1745~?) 화가

초정(楚亭) 박제가(朴齊家, 1750~1805)

금릉(金陵) 남공철(南公轍, 1760~1840)

풍석(楓石) 서유구(徐有榘, 1764~1845)

긍원(肯園) 김양기(金良驥, ?~?)

운석(雲石) 조인영(趙寅永, 1782~1850)

추사(秋史) 김정희(金正喜, 1786~1856)

육완당(六玩堂) 이풍익(李豊瀷, 1804~87)

난고(蘭皐) 김병연(金炳淵, 1807~63, 일명 김삿갓)

어당(峿堂) 이상수(李象秀, 1820~82)「동행산수기(東行山水記)」

면암(勉菴) 최익현(崔益鉉, 1833~1906)

금강산을 그린 화가와 그림들

금강산을 그림으로 그린 것은 금강산 유람의 역사와 함께했을 것으로 생각되지만, 실제로 겸재 정선의 등장 이전 그림으로 전하는 것은 없다. 기록에 의하면 1603년 월사 이정구는 금강산 유람길에 화공 표응현(表應賢)을 데리고 갔다고 하고, 공재(恭齋) 윤두서(尹斗緒)는 연담(蓮潭) 김명국(金明國)이 그린 금강산 그림을 보았다고 하지만 이런 작품은 남아 있는 것이 없다.

그런 의미에서 금강산을 그림의 소재로 삼아 마침내 하나의 장르로 확립시킨 것은 겸재 정선이라 할 수 있다. 그는 금강산 그림의 시조이며 금강산 그림 형식의 완성자였던 것이다.

겸재는 36세(숙종 37)와 37세에 두차례 금강산을 유람하여 『신묘년풍악도첩(辛卯年楓嶽圖帖)』과 『해악전신첩(海嶽傳神帖)』을 그렸다. 『해악전신첩』은 금성의 현감으로 있던 벗 사천 이병연에게 그려준 것인데, 이것이 벼슬아치들간에 명화로 소문이 퍼지면서 이후 겸재에게 금강산 그림 주문이 쏟아지게 된다. 그런데 안타깝게도 이 화첩은 전해지지 않고 있다.

겸재가 금강산 그림을 회화적으로 완성하게 되는 것은 58세 때 그린 「금강전도(金剛全圖)」부터인데, 우리가 알고 있는 그의 금강산 명화들은 대개 60, 70대에 그린 노년작들이다. 특히 72세 때 겸재는 다시 『해악전신첩』을 그려 주위로부터 격찬을 듣게 된다. 겸재의 금강산 그림과 진경산수는 마침내 회화상의 한 장르가 되어 18세기 이후 그의 제자와 추종자들에 의해 무수한 금강산 그림이 그려지게 된다.

진재(眞宰) 김윤겸(金允謙)은 수채화 같은 맑은 설채(設彩)의 『금강산화첩』을 남겼고, 겸재의 손자인 손암(巽菴) 정황(鄭榥), 이곡(梨谷) 정충엽(鄭忠燁), 서암(西巖) 김유성(金有聲) 등이 그의 화풍을 따랐다. 한편 호생관(毫生館) 최북(崔北), 능호관 이인상, 현재(玄齋) 심사정(沈師正), 지우재(之又齋) 정수영(鄭遂榮), 표암 강세황 같은 문인화풍의 화가들도 자기 양식에 의한 금강산 사생(寫生)에 동참하여 금강산 그림은 더욱 다양성을 갖게 되었다.

18세기 후반 정조시대로 들어서면 단원 김홍도가 44세 때 정조의 명을 받아 복헌(復軒) 김응환(金應煥)과 함께 금강산을 사생하여 바친 것을 계기로 이후 금강산 그림은 단원풍이 크게 유행하게 되었다. 단원이 정조에게 바친 금강산 그림은 수십 미터 되는 두루마리 채색화라고 하는데 이는 전해지지 않고, 이때 그가 사생첩으로 그린 『금강사군첩(金剛四郡帖)』(총 70폭)은 정조의 사위인 홍현주(洪顯周)가 소장하면서 전해져 이후 이와 비슷한 화첩이 많은 화가들에 의해 그려지게 된다.

엄치욱(嚴致郁), 이풍익(李豊瀷), 김하종(金夏鐘)의 「금강산화첩」은 모두 단원의 『금강사군첩』을 베끼듯이 그린 것이었다. 그러나 조선왕조 말기에는 진경산수가 쇠퇴하고 추사 김정희가 주창한 문인화풍이 지배하면서 더이상 금강산은 회화의 중심에 서지 못하고 훌륭한 금강산 화가나 그림은 나오지 못했다.

20세기로 들어서면 해강(海岡) 김규진(金圭鎭)이 금강산을 사생하고 『매일신보』에 연재하면서 금강산 그림은 다시 시작된다. 그는 창덕궁 대조전에 「해금강 총석정」과 「외금강 만물상」을 장대한 벽화로 그렸다. 그리고 해강은 내금강 만폭동에 '천하기절', 외금강 구룡폭에 '미륵불' 등 대자의 각자를 남겼다.

근대미술 6대가 중 한분인 청전(靑田) 이상범(李象範)은 40대에 금강산을 즐겨 그려 여러 작품을 남겼으나 50대 이후에는 자신의 전형적인 산천 풍경으로 돌아섰는데, 소정(小亭) 변관식(卞寬植)은 중년까지는 금강산에 별로 회화적 관심을 보이지 않았으나 50대 후반 이후에는 금강산을 화재로 삼아 마침내 금강산 화가로 되었다. 소정은 30대 말에 주유천하(周遊天下)하던 시절 금강산에서 석달 머문 적이 있었는데, 그때의 감동과 기억을 50대 후반에 화폭에 재현함으로써 「외금강 옥류천」 「외금강 삼선암 추색」 「진주담」 같은 명화를 남겼다.

한편 고암(顧庵) 이응로(李應魯) 또한 1940년대에 금강산을 현대적인 묵법으로 참신하게 그려 여러 명작을 남겼지만, 이내 추상화의 길로 접어들어 그 작업이 계속되지는 않았다.

그런데 근대미술에서 유화로 금강산을 그린 화가나 명화는 좀처럼 찾아보기 힘들다는 것은 매우 아쉬우면서 이상한 일로 생각되는 사항이다. 그리고 분단 이후 북한에서 금강산 그림이 어떻게 전개되었는가도 아직 알려진 바가 없다.

1998년 현대금강호 출항 이후 남한의 화가들이 속속 '금강산전'을 열고 있는데 그 결과는 나중에 평가될 것이다.

조선시대 금강산 유람길

조선시대 문인들의 금강행에는 일정한 탐승코스가 있었다. 금강산 탐승의 종주코스는 내금강 장안사에서 만폭동을 거쳐 안문재(내무재령) 넘어 유점사에 이르는 길이 기본이었다. 옛 금강산 기행문을 보면 대개 서울을 기점으로 하여 양주(의정부)→포천→철원→김화→창도까지는 누구나 기본적으로 거치게 되며 대개는 나귀를 타고 갔다.

창도역(昌道驛)에서 내금강으로 들어가는 사람은 이내 단발령(斷髮嶺) 너머 장안사를 향하게 되며, 외금강으로 먼저 가는 사람은 회양에서 통천→고성→신계사를 거쳐 대개는 유점사로 향했다. 여기서 시간적 여유가 있는 사람은 내금강에서 명경대(明鏡臺)→수렴동(水簾洞)→백탑동(百塔洞) 코스를 왕복으로 추가하거나 마하연에서 비로봉을 왕복으로 등반하였다.

외금강은 신계사에서 옥류동, 구룡폭을 왕복하는 것이 가장 일반적인 코스였다. 그러나 요즘 우리가 금강산 관광선을 타고 가는 만물상 코스는 단원 김홍도처럼 특별한 경우가 아니면 발이 닿지 않았으며, 상팔담(上八潭)은 19세기 말까지는 탐승길이 열리지 않았기 때문에 기행문에 들어 있지 않다.

그리고 내금강 장안사에서 시작하여 외금강 유점사와 신계사, 구룡폭 코스는 일단 고성 삼일포와 해금강을 즐기게 된다. 여기서 북쪽으로 올라가는 사람은 옹천을 거쳐 통천의 총석정을 보고 회양으로 들어가게 되며, 남쪽으로 내려가는 사람은 영랑호(永郎湖)→감호(鑑湖)→양양 청간정(淸澗亭)→강릉 대관령(大關嶺)으로 관동8경을 따라가게 된다. 탐승기간은 대개 왕복 한달 또는 달포를 잡았다.

옛사람의 기행문 중에는 탐승기를 일기체로 해서 날짜별로 쓴 것이 있어 그 노정을 확실히 파악할 수 있다. 김창협은 숙종 때의 대문장가로 그의 형제 창집, 창흡, 창업(昌業) 등과 함께 서울 장동의 안동 김씨 문흥(文興)을 일으킨 이른바 4창(四昌) 중 한분이다. 그는 1671년 8월 11일, 21세 때 서울을 출발하여 금강산을 유람하고 한달(왕복 30일) 뒤에 돌아왔다.

1일: 서울 동대문 출발 → 축석령(祝石嶺) 숙박.

2일: 포천 → 양문역(梁門驛) → 철원 풍전역(豊田驛).

3일: 금화 생창역(生昌驛) → 금화현.

4일: 창도역 → 회양 신안역(新安驛).

5일: 회양부에서 쉼.

6~8일: 회양에서 부사 접대를 받으며 쉼.

9일: 회양 출발 추촌(楸村)에서 숙박.

10일: 묵희령(墨喜嶺) → 철이령(鐵伊嶺) → 장안사, 계수료(溪水寮)에서 숙박.

11일: 지장암(地藏庵) → 백천동(百川洞) → (영원암靈源庵 코스를 포기하고) → 현불암(現佛庵) → 삼일암(三日庵), 안양암(安養庵) → 울소(鳴淵) → 백화암 → 표훈사 숙박.

12일: 정양사(천일대天一臺, 헐성루歇惺樓) 1박.

13일: 보현점(普賢岾) → 묘덕암(妙德庵), 천덕암(天德庵) → 원통암(圓通庵) → 영랑점(永郞岾) → 진불암(眞佛庵) → 향로봉(香爐峰) 향로암 → 만폭동 금강대 → 표훈사로 되돌아옴.

14일: 표훈사 → 만폭동 → 보덕굴 → 진주담(眞珠潭) → 벽하담(碧霞潭) → 화룡담(火龍潭) → 마하연 숙박.

15일: 만회암(萬灰庵) → 불지암(佛地庵) → 안문재 → 은신대(隱身臺) → 대적암(大寂庵) → 유점사, 원적료(圓寂寮)에서 숙박.

16일: 선담(船潭) → 자월암(紫月庵) → 유점사로 되돌아옴.

17일: 비가 와 유점사에서 중과 대화하며 쉼.

18일: 영은암(靈隱庵) → 만경대(萬景臺) → 반야암(般若庵), 명적암(明寂庵), 백련암(白蓮庵) → 유점사로 되돌아옴.

19일: 구령(拘嶺) → 니대(尼臺) → 중대(中臺) → 백천교(百川橋) → 고촌(庫村) → 고성 해산정(海山亭).

20일: 삼일포 → 양진역(養珍驛) → 옹천 → 등로역(登路驛) → 조진역(朝珍驛) → 문암 → 통천, 청허당(淸虛堂)에서 숙박.

21일: 총석정을 다녀와 통천군 군재(郡齋)에서 숙박.

22일: 추지령(楸地嶺) → 회양 도착.

23~25일: 사흘간 회양에 묵으며 쉼.

26일: 회양 출발.

27~29일: 서울로 향함.

30일: 서울 도착.

이에 반해 1825년 8월 4일부터 29일간 금강산을 다녀온 우석 이풍익의 금강행은 회양에서 곧장 통천으로 가 해금강, 외금강을 먼저 구경하고 안문재 너머 내금강을 탐승한 코스를 택하였으니, 김창협과는 반대코스였으며 왕복 28일이었다고 한다.

근대의 금강산 탐승코스

영조, 정조 연간의 문인사회에 일어났던 금강산 탐승 붐은 19세기 초 순조 연간까지 계속되지만, 19세기 중반을 넘어서면 이전과 같은 열기는 보이지 않는다. 그것은 개화기 구한말로 들어서면서 한가한 유람을 즐길 여유가 없었고 설령 탐승을 즐겼다 하더라도 그것이 열기로 드러날 수는 없었던 탓이니 이 또한 시대상의 한 반영인 셈이다.

금강산에 다시 탐승 붐이 일기 시작한 것은 일제강점기에 들어서면서였다. 특히 1914년 8월 경원선이 개통되면서 금강행이 한결 편해지게 되었다. 이에 따라 원산－장전간의 기선까지 출항하게 되면서 원산은 금강산 탐승의 한 거점도시가 되었다. 그리하여 1916년 원산의 덕전사진관에서는 최초의 금강산 사진첩인 『조선 금강산 사진첩』을 발간하기에 이르렀다.

그리고 금강산에 더욱 탐승 열(熱)이 일어난 것은 금강산 전기철도, 일명 '금강선'으로 원산－고성간의 동해북부선 부설 덕분이었다. 금강산전철은 1924년 8월 1일, 철원－김화간의 개통을 시작으로 김화에서 금성→창도→말휘리(末輝里)를 거쳐 내금강역까지 총 길이 116.6킬로미터가 완전 개통된 것은 1931년 7월 1일이었다.

동해북부선이라고 하면 남한에서는 영동선의 일부인 북평－경포대간의 철도를 지칭하는 것이지만, 원래는 해방 전의 안변－양양간의 총 192.6킬로미터를 일컫는 것이다. 동해북부선은 1929년 9월에 안변－흡곡간의 첫 개통을 시작으로 하여 통천→장전→외금강까지 개통된 것은 1932년이었으며, 이 선로가 고성→간성→양양까지 완공된 것은 1937년이었다. 이후 금강산 탐승은 내외 금강산을 모두 기차로 여행하는 것이 일반적인 여로였다.

이런 금강산 탐승 붐과 함께 기행문학이 다시 열을 올리게 되었다. 1922년 『신생활(新生活)』잡지는 3월호부터 8월호까지 춘원(春園) 이광수(李光洙)의 『금강산유기(金剛山遊記)』(시문사 1924)를 연재하였다. 뒤이어 육당(六堂) 최남선(崔南善)이 1924년부터 집필한 금강산 기행문은 『시대일보』에 '풍악기유(楓嶽記遊)'라는 제목으로 연재하다가 이를 보완, 개고하여 1927년에 『금강예찬』이라는 단행본으로 발간되었다. 이 책은 육당 스스로 자부한 대로 "금강산 전체의 현황 실정을 소개하는 글로아마 처음"이었으며, 금강산 탐승의 길라잡이로서도 최상의 책이라 할 만한 역저였다. 이후 호암(湖岩) 문일평(文一平)의 「동해유기(東海遊記)」, 노산(鷺山) 이은상(李殷相)의 「금강행」, 정비석(鄭飛石)의 「산정무한(山情無限)」 등으로 금강산 기행의 명문들이 쏟아져나오게 된다.

한편 금강산에 관한 자료집 내지 탐승안내서도 계속 간행되어 1928년 신민사(新民社)에서는 『금강승람(金剛勝覽)』이라는 이름으로 금강산 역대 시문집을 한 권의 책으로 펴냈으며, 1931년에 조선총독부 철도국 관리였던 마에다 히로시(前田寬)는 『금강산』(조선철도협회 간행)이라는 제목으로 당시로서는 거의 완벽한 금강산 입문서를 저술하였다. 그리고 1932년에 금강산전철이 개통되면서 조선총독부 철도국 또는 금강산 전기철도주식회사에서 펴낸 각종 금강산 탐승안내서들이 출간되었다. 그런가 하면 1940년에는 금강산협회가 결성되어 몇달 지속되진 못했지만 『금강산』이라는 월간지가 발간되기도 했으니 그 열기를 알 만한 일이다.

이런 책의 뒤쪽에는 으레 내외 금강산의 각 여관, 호텔의 광고가 실려 있어 당시 금강산 탐승 붐을 엿볼 수 있게 한다. 1934년도에 간행된 한 금강산 안내책을 보면 장안사호텔은 1박 3식에 7원에서부터 18원까지, 말휘리 금강여관은 1박 2식에 2원부터 4원까지로 광고되어 있다. 금강산의 탐승인원이 1년에 몇명쯤이었는가에 대한 통계는 아직 알려진 것이 없다. 다만 금강산전철의 영업실적을 보면 1942년 한해에 여객손님 90여만명이 수송되었으며 연간 125만원 수입을 올렸다고 기록되어 있다.

금강산 탐승일정은 금강산전철이 생기기 전, 철원까지 기차를 이용하고 또 원산-장전간 배편을 이용할 때만 해도 내외 금강산 유람에 길게는 10일, 보통 7일을 잡았는데, 철도가 개통된 이후는 내금강 2일 코스,

또는 내외 금강산 3~5일 코스가 가장 애용되었다고 한다. 그중 금강산 전기철도주식회사가 제시한 4일 코스를 보면 다음과 같다.

1일: 경성역 오전 6시 40분 출발→내금강역 오후 1시 26분 도착. 장안사→표훈사→만폭동→마하연→비로봉→구미(久米)산장 숙박.

2일: 비로봉→구성동(九城洞)→봉전(蓬田), 오후 2시쯤 자동차로 온정령→구만물상→천선대(天仙臺)→온정리 숙박.

3일: 온정리→신계사→옥류동→구룡연→온정리→해금강→ 고성역(高城驛) 오후 8시 8분 출발, 기차 안 숙박.

4일: 오전 6시 35분 경성역 도착.

(총 예상비용 20원)

이 코스는 취향에 따라 유점사를 넘는 길, 통천 총석정까지 들르는 길, 내금강 명경대 코스를 추가하는 등에 따라 변형도 되고 날짜도 늘어나곤 했다.

금강산은 또한 중학교(당시는 5년제) 3학년의 수학여행 코스로 거의 굳어져 있어서 더욱 붐을 이루었다. 영남대학교 명예교수인 심재완(沈載完) 박사는 경성사범 보통과를 졸업했는데 역시 3학년 때 5일간 금강산 수학여행을 다녀왔다고 했다. 심박사의 기억으로는 밤 10시에 기차를 타고 새벽 6시에 내금강에 도착하여 만폭동을 보고 비로봉 구미산장에서 하루 잔 다음, 구룡폭 코스로 내려와 온정리에서 또 하루, 그리고 유점사와 해금강을 둘러보고 통천 총석정에서 하루를 잔 다음, 거기서 밤기차로 되돌아오는 코스였다고 한다.

분단 이전의 금강산 탐승 안내자료를 조사하다보니 평소엔 전혀 생각도 못했던 꿈을 하나 갖게 되었다. 그것은 금강산이 서울에서 생각 밖으로 가까움을 알려주는 아주 인상적인 코스가 내 눈에 번쩍 띄었던 것이다. 철도국 안내서에는 12원 50전으로 기차 안에서 잠자며 내금강만 다녀오는 가장 값싼 1박2일 코스가 있었다.

밤 10시 40분 경성역 출발→침대칸에서 잠→다음날 오전 6시 24분 내금강역 하차→장안사→명경대→표훈사→정양사→만폭동→마하연→묘길상→장안사로 되돌아옴. 내금강역 오후 3시 50분 출발→경성역 오후 9시 45분 도착.

이것은 서울-금강산간 기차가 여섯 시간 반 걸린다는 것을 전제로 한 것이다. 그러나 지금이라면 두 시간 정도로 줄일 수 있을 것이니, 언젠가 육로로 금강산 가는 길이 열리면 서울에서 새벽에 떠나 내금강 만폭동 코스를 두루 보고 그날 밤에 되돌아오는 당일코스도 얼마든지 가능하다는 계산이 나온다. 그런 날이 어서 오기를 기다려본다.

본문 사진

이정수 20-21면, 57면, 115면, 161면, 184-85면
김형수 83면, 145면, 301면
이태호 258면